DAVID EBERSHOFF

Das dänische Mädchen

GOLDMANN
Lesen erleben

Buch

Kopenhagen 1925. Die amerikanische Malerin Greta Waud führt mit ihrem Mann, dem dänischen Landschaftsmaler Einar Wegener, ein bewegtes Künstlerleben und eine glückliche Ehe. Bis zu jenem Nachmittag im April, der ihr Leben für immer verändert: Als Gretas Modell ausfällt, bittet sie ihren Mann, einzuspringen und sich von ihr in einem Kleid malen zu lassen. Die Verwandlung ist verblüffend und fördert eine unbekannte weibliche Seite an Einar zu Tage. Noch ahnen die beiden nicht, dass diese schöne junge Frau, die Greta spontan »Lili« nennt, bald häufig bei ihnen zu Gast sein wird, denn Einar überlässt sich ihr mehr und mehr. Es beginnt eine Ehe zu dritt – Greta liebt Lili ebenso wie Einar. Doch bald wird die Situation immer unerträglicher. Einar spürt, dass Lili in beängstigendem Ausmaß die Oberhand gewonnen hat und dass die Zeit gekommen ist, sich für ein Leben zu entscheiden. Und er entscheidet sich – für Lili. Zu allem bereit fährt Einar nach Dresden, in die Klinik eines berühmten Arztes, der ihm in einer riskanten Operation zu seiner wahren Identität verhelfen will …

Autor

David Ebershoff, geboren 1969 in Pasadena, Kalifornien, studierte in Chicago und Tokio. Heute ist er als Programmleiter eines großen Verlagshauses in New York tätig und unterrichtet Creative Writing an der Columbia University. Durch Zufall entdeckte er in einem Buch einen kurzen Abschnitt über Einar Wegener, den Mann, der sich als einer der ersten Menschen einer Geschlechtsumwandlung unterzog. Bei weiteren Nachforschungen stieß er auf die Tagebücher von Lili Elbe alias Einar Wegener, die kurz nach ihrem Tod 1933 veröffentlicht worden waren. Diese Aufzeichnungen sind der Schlüssel zu David Ebershoffs Roman, der international einen Sturm der Begeisterung auslöste und mit Oscarpreisträger Eddie Redmayne verfilmt wurde.

David Ebershoff

Das dänische Mädchen

Roman

Übersetzt
von Werner Schmitz

GOLDMANN

Die amerikanische Originalausgabe erschien unter dem Titel
»The Danish Girl« bei Viking, New York.

Dieses Buch ist auch als E-Book erhältlich.

MIX
Papier aus verantwortungsvollen Quellen
FSC® C014496

Verlagsgruppe Random House FSC® N001967
Das FSC®-zertifizierte Papier *Pamo House* für dieses Buch
liefert Arctic Paper Mochenwangen GmbH.

1. Auflage
Sonderausgabe Januar 2016

Umschlaggestaltung: UNO Werbeagentur, München
Umschlagmotiv: Film Artwork © 2015 Universal Studios
MR · Herstellung: Str
Druck und Bindung: GGP Media GmbH, Pößneck
Printed in Germany
ISBN: 978-3-442-47279-6
www.goldmann-verlag.de

Besuchen Sie den Goldmann Verlag im Netz

FÜR MARK NELSON

TEIL EINS

Kopenhagen, 1925

KAPITEL 1

Seine Frau wusste es als Erste. »Tust du mir einen kleinen Gefallen?«, rief Greta an diesem ersten Nachmittag aus dem Schlafzimmer. »Könntest du mir ein wenig helfen?«

»Aber ja«, sagte Einar, den Blick auf die Leinwand gerichtet. »Alles, was du willst.«

Es war kühl, von der Ostsee her wehte ein kalter Wind. Sie waren in ihrer Wohnung im Witwenhaus, Einar, noch keine 35, klein von Wuchs, malte nach der Erinnerung eine Winterszene am Kattegat. Weiße Schaumkronen auf dem schwarzen, grausamen Wasser, dem Grab vieler hundert Fischer, die mit ihrem eingesalzenen Fang nach Kopenhagen zurückkehrten. Unter ihnen wohnte ein Matrose, ein Mann mit kugelrundem Kopf, der ständig seine Frau beschimpfte. Während Einar die grauen Kräuselungen der Wellen malte, stellte er sich vor, wie der Matrose ertrank, eine Hand verzweifelt hochgereckt, die Wodkastimme, mit der er seine Frau als Hafenhure schmähte. Einar wusste genau, wie dunkel er seine Farben zu mischen hatte: grau genug, einen solchen Mann zu verschlingen, sich wie Teig über sein versinkendes Gebrüll zu legen.

»Ich bin gleich fertig«, sagte Greta, die jünger war als ihr Mann und ein breites, hübsches Gesicht hatte. »Dann können wir anfangen.«

Auch darin unterschied sich Einar von seiner Frau. Er malte das Land und die See – kleine Rechtecke, hell vom schrägen Licht des Juni oder trüb in der fahlen Sonne des Januar. Greta malte Porträts, oft lebensgroß, von nicht ganz unwichtigen

Leuten mit rosa Lippen und glänzendem Haar. Leute wie Herr I. Glückstadt, der Finanzier des Kopenhagener Freihafens. Christian Dahlgaard, Pelzhändler und Hoflieferant. Ivar Knudsen, Teilhaber der Werft Burmeister und Wain. Heute wäre Anna Fonsmark an der Reihe, die Mezzosopranistin der Königlichen Dänischen Oper. Generaldirektoren und Industriemagnaten bestellten bei Greta Porträts, die dann in Büros aufgehängt wurden, über Aktenschränken oder in Korridoren, die von Handkarren verschrammt waren.

Greta erschien im Türrahmen. »Macht es dir wirklich nichts aus, mal kurz zu unterbrechen und mir zu helfen?«, fragte sie. Sie hatte die Haare straff nach hinten gekämmt. »Ich würde nicht fragen, wenn's nicht wichtig wäre. Aber Anna hat schon wieder abgesagt. Macht's dir was aus, mal eben ihre Strümpfe anzuziehen?«, fragte Greta. »Und ihre Schuhe?«

Die Aprilsonne schien durch die Seide, die weich in Gretas Hand lag. Durchs Fenster hinter ihr sah Einar den Turm des Rundetårn, der aussah wie ein riesiger gemauerter Schornstein, und darüber brummte die Maschine der Deutschen Aero-Lloyd auf ihrem täglichen Flug nach Berlin.

»Greta?«, sagte Einar. »Wie war das?« Ein öliger Farbtropfen fiel ihm aus dem Pinsel auf den Schuh. Edvard IV wandte bellend den Kopf zwischen Einar und Greta hin und her.

»Anna hat schon wieder abgesagt«, sagte Greta. »Sie hat noch eine weitere Probe für *Carmen.* Wenn ich jemals mit dem Bild fertig werden will, brauche ich ein Paar Beine. Und da dachte ich mir, deine tun's wahrscheinlich auch.«

Greta kam auf ihn zu und hielt ihm senfgelbe Schuhe mit Zinnschnallen hin. Sie trug ihren Kittel mit den aufgenähten Taschen, in die sie Dinge steckte, die Einar nicht sehen sollte.

»Aber ich kann doch nicht Annas Schuhe anziehen«, sagte Einar. Er besah die Schuhe und stellte sich vor, dass sie ihm passen könnten, denn seine Füße waren klein und schmal und an der Ferse weich gepolstert. Nur wenige dünne schwarze Haare wuchsen auf seinen schlanken Zehen. Er stellte sich vor, wie der faltige Wulst des Strumpfs über den weißen Knochen seines Knöchels glitt. Über die flache Wölbung seiner Wade. Mit einem Klicken am Strumpfband anhakte. Einar musste die Augen schließen.

Solche Schuhe hatten sie vorige Woche im Schaufenster von Fonnesbech gesehen, an den Füßen einer Kleiderpuppe, die ein mitternachtsblaues Kostüm trug. Einar und Greta hatten angehalten und das Schaufenster bewundert, das mit einer Girlande aus Narzissen geschmückt war. Greta sagte: »Hübsch, oder?« Als er nicht antwortete, sondern wie gebannt vor seinem Spiegelbild in der Fensterscheibe stehen blieb, musste Greta ihn fortziehen. Sie zerrte ihn die Straße hinunter, an dem Pfeifengeschäft vorbei, und sagte: »Einar, geht's dir nicht gut?«

Das vordere Zimmer der Wohnung diente den beiden als Atelier. Schmale Balken durchzogen die Decke, die wie ein umgedrehter Kahn gewölbt war. Die Gaubenfenster waren von der feuchten Meeresluft verzogen, der Fußboden neigte sich kaum merklich nach Westen. Nachmittags, wenn die Sonne auf dem Witwenhaus stand, verströmten die Wände einen schwachen Heringsgeruch. Im Winter leckten die Dachluken, und die Farbe an der Wand warf Blasen. Einar und Greta standen an ihren Staffeleien unter den zwei Dachluken, neben den Kartons mit Ölfarbe, die sie bei Herrn Salathoff in München bestellt hatten, und den Spannrahmen mit leeren Leinwänden. Wenn Einar und Greta nicht malten, bedeckten sie das alles mit grünen Planen, die der Matrose von unten auf der Treppe hatte liegen lassen.

»Warum willst du, dass ich ihre Schuhe anziehe?«, fragte Einar. Er saß auf dem Flechtstuhl, der aus einem Schuppen auf dem Bauernhof seiner Großmutter stammte. Edvard IV sprang ihm auf den Schoß; der Hund zitterte, das Gebrüll des Matrosen machte ihm Angst.

»Weil ich Annas Porträt fertig bekommen will«, sagte Greta. Und dann: »Ich würde für dich auch so etwas machen.« Auf ihrer Wange war eine einzelne flache Windpockennarbe. Sie fuhr mit einem Finger sachte darüber; das tat sie, wie Einar wusste, nur wenn sie nervös war.

Greta ging in die Knie und schnürte ihm die Schuhe auf. Ihre Haare waren lang und blond, noch dänischer im Farbton als Einars; immer wenn sie etwas Neues anfangen wollte, schob Greta sie sich hinter die Ohren. Jetzt, als sie sich an den Schnürsenkeln zu schaffen machte, fielen sie ihr ins Gesicht. Sie roch nach Orangenöl, das ihre Mutter einmal im Jahr rüberschickte, eine Kiste mit braunen Flaschen, REINER PASADENA-EXTRAKT stand auf dem Etikett. Ihre Mutter glaubte, Greta brauche das Öl für ihr Teegebäck, aber Greta tupfte es sich als Parfüm hinter die Ohren.

Nun wusch sie Einars Füße in einer Schüssel. Behutsam aber gründlich zog sie den Schwamm zwischen seinen Zehen hindurch. Einar krempelte die Hosenbeine noch ein wenig höher auf. Seine Waden, dachte er plötzlich, sahen recht wohlgeformt aus. Er streckte grazil den Fuß, und Edvard IV leckte ihm das Wasser vom kleinen Zeh, der gekrümmt war und keinen Nagel hatte.

»Das bleibt aber unser Geheimnis, Greta?«, flüsterte Einar. »Du erzählst das niemandem, ja?« Er war jetzt ängstlich und erregt zugleich, und die Kinderfaust seines Herzens schlug ihm im Hals.

»Wem sollte ich es erzählen?«

»Anna.«

»Anna braucht das nicht zu wissen«, sagte Greta. Und wenn schon, dachte Einar, Anna war Opernsängerin. Sie war den Anblick von Männern in Frauenkleidern gewöhnt. Und umgekehrt: die Hosenrolle. Die älteste Täuschung der Welt. Und auf der Opernbühne bedeutete es ganz und gar nichts – nur Verwirrung. Eine Verwirrung, die jedes Mal im letzten Akt aufgelöst wurde.

»Niemand braucht davon zu erfahren«, sagte Greta, und Einar, der sich wie im grellen Rampenlicht vorkam, wurde lockerer und zog sich den Strumpf über die Wade.

»Du ziehst ihn verkehrt rum an«, sagte Greta und zupfte die Naht gerade. »Und nicht so fest.«

Der zweite Strumpf riss. »Hast du noch einen?«, fragte Einar.

Gretas Miene erstarrte, als fiele ihr plötzlich etwas ein, dann trat sie an den gebeizten Eschenschrank und öffnete eine Schublade. Der Schrank hatte einen Aufsatz mit einem ovalen Spiegel in der Tür und drei Schubladen mit runden Messinggriffen, deren oberste Greta mit einem kleinen Schlüssel verschlossen hielt.

»Die sind robuster«, sagte Greta und reichte Einar ein zweites Paar. Ordentlich zu einem Rechteck gefaltet, wirkten die Strümpfe auf Einar wie ein Stück Fleisch – wie ein Stück von Gretas Haut, gebräunt vom Sommerurlaub in Menton. »Sei bitte vorsichtig«, sagte sie. »Die möchte ich morgen noch anziehen.«

Gretas Scheitel ließ einen Streifen silbrig weißer Haut erkennen, und Einar fragte sich, was in ihrem Kopf vorgehen mochte. Den Blick aufwärts gerichtet, die Lippen zugekniffen, schien sie irgendetwas im Schilde zu führen. Einar war nicht im Stande, sie danach zu fragen; er fühlte sich wie gefesselt, wie mit einem alten Mallappen geknebelt. Und so rätselte er schweigend weiter über das Tun seiner Frau und verbarg seine zunehmende Verärgerung hinter einer Fassade, die so blass und glatt wie die Schale eines weißen Pfirsichs war.

»Was bist du für ein hübscher Mann«, hatte sie vor Jahren einmal gesagt, als sie das erste Mal allein miteinander waren.

Greta bemerkte offenbar sein Unbehagen, denn sie legte die Hände an Einars Wangen und sagte: »Das hat doch nichts zu bedeuten.« Und dann: »Wann hörst du endlich auf, dir Sorgen zu machen, was die anderen Leute denken könnten?«

Einar hatte es gern, wenn Greta so etwas sagte – und wie sie dabei mit den Händen fuchtelte und ihre Ansichten als die Überzeugungen der ganzen Welt vertrat. Er hielt das für typisch amerikanisch, dies und ihre Vorliebe für Silberschmuck.

»Gut, dass du nicht viel Haare an den Beinen hast«, sagte Greta, als bemerke sie das gerade zum ersten Mal. Sie mischte ihre Ölfarben in den kleinen Keramikschalen. Die obere Hälfte von Annas Körper, der nach jahrelangem Verzehr von Butterlachs eine dünne Fettschicht angesetzt hatte, war bereits fertig. Einar war beeindruckt von der Technik, in der sie Annas Hände, die einen Strauß Taglilien hielten, gemalt hatte. Die Finger waren sorgsam herausgearbeitet, die Fältchen an den Knöcheln, die leicht durchschimmernden Nägel. Die Lilien in schönem Mondweiß mit rostroten Pollen. Greta war als Malerin ziemlich unbeständig, aber das sagte Einar ihr nie. Stattdessen lobte er sie nach Kräften, manchmal vielleicht ein wenig zu sehr. Aber er half ihr, wann immer es ging, und versuchte ihr Techniken beizubringen, die sie nicht kannte, insbesondere was Licht und Tiefe betraf. Falls Greta jemals das richtige Motiv finden sollte, war Einar überzeugt davon, dass sie eine gute Malerin werden konnte. Draußen verzog sich eine Wolke, und auf das halb fertige Porträt Annas fiel ein Sonnenstrahl.

Das Podest, auf dem Greta ihre Modelle platzierte, war eine lackierte Truhe, die sie der kantonesischen Wäscherin abgekauft hatte; diese Frau kam jeden zweiten Tag vorbei, um die

Wäsche abzuholen, und kündigte sich nicht mit einem Ruf von der Straße an, sondern mit dem Geklingel der winzigen Goldschellen, die sie an ihre Finger geschnallt hatte.

Als Einar nun auf der Truhe stand, war ihm recht unbehaglich zu Mute. Er sah auf seine Schienbeine hinab, um die sich die Seide spannte, nur dort nicht, wo ein paar Härchen hervorstachen wie die winzigen harten Fasern an einer Bohne. Die gelben Schuhe wirkten zu zierlich für ihn, doch seine Füße waren von Natur aus schlank, als spannte er einen lange nicht gebrauchten Muskel an. Etwas entspann sich in Einars Kopf, und er dachte an einen Fuchs, der eine Feldmaus verfolgt. Die spitze rote Nase des Fuchses durchwühlte auf der Jagd nach der Maus die Furchen eines Bohnenackers.

»Nicht bewegen«, sagte Greta. Einar sah aus dem Fenster hinter ihr nach der Kuppel des Königlichen Theaters, für dessen Oper er gelegentlich Kulissen malte. Dort probte jetzt Anna für *Carmen,* die weichen Arme herausfordernd vor der Stoffbahn erhoben, auf die er die Stierkampfarena von Sevilla gemalt hatte. Wenn Einar im Theater arbeitete, erfüllte Annas Kupferstimme manchmal den ganzen Saal. Dann zitterte er so sehr, dass ihm der Pinsel auf der Leinwand ausrutschte und er sich mit den Fäusten die Augen reiben musste. Annas Stimme war nicht schön – eher harsch und melancholisch, ein wenig abgenutzt, irgendwie männlich und weiblich zugleich. Und doch hatte sie mehr Timbre als die meisten dänischen Stimmen, die oftmals dünn und blass und zu niedlich waren, um die Hörer erschauern zu lassen. Aus Annas Stimme wehte die Hitze des Südens; sie wärmte Einar, als käme sie aus einem glühenden Kehlkopf. Oft stieg er von seiner Leiter hinter der Bühne und schlich durch die Kulissen näher heran, und dann sah er sie: in ihrem weißen Gewand aus Schurwolle, den breiten Mund geöffnet, stand Anna vor dem Dirigenten Dyvik. Sie beugte sich beim Singen vor; Anna pflegte zu sagen, die Schwerkraft der Musik ziehe ihr Kinn zum Orchestergraben. »Ich stelle mir vor, vom Stab des Dirigenten geht eine dünne Silberkette genau bis hier«, sagte sie und zeigte auf das Muttermal, das wie ein Krümel an ihrem Kinn klebte. »Ohne diese Kette wüsste ich kaum, was ich tun sollte. Ich könnte gar nicht ich selber sein.«

Zum Malen steckte sich Greta die Haare mit einem Schildpattkamm zurück; ihr Gesicht wirkte dann größer, und Einar kam es vor, als betrachte er sie durch eine Wasserschüssel. Greta war wohl die größte Frau, die er je gekannt hatte; so groß war sie, dass sie über die schmalen Spitzenvorhänge spähen konnte, die die Parterrebewohner in ihre Straßenfenster hängten. Neben ihr fühlte Einar sich klein, fast wie ihr Sohn, der ihr am Kinn vorbei in die Augen sah und nach ihrer Hand hochlangte. Ihr Kittel mit den aufgenähten Taschen war eine Sonderanfertigung, eine Näherin aus der Nachbarschaft hatte ihn gemacht, eine Frau mit weißem Dutt, die mit einem gelben Band die Maße von Gretas Büste und Armen nahm und sich nicht genug darüber verwundern konnte, dass eine so große, kräftige Frau keine Dänin war.

Greta malte mit einer Konzentration, die Einar bewunderte. Sie konnte den Glanz in ein linkes Auge tupfen, dann zur Tür gehen und die Lieferung des Milchmanns entgegennehmen, und sich mühelos wieder dem leicht stumpferen Glanz des rechten Auges zuwenden. Beim Malen sang sie Lagerfeuerlieder, wie sie das nannte. Oder sie erzählte demjenigen, den sie porträtierte, von ihrer Kindheit in Kalifornien, von den Orangenhainen ihres Vaters, in denen Pfauen nisteten; ihren weiblichen Modellen erzählte sie – wie Einar einmal auf der dunklen Treppe draußen vor der Tür zufällig erlauscht hatte – von den immer größeren Abständen zwischen ihren intimen Stunden: »Er nimmt das so persönlich. Aber ich mache ihm keine Vorwürfe«, sagte sie, und Einar sah es förmlich vor sich, wie sie sich die Haare hinter die Ohren schob.

»Die rutschen«, sagte Greta und zeigte mit dem Pinsel auf seine Strümpfe. »Zieh sie hoch.«

»Ist das wirklich nötig?«

Der Matrose unten schlug die Tür zu, dann war außer dem Kichern seiner Frau nichts mehr zu hören.

»Ach, Einar«, sagte Greta. »Kannst du dich nicht mal entspannen?« Das Lächeln versank in ihrem Gesicht. Edvard IV trottete ins Schlafzimmer und wühlte sich ins Bettzeug; dann seufzte er wie ein sattes Baby. Der Hund war alt, er stammte von dem Bauernhof in Jütland, im Sumpf geboren; seine Mutter und der Rest des Wurfs waren im Moor ertrunken.

Die Wohnung lag im Dachgeschoss eines Gebäudes, das die Regierung im 19. Jahrhundert für die Witwen von Fischern errichtet hatte. Die Fenster gingen nach Norden, Süden und Westen, und im Gegensatz zu den Wohnungen in den meisten Stadthäusern von Kopenhagen bot diese hier Einar und Greta ausreichend Platz und Licht zum Malen. Sie wären beinahe auch in eins der Bürgerhäuser in Christianshavn auf der anderen Seite des Inderhavn gezogen, wo schon manche Künstler Seite an Seite mit Prostituierten und Spielern und Trinkern in der Nachbarschaft von Zementfabriken und Importfirmen hausten. Greta sagte, sie könne überall leben, ihr sei nichts zu schäbig, aber Einar, der die ersten fünfzehn Jahre seines Lebens unter einem Strohdach geschlafen hatte, war dagegen und fand schließlich die Bleibe im Witwenhaus.

Das Haus mit der roten Fassade lag eine Straße vom Nyhavns Kanal entfernt. Die Gaubenfenster ragten aus dem steilen, schwarz bemoosten Lehmziegeldach, hoch oben waren die Dachluken eingelassen. Die anderen Gebäude in der Straße waren weiß getüncht und hatten achtfächerige Türen, die tanggrün gestrichen waren. Gegenüber wohnte ein Arzt namens Møller, der immer wieder Notrufe von Frauen erhielt, die ihre Kinder nachts zur Welt brachten. Aber nur wenige Autos fuhren auf dieser Straße, die am Inderhavn als Sackgasse endete, und es war hier so still, dass man den Widerhall des Schluchzens eines verschüchterten Mädchens vernehmen konnte.

»Ich muss wieder an meine eigene Arbeit«, sagte Einar schließlich; die Schuhe drückten unangenehm, die Zinnschnallen schnitten ihn in die Füße.

»Soll das heißen, du willst nicht mal ihr Kleid anprobieren?«

Als sie das Wort Kleid sagte, strömte Hitze in seinen Magen, gleich gefolgt von heftigem Schamgefühl. »Nein, ich glaube nicht«, sagte Einar.

»Nicht mal für ein paar Minuten?«, fragte sie. »Ich muss noch den Saum vor ihren Knien malen.« Greta saß auf dem Stuhl neben ihm und streichelte die Seide, die sich um seine Wade spannte. Ihre Hand war hypnotisch, die Berührung sagte ihm, er solle die Augen schließen. Er hörte nur noch das leise Kratzen ihres Fingernagels auf der Seide.

Aber dann ließ Greta ab. »Nein, entschuldige«, sagte sie. »Ich hätte nicht fragen sollen.«

Jetzt bemerkte Einar, dass die Tür des Eschenschranks offen stand, und darin sah er Annas Kleid. Es war weiß, Saum und Manschetten waren mit tropfenförmigen Perlen geschmückt. Ein Fenster hatte einen Sprung, und das Kleid schwankte sanft an seinem Bügel. Dieses Kleid – der matte Seidenglanz, der Spitzeneinsatz im Oberteil, die Häkchen an den Ärmeln, die wie kleine Mäuler geöffnet waren –, nein, Einar dachte, er sollte die Finger davon lassen.

»Gefällt es dir?«, fragte Greta.

Er wollte schon Nein sagen, aber das wäre ein Lüge gewesen. Das Kleid gefiel ihm, aber er wusste nicht, warum, und fast glaubte er zu spüren, wie das Fleisch unter seiner Haut anzuschwellen begann.

»Dann zieh's doch mal ganz kurz an.« Greta holte es herbei und hielt es ihm an die Brust.

»Greta«, sagte er. »Wenn ich –«

»Zuerst zieh dein Hemd aus«, sagte sie.

Er gehorchte.

»Wenn ich nun aber –«

»Mach einfach die Augen zu«, sagte sie.

Er gehorchte.

Ohne Hemd vor seiner Frau zu stehen, kam ihm auch mit geschlossenen Augen unanständig vor. Als habe sie ihn bei etwas ertappt, das nicht mehr zu tun er ihr versprochen habe. Er dachte dabei nicht an Dinge wie Ehebruch, eher an den Rückfall in irgendeine schlechte Angewohnheit, der er längst abgeschworen hatte. Zum Beispiel, nicht mehr in den Kanalbars von Christianshavn Aquavit zu trinken, nicht mehr Frikadelle im Bett zu essen, oder nicht mehr mit den veloursbezogenen Spielkarten mit den nackten Mädchen herumzuspielen, die er einmal an einem einsamen Nachmittag erstanden hatte.

»Und jetzt die Hose«, sagte Greta. Sie streckte die Hand aus und wandte höflich den Kopf ab. Das Schlafzimmerfenster stand offen, und die frische Meeresluft machte ihm eine Gänsehaut.

Einar zog sich rasch das Kleid über den Kopf und strich es über dem Schoß glatt. Er schwitzte unter den Achseln und im Kreuz. Ihm war so heiß, dass er wünschte, er könnte die Augen schließen und in die Zeit zurückkehren, als er ein kleiner Junge war und das Ding, das ihm zwischen den Beinen baumelte, noch so klein und nutzlos war wie ein kleines Rübchen.

Greta sagte nur: »Gut.« Und bewegte den Pinsel zur Leinwand. Sie kniff die blauen Augen zusammen, als betrachte sie etwas auf ihrer Nasenspitze.

Ein seltsam wässriges Gefühl durchströmte Einar, als er so auf der Truhe stand, von der Sonne beschienen, Heringsgeruch in der Luft. Das Kleid saß überall locker, nur an den Ärmeln nicht, er fühlte sich wie untergetaucht, als schwämme er im sommerwarmen Meer. Der Fuchs jagte die Maus, und irgendwo in seinem Kopf war eine Stimme: das leise Schluchzen eines verängstigten kleinen Mädchens.

Es fiel Einar schwer, die Augen aufzubehalten, Gretas Hand weiter dabei zuzusehen, wie sie flink wie ein Fisch vor der Leinwand hin und her huschte und ihre silbernen Armreifen und Ringe sich dabei mitbewegten wie ein Schwarm Heringe. Es fiel ihm schwer, weiter an Anna zu denken, wie sie drüben am Königlichen Theater sang und das Kinn zum Stab des Dirigenten streckte. Einar konnte nur noch an die Seide auf seiner Haut denken, die ihn einhüllte wie ein Verband. Ja, so fühlte es sich an, dieses erste Mal: Die Seide war so fein und luftig, sie fühlte sich an wie Gaze – in Balsam getränkte Gaze, sanft auf heilende Haut gelegt. Es war ihm nicht einmal mehr peinlich, so vor seiner Frau zu stehen, denn sie malte mit einer Konzentration, wie er sie nie an ihr erlebt hatte. Einar glitt in eine Schattenwelt aus Träumen, in der Annas Kleid jedem gehören konnte, sogar ihm.

Und gerade als ihm die Lider schwer wurden und das Atelier um ihn verschwamm, gerade als er seufzend die Schultern sinken ließ und Edvard IV im Schlafzimmer zu schnarchen begann, gerade in diesem Augenblick rief Annas Kupferstimme: »Nun seht euch Einar an!«

Er schug die Augen auf. Greta und Anna zeigten auf ihn, strahlend, mit offenen Mündern. Edvard IV stand vor ihm und bellte ihn an. Und Einar Wegener konnte sich nicht bewegen.

Greta ließ sich von Anna den Strauß Taglilien geben, ein

Geschenk von einem Verehrer am Bühnenausgang, und drückte ihn Einar in die Arme. Den Kopf hochgereckt wie ein kleiner Trompetenspieler, lief Edvard IV als Einars Beschützer um ihn herum. Die beiden Frauen lachten immer noch, und Einars Augen traten zurück und füllten sich mit Tränen. Ihr Lachen tat ihm weh, ihn schmerzte selbst der Duft der weißen Lilien, deren rostrote Stempel überall staubige Abdrücke hinterließen, am Schoß des Kleides, an der auffälligen Schwellung seines Unterleibs, an den Strümpfen, an seinen feuchten Händen.

»Du bist eine Hure!«, rief der Matrose unten zärtlich. »Was für eine verdammt schöne Hure du bist!«

Die Stille unten ließ einen verzeihenden Kuss erahnen. Dann lachten Greta und Anna noch lauter als zuvor, und gerade als Einar sie bitten wollte, das Atelier zu verlassen, damit er sich in Ruhe umziehen könne, sagte Greta leise und behutsam, mit ganz fremder Stimme: »Wir sollten dich eigentlich Lili nennen.«

KAPITEL 2

Greta Wegener war neunundzwanzig, Malerin. Sie stammte aus Kalifornien. Eine geborene Waud. Ihr Großvater, Apsley Haven Waud, war durch staatliche Landzuweisungen reich geworden, ihr Vater, Apsley junior, mit seinen Orangenplantagen noch reicher. Bevor sie mit zehn Jahren nach Dänemark zog, war sie von Pasadena allenfalls bis nach San Francisco gekommen, wo sie eines Tages, als sie vor dem Haus ihrer Tante Lizzie am Nob Hill Basketball auf Rollschuhen spielte, ihren Zwillingsbruder unabsichtlich gegen einen Einspänner schubste. Carlisle überlebte, behielt aber eine lange glänzende Narbe am Schienbein; manche Leute behaupteten, der Unfall habe ihn für immer verändert. Als Greta älter war, machte sie einmal die Bemerkung, Carlisle habe nie, wie sie das nannte, das Rückgrat eines Pioniers gehabt. »Manche Wauds werden damit geboren«, sagte die große Zehnjährige auf der Überfahrt, während sie an Deck dänische Vokabeln übte, »und manche nicht.« Die Dänen hatten erst recht nicht das Rückgrat eines Pioniers und warum sollten sie auch? Greta sah es ihnen nach – jedenfalls meistens. Insbesondere sah sie es Einar nach, ihrem ersten Kunstprofessor und zweiten Ehemann. Im Frühjahr 1925 waren sie schon seit gut sechs Jahren verheiratet; an gewissen Morgen kam Greta diese Zeit wie Wochen vor, an anderen wie sechs komplette Leben.

Einar und Greta hatten sich am 1. September 1914 in der Königlichen Akademie der Schönen Künste kennen gelernt, wenige Wochen nach dem Einmarsch der Deutschen in Luxemburg und Belgien. Greta war siebzehn, Einar in den Zwanzigern und bereits Dozent für Malerei, ein scheuer Junggeselle, den junge Mädchen in Verlegenheit brachten. Schon damals hatte sie breite Schultern und eine Körperhaltung, wie man sie nur erwirbt, wenn man seit frühester Kindheit auf Pferden zu Hause ist. Sie ließ sich die Haare bis tief in den Rücken wachsen, was auf Kopenhagens wenigen noch von Gaslaternen erhellten Straßen für einiges Aufsehen sorgte. Die Dänen sahen es ihr aber nach, denn schließlich kam sie aus Kalifornien, einem Land, das noch fast keiner von ihnen mit eigenen Augen gesehen hatte und von dem man sich vorstellte, dass dort Menschen wie Greta in offenen Häusern unter Dattelpalmen lebten und in den Gärten die Goldklumpen nur so aus der schwarzen Erde wüchsen.

Eines Tages zupfte Greta sich die Augenbrauen aus, und als sie nicht wieder nachwuchsen, fand sie das überaus praktisch. Jeden Morgen zog sie sie mit Wachsstiften nach, die sie im fensterlosen Raum im dritten Stock des Magasin du Nord erwarb, in dem Frauen mit *kleinen Schönheitsfehlern* verschwiegen ihre Einkäufe tätigten. Greta hatte die ununterdrückbare Angewohnheit, sich beim Lesen die Nasenhaare auszurupfen, und die winzigen Narben, die ihr das bereits eingebracht hatte, waren ein ständiger Anlass zur Sorge. Sie hielt sich für das größte Mädchen in ganz Kopenhagen, aber das war wohl nicht richtig; denn es gab ja auch noch Grethe Janssen, eine geschmeidige Schönheit und Geliebte des Bürgermeisters, die selbst bei helllichtem Tag in ihren mit Kristallperlen behangenen Gewändern in den Läden im Foyer des Hôtel d'Angleterre ein und aus ging.

Auf jeden Fall glaubte Greta von sich, dass sie wahrscheinlich niemals heiraten werde. Wenn ein junger Mann – sei es ein mondgesichtiger Däne aus einer degenerierten Adelsfamilie, sei es der Sohn eines amerikanischen Stahlmagnaten, der für ein Jahr durch Europa reiste – sie zum Ballett oder auf eine Segeltour durch die Kanäle von Christianshavn einlud, war ihr erster Gedanke jedes Mal: Mich kriegst du nicht. Sie wollte nichts anderes sein als ein Blaustrumpf: eine ewig junge Frau, die Tag für Tag am Fenster stehen und malen konnte, eine Frau, deren einzige Gesellschaft sich um Mitternacht bei Sebastian, ihrer Lieblingskneipe, auf zwei schnelle Gläser Peter Heering mit Kirschgeschmack zusammenfand, ehe um ein Uhr morgens der missmutige Polizist auftauchte und auf Einhaltung der Sperrstunde bestand.

Aber selbst Greta wusste, dass das nicht nur töricht, sondern auch unmöglich war. Niemals würde es der jungen Miss Greta Waud gestattet sein, ein solches Leben zu führen.

Als sie ein kleines Mädchen war, schrieb sie immer wieder in ihr Schönschreibheft: »Greta Greta Greta«. Den Nachnamen »Waud« ließ sie absichtlich weg, als wollte sie ausprobieren, wie das wohl wäre, nichts anderes zu sein als schlicht Greta – niemand nannte sie so. Niemand wollte wissen, aus welcher Familie sie kam. Auch als Heranwachsende wollte sie von keinerlei Art von Beziehungen profitieren. Sie verachtete jeden, der sich allzu sehr auf seine Vorfahren berief. Was sollte das bringen?

Sie war als Mädchen nach Dänemark gekommen, als ihr Vater, ein Mann mit langen Armen und Backenbart, dort seinen Botschafterposten antrat. »Warum willst du das machen?«, hatte Greta gefragt, als er ihr von der neuen Stelle erzählte. »Also wirklich, Greta«, hatte ihre Mutter gesagt. »Sei artig. Er ist dein Vater.« Greta hatte nämlich vergessen, dass seine Mutter, also ihre Großmutter Gerda Carlsen, nach der man Greta benannt hatte, eine Dänin war und blond wie Buchenholz. Sie war auf Bornholm aufgewachsen und für die blutroten Mohnblüten bekannt, die sie hinter den Ohren trug. Und sie war das erste Mädchen ihrer Familie, das die Ostseeinsel verließ, um nicht, wie die meisten neugierigen jungen Leute, nach Kopenhagen zu gehen, sondern nach Südkalifornien – in jenen Tagen ungefähr dasselbe, wie auf den Mond auszuwandern. Nachdem sie einige Jahre lang auf einer richtigen Pferderanch gearbeitet hatte, wurde Apsley Waud senior auf sie aufmerksam, und wenig später hatte das große Mädchen, das die mit Mohnblüten geschmückten Haare bis zu den Hüften trug, eine eigene kleine Familie. Als Greta von ihrem Vater erfuhr, er werde mit der Familie nach Dänemark zurückgehen, war es – wie selbst Greta sich eingestehen musste – ein wenig gefühllos von ihr, nicht an diesen Zusammenhang zu denken, glatt zu übersehen, dass ihr Vater damit bei seiner Mutter etwas gutmachen wollte, bei Gerda Carlsen Waud, die ums Leben gekommen war, als ihr Sohn, Apsley junior, damals noch ein junger Mann, sie bei Pasadena an den Rand des Arroyo Seco geführt hatte, um sie vor der prächtigen Aussicht zu fotografieren, und dann entsetzt mitansehen musste, wie seine Mutter den von Ameisen unterwühlten Boden unter den Füßen verlor, in den Canyon stürzte und dort im tödlichen Geäst einer knorrigen Palme aufschlug.

Im Herbst 1914, als sie an der Königlichen Akademie war, glaubte Greta, die meisten Leute, insbesondere die von der Verwaltung, hätten nur ein Gesprächsthema: den Krieg und Greta selbst. Mit ihren langen wehenden Haaren hatte sie immer schon für Aufsehen gesorgt. Vor allem in Südkalifornien. Erst voriges Jahr, als sie den Sommer über zum Tennis und Reiten nach Pasadena zurückgekehrt war, hatte sie dies wieder feststellen müssen. Der junge Lenker des Fleischerwagens war ihr sofort ins Auge gefallen. Er hatte schwarzes Lockenhaar und zog sie mit seiner warmen Hand zu sich nach oben auf den Brettersitz, und dann fuhren sie gemeinsam zum Whilshire Boulevard und wieder zurück. Sie sah ihm zu, wie er die Rippenbraten und Lammteile mit der großen Zange packte und bei der Kundschaft in Hancock Park ablieferte. Auf der Rückfahrt versuchte er nicht ein einziges Mal sie zu küssen; Greta war enttäuscht, zum ersten Mal kamen ihr Zweifel an der Länge ihrer blonden Haare. Am Ende der Fahrt sagte der Junge nur: »Bis bald.« Und Greta konnte nur achselzuckend auf ihr Zimmer gehen. Am nächsten Morgen beim Frühstück jedoch sagte ihre Mutter ein wenig spitz: »Greta, meine Liebe. Würdest du das bitte erklären?« Ihre Mutter nahm ein Blatt Papier aus der *American Weekly* und faltete es auseinander. Darauf stand lediglich die kryptische Botschaft: »Plant die junge Miss Greta Waud eine Karriere im Fleischerhandwerk?« Wochenlang lastete auf der Villa die Drohung, in die Klatschspalten zu geraten. Jeden Morgen beim Pfiff des Zeitungsjungen erstarrte alles im Haus. Der Artikel kam freilich nicht, aber die Sache war natürlich längst durchgesickert. Zwei Tage lang stand das Telefon oben im Flur nicht still. Gretas Vater konnte sich nicht mehr im California Club zum Essen sehen lassen, und ihre Mutter hatte größte Schwierigkeiten, einen neuen Fleischlieferanten aufzutreiben. Wenig später beendeten ihre Eltern den Sommeraufenthalt in Kalifornien, und Greta kehrte nach Kopenhagen zurück, rechtzeitig zum Augustnordlicht und dem Feuerwerk über dem Tivoli.

In jenem September am Ende ihrer Jugend, als schon der Krieg in den Gewitterwolken zu hören war, schrieb Greta sich in der Königlichen Akademie ein. Am ersten Unterrichtstag verblüffte sie Einar, der vor der Tafel stand, an der noch die staubigen Geister der vorigen Stunde zu sehen waren, mit der Frage: »Und Sie, junge Frau? Ihr Name?«

Als Greta die Frage beantwortete, machte Einar – beziehungsweise Professor Wegener, wie sie ihn damals noch nannte – eine Notiz in sein Klassenbuch und sprach dann weiter. Seine Augen, braun und groß wie die einer Puppe, kehrten zu ihr zurück und verzogen sich hastig wieder. Nervös wie er war, nahm Greta an, er habe noch nie im Leben eine Amerikanerin gesehen. Sie warf sich die Haare über die Schulter, als schwenkte sie eine Fahne.

Dann, noch zu Beginn des Schuljahrs, hatte anscheinend jemand Einar etwas über ihren Vater und dessen Posten an der Botschaft und vielleicht auch etwas von der Geschichte mit dem Fleischerwagen zugeflüstert – ja, schon damals überwand das Geschwätz den Atlantik –, denn Einar wurde noch verlegener als sonst, wenn er sie sah. Es enttäuschte sie, dass er sich als einer jener Männer erwies, die sich in Gegenwart eines reichen Mädchens einfach nicht behaglich fühlen konnten. Das war ihr furchtbar unangenehm, denn sie hatte ja um ihren Reichtum nie gebeten, auch wenn sie nicht gerade etwas dagegen hatte. Einar konnte ihr keine Empfehlung geben, welche Bilder sie sich in den Kunstudstillingen ansehen sollte, er war nicht im Stande, den besten Weg zu dem Künstlerbedarfsladen in der Nähe des Kommunehospitalet zu beschreiben. Sie lud ihn in die amerikanische Botschaft ein, auf einen Empfang, der zu Ehren eines Werftbesitzers aus Connecticut gegeben wurde, aber er schlug die Einladung aus. Ebenso lehnte er ihren Wunsch ab, sie in die Oper zu begleiten. Wenn sie sprachen, konnte er sie kaum ansehen. Sie aber sah ihn an, nicht nur beim Sprechen, sondern auch von weitem, durch irgendein Fenster, wenn er mit kurzen schnellen Schritten den Hof der Akademie überquerte. Er war schmächtig und blass, er hatte ein rundes Gesicht und Augen, die so dunkel waren, dass Greta nicht ergründen konnte, was dahinter vorging. Greta brauchte ihn nur anzusprechen, schon errötete Einar von der Kehle bis zur Schläfe. Er war wie ein Kind, und das faszinierte sie, nicht zuletzt weil sie selbst immer so hochaufgeschossen und so freimütig gewesen war, dass die Leute sie, auch schon als kleines Mädchen, mehr oder weniger wie eine Erwachsene behandelt hatten. Einmal fragte sie ihn: »Sind Sie verheiratet, Professor?«, worauf seine Augenlider unkontrolliert zu flattern anfingen. Und mit geschürzten Lippen versuchte er das ihm offenbar unvertraute Wort »Nein« auszusprechen.

Die anderen Schüler tuschelten über Professor Wegener. »Der kommt aus einer Zwergenfamilie«, sagte ein Mädchen. »Der war bis zu seinem fünfzehnten Lebensjahr blind«, sagte eine andere. »Im Sumpf geboren«, sagte ein Junge, der Greta für sich einzunehmen suchte. Der Junge malte griechische Statuen, und etwas Langweiligeres, als Thema und als Mensch, konnte Greta sich nicht vorstellen. Als er sie zu einer Fahrt auf dem Riesenrad im Tivoli einlud, verdrehte sie nur die Augen. »Na, Professor Wegener geht bestimmt nicht mit dir dahin, falls du darauf warten solltest«, sagte der Junge und trat wütend an den Stamm einer Ulme.

Ihre Mutter, die immer noch an die Sache mit dem Fleischerwagen dachte, musterte Greta jedes Mal genau, wenn sie abends nach Hause kam, aber der Feuerschein des Kamins ließ nichts ins Gretas Augen erkennen. Eines Abends sagte ihre Mutter: »Greta, meine Liebe. Wenn du für deine Geburtstagsfeier keine Begleitung findest, werde ich jemanden für dich besorgen müssen.« Sie saß klöppelnd am Wohnzimmerkamin, und oben hörte Greta ihren Bruder Carlisle mit einem Gummiball in seinem Zimmer spielen. »Gräfin von der Reckes Sohn wird bestimmt gern mit dir gehen«, sagte Mrs. Waud. »Gewiss, er kann nicht tanzen, aber er sieht doch recht gut aus, den schrecklichen Buckel einmal ausgenommen, findest du nicht auch? Greta?« Gretas Mutter hob ihr spitzes Gesicht. Das Feuer im Kamin glomm schwach und rot, und das laute Tappen von Carlisles Ball ließ den Kronleuchter zittern. »Wann hört er endlich damit auf?«, fauchte Mrs.

Waud. »Dieser alberne Tennisball.« Sie legte ihre Klöppelarbeit zusammen, erhob sich und nahm eine steife Haltung an, ihr Körper glich einem Pfeil, der anklagend auf Carlisles Zimmer zeigte. »Man könnte natürlich immer auf Carlisle zurückgreifen«, sagte sie seufzend. Und dann, als schlügen die Flammen im Kamin plötzlich höher und erhellten das Zimmer, bemerkte Mrs. Waud: »Na ja, auch gut. Warum nicht Carlisle? Geh doch mit ihm. Er hat auch noch kein Mädchen gefunden. Ihr zwei könntet zusammen gehen, schließlich habt ihr ja beide Geburtstag.« Aber Greta, die im Türrahmen stehen geblieben war, machte eine abwehrende Geste und sagte: »Carlisle? Ich kann doch nicht mit Carlisle gehen! Das wäre mir zu langweilig. Außerdem bin ich durchaus in der Lage, mir selbst einen Begleiter zu suchen.« Die Augenbrauen ihrer Mutter, grau wie Taubenfedern, wölbten sich hoch. »Ach, wirklich? Wer soll das sein?«, fragte sie.

Greta spürte, wie sich ihr die Nägel in die Handfläche gruben, als sie sagte: »Wart's doch einfach ab. Ich nehme mir einen, den ich will. Ich geh doch nicht mit meinem eigenen Bruder!« Sie spielte in ihren Haaren, sah ihre Mutter herausfordernd an, und oben tappte immer noch der Tennisball. »Wart's ab«, sagte Greta. »Schließlich werde ich achtzehn.«

In der Woche darauf erwischte Greta Einar im Treppenhaus der Königlichen Akademie. Er hielt sich an dem weißen Geländer fest, und sie fasste ihn beim Handgelenk und fragte: »Kann ich Sie mal sprechen?«

Es war spät, niemand sonst in der Nähe, und im Treppenhaus war es ganz still. Professor Wegener trug einen braunen Anzug mit weißem Kragen, der schon ein wenig braun war. Er hielt eine kleine schwarze Leinwand in der Hand, nicht größer als ein Buch. »Wir veranstalten zu meinem Geburtstag ein Abendessen«, sagte Greta. »Ich werde achtzehn. Mein Zwillingsbruder und ich.« Und dann: »Darf ich Sie dazu einladen?«

Einar zog ein Gesicht, als habe er etwas Verdorbenes gegessen, und wurde bleich. »Fräulein, bitte«, sagte er schließlich. »Vielleicht sollten Sie sich in einem anderen Seminar einschreiben? Das wäre wohl das Beste.« Er strich sich über den Hals, als hinge dort etwas Kostbares, das ihm lieb und teuer sei.

In diesem Augenblick wurde Greta klar, dass Professor Wegener in gewissem Sinne gar noch jünger war als sie selbst. Er hatte ein Jungengesicht mit kleinem Mund und immer roten Ohren. Das hellbraune Haar hing ihm fürwitzig in die Stirn. Und Greta fühlte sich getrieben, sein Gesicht in die Hände zu nehmen. Einar zuckte leicht zusammen, als ihre Finger seine Wangen berührten, verharrte dann aber reglos. Sie hielt den schmalen Kopf ihres Professors, die Handflächen auf seinen warmen Schläfen. So hielt sie ihn lange, und er ließ es zu. Dann küsste sie ihn, zwischen ihnen die kleine Leinwand. Und da wusste Greta, dass Einar Wegener nicht nur der Mann war, den sie bei der Feier ihres achtzehnten Geburtstags an ihrer Seite haben wollte, sondern auch der, den sie heiraten wollte. »Was bist du für ein hübscher Mann!«, sagte sie.

»Darf ich gehen?«, fragte Einar und löste sich von ihr.

»Sie meinen, auf die Party?«

»Nein, ich –«

»Natürlich dürfen Sie auf die Party kommen. Ich habe Sie doch selbst eingeladen.«

Und zu ihrer beider Überraschung wandte sich Einar jetzt zu ihr hin und ließ sich ein zweites Mal küssen.

Doch noch vor der Feier und bevor Greta achtzehn wurde, kam Gretas Vater zu dem Schluss, dass es in Europa nicht mehr sicher sei. Kurz nachdem Deutschland zum Schlag gegen Frankreich ausgeholt hatte, schickte Gretas Vater seine Familie aus Dänemark nach Hause. »Wenn der Kaiser Belgien überrollt, was sollte ihn abhalten, einen Abstecher nach hier oben zu machen?«, fragte er am Kiefertisch im Esszimmer. »Gutes Argument«, antwortete Gretas Mutter, die mit Ballen von Verpackungsstroh im Zimmer umherlief. Greta, die sich wie ein Flüchtling vorkam, hatte, als sie an Bord der *Princess Dagmar* ging, nichts in der Tasche als einen kurzen Brief von Einar, in dem es lediglich hieß: »Bitte verzeih mir. Es ist wahrscheinlich am besten so.«

Jetzt, mehr als zehn Jahre später, im feuchten Frühling des Jahres 1925, hatte Greta das Gefühl, sie trüge ein Geheimnis ihres Mannes mit sich herum. In den ersten Wochen nach der Sitzung mit Annas Kleid schwiegen Greta und Einar sich dazu aus. Sie malten fleißig an ihren Bildern und gingen einander sorgfältig aus dem Weg. Annas Porträt war fertig, und jetzt suchte Greta nach einem anderen Auftrag. Ein paar Mal, beim Essen oder abends beim Lesen, musste Greta an ihren Mann in Annas Kleid denken, und dann hätte sie ihn beinahe mit Lili angesprochen. Aber es gelang ihr, sich zu beherrschen. Nur einmal fragte sie auf eine Bemerkung von ihm nach: »Wie bitte, Lili?«, bat aber sofort um Verzeihung. Beide lachten, und sie gab ihm einen Kuss auf die Stirn. Sie dachte nicht mehr daran, und Lili schien nur noch eine Gestalt aus einem Film zu sein, den sie im Folketeatret gesehen hatten.

Eines Abends saß Greta im Sessel und las in *Politiken* etwas über die Sozialliberalen. Einar kam auf sie zu, setzte sich ihr zu Füßen und legte ihr den Kopf in den Schoß. Warm und schwer ruhte er auf ihren Schenkeln, während sie weiter die Zeitung las. Sie strich ihm übers Haar, ab und zu hob sie die Hand und blätterte um. Als sie fertig war, faltete sie das Blatt, zog einen Bleistift aus der Kitteltasche und wollte sich dem Kreuzworträtsel zuwenden.

»Ich habe über sie nachgedacht«, sagte Einar.

»Über wen?«

»Die kleine Lili.«

»Wir könnten sie doch noch mal zu uns holen«, sagte Greta, kaum dass sie den Blick von dem Rätsel hob; ihr mit Druckerschwärze beschmutzter Finger rieb an der Windpockennarbe.

Greta konnte Dinge sagen, ohne sie wirklich ernst zu meinen, ständig drängte es sie, zu widersprechen, radikal zu sein. Im Lauf ihrer Ehe hatte sie immer wieder ähnlich absurde Vorschläge gemacht: Wir könnten nach Pasadena zurückgehen und Orangen ernten. Wir könnten in unserer Wohnung eine kleine Klinik für Prostituierte vom Istedgade aufmachen. Wir könnten an irgendeinen neutralen Ort ziehen, Nevada zum Beispiel, wo keiner weiß, wer wir sind. Dergleichen sagt man schon mal in der geräumigen Höhle des Ehestands, und zum Glück bleibt es meistens klein und schwarz und harmlos wie eine schlafende Fledermaus im Dunkeln hängen. So jedenfalls dachte Greta; was Einar dachte, konnte sie nicht sagen.

Einmal versuchte sie eine schlafende Fledermaus zu malen – die schwarze Doppelmembran der Haut, wie sie den Mauskörper umhüllte –, aber es gelang ihr nicht. Es fehlte ihr an der Technik für die langen dünnen Finger und die winzige Daumenkralle und für das durchscheinende Grau der Flügel. Sie hatte nie gelernt, Tiere zu malen. Einar, der gelegentlich ein Schwein oder einen Spatzen oder auch mal Edvard IV in seine Landschaften malte, hatte versprochen, es ihr beizubringen. Aber wann immer sie sich dazu hinsetzte, kam etwas dazwischen: ein Telegramm aus Kalifornien, unten auf der Straße klirrte die Wäscherin mit ihren Fingerschellen, das Telefon klingelte, und am Apparat war einer von Einars Förderern, oftmals hoch gestellte silbergraue Herren, die hinter schmalen, grünen, stets mit einem Haken verschlossenen Fensterläden lebten.

Ein paar Tage später kam Greta von einer Besprechung mit einem Galeriebesitzer, der ihre Bilder am Ende nicht haben wollte, ins Witwenhaus zurück. Der Händler, ein gut aussehender Mann mit einem Muttermal wie ein Schokoladenfleck am Hals, hatte Greta nicht direkt fortgeschickt. Aber aus der Art, wie er sich mit den Fingern ans Kinn klopfte, konnte Greta schließen, dass er nicht sonderlich beeindruckt war. »Nur Porträts?«, hatte er gefragt. Der Mann wusste, wie im Übrigen ganz Kopenhagen, dass sie mit Einar Wegener verheiratet war. Und deswegen, das war Greta klar, erwartete der Händler idyllische Landschaften von ihr. »Finden Sie nicht, Ihre Bilder seien vielleicht ein wenig zu« – er suchte nach dem richtigen Wort – »zu stürmisch?« Greta hätte vor Wut platzen können, sie begann in ihrem Kostüm zu schwitzen, dem mit den Smokingaufschlägen. Zu stürmisch? Wie konnte man etwas zu stürmisch finden? Sie riss dem Händler ihre Mappe aus der Hand und ließ ihn stehen. Ihr Gesicht war immer noch heiß und feucht, als sie oben im Witwenhaus ankam.

Als sie die Tür aufmachte, erblickte sie ein Mädchen auf dem Flechtstuhl und wusste erst gar nicht, wer das sein könnte. Das Mädchen saß vor dem Fenster, ein Buch in der Hand, Edvard IV auf dem Schoß. Sie trug ein blaues Kleid mit abnehmbarem weißen Kragen und um den Hals eine von Gretas Goldkettchen. Das Mädchen – kannte Greta sie? – roch nach Minze und Milch.

Der Matrose unten beschimpfte seine Frau, und jedes Mal wenn das Wort »Hure« durch die Dielen drang, lief der Hals des Mädchens rot an. *»Luder«*, brüllte der Mann von Zeit zu Zeit, und ebenso erglühte und verblasste die Farbe am Hals des Mädchens.

»Lili?«, sagte Greta schließlich.

»Ein wunderbares Buch.« Lili hielt die Geschichte von Kalifornien hoch, die Gretas Vater in einer Kiste herübergeschickt hatte, zusammen mit gezuckerten Zitronen in Dosen, einer Vorratspackung reinen Pasadenaextrakts und einem Jutesack Eukalyptusblüten für ihre Dampfbäder.

»Ich möchte dich nicht stören«, sagte Greta.

Lili murmelte etwas, ganz leise. Edvard IV knurrte träge und stellte die Ohren auf. Die Wohnungstür stand noch offen, Greta hatte noch nicht den Mantel ausgezogen. Lili wandte sich wieder ihrem Buch zu und Greta betrachtete den blassen Hals, der sich aus den Blütenblättern ihres Kragens erhob. Sie war sich nicht sicher, was ihr Mann jetzt von ihr erwartete. Sie sagte sich, das sei für Einar eine wichtige Sache, sie sollte einfach dabei mitmachen – ein Gedanke, der für Greta durchaus nicht selbstverständlich war. Sie stand im Eingang der Wohnung, eine Hand am Türgriff, und Lili saß still auf dem Stuhl, von der Sonne angestrahlt. Sie ignorierte Greta, die hoffte, Lili würde aufstehen und sie bei den Händen nehmen. Aber das geschah nicht, und schließlich ging Greta auf, dass sie Lili allein lassen sollte; sie schloss die Wohnungstür hinter sich, stieg die dunkle Treppe hinunter und trat auf die Straße, wo sie die kantonesische Wäscherin traf und ihr sagte, sie brauchte heute nicht zu kommen.

Als Greta später ins Witwenhaus zurückkam, stand Einar an der Staffelei. Er trug eine karierte Hose und Weste und hatte die Hemdsärmel bis zum Ellbogen hochgekrempelt. Sein Kopf wirkte klein über dem Kragen und dem dicken Knoten seiner Krawatte. Das runde Gesicht rosa angehaucht, die Lippen leicht vorgeschoben, kaute Einar an einem Pinsel aus Haselnussholz. »Ich komme voran«, sagte er gut gelaunt. »Endlich habe ich die richtigen Farben für den Schnee auf der Heide gemischt. Willst du mal sehen?«

Einar malte seine Landschaften meist in so kleinem Format, dass man sie bequem in der Hand halten konnte. Diese hier war dunkel, ein Sumpf in winterlichem Abendlicht; ein schmales Band schmutzigen Schnees war das Einzige, was den Moorboden vom Himmel unterschied. »Ist das der Sumpf in Blåtand?«, fragte Greta. Seit neuestem war sie der Landschaften Einars überdrüssig. Sie verstand einfach nicht, wie er immer wieder so etwas malen konnte. Heute Abend würde er mit dieser Heide fertig sein, und morgen früh würde er die nächste anfangen.

Auf dem Tisch lag ein Roggenbrot. Einar war auf dem Markt gewesen, das sah ihm gar nicht ähnlich. Ein Eiskübel mit Garnelen, eine Portion Rinderhack; ein Glas Perlzwiebeln, die Greta an die Perlen erinnerten, die sie und Carlisle als Kinder aufgefädelt hatten, damals, als er noch zu schwach war, um draußen zu spielen. »War Lili hier?« Greta fühlte sich zu der Frage gedrängt, denn sie wusste, Einar selbst würde nicht davon anfangen.

»Eine Stunde. Etwas weniger. Riechst du sie nicht? Ihr Parfüm?« Er spülte seine Pinsel in einem Topf mit weißlichem Wasser, das aussah wie die dünne Milch, die Greta hatte kaufen müssen, als sie nach dem Krieg wieder nach Dänemark gekommen war.

Greta wusste nicht, was sie sagen sollte, sie wusste nicht, was ihr Mann von ihr erwartete. »Kommt sie wieder?«

»Nur wenn du es willst«, sagte Einar, ihr den Rücken zuwendend.

Seine Schultern waren schmal wie die eines Knaben. Er war so schmächtig, dass Greta zuweilen glaubte, sie könne ihre Arme zweimal um ihn herumlegen. Seine rechte Schulter bebte, als er die Pinsel ausspülte, und Greta sagte sich, sie sollte hinter ihn treten und ihn bei den Armen fassen, ihm zuflüstern, er solle stillstehen. Sie wollte ihm nur seine Wünsche erfüllen, zugleich aber hatte sie das unwiderstehliche Bedürfnis, ihn in die Arme zu nehmen und ihm zu sagen, was er mit Lili machen sollte. Und so standen sie nun in der Abenddämmerung unterm Dach des Witwenhauses, Einar, die Arme steif an den Körper gepresst, und Greta, die ihn umschlungen hielt. Schließlich sagte sie – es war wie eine Eingebung: »Das muss Lili selber wissen. Es steht ihr frei.«

Im Juni gab die Stadt im Rådhuset den Künstlerball. Eine Woche lang behielt Greta die Einladung in der Tasche, unschlüssig, was sie damit anfangen sollte. Einar hatte erst kürzlich gesagt, er habe keine Lust mehr, auf Bälle zu gehen. Aber Greta hatte die Idee. Sie hatte in Einars Augen ein Verlangen bemerkt, das er noch nicht einzugestehen wagte.

Eines Abends im Theater fragte sie ihn freundlich: »Hättest du Lust, als Lili zu gehen?« Sie fragte, weil sie annahm, dass er es wollte. Einar würde einen solchen Wunsch niemals aussprechen; er gestand ihr selten etwas, wenn sie ihn nicht geradezu drängte – aber dann sprudelten seine wahren Gefühle nur so aus ihm hervor, und sie legte das Kinn in die Hand und hörte geduldig zu.

Sie waren im Königlichen Theater, oben auf der Galerie. Der rote Samt der Armlehnen war abgewetzt, und über dem Proszenium stand die Inschrift: *Ej blot til Lyst.* Der schwarze Eichenboden war am Nachmittag gebohnert worden, und der süßliche Arzneigeruch in der Luft erinnerte Greta an den Geruch in der Wohnung, nachdem Einar dort geputzt und aufgewischt hatte.

Einars Hände zitterten, sein Hals lief dunkelrot an. Sie saßen beinahe in Höhe des elektrischen Kronleuchters mit den großen Rauchglaskugeln. In dem Licht war der Flaum auf Einars Wangen gut zu erkennen, dort, wo die meisten Männer Koteletten trugen. Sein Bartwuchs war so schwach, dass er sich nur einmal die Woche rasieren musste, und die Härchen auf seiner Oberlippe sprossen so spärlich, dass Greta sie hätte zählen können. Seine Wangen hatten die Farbe einer Teerose, und manchmal bedachte Greta sie mit neidischen Seitenblicken.

Das Orchester stimmte die Instrumente und bereitete sich auf die lange Reise durch *Tristan und Isolde* vor. Das Paar neben Einar und Greta zog sich diskret die Abendschuhe aus. »Ich dachte, wir haben gesagt, wir gehen dieses Jahr nicht auf den Ball«, sagte Einar schließlich.

»Wir müssen ja nicht. Ich dachte nur –«

Das Licht ging aus, der Dirigent schritt auf seinen Platz im Orchestergraben. In den nächsten fünf Stunden saß Einar starr und reglos, die Beine zusammengepresst, das Programmheft fest in der Faust. Greta wusste, er dachte an Lili, er dachte an sie wie an eine kleine Schwester, die lange Zeit fortgewesen war und jetzt nach Hause kommen sollte. Anna sang heute die Rolle der Brangäne, Isoldes Hausmädchen. Ihre Stimme ließ Greta an glühende Kohle in einem Ofen denken, und mochte sie auch nicht so hübsch sein wie die einer Sopranistin, so war sie doch prägnant und ohne Fehl und Tadel; wie sonst könnte sich ein Hausmädchen anhören? »Einige der interessantesten Frauen, die ich kenne, sind nicht gerade schön«, bemerkte sie später, als sie mit Einar im Bett lag; ihre Hand ruhte unter seiner warmen Hüfte, sie stand am Abgrund des Schlafs und wusste nicht so recht, wo sie eigentlich war, in Kopenhagen oder in Kalifornien.

Als Greta tags darauf von einer Besprechung mit einem anderen Galeriebesitzer zurückkam, einem Mann, der zu unscheinbar und unbedeutend war, als dass seine Ablehnung Greta hätte verstimmen können, ging sie auf Einar zu und küsste ihn. Auf seiner Wange, in seinen Haaren schwebte noch der Geist von Lili, der Duft von Minze und Milch.

»War Lili wieder hier?«

»Den ganzen Nachmittag.«

»Was hat sie gemacht?«

»Sie ist zu Fonnesbech gegangen und hat eingekauft.«

»Ganz allein?«, fragte Gtreta.

Einar nickte. Er hatte für heute genug gemalt und saß in dem Lesesessel mit den Armlehnen aus Walnussholz, den *Politiken* aufgeschlagen in den Händen und Edvard IV zu seinen Füßen. »Ich soll dir von ihr ausrichten, dass sie auf den Ball gehen möchte.«

Greta erwiderte nichts darauf. Ihr war, als erklärte ihr jemand die Regeln eines neuen Gesellschaftsspiels. Sie hörte zu und nickte, dachte dabei aber bei sich: Wenn das Spiel erst einmal anfängt, werde ich es wohl noch begreifen.

»Du möchtest doch, dass sie mitkommt?«, fragte Einar. »Es ist dir recht, wenn sie an meiner Stelle geht?«

Greta verdrehte eine Haarsträhne zu einem Knäuel, das sich später kaum noch entwirren ließ, dann sagte sie: »Ich habe nichts dagegen.«

Nachts lag Greta im Bett, einen Arm auf Einars Brust. Seine Großmutter hatte ihnen zur Hochzeit ein Kufenbett aus Buchenholz geschenkt. Es war ein wenig klein, aber alle in der Familie Wegener waren klein, von Einars Vater einmal abgesehen. Im Lauf der Jahre hatte Greta sich daran gewöhnt, sich schräg ins Bett zu legen, ihre Beine über Einars gelegt. Manchmal, wenn sie an dem Leben zweifelte, das sie sich in Dänemark gemacht hatte, kam es ihr vor, als sei sie ein kleines Mädchen, und Einar mit seinem Puppengesicht und seinen niedlichen Füßen ihr Lieblingsspielzeug. Im Schlaf schob er die glänzenden Lippen vor. Die Haare hingen ihm wie ein Kranz ums Gesicht. Greta konnte die Nächte nicht zählen, in denen sie wach gelegen und das Zucken seiner langen Wimpern beobachtet hatte, wenn er träumte.

Es war tief in der Nacht und ganz still in ihrem Schlafzimmer, nur einmal ging die Sirene der Fähre nach Bornholm, der Ostseeinsel, von der ihre Großmutter stammte. Greta lag wach und dachte an Lili, an ihr ländliches Gesicht mit der ausdrucksvollen, bebenden Oberlippe und den braunen Augen, die so feucht waren, dass es den Anschein hatte, als brächen sie gleich in Tränen aus. Und sie dachte an Lilis fleischige kleine Nase, die irgendwie den Eindruck vermittelte, als sei sie ein kleines Mädchen, das erst noch in seinen Frauenkörper hineinwachsen müsste.

Lili war noch schüchterner als Einar. Zumindest am Anfang. Beim Sprechen hielt sie den Kopf gesenkt und manchmal war sie so nervös, dass sie überhaupt kein Wort herausbrachte. Wenn Greta oder Anna eine simple Frage stellten, zum Beispiel: »Hast du von dem schrecklichen Feuer bei der Königlichen Grönland-Handelsgesellschaft gehört?«, reagierte sie mit leerem Blick und wandte sich ab. Lili zog es vor, sich schriftlich zu äußern, auf Postkarten, die sie bei der blinden Frau vorm Eingang des Tivoli gekauft hatte und die sie in der Wohnung auslegte, auf den Eschenschrank oder auf die schmale Leiste von Gretas Staffelei.

Aber ich kenne doch niemanden auf dem Ball. Meinst du wirklich, dass ich mitkommen soll?

Ist es fair, Einar nicht mitzunehmen? Macht ihm das nichts aus?

Und einmal:

Ich glaube, ich bin nicht schön genug. Gib mir bitte einen Rat.

Greta antwortete auf dergleichen ebenfalls schriftlich und lehnte die Zettel an eine Schale mit Birnen, kurz bevor sie die Wohnung verließ:

Zu spät. Ich habe bereits allen erzählt, dass du kommst. Bitte mach dir keine Sorgen, die Leute halten Lili alle für Einars Kusine aus Blåtand. Einige haben mich gefragt, ob du einen Begleiter brauchst, aber ich habe gesagt, das sei nicht nötig. Das ist dir doch recht, oder? Ich dachte, du seist noch nicht – ist das das richtige Wort? – soweit.

Abends speisten Greta und Einar oft mit Freunden in ihrem Lieblingscafé am Nyhavns Kanal. Manchmal, wenn ihm der Aquavit zu Kopf stieg, prahlte er kindisch mit dem Erfolg irgendeiner seiner Ausstellungen. »Alle Bilder verkauft!«, sagte er dann, was Greta an Carlisle erinnerte, der sich manchmal bis zum Überdruss einer guten Note in Geometrie oder einer schönen neuen Freundin gerühmt hatte.

Doch Einars Gerede war Greta peinlich, und wenn es um Geld ging, versuchte sie ganz wegzuhören; was gab es da auch zu sagen? Konnten sie nicht so tun, als sei es ihnen gleichgültig? Sie warf Einar über die blanken fettigen Lachsgräten auf dem Tisch wütende Blicke zu. Sie hatte ihm nie von dem Vermögen erzählt, mit dem ihr Vater sie nach Dänemark geschickt hatte, und erst recht nichts von dem Geld, das er ihr jährlich am Ende der Orangensaison auf ein Konto bei der Landmandsbanken überwies – nicht aus Egoismus, sondern weil sie Angst hatte, all dieses Geld würde sie zu einer anderen machen, zu einer Frau, in deren Haut sie sich nicht wohl fühlen würde. Eines bedauerlichen Tages hatte sie das ganze Haus gekauft, das Witwenhaus, es aber nie über sich gebracht, Einar davon zu erzählen, und so ging er weiterhin, wenngleich widerstrebend, einmal im Monat zur Landmandsbanken und zahlte die Miete ein. Selbst Greta wusste, dass das ein Fehler gewesen war, aber was konnte sie jetzt noch daran ändern?

Wenn Einar sich ereiferte, schlug er mit der Faust auf den

Tisch, die Haare fielen ihm ins Gesicht, sein Hemdkragen ging auf und ließ die glatte rosa Brust zum Vorschein kommen. Er hatte kein Gramm Fett am Leib, die weichen, leicht gewölbten Brüste einmal ausgenommen. Greta tätschelte ihm das Handgelenk, versuchte ihn bei dem Aquavit zu bremsen – so wie früher ihre Mutter, wenn sie als Mädchen im Jagdclub Cocktails getrunken hatte. Aber Einar schien ihre Zeichen nie zu verstehen, sondern hob vielmehr das schlanke Glas an die Lippen und lächelte in die Runde, als heische er Zustimmung.

Für einen Mann sah Einar recht ungewöhnlich aus; das wusste Greta schon lange. Und noch deutlicher wurde ihr das, wenn sein Hemd noch weiter aufging und alle am Tisch seine Brust sehen konnten, obszön wie die Brust eines Mädchens, das gerade in die Pubertät gekommen war. Mit seinem schönen Haar und dem vollkommen glatten Kinn bot er einen recht verwirrenden Anblick. Er sah so reizend aus, dass alte Frauen im Kongens Have manchmal Tulpen aus den Blumenbeeten im Park rissen und sie ihm schenkten. Seine Lippen waren von einem Rosa, mit dem kein einziger Lippenstift im dritten Stock des Magasin du Nord mithalten konnte.

»Erzähl ihnen, warum du nicht zum Ball kommst«, sagte Greta eines Abends beim Essen. Es war warm, und sie aßen draußen bei Fackelschein. Kurz zuvor waren auf dem Kanal zwei Boote zusammengestoßen, der Geruch von Kerosin und zersplittertem Holz hing in der Luft.

»Zum Ball?«, fragte Einar und legte den Kopf schief.

»Greta sagt, deine Kusine aus Jütland kommt«, sagte Helene Albeck, die als Sekretärin bei der Königlichen Grönland-Handelsgesellschaft arbeitete. Sie hatte eine gedrungene Figur und trug ein grünes Kostüm mit tief geschnittener Taille; als sie einmal betrunken war, hatte sie Einars Hand genommen und sich in den Schoß gedrückt. Einar hatte sofort

Widerstand geleistet, sehr zur Freude Gretas, die den Vorfall durch die Küchentür beobachtet hatte.

»Meine Kusine?«, fragte Einar verwirrt. Seine Oberlippe wurde feucht, und er schwieg, als ob er das Sprechen verlernt hätte.

So etwas geschah nicht selten. Greta brauchte Lili nur zu erwähnen, einer Freundin oder auch Anna gegenüber, und schon wurde Einars Miene verschlossen, als habe er von Lili noch nie gehört. Er und Greta sprachen hinterher nie von diesem kindlichen Missverstehen: Wer? Lili? Ach so, ja, Lili. Meine Kusine? Ach ja, meine Kusine Lili. Und tags darauf geschah es wieder. Es schien fast so, als sei ihr gemeinsames kleines Geheimnis eigentlich nur Gretas kleines Geheimnis, als treibe sie ein Spiel hinter Einars Rücken. Sie überlegte, ob sie ihn direkt darauf ansprechen sollte, entschied sich aber dagegen. Vielleicht fürchtete sie, ihn zu überfordern. Oder dass er ihre Einmischung übel nehmen könnte. Oder, und das war vielleicht ihre größte Sorge, dass Lili für immer verschwinden könnte, dass sie mit wehendem weißen Kragen fliehen und Greta im Witwenhaus allein lassen könnte.

KAPITEL 3

Einars Vater war ein gescheiterter Getreidebauer, ein ausgestoßenes Mitglied der Gesellschaft zur Urbarmachung der Heide. Das Bauernhaus seiner Mutter in Blåtand verließ er zum ersten Mal an dem Abend, als er nach Skagen im äußersten Nordzipfel von Dänemark fuhr und dort seine Braut aus einer Fabrikationsstätte für Fischernetze holte. Er schlief in einer kleinen, mit Seetang gedeckten Pension, und nach dem Aufwachen heiratete er. Als er das zweite und letzte Mal von Blåtand fortging, brachte er die Leiche seiner Frau nach Skagen zurück und nahm auch den kleinen, in eine karierte Wolldecke gewickelten Einar mit. Der Erdboden um Skagen war gefroren, ein Grab ließ sich nicht ausheben, und so hüllte man Einars Mutter in ein Netz, das man sorgfältig von Fischresten gesäubert hatte, und ließ sie wie einen Anker in die eiskalte See hinab. In der Woche davor hatte eine graue Woge die Pension mit dem Tangdach in den Kattegat gespült, und so schlief sein Vater diesmal in der Netzfabrik, zwischen rostigen Hakennadeln und Tauen, in dem schwachen Primelgeruch, der Einars Mutter immer umgeben hatte.

Sein Vater war groß und schwach, ein Opfer seines zarten Knochenbaus. Beim Gehen brauchte er einen Knotenstock oder hielt sich an Möbeln fest. Als Einar klein war, lag sein Vater oft im Bett, mit Krankheiten, von denen der Arzt nur sagte, dass sie selten seien. Tagsüber schlich Einar zu ihm ins Zimmer, wenn er schlief. Einar sah Speichel auf den Lippen seines Vaters, vom Atmen blasig aufgeschäumt. Er näherte sich ihm auf Zehenspitzen, streckte die Hand aus und berührte die goldblonden Locken seines Vaters. Solches Haar hatte er sich immer gewünscht, so dicht, dass ein Silberkamm so hübsch darin saß wie Lametta am Weihnachtsbaum. Aber noch reizender als sein Haar war seine Krankheit, das rätselhafte Leiden, das ihm alle Kräfte nahm und seine ovalen Augen milchig und weich werden ließ, seine Finger gelb und dürr. Einar fand seinen Vater wunderschön – diesen Mann, der wie verloren in der nutzlosen, keuchenden, leicht übel riechenden Hülle seines Körpers steckte. Diesen Mann, vernichtet von einem Körper, der ihm nicht mehr gehorchte.

Manchmal stieg Einar in das kleine Buchenholzbett und schlüpfte unter die Daunendecke. Seine Großmutter hatte die Löcher in der Decke mit einem kleinen Stückchen Pfefferminzkaugummi geflickt, und jetzt roch das Bett frisch nach Minze. Einars Kopf versank im Kissen, und zwischen ihm und seinem Vater lag zusammengerollt der kleine Edvard II und schlug mit dem weißen Schwanz aufs Laken. Der Hund stöhnte und ächzte, und dann nieste er. Einar tat es ihm nach. Denn er wusste, wie sehr sein Vater Edvard liebte, und er wollte, dass sein Vater ihn ebenso sehr liebte.

Wenn Einar so dort lag, spürte er die matte Wärme, die von den Knochen seines Vaters ausging, dessen Rippen sogar durchs Nachthemd zu sehen waren. Die grünen Adern an seinem Hals pulsierten vor Erschöpfung. Einar nahm die Hand seines Vaters und hielt sie, bis seine Großmutter, klein und kantig gebaut, an die Tür kam und Einar fortscheuchte. »Wenn du bei ihm bist, geht es ihm nur noch schlechter«, sagte sie, zu beschäftigt mit dem Torfabbau und den teilnehmend vorbeischauenden Nachbarn, um sich um Einar zu kümmern.

Doch Einar bewunderte seinen Vater nicht nur, er ärgerte sich auch über ihn, verwünschte ihn, wenn er mit dem Spaten im Moor schuftete und Torf stach. Auf dem Tisch neben dem Krankenlager seines Vaters stand eine ovale Daguerrotypie von Einars Mutter, das geflochtene Haar zu einem Kranz um den Kopf gewunden, die Augen silbrig glänzend. Wenn Einar das Bild in die Hand nahm, nahm sein Vater es ihm jedes Mal weg und sagte: »Du störst sie.« Gegenüber dem Bett stand der Eschenschrank, in dem ihre Kleider noch immer genau so lagen wie an dem Tag, an dem sie Einar geboren hatte. Eine Schublade mit Filzhemden, in deren Saum Kieselsteine genäht waren, damit sie dem Wind standhielten; eine Schublade mit wollenem Unterzeug, grau wie der Himmel; an Bügeln ein paar Gabardinekleider mit Glockenärmeln; ihr Hochzeitskleid, längst vergilbt, gehüllt in Seidenpapier, das bei Berührung zerfiel. Ein klappernder Beutel, oben zugezogen, darin eine Bernsteinkette, eine schwarze Kameennadel und ein kleiner eingefasster Diamant.

Ab und zu, urplötzlich gesund, ging der Vater aus dem Haus. Als er einmal nach einer Stunde vom Plausch am Küchentisch des Nachbarn zurückkam, überraschte er Einar vor den Schubladen; der kleine Siebenjährige hatte sich die Bernsteinkette um den Hals gelegt, und auf dem Kopf hatte er einen gelben Schal, der ihm wie schönes langes Haar auf die Schultern hing.

Sein Vater lief rot an, die Augen schienen in seinem Schädel zu versinken. Einar hörte den Atem seines Vaters wütend in der Kehle rasseln. »Das darfst du nicht!«, sagte sein Vater. »Kleine Jungen dürfen das nicht!« Und der kleine Einar fragte zurück: »Aber warum denn nicht?«

Sein Vater starb, als er vierzehn war. Die Totengräber verlangten zusätzliche zehn Kronen, um ein ausreichend großes Loch für den Sarg auszuheben. Auf dem Friedhof bekam Einar von seiner Großmutter, die jetzt alle ihre Kinder zu Grabe getragen hatte, ein kleines Notizbuch mit Zinndeckel. »Da kannst du alles, was dich beschäftigt, eintragen«, sagte sie, ihr

Gesicht so flach und rund wie eine Untertasse; in diesem flachen Gesicht spiegelte sich ihre Erleichterung, dass ihr seltsamer, nichtsnutziger Sohn nun endlich dahingegangen war. Am Rücken des Notizbuchs, das nicht größer war als eine Spielkarte, war mit Schlaufen aus Straußenleder ein Schreibstift aus Lapislazuli befestigt. Sie hatte es einem schlafenden preußischen Soldaten entwendet, im Krieg 1864, als Jütland vom Deutschen Bund besetzt worden war. »Hab sein Notizbuch genommen und ihn dann erschossen«, erzählte sie manchmal, wenn sie ihren Käse walkte.

Blåtand war nach einem alten dänischen König benannt. Wann der Ort gegründet wurde oder woher seine Bewohner stammten, wusste niemand so recht, doch gab es Sagen von grönländischen Siedlern, die ihre felsige Heimat verlassen und ihre Schafe zum Weiden hierhergebracht hätten. Im Grunde war es nur ein Dorf inmitten von Sümpfen. In Blåtand war immer alles feucht: Füße, Hunde und im Frühjahr manchmal auch Teppiche und Mauerwerk. Ein Plankenweg führte über den schwammigen Boden zur Hauptstraße und den Getreidefeldern dahinter. Jedes Jahr sank der Weg um eines Mädchenarms Länge ein, und wenn im Mai der Frost nachließ und das Erdreich sich in Krümel von der Größe von Fischschuppen auflöste, hämmerten die Männer von Blåtand die verzogenen Planken neu in die wenigen gelben Stellen festen Bodens.

Als Junge hatte Einar einen Freund, der hieß Hans und wohnte am Rand des Dorfs in einer Villa, die aus Backstein gebaut war und als erstes Haus im Ort über ein Telefon verfügte. Eines Tages, noch bevor sie richtig Freundschaft geschlossen hatten, verlangte Hans von Einar eine Öre, nur damit er einmal den Hörer abnehmen durfte. Er hörte nichts, nur ein hohles Knistern. »Wenn jemand anzurufen wäre, würde ich dich lassen«, sagte Hans, legte Einar einen Arm um die Schulter und schüttelte ihn freundlich.

Hans' Vater war ein Baron. Seine Mutter, deren graues Haar straff geflochten war, sprach nur Französisch mit ihm. Hans hatte Sommersprossen auf der unteren Gesichtshälfte und war wie Einar kleiner als die meisten anderen Jungen. Im Gegensatz zu Einar jedoch sprudelte es geradezu aus ihm heraus. Seine Stimme war rau, die Stimme eines netten, aufgeweckten Jungen, der ebenso begeistert und zutraulich auch mit seiner besten Freundin, seiner korsischen Hauslehrerin, und dem Diakon mit der roten Nase sprach. Er war einer von den Jungen, die abends sofort einschlafen konnten, erschöpft und glücklich, jählings stiller als der Sumpf. Einar wusste das, weil er, wenn er hin und wieder bei Hans übernachtete, immer bis zum Morgengrauen wach lag, viel zu aufgeregt, als dass er die Augen hätte zumachen können.

Hans war zwei Jahre älter als Einar, aber das machte nichts. Mit vierzehn war Hans zu klein für sein Alter, aber immer noch größer als Einar. Im Verhältnis zu seinem Körper war Hans' Kopf ein wenig zu groß, aber nicht unschön, und als Einar zwölf war, erschien ihm Hans erwachsener als alle anderen Jungen, die er kannte. Hans verstand die Erwachsenen, die die Welt regierten: er wusste, sie mochten es nicht, wenn man ihre Widersprüche an die große Glocke hing. »Nein, nein – sag nichts«, riet er, wenn Einars Vater, der zwar immerzu über seine Bettlägerigkeit jammerte, aber jedes Mal wenn Frau Bohr oder Frau Lange auf einen Klatsch vorbeikamen, die Daunendecke von sich warf und zum Teekessel rannte. Hans riet Einar auch, wobei er auf seine gewohnte Art die Finger zu einem kleinen flossenartigen Paddel zusammenlegte, er solle seinem Vater bloß nicht sagen, dass er Maler werden wolle. »Du änderst deine Meinung ja doch immer wieder. Warum also solltest du ihn jetzt beunruhigen?«, sagte Hans, und wenn er dabei Einar mit der Fingerflosse am Arm berührte, bekam er eine Gänsehaut, sodass sich die schwarzen Härchen aufrichteten. Weil Hans so viel wusste, dachte Einar, er werde schon Recht haben. »Seine Träume darf man keinem erzählen«, sagte Hans eines Tages, als er ihm beibrachte, auf die uralte Eiche zu klettern, die am Rand des Sumpflandes wuchs. Ihre Wurzeln klammerten sich geheimnisvoll um einen Felsbrocken, der so weiß war und so von Glimmer funkelte, dass man ihn in der Sonne gar nicht ansehen konnte. »Ich möchte weglaufen, nach Paris, aber das werde ich keinem verraten. Das behalte ich für mich. Eines Tages bin ich weg. Dann werden es die Leute schon merken«, sagte Hans, kopfüber an einem Ast schaukelnd; das Hemd war ihm aus der Hose gerutscht und Einar sah die Haare in der Mulde seines Brustbeins. Würde er loslassen und abstürzen, verschwände er spurlos in der schwappenden Moorfläche.

Aber Hans verschwand nicht im Moor. Als Einar dreizehn war, wurde Hans sein bester Freund. Am meisten überraschte dies Einar selbst, der von einem Jungen wie Hans eigentlich nur Verachtung erwartete. Stattdessen jedoch lud Hans ihn ein, mit ihm auf dem zur Villa gehörenden englischen Rasenplatz, der mit Puderzucker markiert war, Tennis zu spielen. Als er feststellte, dass Einar keinerlei Talent im Umgang mit dem Schläger besaß, bildete er ihn zum Schiedsrichter aus und meinte, das sei ohnehin wichtiger. Eines Nachmittags beschlossen Hans und einer seiner Brüder – insgesamt waren sie zu viert –, nackt Tennis zu spielen, um ihre Mutter zu ärgern. Einar saß im Pullover auf einem großen, mit Flechten überwachsenen Stein, ein von Hans aufgestellter rosa Papierschirm schützte ihn vor der Sonne. Er gab sich Mühe, gerecht zu urteilen, tat aber alles, um Hans gewinnen zu lassen. Da saß er also und rief den Punktestand aus – vierzig zu null für Hans ... Ein Ass für Hans –, während Hans und sein Bruder auf dem englischen Rasen dem Ball nachjagten und ihre lustig rosa Penisse wie Schnauzerschwänze umherschlenkerten, ein

Anblick, bei dem Einar unterm Sonnenschirm immer heißer wurde, bis er endlich Hans' Matchpoint ausrufen konnte. Danach trockneten sich die drei Jungen mit einem Handtuch ab, und Hans' nackter warmer Arm legte sich auf Einars Rücken.

Die Baronin hatte Hans aus Berlin einen Drachen mitgebracht. Er war aus Balsaholz und Papier und hatte die Form eines U-Boots. Hans liebte es, ihn steigen zu lassen. Dann lag er, die Schnurrolle zwischen die Knie geklemmt, im Klee und sah den Drachen überm Moorland schweben. »Der Kaiser hat auch so einen Drachen«, sagte er, Grashalme zwischen den Lippen. Er versuchte Einar beizubringen, ihn hochzukriegen, doch Einar fand einfach nie die richtige Luftströmung. Immer wieder stieg der Reispapierdrachen im Aufwind auf und krachte dann zu Boden; und jedes Mal wenn der Drachen abstürzte, sah Einar Hans' schmerzlich verzerrtes Gesicht. Dann liefen die Jungen hin und fanden den Drachen umgedreht am Boden liegen. Einar sagte: »Keine Ahnung, wie das passieren konnte, Hans. Entschuldige.« Hans hob den Drachen auf, schüttelte den Löwenzahn ab und sagte: »So gut wie neu.« Aber Einar lernte es nie, und als die Jungen eines Tages wieder einmal im Klee lagen, sagte Hans: »Hier. Halt ihn.« Er schob Einar die Spule zwischen die Knie und ließ sich wieder auf den Rücken sinken. Einar spürte die Fuchsbauten unter sich. Wenn der Drachen an der Schnur zog, drehte sich die Spule, und Einar wölbte den Rücken. »Gut so«, sagte Hans. Und Einar gewöhnte sich allmählich an die Spule und an das Auf und Ab des Drachens mit den Vögeln. Die Jungen lachten, ihre Nasen brannten in der Sonne. Hans kitzelte Einar mit einem Grashalm am Bauch. Ihre Gesichter waren einander so nahe, dass Einar durch das Gras Hans' Atem spüren konnte. Einar wäre Hans am liebsten so nahe gerückt, dass ihre Knie sich berührten, und in diesem Augenblick schien Hans zu allem bereit. Als Einar sich an seinen besten Freund heranschob, verschwand der letzte Wolkenstreifen vom Himmel, und die Sonne schien den Jungen ins Gesicht. Und gerade da, als Einar sein knochiges Knie an das von Hans legen wollte, zerrte ein wütender Windstoß an dem Drachen und riss ihm die Spule zwischen den Knien weg. Die Jungen sahen den U-Boot-Drachen über die Ulmen segeln, erst aufwärts, dann abwärts ins schwarze Zentrum des Moors, das ihn verschlang wie einen Stein.

»Hans«, sagte Einar.

»Schon gut«, sagte Hans, vor Schreck flüsternd. »Aber kein Wort davon zu meiner Mutter.«

In dem Sommer, bevor Einars Vater starb, spielten Hans und Einar einmal in den Torffeldern seiner Großmutter, die Stiefel voller Schlamm. Es war warm, und sie waren fast den ganzen Vormittag draußen gewesen; plötzlich berührte Hans Einar am Handgelenk und sagte: »Einar, Junge, was gibt's zum Essen?« Es war gegen Mittag, und im Bauernhaus war niemand außer Einars Vater, der aufrecht im Bett saß und schlief.

Inzwischen war Hans in die Höhe geschossen. Er war fünfzehn, und sein Körper geriet allmählich in die richtige Proportion zu seinem Kopf. Der Adamsapfel stach ihm spitz aus dem Hals, und er war jetzt wesentlich größer als Einar, der mit dreizehn immer noch nicht an Länge zugenommen hatte. Hans schob ihn zum Haus. In der Küche setzte er sich an den Tisch und stopfte sich eine Serviette in den Kragen. Einar hatte noch niemals Essen gemacht und stand jetzt verlegen am Herd. Hans sagte leise: »Mach Feuer. Setz Wasser auf. Tu ein paar Kartoffeln und ein Stück Hammelfleisch rein.« Dann fügte er weniger deutlich hinzu, und seine raue Stimme klang plötzlich ganz sanft: »Einar. Wollen wir spielen?«

Schlaff neben dem Ofenrohr hing die Schürze von Einars Großmutter, die mit den Wollgrasbändern. Hans nahm sie, brachte sie Einar und band sie ihm vorsichtig um den Bauch.

Er berührte Einar am Nacken, als scien dort Haare, die er beiseite schieben müsse. »Hast du das noch nie gespielt?«, flüsterte Hans, seine Stimme sanft und heiß an Einars Ohr, die Finger mit den abgekauten Nägeln an Einars Hals. Er zurrte die Schürze fester, bis Einar erstaunt und dankbar Luft holte, und gerade als seine Lungen sich füllten und seine Rippen sich wölbten, tappte sein Vater in die Küche, riss die Augen auf und formte den Mund zu einem großen O.

Die Schürze sank Einar auf die Füße.

»Lass mir den Jungen in Ruhe!« Sein Vater drohte Hans mit dem Gehstock.

Die Tür knallte zu, und die Küche wurde dunkel und klein. Einar hörte Hans' Stiefel durch den Schlamm platschen, er rannte zum Moor. Einar hörte den pfeifenden Atem seines Vaters und dann den Schlag mit der flachen Hand auf seine Wange. Und schließlich, schon von jenseits des Sumpfs und der Kaulquappenlöcher, hörte er Hans, der über das Moor hin ein kleines Liedchen sang:

Es war einmal
ein kranker Mann,
der lebte im Sumpf.

Er hatte einen hübschen Sohn
Und einen faulen kleinen Hund.

KAPITEL 4

Ihren achtzehnten Geburtstag verbrachte Greta schmollend an der Reling der *Princess Dagmar.* Seit dem Sommer, als die Sache mit dem Fleischerwagen passiert war, war sie nicht mehr in Kalifornien gewesen. Der Gedanke an das weiß getünchte Haus auf dem Hügel und an die Aussicht von dort auf den Arroyo Seco mit seinen Adlerhorsten, der Gedanke an die im Sonnenuntergang rot aufleuchtenden San Gabriel Mountains erfüllte sie mit Schmerz. Sie wusste, ihre Mutter würde Wert darauf legen, dass sie mit den Töchtern ihrer Freundinnen verkehrte – mit Henrietta, deren Familie die Ölfelder in El Segundo gehörten; mit Margaret, deren Familie die Zeitung gehörte; mit Dottie Anne, deren Familie die größte Ranch in Kalifornien gehörte, ein Stück Land südlich von Los Angeles, das nicht viel kleiner war als Dänemark. Gretas Eltern erwarteten von ihr, dass sie weiter so tat, als sei sie eine von ihnen, als sei sie niemals fortgegangen, als solle sie die junge Kalifornierin werden, zu der sie geboren war: klug, gebildet, erfahren im Umgang mit Pferden und schweigsam. Der weihnachtliche Debütantinnenball im Jagdclub stand bevor; dort würden die Mädchen in weißen Organdykleidern und mit weißen Weihnachtssternblättern im Haar die Treppe hinabschweben. »Es trifft sich so gut, dass wir rechtzeitig zu deiner Einführung in die Gesellschaft nach Pasadena zurückkommen«, schwärmte Gretas Mutter fast täglich auf der Rückreise an Bord der *Princess Dagmar.* »Danken wir Gott, dass er uns die Deutschen geschickt hat!«

Gretas Zimmer in dem Haus auf dem Hügel hatte ein Bogenfenster mit Blick auf den Rasen und die Rosen, deren Blüten in der Herbsthitze braune Ränder bekommen hatten. Die Lichtverhältnisse waren gut, das Zimmer jedoch zum Malen zu klein. Schon nach zwei Tagen fühlte sie sich beengt, als ob das Haus mit seinen Schlafzimmern auf drei Etagen und den japanischen Dienstmädchen, deren Geta-Sandalen auf der Hintertreppe klapperten, ihre Phantasie ersticken würde. »Mutter, ich muss sofort nach Dänemark zurück – am liebsten gleich morgen! Ich fühle mich hier wie eingesperrt«, klagte sie. »Dir und Carlisle mag es hier ja gut gefallen, aber ich komme hier keinen Schritt weiter. Als ob ich plötzlich nicht mehr malen könnte.«

»Aber Greta, meine Liebe, das ist ausgeschlossen«, sagte ihre Mutter, die gerade damit beschäftigt war, den Stall zu einer Garage umbauen zu lassen. »Wie kann man sich in Kalifornien eingeengt fühlen? Und erst im Vergleich zu dem kleinen Dänemark!« Greta stimmte zu, ja, das klinge nicht sehr vernünftig, aber so empfinde sie es nun einmal.

Ihr Vater schickte eine Statistik über Dänemark, veröffentlicht von der Königlich Wissenschaftlichen Gesellschaft. Greta las eine Woche darin, vertiefte sich voller Selbstmitleid und Sehnsucht in die Tabellen. Voriges Jahr gab es in Dänemark 1 467 000 Schweine und 726 000 Schafe. Gesamtzahl der Hühner: 12 000 000. Sie las die Zahlen und wandte dann den Blick zum Fenster. Sie lernte sie auswendig, überzeugt, sie demnächst zu brauchen, auch wenn sie nicht sagen konnte, wofür. Wieder plagte sie ihre Mutter: »Darf ich wirklich nicht zurück? Die Deutschen sind mir schnurzegal!«

Greta unternahm einsame Spaziergänge zum Arroyo Seco und ging an dem trockenen Flussbett entlang, in dem die Regenpfeifer verzweifelt nach Wasser suchten. Im Herbst war der Arroyo ausgetrocknet, Beifuß und Senfsträucher, Wüstenlavendel und Stinklilien waren nur noch dürre bräunliche

Pflanzengerippe. Hartriegel, Kreuzdorn, Holunder und Teufelszwirn, alles vollkommen ausgedorrt. Die kalifornische Luft war so trocken, dass Gretas Haut rissig wurde; als sie an dem sandigen Flussbett entlangwanderte, hatte sie beinahe das Gefühl, die Innenhaut ihrer Nase würde aufreißen und bluten. Ein Ziesel lief vor ihr her, nervös gemacht von dem oben kreisenden Raubvogel. Die Eichenblätter raschelten im Wind. Sie dachte an die engen Straßen von Kopenhagen mit ihren Häusern, die krumm und schief am Bordstein standen, alten Männern gleich, die sich nicht in den Verkehr wagten. Sie dachte an Einar Wegener, der hier nur eine undeutliche Traumgestalt war.

In Kopenhagen hatten alle sie gekannt, aber niemand hatte je etwas von ihr erwartet; dort war sie exotischer als die schwarzhaarigen Wäscherinnen, die von Kanton aus um die halbe Welt gezogen waren, um in den kleinen Läden am Istedgade zu arbeiten. In Kopenhagen zollte man ihr Respekt, ganz gleich wie sie sich benahm; die Dänen tolerierten sie ebenso wie die Scharen von exzentrischen Gräfinnen, die in ihren bemoosten Villen hockten und klöppelten. In Kalifornien war sie wieder Miss Greta Waud, Carlisles Zwillingsschwester und Orangenerbin. Immerzu wurde sie angestarrt. In ganz Los Angeles County gab es keine zehn Männer, die für eine Ehe mit ihr infrage kamen. Auf der anderen Seite des Arroyo Seco stand ein im italienischen Stil gebautes Haus, in das sie später einmal einziehen würde. In den Kinder- und Spielzimmern würden sich ihre Sprösslinge tummeln. »Jetzt brauchst du nicht mehr zu warten«, sagte ihre Mutter in der ersten Woche nach ihrer Rückkehr. »Vergiss nicht, du bist jetzt achtzehn.« Und natürlich hatte niemand die Sache mit dem Fleischerwagen vergessen. Die Strecke fuhr jetzt ein anderer Junge, aber jedes Mal wenn der Wagen die Einfahrt hochrumpelte, senkte sich Verlegenheit auf das weiß getünchte Haus.

Der lahme Carlisle, dessen Bein in der dänischen Kälte immer geschmerzt hatte, sollte demnächst nach Stanford gehen; es war das erste Mal, dass sie neidisch auf ihn war – dass er unter der hellen Sonne von Palo Alto über den sandigen Hof zum Seminar gehen durfte, während sie mit einem Skizzenbuch auf dem Schoß im Sonnenzimmer sitzen musste.

Sie trug jetzt öfter einen Malerkittel, in der Tasche Einars Zettel. Sie saß im Sonnenzimmer und schrieb ihm Briefe, obwohl ihr kaum etwas einfiel, das sie ihm berichten könnte. Sie wollte ihm nicht erzählen, dass sie seit der Abreise aus Dänemark nichts mehr gemalt hatte. Sie wollte ihm nicht vom Wetter schreiben; so etwas würde allenfalls ihre Mutter tun. Stattdessen schrieb sie ihm, was sie tun würde, wenn sie nach Kopenhagen zurückkäme: sich wieder an der Königlichen Akademie einschreiben; versuchen, eine kleine Ausstellung ihrer Bilder in der Den Frie Udstiling zu organisieren; Einar überreden, sie auf die Feier ihres neunzehnten Geburtstags zu begleiten. Einen Monat lang ging sie regelmäßig zur Post in der Colorado Street und gab die Briefe auf. »Könnte dauern«, sagte der Postbeamte durch das Messinggitter des Schalters. Und Greta erwiderte: »Sie wollen mir doch nicht weismachen, die Deutschen hätten jetzt auch noch die Post zu Grunde gerichtet!«

Sie könne so nicht leben, erzählte sie Akiko, einer japanischen Hausangestellten, der immer die Nase lief. Akiko verbeugte sich und brachte Greta eine Silberschale, in der eine Kamelienblüte schwamm. Es muss sich etwas ändern, dachte Greta hilflos vor Zorn; aber ihre Wut hatte kein bestimmtes Ziel, den Kaiser einmal ausgenommen. Sie war das freieste Mädchen von Kopenhagen gewesen, wenn nicht von der ganzen Welt, und da musste dieser blöde Deutsche kommen und ihr alles kaputtmachen! Und jetzt war sie eine Ausgestoßene. Verbannt nach Kalifornien, wo die Rosenbüsche drei

Meter hoch wurden und nachts im Canyon die Koyoten heulten. Sie konnte kaum glauben, dass sie zu einem Mädchen geworden war, das tagtäglich dem Postboten entgegenfieberte, nur dass unter den vielen Briefen nie einer von Einar dabei war.

Sie schickte ihrem Vater ein Telegramm mit der Bitte, nach Dänemark zurückkehren zu dürfen. »Die Seestraßen sind nicht mehr sicher«, lautete seine Antwort. Sie verlangte, dass ihre Mutter sie mit Carlisle nach Stanford gehen ließe, doch ihre Mutter sagte, die einzig geeignete Schule für Greta sei die der Sieben Schwestern im verschneiten Osten.

»Es erdrückt mich, hier zu leben«, sagte sie zu ihrer Mutter.

»Sei nicht so theatralisch«, erwiderte Mrs. Waud, die gerade damit beschäftigt war, den Rasen und die Mohnbeete neu einsäen zu lassen.

Eines Tages klopfte Akiko leise an Gretas Tür und brachte ihr gesenkten Kopfs eine Broschüre. »Entschuldigung bitte«, sagte Akiko und lief mit klappernden Getas davon. In der Broschüre wurde das nächste Treffen des Kunstgewerbevereins von Pasadena angekündigt. Das sind doch alles Amateure, die sich nur was auf ihre Pariser Paletten einbilden, dachte Greta und warf die Broschüre weg. Sie wandte sich wieder ihrem Skizzenblock zu, aber es fiel ihr nichts ein, was sie zeichnen könnte.

Eine knappe Woche später klopfte Akiko wieder bei Greta an und gab ihr eine zweite Broschüre. »Entschuldigung bitte«, sagte Akiko, eine Hand vor dem Mund. »Ich denke, das Ihnen gefallen.«

Doch erst nachdem Akiko ihr die dritte Broschüre gebracht hatte, war Greta soweit, ein solches Treffen einmal besuchen zu wollen. Dem Verein gehörte ein Bungalow in den Hügeln oberhalb von Pasadena. In der Woche zuvor war ein Puma, gelb wie eine Sonnenblume, aus der Krüppelkiefer am Ende der Straße hinabgesprungen und hatte sich aus dem Nachbarhaus ein Baby geschnappt. Im Verein sprach man von nichts anderem. Man ging von der Tagesordnung ab und debattierte über ein Wandbild, das die Szene darstellen sollte. »Wir nennen es *Überfall des Pumas*!«, sagte jemand. »Wir könnten das auch als Mosaik gestalten«, schlug ein anderes Mitglied vor. Der Verein bestand hauptsächlich aus Frauen, es gab aber auch einige Männer, von denen die meisten Baskenmützen trugen. Als man sich allmählich auf ein Kollektivgemälde einigte, das man am Neujahrstag der Stadtbibliothek überreichen wollte, verzog sich Greta in den Hintergrund des Saals. Sie hatte Recht gehabt.

»Sie wollen nicht mitmachen?«, fragte jemand.

Der Frager war Teddy Cross, ein Mann mit bleicher Stirn und langem Hals, der leicht nach links abgeknickt war. Teddy Cross, der ihr vorschlug, sie sollten gehen und in seinem Keramikstudio in der Colorado Street vorbeischauen, sein Brennofen dort sei Tag und Nacht in Betrieb, er befeuere ihn mit Walnussscheiten. Teddy Cross mit dem muskulösen rechten Unterschenkel, den ihm das Treten des Fußpedals seiner Töpferscheibe eingebracht hatte. Teddy Cross, der nach dem weihnachtlichen Debütantinnenball im Jagdclub Gretas Mann wurde und der, noch vor dem Ende des großen Kriegs, unter Gretas Augen starb.

Er war der zweite Mann, den Greta liebte. Sie liebte Teddy wegen der anmutigen Vasen, die er aus weißem Ton formte und dann mit Glasur überzog. Sie liebte sein stilles, stoppeliges Gesicht und die Art, wie er mit offenem Mund seine Töpferwaren in die Glasierbottiche tauchte. Er kam aus Bakersfield und war der Sohn von Erdbeerfarmern; da er als Kind jahrelang geschielt hatte, hatte er sein Leben lang Falten um die Augen. Oft fragte er Greta nach Kopenhagen, nach den Kanälen und dem König, kommentierte aber nie etwas von dem, was sie ihm erzählte; als einzige Reaktion bewegte er ein wenig die Augenlider. Sie erzählte ihm von einem großartigen Landschaftsmaler, der dort lebte und in sie verliebt sei, aber Teddy starrte sie nur ausdruckslos an. Er war nach Osten noch nie über die Mojavewüste hinausgekommen und nur ein einziges Mal in einem der herrschaftlichen Häuser am Orange Grove Boulevard gewesen, nämlich als er den Auftrag hatte, dort Kaminkacheln und Bodenfliesen für die Schlafveranda anzufertigen.

Greta reizte die Vorstellung, mit ihm auszugehen; ihn zu den herbstlichen Tanzveranstaltungen in den Tennisclubs mitzunehmen; ihn den Mädchen im Jagdclub vorzuführen, zum Beweis, dass sie keine mehr von ihnen war – schließlich hatte sie in Europa gelebt. Und da konnte sie eben jederzeit auf den Fleischerwagen steigen oder sich einen Töpfer als Begleiter nehmen.

Wie erwartet, weigerte sich Gretas Mutter, Teddy Cross auch nur ins Haus zu lassen. Aber das hinderte Greta nicht daran, mit ihm in Pasadena herumzufahren und langweilige Frauen wie Henrietta, Margaret und Dottie Anne in ihren schattigen Gärten zu besuchen. Dass die sich an Teddy nicht zu stören schienen, war für Greta ein Zeichen, dass sie keinerlei Interesse an ihm hatten. Seine Erzeugnisse waren sehr gefragt, und Greta stellte fest, dass ihm, auch wenn er mit Tonkrümeln unter den Fingernägeln auf Partys erschien, mit einer gewissen Ehrerbietung begegnet wurde. Gretas Mutter, die bei Tanzveranstaltungen häufig bekundete, sie würde Kaliforniens *terra infirma* jederzeit dem »steinalten Europa« vorziehen, pflegte, wenn sie sich in der Öffentlichkeit trafen, jedes Mal Teddys Hand zu tätscheln, eine Geste, die Greta wütend machte. Ihre Mutter wusste genau, *American Weekly* würde sofort von dem Skandal berichten, sollte sie es wagen, Teddy Cross öffentlich zu ignorieren.

»Die Leute blicken auf dich herab«, sagte Greta auf einer Party zu ihm.

»Nicht alle«, antwortete er, offenbar zufrieden damit, neben Greta auf der Weidenbank draußen am Pool sitzen zu dürfen, während der Santa-Ana-Wind die Palmwedel zauste und hinter den Fenstern die Party tobte. Wenn der wüsste!, dachte Greta, zum Kampf bereit – mit wem oder was, wusste sie nicht, aber sie war bereit.

Dann kam eines Tages die Post, das übliche verschnürte Bündel, und Akiko brachte Greta einen blauen Umschlag aufs Zimmer. Sie hielt den federleichten Brief auf der Handfläche und betrachtete ihn lange. Kaum zu glauben, dass Einar ihr geschrieben hatte, und in ihrem Kopf wirbelte durcheinander, was er ihr wohl zu sagen haben mochte: *Der Krieg ist wohl bald zu Ende, Weihnachten sind wir vielleicht schon wieder zusammen.* Oder: *Ich komme mit dem nächsten Schiff nach Kalifornien.* Oder gar: *Deine Briefe bedeuten mir mehr als alles andere auf der Welt.*

Vielleicht, dachte Greta, den Umschlag auf dem Schoß. Vielleicht hat er es sich doch noch überlegt. Alles ist möglich.

Dann riss sie das Siegel auf.

Der Brief begann mit »Sehr geehrte Miss Waud« und lautete: »In Anbetracht der irdischen und sonstigen Ereignisse muss ich annehmen, dass wir uns niemals wieder sehen werden, und das ist wohl auch das Beste.«

Greta legte das Blatt zusammen und schob es in die Tasche. Wie kann Einar so etwas denken?, fragte sie sich und tupfte sich mit dem Saum ihres Kittels die Augen trocken. Warum kann er kein Fünkchen Hoffnung haben? Leider wusste sie aber auch nicht, was sie tun konnte.

Dann kam Akiko wieder und sagte: »Mister Cross. Am Telefon.«

Und so fragte Greta am Telefon im oberen Flur, in Hörweite

ihrer Mutter, ob Teddy sie auf den Debütantinnenball begleiten wolle. Er stimmte zu unter der Bedingung, dass Greta sich nicht mehr darum sorgte, wie er mit ihrer Mutter auskommen würde. »Ich werde sie zum Tanz auffordern, mach dir keine Sorgen«, sagte er. Aber Greta verdrehte die Augen, denn sie meinte, Teddy wisse gar nicht, worauf er sich da einließe. Als sie auflegte, sagte ihre Mutter nur: »Wo es nun einmal geschehen ist, sieh nur zu, dass du ihm den richtigen Frack besorgen hilfst.«

In ihrem Debütantinnenjahrgang waren sieben Mädchen. Deren Begleiter waren junge Männer, die vom Studium in Harvard und Princeton oder von den Armeestützpunkten in Tennessee und San Francisco für die Ferien nach Hause gekommen waren. Ein Mädchen, das Asthma hatte, fragte Carlisle, ob er mit ihr ginge, für einen richtigen Tanzpartner waren ihre Lungen viel zu schwach. Und Greta, die sich allmählich mit dem Gedanken vertraut machte, dass sie Einar Wegener für immer würde vergessen müssen, begann ihren Hofknicks zu üben.

Das weiße Kleid mit der Empiretaille wollte Greta einfach nicht passen. Es war an den Schultern mit Volant besetzt und ein wenig zu kurz, sodass ihre Füße zu sehen waren. Jedenfalls kam es Greta so vor; als sie die Treppe in der Vorhalle des Jagdclubs hinabschritt, konnte sie nur daran denken, wie da unten ihre großen klobigen Füße zum Vorschein kamen. Um das Treppengeländer war eine Girlande aus grünen Zweigen, Äpfeln und rot gefärbten Lilien geschlungen. Gäste in Abendrobe standen umher, nippten an alkoholischen Drinks und sahen höflich dem Einzug der sieben Debütantinnen zu. Insgesamt vier Weihnachtsbäume waren aufgestellt, und in den Kaminen nagten dunkle Flammen an den Rotholzscheiten.

Eines der Mädchen hatte eine flache silberne Whiskeyflasche mit Perlmuttverschluss mitgebracht. Sie und die anderen Debütantinnen ließen sie herumgehen, während sie sich ankleideten und sich die Weihnachtssternblätter ins Haar steckten. Die Flasche machte den Abend heller, als hätte der Clubleiter die Wandleuchter auf höchste Stufe gedreht. Und die dunklen Flammen wirkten plötzlich wie Ungeheuer, die jeden Augenblick aus dem Kamin stürzen könnten.

Als Greta den Fuß der Treppe erreichte, vollführte sie einen tiefen Knicks, bis ihr Kinn beinahe den Orientteppich berührte. Die Clubmitglieder applaudierten, ohne ihre Punschgläser loszulassen. Und als Greta den Ballsaal betrat, stand dort Teddy Cross und erwartete sie. Mit seinem Frack sah er größer aus als sonst. Sein Haar glänzte von Pomade, und etwas an ihm war ungewohnt: Er sah fast wie ein Däne aus – das dunkelblonde Haar, die runzligen Augen, die gesunde braune Haut, der spitze Adamsapfel, der nervös auf und ab hüpfte.

Später an diesem Abend, nachdem sie Walzer und Roastbeef und Erdbeeren in Champagner aus Oregon hinter sich gebracht hatten, schlichen Greta und Teddy aus dem Clubhaus und gingen zu den Tennisplätzen. Es war eine klare, kalte Nacht, und Greta musste ihr Kleid anheben, so feucht sammelte sich der Tau an den Grundlinien. Sie wusste, sie war ein wenig betrunken, denn vorhin hatte sie einen misslungenen Scherz über die Erdbeeren und Teddys Eltern gemacht. Sie entschuldigte sich zwar sofort bei ihm, aber aus der Art zu schließen, wie er seine Serviette auf dem Tisch faltete, schien er doch ein wenig verletzt.

Den Gang zum Tennisplatz hatte Greta vorgeschlagen, als versuchte sie Teddy damit zu entschädigen für die Szene eben, für alles, für ihr seltsames Leben in Pasadena, mit dem sie ihn überfahren hatte. Aber sie hatte keinen Plan, hatte sich nicht überlegt, was sie ihm anbieten würde. Sie kamen an den Pavillon des hinteren Platzes, dort gab es einen Wasserkühler und eine grün gestrichene Weidenbank. Und als sie auf dieser Bank saßen, die wie trockenes, von Termiten zerfressenes Holz roch, küssten sie sich.

Ohne es zu wollen, bemerkte sie, wie anders Teddy küsste als Einar. Auf der *Princess Dagmar* hatte sie in ihrer Kabine vor dem Spiegel gestanden und sich selbst einen Kuss gegeben. Die kalte Fläche hatte sie irgendwie an Einar erinnert; und sie fand, bei jenem Kuss im Treppenhaus der Königlichen Akademie sei es auch beinahe so gewesen, als habe sie sich selbst geküsst. Teddys Kuss hingegen war ganz anders. Seine Lippen waren rau und fest, und der Bart an seiner Unterlippe kratzte sie am Mund. Sein Hals, an den ihren gedrückt, war kräftig und hart.

Während der Ball im Clubhaus weiterging, befand Greta, dass sie die Dinge ein wenig beschleunigen sollte. Sie wusste, was sie als Nächstes zu tun hatte, aber sie brauchte einige Minuten, um sich dahin zu bringen. Leg deine Hand auf seinen … Ach, es war schon schlimm genug, daran zu denken, und erst recht, es auch wirklich zu tun! Aber sie wollte es oder zumindest glaubte sie, dass sie es wollte, und Teddy wollte es jedenfalls ganz bestimmt, so wie er da seinen Hals mit dem Drahtbürstenbart hin und her drehte. Greta zählte bis drei, hielt die Luft an und griff nach Teddys Hosenschlitz.

Seine Hand stoppte sie. »Nein, nein«, sagte er und hielt sie am Handgelenk.

Greta hätte nie gedacht, dass er Nein sagen würde. Der Mond schien hell, und wenn sie Teddy jetzt ins Gesicht sehen würde, würde sie seine verkniffen um Anstand besorgte Miene erblicken und vor Verlegenheit nicht ein noch aus wissen. Greta dachte an das letzte Mal, dass sie sich von einem Mann hatte abweisen lassen: Und jetzt lag zwischen ihr und Einar ein Kontinent und ein Ozean, von dem Feuerwerk des Kriegs schon ganz zu schweigen.

So saßen Greta Waud und Teddy Cross eine kleine Weile

auf der Weidenbank am hintersten Platz des Jagdclubs, und seine schwielige Faust hielt sie noch immer am Handgelenk.

Wieder fragte sie sich, was sie tun sollte, aber jetzt, wie getrieben von einem Drang, den sie nie zuvor empfunden hatte, wühlte sie ihr Gesicht in Teddys Schoß. Greta schickte sich an, all die Kunstgriffe aus den Romanen zu gebrauchen, die sie an der anrüchigen Seite des Kopenhagener Hauptbahnhofs gekauft oder sich bei dem geschwätzigen verluderten litauischen Dienstmädchen im Haus ihrer Mutter besorgt hatte. Wieder versuchte Teddy zu protestieren, aber nun kam ihm jedes »Nein« ein wenig leiser von den Lippen. Schließlich gab er ihre Hand frei.

Als sie fertig waren, war ihr Kleid zerknittert und hochgerutscht. Sein Frack hatte einen Riss. Und Greta, die noch nie so schnell so weit gegangen war, lag unter der länglichen Masse Teddys und fühlte sein Herz an ihre Brust pochen und roch den salzig feuchten Fleck zwischen ihren Beinen. Sie wusste, was als Nächstes käme, und so schlang sie Teddy resigniert die Arme um den Hals und dachte bei sich: Mir soll's recht sein, Hauptsache, er bringt mich weg von hier.

Sie heirateten am letzten Tag des Februar im Garten des Hauses am Orange Boulevard. Die japanischen Dienstmädchen streuten Kamelienblüten auf den Rasen, und Teddy hatte einen anderen Frack angelegt. Es war eine kleine Hochzeit, nur Vettern und Kusinen aus San Marino und Hancock Park und Newport Beach. Ihre Nachbarin, eine Kaugummierbin aus Chicago, war ebenfalls anwesend, weil sie, wie Mrs. Waud wütend bemerkt hatte, mit ihrer Tochter genau dasselbe durchgemacht habe. Teddys Eltern wurden eingeladen, wenngleich niemand erwartete, dass sie kommen würden; im Februar war es fast aussichtslos, von Bakersfield aus die Ridge Route zu überqueren.

Unmittelbar nach der Hochzeit und den kurzen Flitterwochen in einer Gartensuite des Hotels del Coronado in San Diego, wo Greta jeden Tag weinte – nicht, weil sie mit Teddy Cross verheiratet war, sondern weil sie jetzt noch weiter von ihrem geliebten Dänemark und dem Leben, das sie führen wollte, entfernt war –, wurde sie von ihren Eltern nach Bakersfield geschickt: Dort sollte Greta leben. Mr. Waud kaufte Greta und Teddy ein kleines spanisches Haus mit rotem Ziegeldach, andalusischen Fenstergittern und einer kleinen, mit Bougainvillea überwachsenen Garage. Mrs. Waud gab ihnen Akiko mit. In dem Haus gab es ein schmiedeeisernes Treppengeländer und gewölbte Zimmertüren. Es gab einen nierenförmigen Swimmingpool und ein kleines, tiefer gelegtes Wohnzimmer mit Bücherregalen. Um das Haus standen Dattelpalmen, und innen war es immer schattig und kühl.

Teddys Eltern kamen ein einziges Mal zu Besuch; sie gingen gebeugt, und ihre Hände waren blassrosa von den Erdbeeren. Sie lebten auf den Feldern, auf wenigen Hektar Lehmboden, in einem Zweizimmerhaus aus Eukalyptusbrettern. Ihre Augen waren in den von der Sonne gefurchten Gesichtern nicht zu sehen, und als sie in Gretas Wohnzimmer saßen, hielten sie einander nervös und schweigend an den Händen und betrachteten den Reichtum, der da vor ihnen ausgebreitet lag: das spanische Haus, die Landschaft überm Kamin, Akikos dicke Geta-Sandalen, in denen sie klappernd ein Tablett hereintrug. Greta schenkte Mr. und Mrs. Cross Eistee aus Hibiskusblüten ein, und dann saßen sie alle auf den weißen Sofas, die Mrs. Waud bei Gump's bestellt hatte. Alle fühlten sich unbehaglich und bedauerten, dass es dahin hatte kommen müssen. Greta fuhr Teddys Eltern in ihrem Mercedes Raceabout nach Hause, und da es ein Zweisitzer war, musste Mrs. Cross sich bei ihrem Mann auf den Schoß setzen. Das Auto raste im rasch dunkelnden Abend die Straße entlang, über die Felder kroch die Kälte des jungen Frühlings. Wind pfiff durch die Furchen und wirbelte Staub auf. Sie musste die Scheibenwischer anmachen, um den sandigen Lehm von der Windschutzscheibe zu fegen. In der Ferne leuchtete goldenes Licht aus der Bretterhütte ihrer Schwiegereltern. Sand und Staub wirbelten so heftig, dass Greta nur noch dieses Licht sehen konnte, und es war, als ob Mr. und Mrs. Cross dasselbe denken würden, denn plötzlich sagte Mrs. Cross: »Wo Teddy geboren wurde«, und Mr. Cross, seine Frau in den Armen, sagte: »Immer gesagt, dass er zurückkommt.«

Den Rest des Frühlings verschlief Greta auf den weißen Sofas im Wohnzimmer. Sie hasste Bakersfield, sie hasste das spanische Haus, manchmal hasste sie sogar das Kind, das in ihr wuchs. Nur für Teddy Cross empfand sie keinen Hass, niemals. Nachmittags, wenn sie las, brachte er ihr unentwegt warme Waschlappen und legte sie ihr auf die Stirn. Greta schwoll rapide an und fühlte sich täglich schlechter. Schon Ende April verbrachte sie auch die Nächte im Wohnzimmer, sie schaffte die Teppe nicht mehr. Teddy holte eine Pritsche und schlief neben ihr.

Anfang Juni kehrte in Bakersfield der Sommer ein; schon vor neun Uhr morgens zeigte das Thermometer 38 Grad. Akiko faltete Papierfächer für Greta; Teddy brachte statt warmer jetzt kalte Umschläge. Und wenn Greta richtig schlecht wurde, servierte Akiko ihr kalten grünen Tee in einer lackierten Tasse, und Teddy las ihr Gedichte vor.

Aber eines Tages, als Teddy gerade in Pasadena war, um eine Töpferscheibe aus seinem Atelier zu holen, das er nie wirklich zugemacht hatte, nahmen Hitze und Übelkeit ein Ende. Gemeinsam brachten Greta und Akiko, deren Haar so schwarz war wie ein Rabenflügel, einen Jungen zur Welt; er hatte einen Herzfehler und trug die Nabelschnur wie einen

Schlips um den Hals. Greta taufte ihn auf den Namen Carlisle. Tags darauf begruben sie und Teddy ihn im Garten der Cross'schen Eukalyptushütte, im wehenden Staub am Rand der raschelnden Erdbeerfelder.

KAPITEL 5

Die schmale Pflasterstraße in der Innenstadt von Kopenhagen war dunkel und bot genügend Schutz, dachte Lili, hier würde niemand etwas bemerken. Die Straße war selbst für Laternen zu eng, und wenn man auf einer Seite ein Fenster öffnete, stieß es beinahe an das Fenster gegenüber. Die Menschen, die dort lebten, knauserten mit dem Licht in den vorderen Zimmern, und so war es dort fast vollkommen finster. Nur die wenigen noch offenen Geschäfte verbreiteten etwas Helligkeit, das türkische Kaffeehaus zum Beispiel, hinter dessen Fenster man Leute auf Samtkissen sitzen sah. Oder das Bordell mit den diskret geschlossenen Läden und der Messingklingel in Form einer Brustwarze. Und die Kellerbar, in der, als Greta und Lili vorbeigingen, gerade ein dünner Mann mit gewichstem Schnurrbart verschwand, um sich mit seinesgleichen zu treffen.

Lili trug ein Chiffonkleid mit einem Matrosenkragen aus Leinen und Manschetten. Das Kleid raschelte beim Gehen, und auf dieses leise Geräusch konzentrierte sie sich, um nur ja nicht an das zu denken, was sie erwartete. Greta hatte ihr die Perlenkette geliehen, die sie dreifach geschlungen trug, sodass vom Hals kaum etwas zu sehen war. Auf dem Kopf hatte Lili eine Samtmütze, die sie noch am selben Tag bei Fonnesbech gekauft hatte; darin steckte Gretas Brosche, die einen Chrysippusfalter aus gelblichen Diamanten und Onyx darstellte.

»Wie schön du bist, ich könnte dich abküssen«, hatte Greta gesagt, als Lili sich ankleidete. Greta war so aufgeregt, dass sie Lili in die Arme nahm und mit ihr, heftig umbellt von Edvard

IV, durch die Wohnung tanzte. Lili machte die Augen zu – wie steif und schwer die Lider unter der Puderschicht waren! – und stellte sich Kopenhagen als eine Stadt vor, in der Lili und Einar zusammenleben könnten.

Die Straße mündete auf den Rådhuspladsen, den großen Platz am Tivoli. Der Springbrunnen mit den wasserspeienden Drachen plätscherte, und gegenüber dem Palace Hotel stand die Säule mit den beiden Bronzewikingern, die in ihre Luren stießen. Der Platz war voller Leben: Leute strömten zum Mitternachtsball, und norwegische Touristen fieberten schon dem für morgen angesetzten Fahrradrennen von Kopenhagen nach Oslo entgegen.

Greta drängte Lili nicht. Sie ließ der kleinen Lili Zeit, am Rand des Rådhuspladsen zu warten, bis sie in Einar hineingeschlüpft war wie eine Hand in eine Puppe.

Am Fuß des kupfergedeckten Rathausturms, dessen Uhr fast hundert Meter über ihr schwebte, kam Lili sich vor, als trüge sie das größte Geheimnis der Welt mit sich herum – sie würde ganz Kopenhagen zum Narren halten. Zugleich aber wusste ein anderer Teil von ihr, dass sie sich damit auf ein sehr schwieriges und riskantes Spiel einließ. Sie musste an den Sommer in Blåtand denken, an den Absturz des U-Boot-Drachens. Einar Wegener, mit seinem kleinen runden Gesicht, schien in einen Tunnel zu gleiten. Lili betrachtete Greta in ihrem schwarzen Kostüm und empfand Dankbarkeit für alles, was vor ihr lag. Lili war aus dem Nichts gekommen. Ja, sie musste Greta dankbar sein.

Die Leute, die ins Rathaus gingen, wirkten forsch und zufrieden, ihre Wangen waren vom Bier gerötet. Junge Damen in bonbonfarbenen Kleidern wedelten mit Fächern und fragten einander, wo denn all die berühmten Maler seien. »Wer von denen ist Ejnar Nielsen?«, sagte eine Frau. »Ist das Erik Henningsen?« Junge Männer mit gezwirbelten Schnurrbärten und

Sumatrazigarren. Junge Industrielle, die mit dem rasch verdienten Geld, das ihnen die maschinelle Massenproduktion von Töpferwaren und Bratpfannen eingebracht hatte, in der Gesellschaft emporzusteigen hofften.

»Du lässt mich nicht allein?«, fragte Lili Greta.

»Niemals.«

Aber schon erwachte Lili.

Am Rathaus gab es einen überdachten Innenhof, der im Stil der italienischen Renaissance erbaut war. An drei Seiten befanden sich offene, von Säulen getragene Galerien. Darüber ein Dach aus verschränkten Holzbalken. Auf der Bühne spielte ein Orchester, und es gab einen langen Tisch mit Tabletts voller Austern. Hunderte von Leuten tanzten, die Hände gut aussehender Männer lagen auf den schlanken Hüften von Frauen mit blau geschminkten Lidern. Auf einer Bank saßen zwei Mädchen und schrieben kichernd einen Brief. Männer in Smokings, die Hände in den Taschen, standen im Kreis beisammen und ließen die Blicke schweifen. Lili erwachte. Sie konnte das alles kaum in sich aufnehmen. Sie spürte den Flügelschlag von Panik in ihrer Brust, denn sie wusste, sie gehörte nicht dazu. Am liebsten wäre sie gegangen, aber dafür war es zu spät. Lili war auf dem Ball, Qualm und Musik drangen ihr bereits in Augen und Ohren. Wenn sie jetzt sagen würde, dass sie gehen möchte, würde Greta nur antworten, sie solle sich beruhigen; Greta würde sagen, keine Sorge, es gebe überhaupt keinen Grund zur Sorge. Sie würde eine abwiegelnde Handbewegung machen und lachen.

Neben Lili stand ein großes Mädchen in einem Trägerkleid und rauchte; sie hielt eine silberne Zigarettenspitze in der Hand und sprach mit einem Mann, dessen Gesicht so dunkel war, dass er nur aus dem Süden kommen konnte. Die Frau war schlank, ihr Rücken hübsch und straff, und der Mann war offensichtlich so verliebt in sie, dass er nur nicken und zustimmen konnte und sie schließlich mit einem langen Kuss am Weiterreden hinderte.

»Da ist Helene«, sagte Greta. Helene Albeck stand an der anderen Seite des Raums; ihr kurzes schwarzes Haar war streng auf eine Länge geschnitten, eine Frisur, wie Greta erklärte, die jetzt in Paris Mode sei.

»Geh du und sprich mit ihr«, sagte Lili.

»Und dich soll ich allein lassen?«

»Ich glaube, ich möchte jetzt noch mit niemandem reden.«

Greta schritt mit wehendem Haar durch die Tänzer und begrüßte Helene mit einem Kuss. Helene wollte ihr anscheinend unbedingt etwas erzählen. Sie arbeitete bei der Königlichen Grönland-Handelsgesellschaft und hatte dort mit Gemälden, Grammophonen, goldenen Servierplatten und anderen Luxusartikeln zu tun, die im Sommer jeden Dienstag von Kopenhagen aus in die Welt geschickt wurden. Zwei Jahre lang hatte sie Einars Bilder in Kisten verpackt nach Godthåb transportieren lassen, wo sie von einem Agenten versteigert wurden. Das Geld fand nur langsam den Weg über den Nordatlantik zurück, aber wenn es dann eintraf, präsentierte Einar es Greta jedes Mal stolz in einer Faltmappe aus Leder.

Greta und Helene waren hinter den Tanzenden nicht mehr zu sehen. Lili saß auf einer mit Meerjungfrauen beschnitzten Mahagonibank. Es war warm in dem überdachten Innenhof. Sie nahm ihre Samtkappe ab, und als sie es zusammenfaltete, trat ein junger Mann vor sie hin. »Gestatten Sie?«, fragte er und setzte sich. Er war groß und trug sein dunkelblondes Haar in dicken Korkenzieherlocken, die ihm bis weit über die Ohren hingen. Lili musterte ihn aus den Augenwinkeln; er sah auf seine Taschenuhr, schlug die Beine übereinander und stellte sie wieder gerade. Er roch leicht nach Getreide, und seine Ohren waren von Hitze und Nervosität gerötet.

Lili nahm das Notizbuch mit dem Zinndeckel, das Einar

von seiner Großmutter bekommen hatte, aus ihrer Handtasche und trug darin ein, was sie von dem Mann neben ihr dachte. Er sieht aus wie Einars Vater in jungen Jahren, schrieb sie. Wie sein Vater, als er noch gesund war und in den Torffeldern arbeitete. Vermutlich starre ich ihn deswegen so an, schrieb Lili in das kleine Notizbuch. Warum sonst lässt mich sein Anblick nicht los? Warum muss ich ihn immerzu anschauen, seine langen Füße, seinen drahtigen Backenbart, der fast sein ganzes Gesicht umschließt? Die Adlernase, die vollen Lippen. Das dicke Lockenhaar.

Der Mann beugte sich zu ihr. »Sind Sie Reporterin?«

Lili hob den Blick von ihrem Schoß.

»Oder vielleicht Dichterin?«

»Weder noch.«

»Aber was schreiben Sie denn da?«

»Ach, das?«, sagte sie, erschrocken, dass er sie angesprochen hatte. »Das ist gar nichts.« Obwohl sie unmittelbar neben ihm saß, konnte sie nicht glauben, dass er sie bemerkt hatte. Sie kam sich vor wie unsichtbar, beinahe wie nicht vorhanden.

»Sind Sie Künstlerin?«, fragte der Mann.

Aber Lili nahm nur ihre Kappe und die Handtasche und sagte: »Entschuldigen Sie.«

Es überraschte sie selbst zu sehr, sich an diesem Ort zu befinden, als dass sie weiter mit ihm hätte reden können. Ihr war noch wärmer geworden, und sie empfand das jähe Bedürfnis, die Kleider abzulegen und im Meer schwimmen zu gehen. Sie verließ den Saal durch ein Tor, das in einen kleinen Park führte.

Draußen wehte ein kühler Wind. Eine alte Eiche überwölbte den Garten, als wollte sie ihn vor neugierigen Blicken vom Rathausturm schützen. Es roch nach Rosen und frisch umgegrabener Erde. Der Rasen glänzte silbern wie der Flügel eines fliegenden Fischs. Nach ein paar Schritten bemerkte Lili das Paar von vorhin, die junge Frau im Trägerkleid und ihren Anbeter; sie küssten sich hinter einem Eichengesträuch. Der Mann hatte eine Hand am Oberschenkel der Frau, ihr Kleid war bis zur Hälfte hochgeschoben, die Schnalle ihres Strumpfhalters blitzte in der Dunkelheit.

Erschreckt wandte Lili sich ab und ging zu dem Mann zurück, der sich vorhin neben sie gesetzt hatte.

»Wissen Sie, was man sich von dieser alten Eiche erzählt?«, sagte er.

»Nein.«

»Die Leute sagen, wenn man die Eicheln isst, darf man sich etwas wünschen und kann sich für einen Tag in jeden beliebigen Menschen verwandeln.«

»Wie kommen die Leute denn auf so etwas?«

»Weil es stimmt.« Er nahm ihre Hand und führte sie zu einer Bank.

Wie sich herausstellte, war er Maler. Er hieß Henrik Sandahl. Vor kurzem hatte er eine Reihe von Bildern mit Nordseefischen ausgestellt: Scholle, Kliesche, Steinbutt, die scheue, spitzmäulige Rotzunge. Greta hatte die Ausstellung besucht. Eines Tages war sie in die Wohnung gekommen, hatte Tasche und Schlüssel hingeworfen und mit großen Augen zu Einar gesagt: »So etwas habe ich noch nie gesehen. Da musst du unbedingt selbst hingehen. Hätte nie gedacht, dass man sich in das Gesicht eines Kabeljaus verlieben kann!«

»Sind Sie in Begleitung hier?«, fragte Henrik.

»Mit der Frau meines Vetters.«

»Und wie heißt der?«

Lili sagte es ihm.

»Einar Wegener?«, sagte Henrik. »Verstehe.«

»Kennen Sie ihn?«, fragte Lili.

»Nein, aber er ist ein guter Maler. Besser als die meisten

Leute denken.« Er unterbrach sich kurz. »Sie wissen es ja sicher selbst, aber viele Leute halten ihn inzwischen für etwas altmodisch.«

Zum ersten Mal bekam Einar eine Ahnung davon, wie sehr er, indem er sich als Lili verkleidete, die Welt auf den Kopf stellte. Um sich verschwinden zu lassen, brauchte er nur das spitzengesäumte Mieder anzuziehen. Um der Gesellschaft zu entkommen, musste Einar nur die Ellbogen anheben und sich die dreifach geschlungene Perlenkette um den Hals legen. Er musste nur sein langes weiches Haar nach vorne fallen lassen und den Kopf ein wenig schief halten wie eine lernbegierige Heranwachsende.

Jetzt nahm Henrik Lilis Hand. Die drahtigen Haare an seinem Handgelenk erschreckten sie, denn bis dahin hatte sie nur Gretas Hände gekannt.

»Erzählen Sie mir etwas von sich, Lili«, sagte Henrik.

»Ich wurde nach der Blume benannt.«

»Wie kommt es, dass Mädchen immer so törichte Dinge sagen?«

»Aber es stimmt doch.«

»Ich glaube Mädchen nicht, die sich mit einer Blume vergleichen.«

»Ich wüsste nicht, was ich Ihnen sonst noch erzählen könnte.«

»Fangen Sie damit an, woher Sie kommen.«

»Aus Jütland. Aus Blåtand, einem kleinen Dorf im Moor.« Sie erzählte Henrik von den Kleefeldern, von dem Eisregen, der Löcher in die Außenwand des Bauernhauses schlagen konnte.

»Wenn ich Ihnen eine Eichel zu essen geben würde«, sagte Henrik, »wer würden Sie dann gerne sein?«

»Keine Ahnung«, sagte sie.

»Sie können sich doch was wünschen.«

»Nein, kann ich nicht.«

»Na schön, dann lassen Sie's.« Und dann erzählte Henrik ihr eine Geschichte von einem polnischen Prinzen, der jede Frau in seinem Land von einer anderen Tagesarbeit befreit hatte; so einer wollte Henrik auch sein.

Ehe sie es sich versah, war es spät geworden, weit nach Mitternacht. Der Wind hatte zugenommen, die Eiche mit ihren ohrförmigen Blättern bog sich, als wollte sie Henrik und Lili belauschen. Der Mond hatte sich fortgestohlen, und bis auf den goldenen Lichtschein, der aus den Portalen des Rathauses drang, war es vollständig dunkel. Henrik hielt immer noch Lilis Hand und knetete ihren Daumenballen, doch Lili hatte das Gefühl, als gehörten Hand und Daumen nicht ihr, sondern jemand anderem. Als erhebe da jemand anderer Anspruch auf sie.

»Schade, dass wir uns nicht schon früher kennen gelernt haben«, sagte Henrik und spielte mit zitternden Fingern an einem Faden, der aus dem Ärmel seines Anzugs hing.

Lili hörte Einar lachen, eine kichernde Luftblase; die Luftblase war mit Einars nicht ganz reinem Atem gefüllt. Er kicherte darüber, wie unbeholfen dieser andere Mann einer Frau den Hof machte. Hatte Greta von ihm jemals etwas so Lächerliches zu hören bekommen? Wohl kaum; und wenn, hätte Greta gesagt, er solle mit dem Unsinn aufhören. Sie hätte ihre silbernen Armreife geschüttelt, die Augen verdreht und gesagt: »Ach du liebe Zeit.« Sie hätte gedroht, das Restaurant zu verlassen, wenn Einar sie weiter wie ein kleines Kind behandeln würde. Sie hätte sich abrupt dem Schellfisch auf ihrem Teller zugewandt und kein Wort mehr gesprochen, bis nur noch der hohle Kopf in einer Essigpfütze übrig geblieben wäre. Dann hätte sie Einar einen Kuss gegeben und wäre mit ihm nach Hause gegangen.

»Ich muss zu Greta«, sagte Lili.

Vom Hafen her war Nebel aufgezogen, und jetzt wurde ihr kalt. Lili mit ihren nackten Unterarmen spürte den Wind, nicht Einar; sie spürte, wie die feuchte Luft durch den fast unsichtbaren Haarflaum auf ihrem Nacken kroch. In tieferen Schichten – unter dem Chiffon, dem Mieder, schließlich unter der wollenen Unterhose – wurde es auch Einar kalt, aber nur so, wie es einem kalt wird, wenn man im Winter jemanden ohne Mantel sieht. Ihm ging auf, dass Lili und er etwas gemeinsam hatten: ein Paar austernblaue Lungen; ein pochendes Herz; die vor Erschöpfung oft rot geränderten Augen. Nur im Schädel, da steckten offenbar zwei Gehirne, eine halbierte Walnuss: sein Gehirn und ihres.

»Sagen Sie Greta, dass ich Sie nach Hause bringe«, sagte Henrik.

Lili antwortete: »Nur wenn Sie versprechen, mich kurz vor dem Witwenhaus zu verlassen. Einar könnte noch wach sein, und ich möchte nicht, dass er mich allein mit einem Fremden sieht. Dann würden er und Greta sich Gedanken machen, ob ich für das Leben in Kopenhagen vielleicht nicht doch noch zu jung sein könnte. So sind die beiden nun mal, ständig fragen sie sich, was sie mit mir anfangen sollen und ob ich nicht womöglich in Schwierigkeiten gerate.«

Henrik gab Lili einen Kuss; seine Lippen waren flach und dunkelrot und genau in der Mitte gespalten. Sein Kopf stieß vor, sein Mund landete auf ihrem und entfernte sich wieder. Er tat es noch einmal und noch einmal, wobei er erst ihren Oberarm und dann ihren Nacken massierte.

Was sie am Kuss eines Mannes am meisten überraschte, war das Kratzen des Barts und das enorme Gewicht seines Arms. Seine Zungenspitze war seltsam glatt, als hätte kochend heißer Tee die rauen Papillen weggebrannt. Am liebsten hätte Lili ihn fortgestoßen und gesagt, sie wolle das nicht, aber das kam ihr plötzlich ganz unmöglich vor. Als könne ihre

Hand Henrik niemals von sich schieben, als schlängen sich seine Korkenzieherlocken wie ein Strick um ihren Hals.

Henrik zog sie von der Eisenbank hoch. Sie sorgte sich, dass er sie in die Arme nehmen könnte; dann würde er durch das Kleid ihren seltsam geformten Körper fühlen, knochig und ohne Brüste, einen quälend geschwollenen Schmerz zwischen den Beinen. Er bot Lili die Hand wie ein Schlepptau und führte sie durch einen Seitengang des Rathauses. Sein Kopf wippte vernügt auf und ab, marionettenhaft; ein runder Schädel mit leicht abgeflachter Stirn. Und vielleicht lag es daran, dass Einar nun bereit war, Henriks feuchte Faust zu packen und ihm zu folgen: Es war ein Spiel, es gehörte zu Lilis Spiel, und Spiele waren ja praktisch ohne Belang. Spiele hatten nichts mit Kunst, nichts mit Malen zu tun; und schon gar nichts mit dem Leben. Noch nie – und auch nicht jetzt, als er Henriks schwitzende Hand in der seinen hielt – hatte Einar sich für abnorm oder pervers gehalten. Als er vor einem Jahr beim Arzt gewesen war und ihm erzählt hatte, dass er und Greta keine Kinder bekommen könnten, hatte dieser gefragt: »Haben Sie jemals Verlangen nach jemand anderem als Ihrer Frau, Einar? Vielleicht nach einem Mann?« »Nein, niemals. Ganz und gar nicht«, hatte er geantwortet. »Da sind Sie auf der falschen Fährte.« Einar erzählte dem Arzt, auch ihn störe der Anblick der Männer, die mit nervösen ängstlichen Blicken und rotem Kopf vor dem Toilettenhaus im Ørstedsparken herumlungerten. Homosexuell! Weit entfernt!

Und auch dies erklärte, warum er an Henriks Hand durch den Seitengang lief, von dessen blanken Deckenbalken dänische Flaggen hingen. Warum er in den senfgelben Schuhen trippelte, die Greta ihm zum ersten Mal an jenem Aprilnachmittag gegeben hatte, als sie seine Beine zum Abmalen brauchte. Warum er zuließ, dass dieses enge Kleid ihn beim Gehen behinderte: Einar spielte ein Spiel. Er wusste es. Greta wusste es. Ebenso aber wusste er auch nichts, nichts über sich selbst.

Draußen auf dem Rathausplatz lärmte eine Straßenbahn vorbei, ihr Klingeln klang freundlich und traurig zugleich. Drei betrunkene Norweger saßen lachend auf dem Brunnenrand.

»Welche Richtung?«, fragte Henrik. Hier draußen wirkte er kleiner, auf diesem weiten Platz, über den die Düfte eines Verkaufswagens zogen, wo es Kaffee und Spekulatius gab. In Einars Magengrube ballte sich heimlich etwas Heißes und er hatte nur Augen für den Brunnen, die bronzenen Lurenbläser und die steilen Dächer der Gebäude um den Platz.

»Wohin?«, fragte Henrik noch einmal. Er sah mit bebenden Nasenflügeln in den Himmel.

Plötzlich hatte Einar eine Idee; Lili hatte eine Idee. Und so seltsam es auch scheinen mochte, genauso war es: Irgendwo über dem Rådhuspladsen schwebte Einar und beobachtete Lili, die Henrik mit entschlossener Oberlippe zuflüsterte: »Komm.« Er hörte sie denken: Greta wird es nie erfahren. Was Lili damit meinte – was wird Greta nie erfahren? – ergründete Einar nicht. Als er, Einar, der entfernte Besitzer des geborgten Körpers, Lili gerade fragen wollte, was sie damit meinte; als er, Einar, der da wie ein unsteter Geist durch die Lüfte schwebte, sich gerade hinabbeugen und fragen wollte – nicht ganz so wie ein Autofahrer, der sich an einer Abzweigung fragt, welche Straße er nehmen soll, aber fast so –: *Was wird Greta nicht erfahren?*, genau da spürte Lili – die Unterarme vor Erregung gerötet, die Fäuste um Chiffon geballt, ihre Gehirnhälfte heiß im Strom der Gedanken –, wie ihr etwas Warmes von der Nase auf die Lippen rann.

»Mein Gott, Sie bluten ja!«, rief Henrik.

Sie befühlte ihre Nase. Das dicke Blut lief ihr über den Mund. Die Musik aus dem Rådhuset brachte ihre Nase zum

Schwingen. Mit jedem Tropfen fühlte sie sich sauberer, leer aber sauber.

»Was ist denn?«, fragte Henrik. »Wie kommt das so plötzlich?« Er schrie, und das Blut, dankbar für seine Besorgnis, schien ein wenig heftiger zu quellen. »Ich hole Hilfe.« Bevor sie ihn daran hindern konnte, rannte er über den Platz zu einer Gruppe von Leuten, die gerade in ein Auto stiegen. Er hob die Hand und wollte einer Frau, die die Tür aufhielt, an die Schulter tippen. Schon öffneten sich langsam Henriks Finger. Lili beobachtete es, und dann ging es ihr plötzlich auf.

Lili versuchte zu schreien: »Nein!«, konnte aber nicht. Henrik berührte den kräftigen schwarzen Rücken von Greta, die auf die Straße gegangen war, um Helene in den Dienstwagen der Königlichen Grönland-Handelsgesellschaft zu setzen.

Greta schien Henrik gar nicht wahrzunehmen. Sie sah nur Lili, deren Blut hell auf den Rathausplatz tropfte. Gretas Miene spannte sich, und Lili glaubte sie flüstern zu hören: »O nein. Um Gottes willen, nein.« Und dann spürte Lili auch schon, wie Greta ihr den blauen Schal, den Lili sich manchmal heimlich ausgeliehen hatte, auf die Nase drückte, und als sie in Gretas Armen zusammenbrach, hörte sie leise, wie ein Schlaflied, ihre Stimme: »Lili, alles in Ordnung? O Lili, bitte, sag, dass es dir gut geht.« Und dann: »Hat er dir weh getan?«

Lili schüttelte den Kopf.

»Wie ist das passiert?«, fragte Greta, während sie mit beiden Daumen Kreise auf Lilis Schläfen rieb. Lili konnte nicht sprechen, sie sah nur Henrik, der aus Angst vor Greta mit weiten Schritten und wehenden Locken über den Platz rannte, sie hörte nur das hübsche Klappern seiner Schuhe auf dem Pflaster, das schaurig dem Schallen der Ohrfeigen ähnelte, die Einar von seinem Vater bekommen hatte, als er dazugekommen war, wie Einar sich in der Schürze seiner Großmutter von Hans auf den Nacken küssen ließ.

KAPITEL 6

In diesem Sommer erklärte sich der Händler, der Einars Bilder verkaufte, dazu bereit, zwei Wochen lang zehn von Gretas Gemälden auszustellen. Einar bat ihn schriftlich um den Gefallen – *Meine Frau verliert allmählich die Lust am Malen*, begann er den Brief an Herrn Rasmussen –, aber davon hätte Greta nichts erfahren sollen. Leider öffnete sie den Umschlag, den Einar ihr für die Post mitgegeben hatte, mithilfe eines Teekessels und eines Fingernagels – eigentlich ohne jeden Grund, außer dass sie eben manchmal von Neugier überwältigt wurde: Sie musste einfach wissen, was ihr Mann so trieb, wenn er nicht bei ihr war; was er las, wo er zu Mittag aß, mit wem er sprach und worüber. Das hat nichts mit Eifersucht zu tun, redete Greta sich ein, als sie den Umschlag behutsam wieder zuklebte. Nein, es ist Liebe, sonst nichts.

Rasmussen hatte eine Glatze und Augen wie ein Chinese. Er war Witwer und lebte mit seinen zwei Kindern in einer Wohnung in der Nähe von Amalienborg. Als er sagte, er werde ihre neuesten Bilder ausstellen, war Greta versucht zu antworten, dass sie seine Hilfe nicht nötig habe. Aber sie *hatte* sie nötig, wie sie nach kurzem Nachdenken feststellte. Zu Einar sagte sie schüchtern: »Ich bin mir nicht sicher, ob du mit Rasmussen gesprochen hast oder nicht. Aber ich bin froh, dass er es machen will.«

In einem Möbelgeschäft am Ravnsborggade kaufte sie zehn Stühle und bespannte die Polster neu mit rotem Damast. Vor jedes ihrer Bilder ließ sie in der Galerie einen dieser Stühle stellen. »Zum ausgiebigen Betrachten«, erklärte sie Rasmussen. Als Nächstes schrieb sie an alle europäischen Zeitungsredakteure auf der Liste, die Einar im Lauf der Jahre zusammengestellt hatte. In der Einladung war von einem wichtigen Debüt die Rede – Worte, die Greta nicht leicht aus der Feder flossen, so angeberhaft kam ihr das vor, so geschäftsmäßig, aber auf Einars Drängen brachte sie es zu Stande. »Wenn es denn sein muss«, sagte sie. Sie brachte die Einladungen persönlich in die Redaktionen von *Berlingske Tidende, Nationaltidende* und schließlich von *Politiken*, wo sie von einem Angestellten mit kleiner grauer Mütze höhnisch abgewiesen wurde.

Gretas Bilder waren übergroß und glänzten von einem Schellacküberzug, den sie aus Firnis hergestellt hatte. Der Lack war so hart, dass man sie wie Fenster abwischen konnte. Die wenigen Kritiker, die in die Galerie kamen, schoben sich um die roten Damaststühle und aßen die Honigkekse, die Greta in einer Silberschale hingestellt hatte. Sie begleitete die Kritiker, deren kleine Notizblöcke offen und beunruhigend leer blieben. »Das ist Anna Fonsmark. Sie wissen doch, die Opernsängerin«, sagte Greta. »Was ich für Schwierigkeiten hatte, sie dazu zu bringen, für mich Modell zu stehen!« Oder: »Das hier ist der Pelzhändler, der Hoflieferant. Haben Sie die verschlungenen Nerze in der Ecke bemerkt, als Zeichen für sein Gewerbe?« Wann immer sie so etwas sagte, bedauerte sie es sofort; ihre dick aufgetragenen Erläuterungen schwirrten durch den Raum wie Echos, reflektiert von den lackierten Gemälden. Greta dachte an ihre Mutter und wurde rot. Aber manchmal hinderte sie eben ihre spontan überschäumende Energie daran, innezuhalten, nachzudenken und sich die Worte zurechtzulegen.

Sie musste sich eingestehen, dass manche Kritiker nur gekommen waren, weil sie Einar Wegeners Frau war. »Was macht Einars Arbeit?«, erkundigten sich einige. »Wann können wir mit seiner nächsten Ausstellung rechnen?« Ein Kritiker kam, weil sie Kalifornierin war und er sie über die dort arbeitenden Landschaftsmaler ausfragen wollte – als ob Greta irgendetwas über diese bärtigen Gestalten wissen könnte, die da im grellen Sonnenlicht der Laguna Niguel ihre Farben mischten.

Die Galerie am Krystalgade war ziemlich klein, und die Gerüche des Käseladens nebenan standen im Raum; daran war die Hitzewelle schuld, die Gretas Ausstellung zufällig begleitete. Greta machte sich Sorgen, dass der Fontina-Gestank sich in ihren Bildern festsetzen könnte, aber Einar sagte, das sei unmöglich, der Schellack verhindere das. »Die sind undurchdringlich«, sagte er von ihren Bildern und das klang – nachdem es einmal gesagt war und wie eine Fledermaus zwischen den beiden umherflatterte – alles andere als freundlich.

Als Greta am nächsten Tag zurück in die Wohnung kam, saß Lili da und häkelte an einem Haarnetz, die Nadeln klapperten in ihrem Schoß. Weder Einar noch Greta hatten eine Ahnung, warum Lili auf dem Künstlerball plötzlich Nasenbluten bekommen hatte. Aber etwa einen Monat danach war es wieder passiert, drei Julitage lang hatte sie Anfälle von Nasenbluten gehabt. Einar meinte, das habe nichts zu besagen, aber Greta war besorgt wie eine Mutter, die ihren Sohn husten sieht. Seit neuestem stand Greta mitten in der Nacht auf und malte an ihrer Staffelei eine aschfahle Lili, die in Henriks Armen zusammenbricht. Es war ein großes Bild, beinahe lebensgroß, und es wirkte mit seinen leuchtenden Farben und flachen Gesichtern realer, als Greta die Szene mit der draußen vor dem Künstlerball blutenden Lili in Erinnerung hatte. Im Hintergrund waren der Springbrunnen mit den speienden Drachen und die Bronzewikinger mit ihren Luren zu sehen. Eine zerbrechliche Lili füllte das Gemälde aus, ein Mann, dem die Haare ins Gesicht hingen, hielt sie in den Armen.

Den Anblick würde sie niemals vergessen, dachte Greta beim Malen; und die Mischung aus Entsetzen und Verwirrung und Empörung lief ihr noch immer spürbar den Rücken hinunter. Sie wusste, es war eine Veränderung eingetreten.

»Bist du schon lange hier?«, wandte sich Greta schließlich an Lili.

»Noch keine Stunde.« Die Nadeln klapperten weiter in ihrem Schoß. »Ich war draußen. Ich bin durch den Kongens Have gegangen und habe auf einer Bank gehäkelt. Hast du schon die Rosen gesehen?«

»Hältst du das für eine gute Idee? Dich draußen zu zeigen? Ganz allein?«

»Ich war nicht allein«, sagte Lili. »Henrik war auch da. Wir haben uns auf der Bank getroffen.«

»Henrik«, sagte Greta. »Verstehe.« Greta sah ihren Mann von der Seite an. Sie hatte keine Ahnung, was das mit Lili eigentlich sollte, was er davon hatte, aber da saß er nun vor ihr und trug einen braunen Rock, eine weiße Bluse mit Aufschlag an den Ärmeln und dazu die altmodischen Schuhe mit den Zinnschnallen, die sie ihm an jenem ersten Tag gegeben hatte. Ja, da saß er nun. Eine vage Beklommenheit schnürte Greta die Kehle zu: sie wünschte, sie hätte mehr, zugleich aber auch weniger Anteil an Lilis Kommen und Gehen. Und sie erkannte, sie würde niemals genau wissen, wie sie sich in dieser Sache zu verhalten habe.

»Was macht der Fischmaler denn so?«, fragte Greta.

Lili beugte sich auf ihrem Stuhl nach vorn und sagte, Henrik sei kürzlich nach New York gereist und habe dort mit Mrs. Rockefeller diniert. »Er wird es als Maler weit bringen«, fuhr Lili fort und erzählte von den Kunstkennern, die bereits auf Henrik aufmerksam geworden waren. »Hast du gewusst, dass er Waise ist?«, sagte Lili und erzählte von seiner Jugend als Hilfsmatrose auf einem Schoner auf der Nordsee. Und schließlich berichtete Lili, dass Henrik ihr auf der Bank im Kongens Have, vor der Buchsbaumhecke, erklärt habe, ein Mädchen wie sie habe er noch nie kennen gelernt.

»Es ist nicht zu übersehen, dass er dich mag.« Greta bemerkte die lodernde Hitze in Lilis Gesicht. Sie hatte einen ereignislosen Tag in der Galerie hinter sich, immer noch war keins ihrer zehn Bilder verkauft worden. Und jetzt holte das alles sie ein – der Anblick ihres Mannes in dem schlichten braunen Rock; die Geschichte von Henriks Einladung zum Essen mit Mrs. Rockefeller im National Arts Club am Gramercy Park; die seltsame Vorstellung von Lili und Henrik auf einer Parkbank im Schatten der Türme von Schloss Rosenborg. Sie hörte sich fragen: »Sag's mir, Lili. Warst du schon mal mit einem Mann zusammen?«

Die Häkelarbeit sank Lili in den Schoß. »Zusammen?«

Greta hatte beinahe das Gefühl, die Frage sei ihr ohne eigenes Zutun aus dem Mund gekommen. Sie hatte noch nie darüber nachgedacht, denn was das Sexuelle betraf, war Einar schon immer unbeholfen und ohne Initiative gewesen. Es schien Greta undenkbar, dass er jemals ein so abseitiges Verlangen gehegt haben könnte. Ohne sie hätte er Lili ja niemals gefunden. »War Henrik der Erste?«, fragte Greta, »der Erste, der dich geküsst hat?«

Lili zog die Augenbrauen hoch und dachte darüber nach. Durch die Dielen drang die Wodkastimme des Matrosen. »Lüg mich nicht an!«, schrie er. »Ich merke, wenn du mich anlügst!«

»In Blåtand«, fing Lili an, »kannte ich einen Jungen. Er hieß Hans.« Es war das erste Mal, dass Greta von Hans hörte. Lili erzählte begeistert von ihm, sie hob die Hände und drückte die Finger aneinander. Wie in Trance sprach sie von Hans' Kletterkünsten in der alten Eiche, von seiner rauen Stimme, von seinem U-Boot-Drachen, der im Moor versunken war.

»Und du hast seither nichts mehr von ihm gehört?«, fragte Greta.

»Soweit ich weiß, ist er nach Paris gezogen«, sagte Lili und nahm ihre Häkelarbeit wieder auf. »Er ist Kunsthändler. Mehr weiß ich nicht. Handelt mit Kunstwerken für amerikanische Auftraggeber.« Dann stand sie auf, ging ins Bad, wo Edvard IV im Schlaf knurrte, und schloss die Tür. Eine Stunde später kam Einar wieder heraus und es war, als sei Lili nie da gewesen. Und ohne den Hauch von Minze und Milch in der Luft hätte man meinen können, sie existiere in Wirklichkeit gar nicht.

Am Ende der zwei Wochen war keins von Gretas Bildern verkauft. Sie konnte ihre Erfolglosigkeit nicht mehr auf die wirtschaftliche Lage schieben – schließlich war der große Krieg seit sieben Jahren vorbei, und die dänische Wirtschaft nahm einen enormen Aufschwung. Aber das Scheitern der Ausstellung überraschte sie nicht. Seit sie verheiratet waren, hatte Einars Ruhm den ihren überschattet. Seine düsteren kleinen Bilder von Sümpfen und Gewittern – auf manchen war wirklich nicht mehr als graue und schwarze Flächen zu sehen – brachten Jahr für Jahr mehr Geld ein. Unterdessen verdiente Greta nur an den langweiligen Aufträgen von Firmendirektoren, die niemals lächelten. Ihre eher persönlichen Porträts – von Anna, von der blinden Frau am Eingang des Tivoli und jetzt von Lili – blieben unbeachtet. Wer sollte denn auch etwas von Greta kaufen, wenn er die Wahl hatte zwischen ihr und Einar, zwischen der heiteren frechen Amerikanerin und dem subtilen behaglichen Dänen? Welcher Kritiker in Dänemark, wo man die Kunststile des 19. Jahrhunderts noch immer für neu und fragwürdig hielt, würde es wagen, ihren Stil über den seinen zu stellen? So empfand es Greta, und Einar, dazu befragt, musste zugeben, dass es stimmen könnte. »Ich kann dieses Gefühl nicht ausstehen«, sagte sie manchmal, die Wangen verzerrt von einem Neid, den man nicht als kleinlich abtun konnte.

Ein Bild jedoch machte ein wenig von sich reden. Ein Triptychon, gemalt auf Holztafeln mit Scharnieren. Greta hatte es am Tag nach dem Ball im Rådhuset begonnen. Es zeigte drei Ansichten eines Mädchenkopfs in Lebensgröße: einmal in Gedanken verloren, die Lider müde und gerötet; dann bleich vor Angst, mit eingefallenen Wangen; und schließlich stark erregt, die Haare aus der Spange gerutscht, die Lippen feucht. Greta hatte einen feinen Hasenhaarpinsel und Eitempera benutzt, sodass die Haut des Mädchens wie durchsichtig wirkte und glühwürmchenhaft leuchtete. Es war das einzige Bild, das Greta nicht mit Schellack überzog. Immerhin zwei Kritiker blieben davor stehen und zogen ihre Bleistifte aus der Brusttasche. Gretas Herz pochte laut an ihre Rippen, als sie das Schaben der Stifte auf den Notizblöcken hörte. Der eine Kritiker räusperte sich; der andere, ein Franzose mit einer kleinen grauen Warze am Augenrand, sagte zu Greta: »Ist das hier auch von Ihnen?«

Aber dieses eine Bild, es hieß *Dreimal Lili,* konnte die Ausstellung nicht retten. Rasmussen, ein kleiner Mann, der kürzlich nach New York gefahren war, um Bilder von Hammershøj und Krøyer gegen Aktien pennsylvanischer Stahlgesellschaften zu tauschen, war schon dabei, Gretas Porträts wieder einzupacken. »Das von dem Mädchen behalte ich auf Kommission«, sagte er und trug es in seine Bücher ein.

Einige Wochen später kam mit der Post ein an Rasmussens Galerie adressierter Ausschnitt aus einer Pariser Kunstzeitschrift. Der Artikel gab einen Überblick über die moderne skandinavische Kunst; irgendwo in den Absätzen über die größten Talente Dänemarks wurde beiläufig – die meisten Leser dürften es übersehen haben – auch Greta erwähnt. »Eine ungestüme, ekstatische Phantasie« wurde Greta da zugeschrieben. »Ihr Bildnis eines jungen Mädchens namens Lili wäre erschreckend, wenn es nicht so schön wäre.« Das war alles. Eine flüchtige Bemerkung, passend zu einem so flüchtigen Artikel. Rasmussen hatte den Ausschnitt an Greta weitergeleitet, und sie las ihn mit gemischten Gefühlen, von denen sie niemandem Rechenschaft geben konnte: Noch verwirrender als das Lob empfand sie das Fehlen irgendeines Hinweises auf Einar. Da wurde die dänische Kunst vorgestellt und Einars Name wurde nicht genannt. Sie legte den Ausschnitt in eine Schublade des Eschenschranks unter die Sepiadrucke von Teddy und die Briefe ihres Vaters aus Pasadena, in denen er von der Orangenernte, der Kojotenjagd und dem Malerinnenverein in Santa Monica erzählte, dem sie beitreten könne, falls sie sich entschlösse, Dänemark zu verlassen. Sie würde Einar den Artikel niemals zeigen. Der gehörte ihr; das Lob galt allein ihr. Wieder einmal wollte sie nicht teilen.

Aber Greta konnte den Artikel nicht einfach lesen und dann in einer Schublade verschwinden lassen. Nein, sie musste darauf reagieren, und so schrieb sie sogleich dem Rezensenten und unterbreitete ihm ein Anliegen.

»Ich danke Ihnen für Ihre einsichtsvolle Besprechung«, begann sie.

> Sie bekommt einen Ehrenplatz in meiner Ausschnittsammlung. Sie haben sehr freundliche Worte gefunden. Ich hoffe, Sie besuchen mich einmal, wenn Sie das nächste Mal in Kopenhagen sind. Unsere Stadt ist klein, aber kultiviert. Ich könnte mir denken, Sie haben sie noch gar nicht richtig gesehen. Unterdessen habe ich aber eine Bitte an Sie. Mein Mann, der Landschaftsmaler Einar Wegener, hat einen guten Freund aus Kindheitstagen aus den Augen verloren. Mein Mann weiß von ihm nur, dass er in Paris lebt und wahrscheinlich Kunsthändler ist. Er

ist Baron und heißt Hans Axgil. Kennen Sie ihn zufällig? Er stammt aus Blåtand in Jütland. Mein Mann würde ihn gern wieder sehen. Offenbar haben die beiden sich als Kinder ungewöhnlich nahe gestanden. Mein Mann wird immer ganz wehmütig – wie alle Männer, wenn sie an ihre Jugendzeit denken –, wenn er von Hans und ihrer gemeinsamen Kindheit in Blåtand erzählt, einem Dorf, das mitten im Moor liegt. Aber ich dachte, Sie wissen vielleicht etwas von Hans, schließlich ist die Welt der Künste kleiner als wir denken. Falls Sie seine Anschrift kennen, tun Sie mir bitte den Gefallen und teilen Sie sie mir mit. Schicken Sie sie mir, ich gebe sie dann an Einar weiter. Das würde ihn sehr freuen.

KAPITEL 7

Eine Woche nach dem Künstlerball saßen Lili und Henrik an drei Abenden hintereinander im Kongens Have. Ihrer selbst noch wenig sicher, wollte sie sich nur nach Einbruch der Dämmerung mit ihm treffen, und die begann Ende Juni erst lange nach dem Abendessen. Wenn sie sich dann umzog, einen Rock aus dem Kleiderschrank nahm und sich auf ihre Verabredung vorbereitete, bekam sie jedes Mal schwere Schuldgefühle. Greta saß im vorderen Zimmer und las die Zeitung, und Lili glaubte, ihre Blicke auf sich zu fühlen, während sie Puder und Lippenstift auflegte und sich das Mieder mit zusammengerollten Strümpfen ausstopfte. Lili trippelte auf Zehenspitzen um Edvard IV herum, der sich auf dem kleinen ovalen Teppich vor dem Spiegel räkelte. Im Spiegel prüfte sie ihr Profil, erst von links, dann von rechts. Es bedrückte sie, Greta mit der Zeitung und dem Lichtkegel der Leselampe allein zu lassen – doch bedrückte es sie nicht so sehr, dass sie deswegen auf das Stelldichein mit Henrik an der eisernen Straßenlaterne verzichtet hätte.

»Willst du ausgehen?«, fragte Greta beim ersten Mal. Draußen erscholl gerade die Sirene der Fähre nach Bornholm.

»Spazieren«, sagte Lili. »An die frische Luft. Es ist zu schön, um drinnen zu hocken.«

»Um diese Zeit?«

»Wenn du nichts dagegen hast.«

»Ich habe nichts dagegen«, sagte Greta und zeigte auf den Stapel Zeitungen zu ihren Füßen, die sie alle noch vor dem Schlafengehen lesen wollte. »Aber so ganz allein?«

»Ich gehe ja nicht allein.« Lili konnte Greta nicht in die Augen sehen, als sie das sagte; sie starrte den Boden an. »Ich treffe mich mit Henrik.« Und dann: »Aber nur zum Spazierengehen.«

Lili beobachtete Gretas Miene. Ihre Wangen zuckten, es sah aus, als knirschte sie mit den Zähnen. Sie richtete sich in ihrem Lesesessel auf und faltete heftig die Zeitung auf ihrem Schoß zusammen. »Bleib nicht zu lange«, sagte sie schließlich.

Henrik ließ Lili fast zwanzig Minuten unter der Laterne warten. Sie machte sich schon Sorgen, dass er es sich anders überlegt haben könnte, dass er womöglich etwas gemerkt hatte. Es machte ihr Angst, allein auf der Straße zu sein. Andererseits empfand sie ein elektrisierendes Gefühl von Freiheit und das rasende Pochen in ihrem Hals sagte ihr, sie könnte praktisch alles tun, wozu sie Lust hatte.

Als Henrik endlich kam, war er außer Atem und hatte Schweißperlen auf der Oberlippe. »Ich habe gemalt und die Zeit vergessen«, entschuldigte er sich. »Passiert dir das auch manchmal, Lili? Dass du beinahe vergisst, wer und wo du bist?«

Sie gingen eine halbe Stunde durch die warme Abendluft. Sie sprachen nicht viel, und Lili hatte das Gefühl, es gebe auch nichts zu sagen. Henrik nahm ihre Hand. Als sie in eine menschenleere Straße kamen – nur ein Hund streunte noch umher –, küsste er sie.

An den nächsten beiden Abenden trafen sie sich wieder; Lili schlüpfte aus der Wohnung, und jedes Mal sah Greta ihr über den Rand der Zeitung nach. Jedes Mal kam Henrik zu spät, im Laufschritt, Farbe unter den Fingernägeln und in den gelockten Haaren.

»Ich würde gern mal Greta kennen lernen«, sagte Henrik. »Um ihr zu zeigen, dass ich eigentlich nicht der Typ von Mann bin, der vor ohnmächtigen Frauen davonläuft.«

An diesem dritten Abend blieben sie lange aus, bis nach der letzten Straßenbahn, bis nach ein Uhr, als die Kneipen zumachten. Lili und Henrik gingen Hand in Hand durch die Stadt, sie schauten in die mattschwarzen Spiegel der Schaufenster und küssten sich im Dunkel der Torwege. Ihr war klar, sie musste wieder ins Witwenhaus gehen, aber etwas in ihr wollte nie mehr dorthin zurück.

Lili war überzeugt davon, dass Greta aufgeblieben war und die Wohnungstür nicht aus den Augen gelassen hatte. Doch als sie nach Hause kam, war alles dunkel; Lili wusch sich das Gesicht, zog sich aus und legte sich als Einar ins Bett.

Am nächsten Tag sagte Greta zu Lili, sie solle aufhören, sich mit Henrik zu treffen. »Findest du das fair ihm gegenüber?«, fragte sie. »Ihn so zu betrügen? Was glaubst du wohl, was er davon halten würde?«

Aber Lili verstand nicht so recht, wie Greta das meinte. Was sollte Henrik wovon halten? Wenn Greta es ihr nicht direkt sagte, vergaß Lili oft, wer sie war.

»Ich will aber nicht aufhören, mich mit ihm zu treffen«, sagte sie.

»Bitte, tu es mir zuliebe.«

Lili sagte, sie wolle es versuchen, aber schon da wusste sie, dass es ihr unmöglich sein würde. Als sie im vorderen Zimmer neben Einars leerer Staffelei stand, war ihr bewusst, dass sie Greta angelogen hatte. Aber sie konnte nicht anders. Sie konnte einfach nichts dagegen machen.

Und so trafen Lili und Henrik sich von nun an heimlich, spät nachmittags, ehe Lili zum Abendessen nach Hause musste. Anfangs belastete es Lili, Henrik bei Tageslicht zu begegnen. Die Sonne schien ihr allzu grell ins Gesicht, und sie fürchtete, er könnte feststellen, dass sie keine echte Schönheit sei, wenn nicht gar noch Schlimmeres. Sie band sich ein Kopftuch um und knotete es unterm Kinn. Wohl fühlte sie sich nur, wenn sie Hand in Hand mit ihm im dunklen Rialtokino saß; oder in der stillen Bibliothek der Königlichen Akademie, in deren Lesesaal nur wenig Licht durch die grünen Rolljalousien fiel.

Einmal verabredete sich Lili mit Henrik für neun Uhr abends am Teich im Ørstedsparken. Zwei Schwäne glitten auf dem Wasser, eine Weide beugte sich über den Rasen. Henrik verspätete sich, und als er kam, küsste er sie auf die Stirn. »Ich weiß, wir haben nur wenige Minuten«, sagte er. Seine Haare streiften ihren Hals.

Aber Greta war an diesem Abend auf einem Empfang der amerikanischen Botschaft. Sie würde erst in einigen Stunden nach Hause kommen und Lili wollte Henrik schon sagen, sie könnten ohne weiteres in dem Restaurant mit den getäfelten Wänden am Gråbrødre Torv essen gehen. Sie könnten die Langelinie entlangbummeln wie jedes andere dänische Paar an einem schönen Sommerabend. Sie konnte selbst kaum fassen, welch gute Neuigkeit sie für Henrik hatte, der nichts anderes kannte, als sie allenfalls für zwanzig Minuten zu sehen. »Ich habe dir etwas zu sagen«, fing sie an.

Henrik nahm ihre Hand, küsste sie und drückte sie an seine Brust. »Ach, Lili – sag nichts«, sagte er. »Ich weiß schon Bescheid. Mach dir keine Sorgen, aber ich weiß es schon.« Er sah sie offen an, mit hochgezogenen Augenbrauen.

Lili entzog ihm ihre Hand. Es war still in dem Park, die Arbeiter, die auf dem Heimweg dort hindurchgingen, saßen längst beim Abendessen, und nur am Toilettenhaus lungerte ein Mann herum, der ein Streichholz nach dem anderen anzündete. Ein zweiter Mann ging an ihm vorbei und sah über die Schulter zurück.

Was weiß Henrik?, fragte sich Lili, aber sie ahnte es schon.

Henrik sah sie immer noch so seltsam an; ein schreckliches Frösteln durchfuhr sie, und auf einmal war es, als stünde Einar als Dritter bei ihnen – als stünde er unmittelbar neben Lilis und Henriks intimem Beichtzirkel und bekäme jedes Wort mit. Ja, Einar flirtete, als junges Mädchen verkleidet, mit einem jüngeren Mann. Ein entsetzlicher Anblick.

Wieder erschauderte Lili. Der Mann vorm Toilettenhaus ging jetzt hinein und dann gab es ein lautes Scheppern, als er eine Mülltonne umstieß.

»Ich kann mich leider nicht mehr mit dir treffen«, sagte Lili schließlich. »Ich muss heute Abend Abschied von dir nehmen.«

»Wie kommst du denn darauf?«, sagte Henrik. »Warum sagst du so etwas?«

»Es geht einfach nicht mehr. Zurzeit jedenfalls nicht«, sagte sie.

Er wollte ihre Hand nehmen, aber sie ließ es nicht zu. »Aber es stört mich nicht. Geht es nur darum? Das versuche ich dir doch gerade klarzumachen. Wenn es nur darum geht, dass du denkst, ich würde –«

»Es geht nicht. Zurzeit jedenfalls nicht«, sagte Lili noch einmal, und dann ging sie. Sie überquerte das sommerlich dürre Gras, das unter ihren Füßen beinahe brach, und schlug den Weg zum Parkausgang ein. »Lili«, schrie er ihr unter der Weide nach. Ihr blieben noch einige Stunden, Lilis Kleid wieder in den Schrank zu hängen, ein Bad zu nehmen und ein neues Bild anzufangen. Einar würde warten, bis Greta nach Hause kommen, den Hut abnehmen und ihn fragen würde: »Hattest du einen schönen Abend?« Und dann würde sie ihm einen Kuss auf die Stirn geben, der ihnen beiden beweisen würde, dass Greta Recht gehabt hatte.

KAPITEL 8

Im August machten Einar und Greta Urlaub und fuhren wie jedes Jahr in die französische Hafenstadt Menton an der Grenze zu Italien. Nach dem langen Sommer nahm Greta mit einer gewissen Erleichterung Abschied von Kopenhagen. Als sie im Zug saßen und über die Seealpen nach Süden fuhren, kam es ihr vor, als ob sie etwas hinter sich lassen würde.

Dieses Jahr nahmen Greta und Einar eine Wohnung in der Avenue Boyer, gegenüber dem Casino; den Tipp hatte ihnen Anna gegeben, die im Mai an der Oper von Monte Carlo gesungen hatte. Besitzer der Wohnung war ein Amerikaner, der nach dem Krieg nach Frankreich gegangen war und in der Provence etliche dichtgemachte Kleiderfabriken aufgekauft hatte. Er kam zu Reichtum und lebte jetzt in New York; die enormen Gewinne, die ihm die schlichten, ungefütterten Kleider einbrachten, die er an sämtliche Hausfrauen südlich von Lyon verkaufte, ließ er sich mit der Post nach Hause schicken.

In der Wohnung gab es einen kühlen, orangefarbenen Marmorfußboden, ein zweites, rot gestrichenes Schlafzimmer und, im Wohnzimmer, einen chinesischen Wandschirm mit Perlmuttintarsien. Die vorderen Fenster blickten auf einen schmalen Balkon, der gerade Platz für eine Reihe Geranientöpfe und zwei Drahtstühle bot. Dort saßen Einar und Greta in den warmen Nächten, Greta mit den Füßen auf dem Geländer; gelegentlich wehte von den Zitronen- und Orangenbäumen unten im Park eine Brise zu ihnen hinauf. Greta war müde, und sie und Einar konnten manchen Abend hingehen lassen, ohne mehr zu sagen als »Gute Nacht«.

Am fünften Tag ihres Urlaubs schlug das Wetter um. Von Nordafrika her brauste der Schirokko über das gekräuselte Mittelmeer, fuhr den Felsenstrand hinauf durch die offene Balkontür und warf den chinesischen Wandschirm um.

Greta und Einar schliefen in dem roten Zimmer, als sie von dem Krach geweckt wurden. Sie fanden den Wandschirm flach an das geschwungene Sofa gedrückt. Der Schirm hatte einen Ständer mit Musterkleidern verdeckt, die aus den Fabriken des Wohnungsbesitzers stammten. Die weißen, mit Blumenmustern bedruckten Kleider flatterten an ihren Bügeln, als ob ein Kind an den Rocksäumen zerren würde.

Greta fand die Kleider ziemlich nichts sagend, die unschönen Ärmelaufschläge und die Knopfleisten vorne, die nur zum Stillen bequem waren – so nichts sagend und praktisch, dass sie beinahe schon Abneigung für die Frauen empfand, die so etwas anzogen. Sie versuchte den Wandschirm wieder aufzurichten. »Hilfst du mir?«, fragte sie.

Einar stand neben dem Kleiderständer, die Rocksäume wehten ihm ums Bein. Seine Miene verriet nichts. Greta sah die pulsierenden Adern an seinen Schläfen. Sie sah seine Finger, die für sie immer die Finger eines Pianisten waren, nicht die eines Malers. Sie zitterten. »Ich überlege, ob ich Lili einladen soll«, sagte er. »Sie war noch nie in Frankreich.«

Greta hatte Lili nie abgewiesen. Wenn Einar im Lauf des Sommers gelegentlich erklärt hatte, dass Lili zum Essen käme, hatte Greta, ausgelaugt von einem Tag bei ihrer erfolglosen Ausstellung, oft bei sich gedacht: Herrgott, das fehlt mir jetzt grade noch, dass ich mit meinem Mann essen soll, der sich als Mädchen verkleidet hat. Aber solche Gedanken behielt sie für sich und biss sich so heftig in die Lippen, dass sie ihr eigenes Blut zu schmecken bekam. Sie wusste, dass sie Einar nicht aufhalten konnte. Die Sache mit Henrik hatte sie gelehrt, dass Lili einen eigenen Willen hatte.

In den Wochen vor der Abreise nach Menton war Lili nachmittags öfter mal unangemeldet aufgetaucht. Greta ging zu irgendeiner Verabredung, und wenn sie ins Witwenhaus zurückkam, sah sie Lili in einem losen Kleid, das hinten noch nicht zugeknöpft war, am Fenster stehen. Greta half ihr dann, sich fertig anzuziehen, und legte ihr eine Bernsteinkette um den Hals. Aber es erschreckte Greta doch jedes Mal, wenn sie sah, wie ihr Mann, ein offenes Kleid über den bleichen Schultern, so auf sie wartete. Doch davon sagte sie nie etwas, weder zu Einar noch zu Lili. Sondern stets hieß sie Lili willkommen wie eine amüsante ausländische Freundin. Sie summte und plauderte vor sich hin, während sie Lili in die Schuhe half. Sie tupfte ihr Parfüm auf die Stirn und strich mit der duftenden Fingerspitze an Lilis Hals und an der Innenseite ihres Arms hinunter. Sie führte Lili vor den Spiegel und flüsterte, wie man nur unter Eheleuten flüstern kann: »So, sieh nur … wie hübsch du bist.«

Das alles tat Greta mit einem Gefühl von Hingabe, denn es war ihr fester Glaube, dass sie sich jedem auf der Welt widersetzen könne, nur nicht ihrem Mann. Bei Teddy war es auch schon so gewesen. Sie konnte ihre Mutter hintergehen und sich mit ihrem Vater streiten und ganz Pasadena oder Kopenhagen vor den Kopf stoßen, doch für den Mann, den sie liebte, gab es in ihrem Busen einen bodenlosen Brunnen der Toleranz. Sie fragte sich niemals, warum sie es zuließ, dass Lili sich in ihr Leben drängte. Wenn es Einar glücklich macht, ist alles erlaubt, sagte sie sich. Absolut alles.

Und doch, da Greta nun einmal Greta war, ärgerte sie sich manchmal über diese offene Hingabe. In der Zeit nach Lilis heimlichen Treffen mit Henrik verlegte Greta sich darauf, sie auf ihren Ausflügen durch die Straßen von Kopenhagen zu begleiten. Lili hatte ihr erzählt, dass sie Henrik niemals wieder sehen werde, dass sie sich zerstritten hätten, aber Greta wusste natürlich, dass es noch Dutzende anderer junger Männer gab, die Lili so lange schmeicheln konnten, bis sie rot wurde und ihnen in die Arme sank. Und so schlenderten Greta und Lili untergehakt zwischen den Buchsbaumhecken des Parks umher. Greta suchte aufmerksam die Wege nach potenziellen Freiern ab, schließlich wusste sie ja, welche Gefühle Lili mit ihren feuchten braunen Augen bei jungen Dänen wecken konnte. Einmal fotografierte sie Lili am Tor von Schloss Rosenborg: Verschwommen und irgendwie bedrohlich ragte das schlanke Backsteingebäude hinter ihr in den Himmel. Ein andermal hielt Lili sie vor dem Marionettentheater an und setzte sich zu den Kindern, ihre Miene so zaghaft, ihre Beine so fohlenhaft wie die der anderen.

»Greta?«, sagte Einar noch einmal. Er lehnte an dem Ständer mit den Musterkleidern. Der Wandschirm stand immer noch ans Sofa gekippt. »Du hast wirklich nichts dagegen, wenn Lili uns hier besucht?«

Greta hob den Schirm an und stellte ihn auf. Seit sie in Frankreich waren, hatte sie noch nicht gemalt. Sie hatte noch keinen interessanten Menschen getroffen, den sie hätten bitten können, für sie zu sitzen. Im Übrigen ließ die drückende schwüle Luft die Farbe kaum auf der Leinwand trocknen. Sie hatte in diesem Sommer ihren Stil ein wenig geändert, sie verwendete jetzt hellere Farben, insbesondere Rosa-, Gelb- und Goldtöne, klarere Linien und noch größere Formate. Für Greta war das eine ganz neue Art zu malen, und wenn sie vor einer leeren Leinwand stand, brauchte sie länger als früher, um sich ans nächste Bild zu wagen. Zufrieden war sie mit diesen Bildern nicht. Übergroß und in heiteren Pastelltönen, verlangten ihre neuen Bilder, wie Greta es sah, nach einem tieferen Grund von Ekstase. Am glücklichsten war sie, wenn sie Lili malte.

Greta überlegte, ob sie ein lebensgroßes Porträt von ihr auf dem Balkon malen sollte: ein Windstoß, der ihre Haare und den Saum ihres Hauskleids flattern ließ, die kleinen braunen Rosen auf dem Kleid hübsch verschwommen, Lilis Gesichtsausdruck genau wie der, den ihr Mann in diesem Augenblick zeigte – erhitzt, nervös, die Haut gerötet und bis zum Zerreißen gespannt.

Greta und Lili gingen zum L'Orchidée am Quai Bonaparte. Das Restaurant war bekannt für seine in der Tinte zubereiteten Tintenfische; jedenfalls nach Hans' Aussage in dem Brief, mit dem er ein abendliches Treffen vorgeschlagen hatte. Die Geschäfte in der Straße schlossen bereits. Müllsäcke standen am Bordstein. Das Straßenpflaster war von den Reifen der Automobile gelockert und ausgefahren.

Greta hatte Hans' Brief in der Tasche und rieb ihren Ehering an einer Ecke des Umschlags, als sie mit Lili durch die Rue Saint-Michel zum Hafen ging. Für Greta zählte es zu den sympathischeren Bräuchen der Dänen, dass sie den Ehering an der rechten Hand trugen. Als sie als Witwe nach Dänemark zurückgekehrt war, hatte sie sich geschworen, den mattierten Goldring, den Teddy ihr geschenkt hatte, niemals abzulegen. Aber dann hatte auch Einar ihr einen Ring gegeben, einen schlichten Goldreif, und sie rang lange mit sich, ob sie Teddys Ring abnehmen sollte; sie dachte daran, wie er ihn ihr gegeben hatte, wie ungeschickt er seine Taschen nach der kleinen schwarzen Samtschachtel abgesucht hatte. Doch schließlich erkannte sie, sie brauchte Teddys Ring ja gar nicht abzunehmen, und so trug sie jetzt beide; und wenn sie geistesabwesend damit an ihren Fingern spielte, galten sie ihr beide gleich.

Greta hatte Einar nicht viel von Teddy Cross erzählt. Sie war, seit sechs Monaten Witwe und mit ihrem alten Mädchennamen Greta Waud, am Tag des Waffenstillstands nach

Dänemark zurückgekommen. Er ist einfach so gestorben, sagte sie, wenn Freunde sie nach ihrem ersten Mann fragten. Wer in der sauberen, trockenen Wärme Kaliforniens lebt und dann mit vierundzwanzig Jahren stirbt, dachte Greta, fällt schlicht der Grausamkeit der Welt zum Opfer. Ein Sinn war jedenfalls nicht darin zu erblicken. Gewiss, Teddy hatte nicht das Rückgrat eines Pioniers; auch dies eine Ungerechtigkeit des Schicksals. Manchmal dachte sie auch und schloss dabei, um den Schmerz abzuwehren, die Augen: vielleicht waren ich und Teddy nie füreinander bestimmt. Vielleicht war seine Liebe zu mir nie so groß wie meine Liebe zu ihm.

Sie hatten das Restaurant schon fast erreicht, als Greta Lili anhielt und sagte: »Sei mir nicht böse, aber ich habe eine Überraschung für dich.« Sie strich Lili die Ponyfransen aus den Augen. »Verzeih, dass ich es dir nicht früher gesagt habe, aber ich dachte, es wäre leichter für dich, wenn du es erst kurz vorher erfährst.«

»Was denn?«

»Dass wir uns mit Hans zum Essen treffen.«

Lili wurde blass, es war klar, dass sie Gretas Worte genau begriffen hatte. Sie drückte die Stirn ans Schaufenster einer geschlossenen Charcuterie. Drinnen hingen gehäutete Spanferkel wie rosa Wimpel an einem Seil. Aber Lili fragte trotzdem: »Was für ein Hans?«

»Komm, ganz ruhig. Keine Panik. Hans. Er freut sich auf dich.«

Der Pariser Kritiker mit der Warze am Augenrand hatte Gretas Brief umgehend beanwortet, ihr Hans' Adresse mitgeteilt und noch einige Fragen zu ihrer Malerei gestellt. Die Aufmerksamkeit des Kritikers ließ Greta wie auf Wolken schweben. Paris erkundigt sich nach meiner Kunst!, dachte sie, als sie eine Mappe Briefpapier aus Arhus aufschlug und ihren Federhalter mit Tinte füllte. Als Erstes schrieb sie dem Kritiker:

Würden Sie mir raten, nach Paris zu kommen?, fragte sie. Sollen mein Mann und ich in Erwägung ziehen, Dänemark zu verlassen, ein Land, in dem niemand etwas mit mir anfangen kann? Hätten wir in Paris mehr Freiheit?

Dann schrieb sie an Hans: Mein Mann hat Sie offenbar nie vergessen, begann sie. Wenn er vor seiner Staffelei steht und träumt, weiß ich, dass er an Sie denkt, wie Sie damals in der Eiche überm Moor gehangen haben. Seine Züge werden weich und irgendwie jünger. Als ob er wieder zum Dreizehnjährigen würde, mit glänzenden Augen und glattem Kinn.

Hans Axgil, inzwischen Mitte der dreißiger, hatte eine schmale Nase und dichtes blondes Haar auf den Handgelenken. Er war ein großer kräftiger Mann mit breitem Nacken geworden; Greta musste an den alten Platanenstumpf in ihrem kalifornischen Garten denken. Einar hatte Hans als klein beschrieben, als zwergenhaften Bewohner des Sumpflandes. Sein Spitzname war Valnød gewesen, Walnuss; manche sagten, er habe diesen Namen bekommen, weil seine Haut im Sommer fahlbraun wurde, als überzöge sie sich mit Blåtands ewigem Schlamm, in dem er buchstäblich zur Welt gekommen war, nachdem die Kutsche seiner Mutter in einem Hagelschauer umgeworfen wurde und sie und ihre zwei Hausmädchen hilflos auf der sumpfigen Heide standen, mit Streichhölzern als einziger Lichtquelle und dem Mantel des Kutschers als Unterlage für die Geburt.

Jetzt war Hans freilich ein Mann, groß und germanisch. Wenn jemand ihm die Hand gab, ergriff er sie mit beiden Händen; mit denselben Händen, die er beim Erzählen gern im Nacken verschränkte. Er trank nur Champagner oder Sprudelwasser. Er aß ausschließlich Fisch, nachdem er einmal Wildbret gegessen und dann einen Monat lang keinen Appetit mehr gehabt hatte. Er war Kunsthändler, verkaufte niederländische Meister an reiche Amerikaner, die nur nach Quantität sammelten. Er selbst bezeichnete das mit einem Lächeln, das zwei messerscharfe Schneidezähne sehen ließ, als ziemlich unmoralisches Geschäft. »Nicht immer, aber meistens«, sagte er. Hans' Lieblingssport war Tennis. »Das Beste an Frankreich ist seine *terre battue.* Die roten Sandplätze. Die weißen Tennisbälle mit den Gumminähten. Der Schiedsrichter auf seinem Hochsitz.«

Das Restaurant lag gegenüber dem Hafen. Auf dem Bürgersteig acht Tische unter gestreiften Sonnenschirmen, die in Fässern mit Steinen steckten. Segelschiffe liefen in den Hafen ein. Am Kai britische Urlauber, Händchen haltend, Sonnenbrand in den Kniekehlen. Vasen mit Ringelblumen auf den Tischtüchern, die mit weißen Papierbögen abgedeckt waren.

Erst als sie schon an dem Tisch Platz nehmen wollten, an dem Hans mit im Nacken verschränkten Händen auf sie wartete, kamen Greta Bedenken, ob das alles auch richtig sei. Erst jetzt machte sie sich Sorgen, dass Hans bemerken könnte, wie ähnlich sich Einar und Lili waren. Was sollte sie tun, wenn Hans sich über den Tisch beugte und fragte: »Ist dieses hübsche kleine Wesen nicht mein alter Freund Einar?« Das schien schwer vorstellbar; aber dennoch, was sollte sie tun, wenn Hans tatsächlich so etwas fragte? Und wie würde Lili reagieren? Aber als sie dann zu Lili hinübersah, hübsch in ihrem Musterkleid und gebräunt von den Sonnenbädern, die sie auf dem Badefloß im Meer zu nehmen pflegte, schüttelte Greta den Kopf. Nein, außer Lili war niemand da. Auch Greta sah nur noch Lili. Und im Übrigen, dachte Greta, während der Kellner ihnen die Stühle zurechtrückte und Hans sich erhob, um erst Greta und dann Lili mit einem Kuss zu begrüßen, hatte ja auch Hans keine Ähnlichkeit mehr mit dem Jungen, den Einar ihr beschrieben hatte.

»Also, erzählen Sie mir von Einar«, sagte Hans, als die Terrine mit dem Tintenfisch serviert wurde.

»Der ist nun leider allein in Kopenhagen«, antwortete Greta. »Hat so viel zu tun, dass er nicht mal Urlaub machen kann.«

Lili nickte und betupfte sich mit ihrer Serviette die Lippen. Hans lehnte sich in seinem Stuhl zurück und spießte mit der Gabel ein Stück Tintenfisch auf. »Typisch Einar«, sagte er. Dann erzählte er ihnen, wie Einar immer mit seinem Pastellkasten losgezogen war und Moorlandschaften auf irgendwelche Felsen am Straßenrand gemalt hatte. Nachts habe der Regen die Zeichnungen weggewischt, und am nächsten Tag habe er den Kasten wieder dorthin geschleppt und neue Zeichnungen angefertigt.

»Manchmal hat er auch Sie gemalt«, sagte Lili.

»O ja, stundenlang. Ich habe am Straßenrand gesessen, und er hat mein Gesicht auf einen Felsen gemalt.«

Greta beobachtete, wie Lili die Schultern ein wenig nach hinten bog, sodass ihre Brüste sich hoben wie die papierdünnen faltigen Wedel der Mimosen, die in den Bergen oberhalb von Menton wuchsen. Greta vergaß, jedenfalls beinahe, dass es gar keine echten Brüste waren, sondern in Seidentücher gewickelte Avocadokerne, die in dem Sommermieder steckten, das Greta an diesem Tag in dem Warenhaus am Bahnhof gekauft hatte.

Greta registrierte auch, wie sich Lili – und Einars Augen funkelten dabei unter den gepuderten Lidern – mit Hans über Jütland unterhielt. Sehnsucht lag in der Art, wie sie das Kinn hob und sich jedes Mal in die Unterlippe biss, bevor sie auf eine von Hans' Fragen einging.

»Einar würde Sie gern einmal wieder sehen«, sagte Lili. »Er hat mir erzählt, der Tag, an dem Sie aus Blåtand fortgelaufen sind, sei der schlimmste Tag seines Lebens gewesen. Er sagt, dass Sie der Einzige waren, der ihn in Ruhe habe malen lassen, der ihm gesagt habe, es sei vollkommen in Ordnung, wenn er Maler werden wolle.« Ihre Hand, die unter der Kerzenlampe zu bleich und zierlich für eine Männerhand wirkte, bewegte sich auf Hans' Schulter zu.

Später fuhren sie und Greta mit dem Aufzug zu ihrer Wohnung. Greta war müde und wünschte, Einar würde das Kleid ausziehen und sich die Lippen abwischen. »Hans hat nichts gemerkt, oder?«, sagte sie und verschränkte die Arme vor ihren Brüsten, die ein wenig flacher als die von Lili waren. Von der Decke des Aufzugs strahlten zwei nackte Glühbirnen; das Licht betonte die Falten auf Einars Stirn und um seinen Mund, wo die gelblich rote Schminke schon Klümpchen bildete. Plötzlich erschien sein kleiner Adamsapfel über der Bernsteinkette. Und er verströmte einen männlichen Geruch: den Geruch von feuchtem Laub, der aus den dunklen Höhlen kam, wo Arm und Schulter, linkes Bein und rechtes zusammentrafen.

Greta schlief schon, als Einar ins Bett kam. Als sie aufwachte, sah sie Lili im Mieder unter dem Laken liegen. Ihr Haar war verfilzt, ihr Gesicht, soweit es bei dem schwachen Licht zu erkennen war, sauber und schon mit kurzen Bartstoppeln bedeckt. Lili lag auf dem Rücken, das dünne Laken schmiegte sich um die birnenförmigen Wölbungen ihrer Brüste und weiter unten um das Ding zwischen ihren Beinen. Noch nie hatte Lili neben Greta geschlafen; sie hatten gemeinsam gefrühstückt, in Seidenkimonos, die mit Kranichen gemustert waren; sie hatten gemeinsam Strümpfe eingekauft, und immer hatte Greta bezahlt wie eine Mutter oder eine verschrobene langweilige Tante. Aber noch nie war Einar als Lili verkleidet zu ihr ins Bett gekommen. Gretas Herz klopfte laut und schien so hart wie ein Obstkern. Gehörte das ab jetzt auch dazu? Sollte sie Lili küssen wie ihren Mann?

Sie schliefen nur unregelmäßig miteinander. Die Schuld daran gab Greta bezeichnenderweise sich selbst. Sie blieb oft lange auf und malte oder las, und wenn sie dann die Bettdecke zurückschlug und hineinschlüpfte, schlief Einar immer schon. Manchmal stieß sie ihn zärtlich an und hoffte, dass er wach wurde. Aber Einar hatte einen guten Schlaf, und bald schlief auch sie dann ein. In der Nacht hielt sie ihn umschlungen, und wenn sie aufwachte, lag ihr Arm immer noch auf seiner Brust. Ihre Blicke begegneten sich in der Stille des Morgens. Oft verlangte es sie danach, ihn zu berühren, und wenn sie ihm dann mit der Hand über Brust und Schenkel fuhr, rieb Einar sich mit den Fäusten die Augen aus und sprang aus dem Bett. »Ist was?«, rief Greta ihm aus den Laken nach. »Nein, gar nichts«, rief er zurück und ließ im Bad das Wasser laufen. »Wirklich nichts.«

Wenn sie dann, meist, aber nicht immer, auf Gretas Betreiben, tatsächlich einmal miteinander schliefen, hatte sie hinterher stets das Gefühl, es sei etwas Ungehöriges passiert. Als dürfe sie nicht mehr den Wunsch verspüren, ihn zu berühren. Als sei er nicht mehr ihr Mann.

Jetzt drehte Lili sich um. Ihr Körper, der Greta an eine längliche Taurolle erinnerte, lag auf der Seite, die Sommersprossen auf ihrem Rücken starrten Greta an, das erhabene Muttermal, das die Form von Seeland hatte, wirkte scheußlich und schwarz wie ein Blutegel. Lilis Hüfte wölbte sich unter dem glatten Laken wie die geschwungene Lehne des Sofas im Wohnzimmer. Wo hatte sie nur diese üppigen Hüften her? – kurvenreich wie die Corniche, die sich an der Côte entlang von der italienischen Grenze nach Nizza schlängelte; kurvenreich wie die bauchigen Vasen mit dem schlanken Hals, die Teddy auf seiner Töpferscheibe geformt hatte. Es war die Hüfte einer Frau, nicht die ihres Mannes. Neben ihr im Bett schien jemand zu liegen, den sie nicht kannte. Greta dachte über diese Hüfte nach, bis die Dämmerung auf den schmalen Balkon der Wohnung schlich und mit einem Regenguss für Abkühlung sorgte.

Lili raffte das Laken wärmesuchend unterm Kinn zusammen, und das so gestraffte Tuch ließ den Hüfthügel verschwinden. Sie schliefen wieder ein, und als Greta aufwachte, sah sie Lili mit zwei Tassen Kaffee vor sich stehen. Lili lächelte, und als sie versuchte, sich wieder unters Laken zu schieben, kippten die Tassen um. Greta sah den Kaffee übers Bett schwappen, auf ihre Hand zu, und Lili brach in Tränen aus.

Am Nachmittag, als Einar sich hinter der Tür des zweiten Schlafzimmers in Lili verwandelte, zog Greta das Bett ab. Sie nahm das Laken, das dumpf und muffig nach Einar und Lili und Kaffee roch, hängte es übers Balkongeländer und hielt ein Streichholz daran. Etwas in ihr wollte es verbrennen sehen. Bald stand das Laken in hellen Flammen und Greta sah dem verzehrenden Werk des Feuers zu und dachte dabei an Teddy und Einar. Lakenfetzen mit dünnen schwarzen Rauchfahnen flatterten vom Balkon, segelten im Sommerwind zierlich auf und ab und landeten schließlich im wächsernen Laub der Zitronen- und Orangenbäume unten im Park. Eine Frau rief Greta etwas von der Straße aus zu, aber sie achtete nicht darauf und schloss die Augen.

Sie hatte Einar nie von dem Brand in Teddys Töpferwerkstatt an der Colorado Street erzählt. Dort im Büro gab es einen flachen Kamin, den Teddy mit seinen orangefarbenen Kacheln verziert hatte. Als Greta eines Tages im Januar das Bedürfnis anwandelte, ein wenig aufzuräumen, nahm sie die Weihnachtsgirlanden ab und stopfte sie in den Kamin, in dem bereits ein kleines Feuer schwelte. Fetter weißer Rauch quoll aus den dürren Nadelzweigen. Und plötzlich erdröhnte ein so ohrenbetäubendes Prasseln und Knattern, dass Teddy aus seiner Werkstatt kam. Er stand in der Tür und Greta las auf seinem Gesicht die Frage: *Was machst du da?* Dann sahen sie eine Flamme aus dem Rauch schießen; eine zweite schoss hinterher und entzündete den Korbschaukelstuhl.

Und gleich darauf stand das ganze Zimmer in Flammen. Teddy zog Greta auf die Colorado Street hinaus. Sie standen kaum einige Sekunden auf dem Bürgersteig, als die Flammenfäuste durch die zwei Schaufensterscheiben schlugen. Greta und Teddy liefen auf die Straße zwischen die rollenden Kutschen, deren Lenker boshaft grinsend die Zügel zogen, als die Pferde scheuten und von dem brennenden Gebäude fortzukommen versuchten.

Was konnte Greta jetzt sagen? Jedes Wort war zu viel. Um Entschuldigung zu bitten, das wäre nur hohles Gerede, sagte sie sich ein ums andere Mal, während die Flammen schon höher als die Straßenlaternen und Telefondrähte schlugen, auf denen gewöhnlich Scharen von Vögeln hockten. Was für ein Anblick und doch fiel Greta nichts anderes ein als die Frage: »Was habe ich nur getan?«

»Ich kann jederzeit von vorne anfangen«, sagte Teddy. Im Haus krachten und platzten und zersprangen Hunderte von Vasen und Kacheln, seine zwei Brennöfen, sein mit Aufträgen gefüllter Aktenschrank, sein ganzes selbst gemachtes Leben als Töpfer. In Gretas Mund stak noch immer jene hohle Entschuldigung. Als ob sie ihr auf der Zunge klebte wie ein Eiswürfel, der nicht schmelzen will. Minutenlang brachte sie keinen Ton heraus, bis dann das Dach in sich zusammenstürzte, federleicht wie ein brennendes Laken.

»Das habe ich nicht gewollt.« Sie fragte sich, ob Teddy ihr das abnehmen würde. Als ein Reporter von *American Weekly* am Schauplatz erschien – Bleistifte in dem Band, das seine Ärmel oben hielt –, fragte sie sich, ob irgendjemand in Pasadena ihr das abnehmen würde.

»Ich weiß«, sagte Teddy immer wieder. Er nahm Gretas Hand und gab ihr zu verstehen, dass sie nichts mehr zu sagen brauchte. Sie schauten nur noch zu. Die Flammen rissen die Hausfront ein. Die Feuerwehrleute rollten den schlaffen flachen Schlauch aus. Die beiden sahen schweigend zu, bis Teddy ein Kratzen im Hals spürte, das ihm als böser Husten von den Lippen kam.

KAPITEL 9

Als Einar sie danach fragte, erzählte Greta ihm Dinge, an die er sich nicht mehr erinnern konnte.

»Soll das heißen, du hast es vergessen?«, sagte sie am nächsten Morgen. »Dass du ihn gefragt hast, ob ihr euch wieder sehen könnt?«

Einar erinnerte sich nur in Bruchstücken an den vergangenen Abend. Als Greta ihm erzählte, Lili habe sich auf die Zehenspitzen gestellt und Hans einen Abschiedskuss gegeben, wurde er so verlegen, dass er einen Drahtstuhl auf den Balkon stellte und fast eine Stunde lang in die Zitronenbäume unten im Park starrte. Das war doch nicht möglich. Es kam ihm vor, als sei er gar nicht da gewesen.

»Es hat ihn gefreut, Lilis Bekanntschaft zu machen. Und er hat so lieb von Einar erzählt. Er kann es nicht erwarten, dich wieder zu sehen. Erinnerst du dich wenigstens daran?«, fragte Greta. Sie hatte nicht gut geschlafen. Ihre Augen lagen tief in den Höhlen. »Du hast ihm versprochen, er könne Lili heute wieder sehen.«

»Das war ich nicht«, sagte Einar. »Das war Lili.«

»Richtig«, sagte Greta. »Es war Lili. Das vergesse ich andauernd.«

»Wenn du nicht wolltest, dass sie uns hier besucht, warum hast du es dann nicht gesagt?«

»Natürlich wollte ich, dass Lili uns besucht. Nur ...« Greta unterbrach sich. »Nur weiß ich nicht so recht, was du von mir erwartest, wenn sie da ist.« Sie drehte sich auf dem Sofa um und begann an dem Wandschirm herumzukratzen.

»Du brauchst gar nichts zu tun«, sagte Einar. »Verstehst du nicht?«

Er fragte sich, warum sie Lili nicht einfach kommen und gehen lassen konnte, ohne sich ständig Gedanken zu machen. Wenn es ihn nicht belastete, warum sollte sich dann Greta Sorgen machen? Sie brauchte Lili doch nur still zu begrüßen, wenn es Zeit war, ihr Porträt zu malen. Sie brauchte Lili doch nicht mit Fragen zu quälen – von ihren Blicken ganz zu schweigen –, wenn sie in der Wohnung ein und aus ging. Manchmal reichte schon die Gewissheit, dass Greta hinter der Tür auf Lili wartete, um eine feuchte Wut in ihr aufsteigen zu lassen, die sich in ihren Achselhöhlen sammelte.

Dabei wusste Einar, dass er und, ja, auch Lili, Greta nötig hatten.

Hans erwartete Lili um vier Uhr. Sie hatten sich vor dem städtischen Casino verabredet, an der Promenade du Midi hinter dem Felsenstrand. Am Vormittag stand Greta im Wohnzimmer und malte. Einar versuchte im Flur zu malen, von dort hatte man Aussicht auf die Rückseite der Kirche Saint-Michel, deren Gemäuer dunkelrot im Morgenschatten lag. Etwa alle fünfzehn Minuten brummte Greta »Verdammter Mist« – wie der leise Viertelstundenschlag einer Glockenuhr.

Als er einmal nachsehen ging, lehnte Greta an einem Hocker. An den Rand der Leinwand hatte sie verschiedene Blautöne getupft. Sie hielt einen fleckigen Skizzenblock im Schoß. Edvard IV lag zusammengerollt zu ihren Füßen. Sie blickte auf, ihr Gesicht beinahe so weiß wie Edvards Fell. »Ich möchte Lili malen«, sagte sie.

»Die kommt aber erst später«, sagte Einar. »Sie trifft sich ja erst um vier mit Hans. Vielleicht danach?«

»Geh sie bitte holen.« Greta sah ihn nicht an, ihre Stimme war leiser als sonst.

Am liebsten hätte sich Einar dem Wunsch seiner Frau widersetzt. Sein Bild war noch nicht fertig. Er hatte sich vorgenommen, Lili am Nachmittag zu rufen; am Vormittag wollte er malen, das hatte er in letzter Zeit allzu sehr vernachlässigt; und er wollte auf den Markt gehen und Lebensmittel kaufen. Und jetzt verlangte Greta, er solle Lili den Vorzug vor sich selber geben. Er wollte nicht. Er hatte jetzt kein Verlangen nach Lili. Es kam ihm vor, als stellte ihn Greta vor eine Entscheidung. »Vielleicht kannst du eine Stunde mit ihr verbringen, bevor Hans kommt?«

»Einar«, sagte Greta. »Bitte.«

Einige der Musterkleider hingen inzwischen im Schlafzimmerschrank. Greta hatte gesagt, sie seien hässlich, so was könnten nur Kindermädchen anziehen, doch Einar empfand gerade ihre Schlichtheit als hübsch, als sei ein solches Kleid genau das Richtige für eine ganz gewöhnliche Frau. Er schob die Bügel auf der Bleistange hin und her und befühlte die schmalen gestärkten Kragen. Das mit den Pfingstrosen war etwas dünn; das mit den Fröschen war in der Büste zu weit geschnitten und hatte außerdem Flecken. Es war ein heißer Tag und Einar fuhr sich mit dem Ärmel über die Oberlippe. Er fühlte sich, als sei seine Seele in einen schmiedeeisernen Käfig gesperrt: Sein Herz stieß an die Rippen, Lili erwachte da drinnen, sie reckte sich und rieb sich an den Gitterstäben von Einars Körper.

Er wählte ein Kleid aus. Es war weiß und mit rosa Muscheln bedruckt. Der Saum hing ihm um die Waden. Weiß und Rosa machten sich gut an seinen Beinen, die von der Sonne Frankreichs gebräunt waren.

Der Schlüssel steckte im Türschloss. Er dachte daran, sich einzuschließen, wusste aber, dass Greta niemals ohne anzuklopfen hereinkommen würde. Einmal, am Beginn ihrer Ehe, war Greta zu ihm ins Bad geplatzt, als er ein altes Volkslied sang: *Es war einmal ein alter Mann, er lebte im Sumpf…* Ein harmloser Vorfall, das wusste Einar selbst; eine junge Frau kommt ins Bad und sieht ihren Mann singend in der Wanne sitzen. Einar sah, wie Greta die Erregung ins Gesicht stieg. »Nicht aufhören«, sagte sie und kam näher. Doch Einar fand kaum die Kraft zum Atmen, so ungeschützt fühlte er sich, so peinlich berührt, die knochigen Arme vor dem Oberkörper, Hände wie Feigenblätter. Und plötzlich begriff Greta, was sie getan hatte; sie drehte sich um und sagte beim Hinausgehen: »Entschuldige bitte. Ich hätte anklopfen müssen.«

Nun zog Einar sich aus, mit dem Rücken zum Spiegel. In der Nachttischschublade gab es eine Rolle weißes Verbandspflaster und eine Schere. Das Pflaster war klebrig und aus Stoff; er zog ein längeres Stück davon ab und schnitt es in fünf Teile, die er zunächst einmal am Bettpfosten befestigte. Dann schloss er die Augen, spürte, wie er durch den Tunnel seiner Seele glitt, drückte das Glied in die Lücke zwischen den Beinen und klebte es dort fest.

Die Unterwäsche war aus einem elastischen Mischmaterial, das nur die Amerikaner erfunden haben konnten, dachte Einar. »Es hat keinen Sinn, gutes Geld für Seide auszugeben, wenn man die Sachen nur ein- oder zweimal trägt«, hatte Greta gesagt, als sie ihm das Päckchen gab, und Einar war zu schüchtern gewesen, ihr zu widersprechen.

Die Höschen hatten einen rechteckigen Schnitt und glänzten silbrig wie die Perlmutteinlagen des Wandschirms. Das Strumpfband war aus Baumwolle mit hauchfeinem Spitzensaum. Die acht kleinen Metallhäkchen zum Befestigen der Strümpfe waren für Einar immer noch eine erregend komplizierte Angelegenheit. Als die Avocadokerne in den Seidentüchern schimmlig wurden, hatte er sich darauf verlegt, die flachen Schalen seines Mieders mit zwei Seeschwämmen auszufüllen.

Dann zog er sich das Kleid über den Kopf.

Die Schminktöpfe betrachtete er inzwischen als seine Palette. Pinselstriche auf die Brauen. Leichte Tupfer auf die Lider. Linien auf die Lippen. Abgestufte Farben auf die Wangen. Es war genau wie Malen – wie wenn er mit dem Pinsel eine leere Leinwand in den winterlichen Kattegat verwandelte.

Die Kleider und das Rouge waren durchaus wichtig, doch die eigentliche Verwandlung vollzog sich dadurch, dass er jenen inneren Tunnel durchschritt und Lili mit einer Art Glockenläuten aus dem Schlaf holte. Dieses helle Klingeln hörte sie immer gern. Es sagte ihr, dass Einar ihr feuchtes Händchen nehmen und mit ihr hinaussteigen würde, dass sie wieder in die strahlende lärmende Welt treten durfte.

Er setzte sich aufs Bett und schloss die Augen. Auf der Straße knatterten die Automobile wie Gewehre. Der Wind rüttelte an den Balkontüren. Auf dem dunklen Hintergrund seiner Lider explodierten bunte Lichter wie das Feuerwerk am vorigen Samstag über dem Hafen von Menton. Sein Herz schlug langsamer. Er spürte das Heftpflaster auf seinem Penis. Ein leiser Ton bildete sich in Einars Kehle. Er stöhnte, eine Gänsehaut lief ihm über die Arme und den Rücken hinunter.

Er schauderte und dann war er Lili. Einar war weit weg. Lili würde den ganzen Vormittag für Greta Modell sitzen. Sie würde mit Hans am Kai spazieren gehen, eine Hand zum Schutz vor der Augustsonne über den Augen. Einar käme nur noch gesprächsweise vor: »Blåtand fehlt ihm doch ziemlich«, würde Lili sagen, und jeder könnte es hören.

Wieder einmal waren sie zu zweit. Die Walnuss halbiert, die Auster aufgebrochen.

Lili kam ins Wohnzimmer zurück. »Danke, dass du so schnell gekommen bist«, sagte Greta. Sie sprach leise, als könnte Lili unter dem Klang einer lauten Stimme zerbrechen. »Setz dich hierher«, sagte Greta und schüttelte die Sofakissen auf. »Leg einen Arm auf die Rückenlehne und dreh den Kopf zum Wandschirm.«

Die Sitzung währte den ganzen Morgen und bis weit in den Nachmittag. Lili saß in der Sofaecke und betrachtete die auf dem chinesischen Wandschirm dargestellte Szene – ein Fischerdorf, ein Dichter in einer Pagode neben einem Weidenbaum. Sie bekam Hunger, ließ sich aber nichts anmerken. Solange Greta weitermachte, würde Lili es auch tun. Sie tat das Greta zuliebe. Es war ihr Geschenk für Greta, das Einzige, was Lili ihr geben konnte. Sie musste sich in Geduld üben. Sie musste abwarten, was Greta ihr als Nächstes auftragen würde.

Nachher brachen Hans und Lili zu ihrem Spaziergang durch Menton auf. Sie verweilten an den Ständen, an denen es Limonenseife, geschnitzte Figürchen aus Olivenholz und kandierte Feigen zu kaufen gab. Sie sprachen von Jütland, von dem schiefergrauen Himmel und der von Schweinen zerwühlten Erde, von den Familien, die seit vierhundert Jahren am selben Fleck lebten, deren Kinder untereinander heirateten, deren Blut längst so dick war wie der Sumpf, den sie bewohnten. Hans' Vater war gestorben, und daher war jetzt er Baron Axgil, doch konnte er diesen Titel nicht leiden. »Deswegen habe ich Dänemark verlassen«, sagte er. »Der Adel ist tot. Ich bin mir sicher: wenn ich eine Schwester hätte, hätte meine Mutter verlangt, dass ich sie heirate.«

»Sind Sie jetzt verheiratet?«

»Leider nein.«

»Aber möchten Sie nicht gerne heiraten?«

»Doch, einmal wollte ich. Es gab einmal ein Mädchen, das ich heiraten wollte.«

»Und was war mit ihr?«

»Sie ist gestorben. In einem Fluss ertrunken.« Und dann:

»Vor meinen Augen.« Hans bezahlte einer alten Frau eine Dose Handseife mit Mandarinenöl. »Aber das ist schon lange her. Da war ich praktisch noch ein Kind.«

Lili wusste nicht, was sie sagen sollte. Da war sie nun in ihrem Kleid und ging an Hans' Seite durch die nach Urin stinkende Straße.

»Und warum sind Sie nicht verheiratet?«, sagte er. »Ich möchte meinen, ein Mädchen wie Sie müsste verheiratet sein und eine Fischzucht betreiben.«

»Ich würde nicht gern eine Fischzucht betreiben.« Sie sah in den Himmel. Wie blank und flach er war, wolkenlos, nicht so blau wie der Himmel von Dänemark. Über Lili und Hans brannte die Sonne. »Es wird noch eine Weile dauern, ehe ich heiraten kann. Aber eines Tages möchte ich schon.«

Hans blieb vor einem Laden stehen und kaufte Lili ein Fläschchen Orangenöl. »Aber ewig können Sie nicht warten«, sagte er. »Wie alt sind Sie?«

Wie alt war Lili? Jünger als Einar, der jetzt fast fünfunddreißig war. Wenn Lili kam und Einar ging, schwanden Jahre dahin: Jahre, die ihm Falten auf die Stirn gezogen und die Schultern niedergedrückt hatten; Jahre, die Einar hatten resignieren und zur Ruhe kommen lassen. Was einem an Lili als Erstes auffiel, war ihre Haltung, ihre Frische und Straffheit. Das Zweite war ihre sanfte Neugier. Das Dritte, nach Gretas Bekunden, war ihr Geruch – sie roch wie ein Mädchen, das noch nicht verbittert war.

»Das möchte ich nicht sagen.«

»Auf mich wirken Sie gar nicht wie eine Frau, die zu schüchtern ist, um von ihrem Alter zu sprechen«, sagte Hans.

»Sie haben Recht«, sagte Lili. »Ich bin vierundzwanzig.«

Hans nickte. Es war die erste Erfindung zu Lilis Person. Als Lili es aussprach, glaubte sie Schuldgefühle haben zu müssen. Stattdessen fühlte sie sich freier, als sei sie endlich eine unangenehme Wahrheit losgeworden. Lili war *wirklich* vierundzwanzig; sie war auf keinen Fall so alt wie Einar. Hätte sie das behauptet, würde Hans sie für eine merkwürdige Schwindlerin gehalten haben.

Hans gab der Verkäuferin Geld. Die eckige braune Flasche war mit einem Korken verschlossen, der kaum größer war als die Spitze von Lilis kleinem Finger. Sie versuchte ihn herauszuziehen, schaffte es aber nicht. »Helfen Sie mir?«, fragte Lili.

»So hilflos sind Sie doch gar nicht«, sagte Hans. »Versuchen Sie's noch mal.«

Lili gehorchte, und diesmal bekam sie den kleinen Korken heraus; Orangenduft strömte ihr in die Nase und erinnerte sie an Greta.

»Warum habe ich Sie als Kind nie gesehen?«, fragte Hans.

»Sie sind aus Blåtand fortgegangen, als ich noch ganz klein war.«

»So wird es sein. Aber Einar hat mir nie erzählt, dass er so eine hübsche kleine Kusine hat.«

Als Lili in die Wohnung zurückkam, saß Greta immer noch im Wohnzimmer. »Schön, dass du kommst«, sagte sie. »Ich möchte heut Abend noch ein wenig arbeiten.« Sie führte Lili, die noch ihre Päckchen mit Seife und Orangenöl in der Hand hielt, zum Sofa. Dort setzte sie Lili in die Kissen, legte ihr die Hand auf den Kopf wie eine vielgliedrige Klammer und drehte ihn zu dem chinesischen Wandschirm.

»Ich bin müde«, sagte Lili.

»Dann schlaf«, sagte Greta; ihr Kittel war mit rosa und silbriger Ölfarbe beschmiert. »Leg einfach den Kopf auf deinen Arm. Ich male noch ein bisschen weiter.«

Am nächsten Nachmittag trafen sich Hans und Lili unten vor dem Haus. Wieder gingen sie durch die engen Straßen um den Hügel von Saint-Michel und dann zum Hafen hinunter, wo sie zwei Fischern zusahen, die ihren Fang Seeigel sortierten. Es war Ende August und sehr warm in Menton, die Luft feucht und unbewegt. Viel wärmer als der heißeste Sommertag in Kopenhagen, dachte Lili. Und da Lili ein solch heißes Klima nicht gewöhnt war – schließlich war es das erste Mal, dass sie Dänemark verlassen hatte –, fand sie es sehr ermüdend. Das Kleid klebte ihr am Rücken, als sie jetzt neben Hans stand und das mit Seeigeln prall gefüllte nasse Netz besah. Sein Körper war so nah, dass sie glaubte, seine Hand auf ihrem Arm zu spüren, der in der Sonne glühte. War es seine Hand oder etwas anderes? Bloß eine warme Brise?

Zwei Zigeunerkinder, ein Junge und ein Mädchen, traten an die beiden heran und versuchten ihnen einen kleinen geschnitzten Elefanten zu verkaufen. »Echt Elfenbein«, sagten sie und zeigten auf die Stoßzähne. »Ein gutes Geschäft für Sie.« Die Kinder waren klein und hatten dunkle Ränder um die Augen, und sie starrten Lili auf eine Weise an, die sie ganz unsicher machte.

»Gehen wir«, sagte sie zu Hans; er legte ihr eine Hand auf den warmen, feuchten Rücken und führte sie weg. »Ich glaube, ich muss mich etwas hinlegen.«

Aber als Lili nach Hause kam, wartete wieder Greta auf sie. Sie setzte Lili vor ihre Staffelei aufs Sofa. »Nicht bewegen«, sagte Greta. »Ich bin noch nicht fertig.«

Am nächsten Tag fuhren Hans und Lili die Corniche hinunter nach Villefranche; die Speichenräder seines Targa Florio schleuderten Muschelkalk ins Meer. »Das nächste Mal lass Einar nicht in Dänemark allein!«, schrie er, und seine Stimme war noch genauso rau wie früher. »Auch der gute Einar sollte mal Urlaub machen!« Der Fahrtwind wehte Lili warm ins Gesicht, und später hatte sie wieder ein flaues Gefühl im Magen. Hans musste im Hôtel de l'Univers ein Zimmer nehmen, damit Lili sich ausruhen konnte. »Ich sitze unten und trinke einen Kaffee und eine Anisette«, sagte er und tippte sich an den Hut. Als Lili schließlich aus dem kleinen Zimmer kam, fand sie Hans nicht mehr im Foyer, sondern nebenan im Restaurant de la Régence. Sie war immer noch schläfrig und sagte nur: »Ich weiß manchmal gar nicht, was mit mir los ist.«

An einem anderen Tag machten Hans und Lili einen Ausflug nach Nizza und sahen sich die Gemälde an, die an uralten Marktständen zum Verkauf angeboten wurden. »Warum will Greta eigentlich nie mit uns fahren?«, erkundigte sich Hans. »Zu sehr mit ihren Bildern beschäftigt, nehme ich an«, sagte Lili. »Sie ist fleißiger als jeder andere Maler, den ich kenne. Fleißiger als Einar. Sie wird bestimmt noch berühmt. Du wirst schon sehen.« Lili spürte Hans' Blick, als sie das sagte, und fand es erstaunlich, dass ein Mann wie Hans ihren Bemerkungen überhaupt Beachtung schenkte. Am Stand einer Frau mit weißem Bartflaum am Kinn fand Lili ein ovales Bildnis eines jungen Mannes; er war tot, seine Wangen seltsam verfärbt, die Augen geschlossen. Sie kaufte es für fünfzehn Franc, und Hans kaufte es ihr umgehend für dreißig ab. »Geht es dir heute besser?«, fragte er.

Vor den Ausflügen mit Hans saß Lili täglich für Greta auf dem Sofa. Dabei hatte sie, um das nervöse Zucken ihrer Hände zu verbergen, ein Buch über die Vögel Frankreichs in der Hand oder Edvard IV auf dem Schoß. Vom Straßenlärm abgesehen, war es still in der Wohnung, und die Uhr auf dem Kamin tickte so langsam, dass Lili täglich mindestens einmal aufstand und nachsah, ob sie richtig aufgezogen war. Dann beugte sie sich übers Balkongeländer und wartete, dass Hans unten am Tor erschien und sie abholte. Wenn er kam, rief er jedes Mal von unten herauf: »Lili! Komm, beeil dich!«, und sie lief zu Fuß die sieben gefliesten Treppenabsätze hinab, zu ungeduldig, auf den Lift zu warten.

Aber noch ehe er kam, klatschte Greta in die Hände und

rief: »Das ist es! Bleib so, nicht den Kopf bewegen – genau das brauche ich. Wie du wartest. Wie Lili auf Hans wartet.«

Einmal saßen Hans und Lili in einem Straßencafé am Fuß der Treppe von Saint-Michel. Ein halbes Dutzend Zigeunerkinder in schmutzigen Kleidern kam an ihren Tisch und bot Postkarten an; die mit Buntstiften kolorierten Fotos zeigten die Strände der Côte d'Azur. Hans kaufte einen Satz für Lili.

Es war schwül, die Sonne brannte auf Lilis Nacken. Das Bier in ihrem Glas nahm eine bräunliche Farbe an. Im Lauf der Woche, die Lili jeden Nachmittag mit Hans verbracht hatte, waren ihre Erwartungen immer höher gestiegen, und jetzt fragte sie sich, was Hans wohl von ihr denken mochte. Er war mit Lili über die Promenade gebummelt; er hatte ihren Arm genommen und bei sich untergehakt; Hans, der Mann mit dem dunklen Lachen und den bauschigen Leinenhemden, der Mann, dessen Haut in der Augustsonne immer brauner wurde und der seinen Spitznamen Walnuss längst losgeworden war, dieser Mann hatte Lili kennen gelernt, aber nicht Einar. Hans hatte Einar seit seiner Kindheit nicht mehr gesehen. Nicht Einar, sondern Lili hatte Hans' raue Fingerspitzen auf ihrer Haut gespürt.

»Ich bin sehr froh, dass ich dir begegnet bin«, sagte sie.

»Ich auch.«

»Und dass wir uns immer besser kennen lernen.«

Hans nickte. Er blätterte die Postkarten durch und hielt Lili einige hin, die er am schönsten fand – das städtische Casino, ein Zitronenhain am Fuß eines Hügels. »Ja, du bist ein wunderbares Mädchen, Lili. Eines Tages wirst du einen Mann sehr glücklich machen.«

Auf einmal spürte er, was Lili dachte; er legte seine Zigaretten und die Postkarten weg und sagte: »Ach, Lili? Meinst du, dass vielleicht wir beide …? Das würde mir sehr Leid tun.

Aber ich bin einfach zu alt für dich, Lili. Für jemand wie dich bin ich schon viel zu verknöchert.«

Dann erzählte er ihr von dem Mädchen, das er geliebt und verloren hatte. Er sagte, als Ingrid schwanger wurde – die Sache war jetzt ein Jahr her –, habe seine Mutter ihn gebeten, nicht mehr nach Blåtand zurückzukommen. Sie nahmen eine Wohnung in Paris, gegenüber dem Panthéon. Ingrid hatte lange Arme mit Sommersprossen und war sehr mager, nur ihr Bauch wurde immer dicker. An einem Nachmittag im August gingen sie schwimmen – ein ähnlicher Tag wie heute, ergänzte Hans mit einer Kopfbewegung zum Himmel. An einem Fluss zwischen weißen Felsen, gelbe Blätter trieben auf dem Wasser. Ingrid watete hinein, die Arme ausgestreckt. Hans aß noch ein Stück Schinken und sah ihr vom Ufer aus zu. Und dann vertrat Ingrid sich den Knöchel, sie schrie auf und wurde von einer plötzlichen Strömung nach unten gezogen. »Ich bin nicht mehr rechtzeitig zu ihr gekommen«, sagte Hans.

Von dieser Tragödie abgesehen, hatte er ein schönes Leben gehabt. »Weil ich Dänemark verlassen habe«, sagte er. »Das Leben dort ist zu sauber und ordentlich für mich. Zu gemütlich.« So etwas sagte Greta manchmal auch, wenn sie nicht malen konnte und Freunde sie mal wieder zum Smorgasbord einluden. »Zu gemütlich zum Arbeiten«, sagte sie und schüttelte ihre silbernen Armreife. »Zu gemütlich, um sich frei zu fühlen.«

»Und jetzt bin ich so lange auf mich allein gestellt, dass ich eine Ehe besser nicht mehr eingehen sollte. Ich kann den alten Adam nicht mehr ablegen.«

»Glaubst du nicht, dass die Ehe das Einzige ist, was wir alle uns ganz besonders vom Leben erhoffen sollten? Bringt die Ehe dem Menschen nicht mehr Erfüllung, als wenn er allein lebt?«

»Nicht immer.«

»Ich finde schon. Die Ehe ist wie ein Dritter«, sagte Lili. »Sie erschafft ein neues Wesen, sie ist mehr als nur Mann und Frau.«

»Gewiss, aber das schlägt nicht immer zum Besten aus«, sagte Hans. »Aber wie kommt es, dass du so gut darüber Bescheid weißt?«

Auf einmal verspürte Lili den Drang, nach ihrer Handtasche zu sehen. Ihre Hand tastete die eiserne Stuhllehne ab, aber da war nichts. »Sie ist weg«, sagte sie so leise, dass Hans stirnrunzelnd zurückfragte: »Wie?« Sie wiederholte: »Sie ist weg. Meine Handtasche.«

»Die Zigeuner«, sagte Hans und sprang auf. Das Café lag an einem kleinen Platz, auf den sechs Gassen mündeten. Hans lief ein paar Meter in eine hinein, sah dort keine Zigeuner und rannte mit rotem Kopf in die Nächste.

»Wir gehen zur Polizei!«, sagte er schließlich und legte Geld auf den Tisch. Er warnte eine andere Frau, die ihre Riementasche über den Stuhl gehängt hatte. Er nahm Lili bei der Hand und zog sie mit. Als er ihre bleichen Wangen sah, küsste er sie sanft.

In der Handtasche befanden sich nur ein kleines Geldbündel und ein Lippenstift. Es war eine cremefarbene Ziegenledertasche, die Greta gehörte. Außer dem Lippenstift, einigen Kleidern, zwei Paar Schuhen, Mieder und Unterwäsche besaß Lili nichts. Sie war frei von Besitz, und gerade das machte Lili am Anfang so anziehend – dass sie kam und ging, dass ihre einzige Sorge der Wind war, der ihren Rock hochwehen könnte.

Die Polizeiwache lag an einem kleinen Park mit Orangenbäumen. Die Abendsonne vergoldete die Fenster an der Vorderseite, und Lili hörte Rollläden rattern: die Geschäfte wurden geschlossen. Jetzt fiel Lili ein, dass auch ihre Sonnenbrille in der Handtasche war, ein komisches Ding zum Hochklappen, das Gretas Vater aus Kalifornien geschickt hatte. Greta würde sich ärgern, dass die Brille abhanden gekommen war, dass Lili nicht aufgepasst hatte, wer oder was um sie herumschlich. Und in dem Augenblick, als Hans und Lili die Wache erreichten, auf deren Stufen sich eine Schar schmutzig weißer Katzen räkelte, genau da erkannte Lili, dass sie den Diebstahl der Handtasche nicht anzeigen konnte. Sie blieb auf der Treppe stehen.

Lili hatte keine Papiere, sie hatte keinen Pass; ja – und daran hatte sie noch nie gedacht, und niemand hatte sie je danach gefragt – sie hatte nicht einmal einen Nachnamen.

»Ich finde, wir sollten deswegen kein Theater machen«, sagte sie. »Bloß wegen einer blöden alten Handtasche.«

»Dann bekommst du sie nie zurück.«

»Aber es ist der Mühe nicht wert«, sagte sie. »Greta wartet. Ich sehe grade, ich bin schon ziemlich spät dran. Sie wartet bestimmt schon auf mich. Sie will mich heute Abend wieder malen.«

»Dafür hätte sie doch Verständnis.«

»Irgendwie spüre ich, dass sie mich so bald wie möglich sehen will«, sagte Lili. »Ich habe da so ein seltsames Gefühl.«

»Na komm schon. Gehen wir rein.« Hans fasste sie am Handgelenk. Er zog sie die erste Stufe hoch. Spielerisch, väterlich. Wieder zog er, und diesmal tat es ihr schon etwas mehr weh, wenn auch nicht so sehr wie ein forscher Händedruck.

Plötzlich – warum, würde sie niemals wissen – richteten sie beide gleichzeitig die Augen auf ihr Kleid. Und da, vorne auf dem weißen Stoff mit dem Muschelmuster, erblickten sie einen runden Fleck: Blut, so rot, dass es fast schon schwarz war. Und der Fleck breitete sich aus wie die kreisrunde Welle, die ein Kieselstein in einem Teich hinterlässt.

»Lili? Bist du verletzt?«

»Nein, nein«, sagte sie. »Alles in Ordnung. Wird schon wieder. Aber ich muss jetzt nach Hause. Zu Greta.« Lili spürte, wie sie nach innen zurückwich, sich in den Tunnel zurückzog, zurück in ihren Bau.

»Lass mich dir helfen. Wie kann ich dir helfen?«

Mit jeder Sekunde schien Hans weiter weg; seine Stimme klang so dumpf, als käme sie durch ein Eisenrohr. Es war wie auf dem Rathausball: sie blutete heftig, spürte aber nichts. Wo das Blut herkam – sie wusste es nicht. Sie war beunruhigt und verwundert zugleich, wie ein Kind, das aus Versehen ein Tier getötet hat. Eine dünne Stimme in ihrem Kopf schrie: »Beeil dich!« – eine hektische Stimme, in der neben Panik auch Freude an diesem kleinen Drama eines Augustnachmittags hier in Menton mitschwang. Lili ließ Hans auf den Stufen der Polizeiwache stehen, rannte um drei Ecken, lief vor ihm weg, wie die Zigeunerkinder vor ihr weggelaufen waren, indes der Fleck auf ihrem Kleid sich so beharrlich, so erschreckend ausbreitete wie eine Krankheit.

KAPITEL 10

Typisch für Gretas neuen Stil waren helle Pastellfarben, insbesondere Gelb und zuckriges Rosa und Türkis. Sie malte immer noch ausschließlich Porträts. Sie verwendete immer noch die Farben, die in Glasflaschen mit undichten Verschlüssen von der Münchner Firma geliefert wurden. Doch während ihre früheren Bilder ernst und einfach und förmlich gewesen waren, wirkten die jetzigen in ihrer farbenfrohen Beschwingtheit, so hatte Lili einmal gesagt, wie bunte Süßigkeiten. Großformatige Bilder, die ihr Thema, inzwischen fast nur noch Lili, stets unter freiem Himmel zeigten: auf einer Wiese voller Mohnblüten, an einem Zitronenhain, vor den Hügeln der Provence.

Beim Malen dachte Greta an nichts, oder zumindest kam es ihr so vor: Ihr Gehirn, ihre Gedanken schienen ihr so licht wie die Farben, die sie auf der Palette mischte. Es war wie eine Fahrt in die Sonne, als ginge es beim Malen darum, blindlings, aber voller Vertrauen voranzueilen. An ihren besten Tagen arbeitete sie wie in Ekstase, ihre Hand flog zwischen Farbkasten und Leinwand hin und her, und ihre Phantasie war das Einzige, was nicht von dem hellen Licht in ihr überstrahlt wurde. Wenn es beim Malen lief, wenn die Pinselstriche exakt den Umriss von Lilis Kopf oder die Tiefe ihrer dunklen Augen erfassten, hatte Greta ein Rascheln im Kopf, das sie an den Mann mit der Bambusstange erinnerte, der die Früchte aus den Orangenbäumen ihres Vaters klopfte. Gut malen, das war wie ernten: das schöne dumpfe Geräusch, mit dem eine Orange auf dem kalifornischen Lehmboden aufschlug.

Dennoch staunte Greta, wie gut ihre Lili-Porträts in diesem Herbst in Kopenhagen aufgenommen wurden. Rasmussen stellte sie zwei Oktoberwochen lang in seiner Galerie aus. Ihr Triptychon *Dreimal Lili* verkaufte sich sofort, nachdem ein Schwede in lila Schweinslederhandschuhen und ein junger Professor der Königlichen Akademie kurz darüber disputiert hatten. Das Bild, das Lili schlafend auf dem Sofa zeigte, brachte über 250 Kronen ein; nicht so viel wie Einars Gemälde, aber schon sehr nahe dran.

»Ich muss Lili täglich sehen«, erklärte Greta ihm. Inzwischen fehlte ihr Lili, wenn sie nicht in ihrer Nähe war. Greta war schon immer sehr früh aufgestanden, weit vor Sonnenaufgang, noch vor dem Signal der ersten Fähre und dem ersten Straßenlärm. In diesem Herbst wachte sie an manchen Morgen gar noch früher auf; in der Wohnung war es so finster, dass sie die Hand nicht vor Augen sehen konnte. Sie setzte sich im Bett aufrecht. Neben ihr lag Einar und schlief, zu seinen Füßen Edvard IV. Noch in den Nebel des Schlafs gehüllt, dachte Greta: Wo ist Lili? Dann sprang sie aus dem Bett und suchte in der ganzen Wohnung. Wo hat Lili sich versteckt?, fragte sie sich, während sie unter den Planen im vorderen Zimmer und sogar im Kleiderschrank nach ihr suchte. Und erst wenn sie, die Frage nervös wiederholend, die Wohnungstür aufriegelte, begann sich der dicke Nebel des Schlafs endlich zu lichten.

Eines Morgens mussten Greta und Einar zum ersten Mal seit April in ihrer Wohnung heizen. Der Ofen war dreistöckig, drei schwarze Eisenfächer auf vier Füßen. Greta hielt ein Zündholz an die abblätternde Rinde der Birkenscheite. Die Flamme loderte auf und fraß sich ins Holz.

»Aber Lili kann nicht täglich kommen«, protestierte Einar. »Ich glaube, du weißt gar nicht, wie schwer es ist, Einar fortzuschicken und Lili herzubitten. Täglich – das ist einfach zu viel verlangt.« Er zog Edvard IV den Strickpullover an, den die Frau des Fischers ihnen geschenkt hatte. »Ich mache das gern. Ich habe Lili gern. Aber es ist sehr schwer.«

»Ich muss Lili täglich malen«, sagte Greta. »Ich brauche deine Hilfe.«

Und da tat Einar etwas Seltsames: er ging zu Greta und küsste sie auf den Hals. War das, fragte sich Greta, dänische Kühle? Sie konnte sich nicht erinnern, wann ihr Mann sie das letzte Mal woandershin geküsst hatte als auf den Mund, nachts, wenn es vollkommen dunkel und ruhig war, falls nicht gerade mal wieder ein Betrunkener in Dr. Møllers Praxis gegenüber geschleppt wurde.

Einars Nasenbluten war auch wieder aufgetreten. Seit dem Vorfall in Menton war alles gut gegangen, aber dann hielt er sich eines Tages wieder ein Taschentuch an die Nase. Greta sah das Blut in den Stoff sickern. Es machte ihr Sorgen, denn sie dachte dabei an die letzten Monate mit Teddy Cross.

Aber so plötzlich das Blut kam, versiegte es auch wieder, und dann erinnerte nur noch seine wund geriebene Nase daran.

Vor einer Woche, als sich draußen der erste Raureif auf die Fensterbretter legte, saßen die beiden schweigend beim Abendessen. Während Greta sich mit einer Hand Hering in den Mund schaufelte, zeichnete sie mit der anderen Skizzen in ihr Notizbuch. Einar rührte müßig in seinem Kaffee herum – er träumte vor sich hin, nahm Greta an. Sie blickte von ihrer Skizze auf, einem Entwurf für ein neues Gemälde, das Lili neben einem Maibaum zeigte. Und plötzlich wich Einar alle Farbe aus dem Gesicht. Er machte den Rücken steif, entschuldigte sich und hinterließ einen kleinen roten Fleck auf seinem Stuhl.

Die nächsten zwei Tage fragte Greta ihn mehrmals nach diesen Blutungen, wie es dazu käme, doch Einar wandte sich jedes Mal verlegen ab. Es war beinahe, als schlüge sie ihn, als träfe ihn die Frage wie ein Schlag ins Gesicht. Greta bekam deutlich mit, dass er es vor ihr zu verbergen suchte; er wischte sich das Blut mit alten Mallappen ab, die er später im Kanal verschwinden ließ. Aber das nützte nichts. Denn da war der Geruch, frisch und torfig. Da waren seine Bauchschmerzen. Da waren die blutbeschmierten Lappen, die am nächsten Morgen an der Steinmauer der Kanalbrücke hingen.

Eines Morgens ging Greta zur Post, um ungestört telefonieren zu können. Als sie ins Atelier zurückkam, lag Lili auf einer kirschroten Chaise, die sie von der Requisite des Königlichen Theaters geliehen hatten. Auch ihr Nachthemd war geliehen; eine alte Sopranistin, deren Stimmbänder schon lange nicht mehr mitmachten, hatte es einst als Desdemona getragen. Greta nahm an, dass Lili sich gar nicht bewusst war, wie sie aussah. Denn wenn sie es wüsste, würde sie nicht so da liegen wie eine Betrunkene, die Beine gespreizt, die Füße einwärts gedreht auf dem Boden. Ihr Mund stand offen, die Zunge hing halb heraus – als ob sie Opium genommen hätte. Das Arrangement gefiel Greta, auch wenn sie es nicht geplant hatte. Einar hatte eine schlaflose Nacht mit Magenkrämpfen hinter sich, und geblutet, fürchtete Greta, hatte er auch.

»Ich habe einen Termin für dich gemacht«, sagte Greta.

»Was für einen Termin?« Lilis Atem ging schneller, ihre Brüste hoben und senkten sich.

»Bei einem Arzt.«

Lili richtete sich auf. Alarmiert. Und es geschah, was Greta nur sehr selten zu sehen bekam: Einar schob sich in Lilis Gesicht – auf ihrer Oberlippe erschien plötzlich etwas wie die dunkle Spur eines Schnurrbarts. »Aber mir fehlt doch nichts«, sagte Lili.

»Das habe ich auch nicht gesagt.« Greta trat an die Chaise und band die Satinschleifen an Lilis Ärmeln zu. »Aber du hast dich übergeben«, fuhr Greta fort und schob die Hände in die Kitteltaschen, in denen sie allerlei Krimskram aufbewahrte: abgekaute Bleistifte, ein Foto von Teddy Cross im Meer bei Santa Monica, ein Stück Stoff von dem blutigen Kleid, in dem Lili, Hans' Namen rufend, in die Wohnung in Menton gekommen war. »Das Nasenbluten macht mir Sorge.«

Sie sah Lili ins Gesicht: es schien sich an den Rändern vor Scham zu krümmen. Doch Greta wusste, es war richtig, dass sie davon anfing. »Wir müssen wissen, was da vor sich geht. Wenn du keinerlei Schmerzen hast –«, sagte sie. Ihr lief ein Frösteln über den Rücken. Was geschieht mit meiner Ehe, fragte sie sich, während sie an den Kragenbändchen des Nachthemdes spielte. Sie brauchte einen Mann. Sie brauchte Lili. »Ach, Einar.«

»Einar ist nicht hier«, sagte Lili.

»Sag ihm bitte, wir treffen uns im Hauptbahnhof für den Zug um elf Uhr vier nach Rungsted«, sagte Greta. »Ich fahre zu dem Malerladen.«

Sie ging zum Schrank und suchte nach einem Kopftuch.

»Und wenn Einar nicht rechtzeitig zurückkommt?«, fragte Lili. »Wenn ich ihn bis dahin nicht erreiche?«

»Er kommt bestimmt.« Und dann: »Hast du mein Kopftuch gesehen? Das Blaue mit dem Goldsaum?«

Lili blickte in ihren Schoß. »Ich glaube nicht.«

»Es war in meinem Schrank. In meiner Schublade. Hast du es dir ausgeliehen?«

»Ich glaube, ich habe es im Café Axel liegen lassen«, sagte Lili. »Die bewahren es bestimmt hinter der Theke auf. Ich kann's gleich holen gehen.« Und dann: »Greta, entschuldige. Sonst habe ich nichts genommen. Sonst habe ich nichts angerührt.«

In Gretas Schultern ballte sich Zorn. Hier läuft etwas verkehrt, sehr verkehrt, dachte sie, und dann schob sie den Gedanken beiseite. Nein, sie würde sich von einem geliehenen Kopftuch nicht die Ehe zerstören lassen. Und hatte sie Lili nicht gesagt, sie könne sich alles nehmen, was sie haben wolle? Lag ihr denn nicht alles daran, dass Lili sich wohl fühlte? »Du bleibst hier«, sagte Greta. »Aber sorg bitte dafür, dass Einar den Zug bekommt.«

Die Wände im Café Axel waren gelb vom Tabakrauch. Studenten der Königlichen Akademie aßen und tranken hier, denn zwischen vier und sechs gab es Frikadelle und Fadøl zum halben Preis. Als Studentin hatte Greta sich hier oft an einen Tisch beim Eingang gesetzt und, den Zeichenblock auf dem Schoß, Skizzen angefertigt. Wenn ein Bekannter hereinkam und sie fragte, was sie denn da zeichne, klappte sie die Mappe zu und sagte: »Etwas für Professor Wegener.«

Greta fragte den Barkeeper nach dem blauen Kopftuch. »Meine Kusine meint, sie hat es hier liegen lassen«, sagte sie.

»Wie sieht Ihre Kusine denn aus?« Der Mann spielte mit einem Geschirrtuch.

»Eher schmächtig. Nicht so groß wie ich. Schüchtern.« Greta unterbrach sich. Es fiel ihr schwer, Lili zu beschreiben, sich vorzustellen, wie sie ganz allein mit wehendem weißem Kragen durch die Welt zog und die braunen Augen auf hübsche Fremdlinge richtete. Gretas Nasenflügel bebten.

»Sie sprechen von Lili?«, fragte der Barkeeper.

Greta nickte.

»Ein nettes Mädchen. Sitzt immer dort drüben an der Tür. Sie wissen es ja bestimmt selbst, aber die Burschen geben sich alle Mühe, ihre Aufmerksamkeit zu erringen. Manchmal trinkt sie mit einem von ihnen ein Bier, und dann, kaum sieht er einmal weg, ist sie verschwunden. Ja, sie hat ihr Kopftuch hier vergessen.«

Er gab es ihr und Greta band es sich um. Da war er wieder, der schwache Geruch nach Minze und Milch.

Die Luft draußen war feucht, eisig kalt und salzig. Das sommerliche Braun ihrer Haut war schon wieder verblasst, ihre Hände rissig geworden. Sie dachte daran, wie schön Pasadena im Oktober war, das Dattelbraun der verbrannten San Gabriel Mountains, die Bougainvilleas an den Schornsteinen.

Im Bahnhof hallten die Schritte eiliger Reisender. Tauben gurrten in den Deckenbalken, ihr kalkiger Dung lief streifig über die Eichenträger. Greta erstand eine Rolle Pfefferminzbonbons bei einem Zeitungs- und Süßigkeitenverkäufer, dessen Kunden überall Einwickelpapier auf den Boden fallen ließen.

Einar kam zum Kartenschalter, er sah verloren aus. Seine Wangen waren vom Schrubben ganz rau, sein pomadiges Haar glänzte. Er war gelaufen, und jetzt fuhr er sich nervös über die Stirn. Nur wenn sie ihn in der Menge sah, fiel Greta auf, wie klein er war, so klein, dass sein Kopf kaum an die Brust eines anderen Mannes reichte. Greta übertrieb seine Schmächtigkeit. Sie kam zu der Überzeugung, dass Einar mit seinen schmalen Handgelenken und dem kleinen festen Hinterteil praktisch ein Kind war.

Einar sah zu den Tauben auf, als ob er zum ersten Mal im Bahnhof sei. Schüchtern fragte er ein junges Mädchen in einem Schürzenkleid nach der Uhrzeit.

Greta beruhigte sich ein wenig. Sie ging zu Einar und küsste ihn. Sie strich ihm die Aufschläge glatt. »Hier, deine Fahrkarte«, sagte sie. »Drinnen ist auch die Adresse des Arztes, den du bitte aufsuchen sollst.«

»Erst sollst du mir etwas sagen«, sagte Einar. »Ich möchte von dir hören, dass alles in Ordnung mit mir ist.« Er schaukelte auf den Absätzen.

»Natürlich ist alles in Ordnung mit dir«, sagte Greta und hob beteuernd die Hände. »Ich möchte aber trotzdem, dass du zum Arzt gehst.«

»Warum?«

»Wegen Lili.«

»Das arme klcine Mädchen«, sagte er.

»Wenn du willst, dass Lili bleibt – bei uns, meine ich –, dann finde ich, dass sie einem Arzt vorgestellt werden sollte.« Mittägliche Einkäufer, hauptsächlich Frauen, drängten sich an ihnen vorbei, die Netztaschen prall gefüllt mit Käse und Heringen.

Greta fragte sich, warum sie eigentlich immer noch von Lili sprach, als sei sie eine Dritte. Einar würde zusammenbrechen – sie sah es vor sich, wie seine feinen Knochen zu einem Häuflein zusammensanken –, wenn sie ihn klar und deutlich merken ließe, dass Lili bloß ihr Mann in Frauenkleidern war. Dabei war es doch die Wahrheit.

»Warum tust du das jetzt?«, fragte Einar. Seine geröteten Lider stimmten Greta beinahe um.

»Ich liebe Lili genauso sehr, wie du sie liebst, mehr als –«, aber sie unterbrach sich. »Der Arzt kann ihr helfen.«

»Wie denn? Kein Mensch außer dir und mir kann Lili helfen!«

»Warten wir ab, was der Arzt dazu sagt.«

Einar versuchte es ein letztes Mal. »Ich will nicht. Lili möchte bestimmt nicht, dass ich zum Arzt gehe.«

Greta richtete sich auf und hob den Kopf. »Aber ich will, dass du gehst«, sagte sie. »Ich bin deine Frau, Einar.« Sie wies ihn nach Gleis 8, legte ihm die Hand ins Kreuz und schickte ihn los. »Geh schon«, sagte sie. Er schlurfte langsam an dem Zeitungsjungen vorbei durch die Einwickelpapiere, sein Körper ging in der Menge unter, sein Kopf wurde einer von hunderten, hauptsächlich Frauen, die ihre Besorgungen machten, die schwanger waren, deren Brüste nicht so straff wie die Einars waren, die Einar – wie Greta da schon ahnte – eines Tages in der Menge sehen und nur sich selbst erblicken würden.

KAPITEL 11

Einar saß am Fenster, auf seinem Schoß lag die Mittagssonne. Der Zug fuhr an Häusern mit roten Ziegeldächern vorbei, Wäsche und Kinder winkten in den Höfen. Ihm gegenüber saß eine alte Frau, die Hände um den Handtaschengriff. Sie bot ihm ein Pfefferminz an. »Sie fahren nach Helsingør?«

»Nach Rungsted«, sagte er.

»Ich auch.« Sie hatte die weißen Haare mit einem Tuch aus durchbrochener Spitze hochgebunden. Ihre Augen waren schneeblau, die Ohrläppchen lang und dick. »Sie haben dort einen Freund?«

»Einen Termin.«

»Einen Termin beim Arzt?«

Einar nickte, und die alte Frau sagte: »Verstehe.« Sie zupfte an ihrer Strickjacke. »Am Radiuminstitut?«

»Ich glaube ja«, sagte er. »Meine Frau hat den Termin für mich gemacht.« Er machte den Umschlag auf, den Greta ihm mitgegeben hatte. Darin war ein Kärtchen, das Lili vorige Woche an Greta geschrieben hatte: *Manchmal sehe ich keinen Ausweg mehr. Fühlst du dich auch manchmal so? Liegt es an mir? An Kopenhagen? Küsse –*

»Auf der Karte steht Dr. Hexler«, sagte die alte Frau. »Auf der Rückseite steht Dr. Hexlers Adresse. Das liegt auf meinem Weg. Ich bringe Sie gern dort hin. Die Leute sagen, er hat das beste Radiuminstitut in ganz Dänemark.« Die Frau drückte sich die Handtasche an die Brüste. »Die Leute sagen, er kann beinahe alles heilen.«

Einar dankte der alten Frau und lehnte sich zurück. Die Sonne schien warm durchs Fenster. Er hatte kurz überlegt, ob er sich den Arztbesuch nicht einfach schenken sollte. Als sie ihn zum Hauptbahnhof bestellt hatte, war ihm ein grelles Bild durch den Kopf gegangen: Greta, wie sie im Bahnhof auf ihn wartete, ihr Kinn hoch über der Menge. Er hatte daran gedacht, sich ihr zu widersetzen und einfach nicht hinzugehen. Er hatte sich ausgemalt, wie sie stundenlang wartete und ihr Kinn immer tiefer herabsank, je größer ihre Gewissheit wurde, dass er nicht kommen würde. Wie sie missmutig nach Hause ging. Wie sie die Wohnungstür im Witwenhaus aufmachte und ihn dort am Tisch sitzen sah. Wie er sagte: »Ich will nicht zu diesem Arzt.« Und wie sie nach einer Pause antwortete: »Na schön.«

»Wir sind da«, sagte die alte Frau im Zug. »Kommen Sie mit.«

Überall lagen die roten wächsernen Beeren der Eiben auf Rungsteds Straßen. Am Morgen hatte es geregnet, und in der feuchten Luft roch es frisch nach Nadelholz. Die alte Frau atmete tief ein. Sie ging schnell, unterm Rock schwankten ihre Hüften. »Sie brauchen nicht nervös zu sein«, sagte sie.

»Ich bin nicht nervös.«

»Nervös zu sein ist ganz normal.« Sie bogen in eine Straße mit Häusern, die hinter niedrigen Mauern mit weißen Eisentoren standen. Ein Kabriolett fuhr knatternd an ihnen vorbei. Der Fahrer, ein Mann mit einer Golfmütze aus Leder, winkte der alten Frau zu. »Da sind wir«, sagte die Frau an einem blauen Eckhaus gegenüber dem Hafen; es war so unscheinbar wie eine Bäckerei. Sie drückte Einars Arm, direkt unter der Achselhöhle. Dann schlug sie den Kragen hoch und verschwand in Richtung Hafen.

Einar musste fast eine Stunde in Dr. Hexlers Untersuchungszimmer warten. Die eine Hälfte des Raums sah aus wie ein Salon: Teppich, ein Art-déco-Sofa, Bücherschränke und eine Graslilie im Topf. Die andere Hälfte: Gummifußboden, Kunststoffliege, Glasgefäße mit klaren Flüssigkeiten, eine übergroße Lampe auf Laufrollen.

Dr. Hexler trat ein mit den Worten: »Hat die Schwester Sie nicht gebeten, die Kleider abzulegen?« Sein Kinn war lang und breit und sehr tief gespalten. Er hatte silberweißes Haar, und als er Einar gegenüber Platz nahm, kamen Socken mit Schottenmuster zum Vorschein. Die Frau im Zug hatte gesagt, der Arzt besitze auch einen auffallend schönen Rosengarten, der gerade vor den Fenstern der Klinik für den Winter beschnitten wurde.

»Eheprobleme?«, sagte er. »Habe ich das richtig verstanden?«

»Nicht direkt Probleme.«

»Wie lange sind Sie verheiratet?«

»Sechs Jahre«, sagte Einar. Er dachte an die Hochzeit in der Kirche St. Alban im Park; der junge Geistliche war Engländer und hatte sich beim Rasieren geschnitten. Mit einer Stimme, so leicht wie die Luft, die durch die rosa Glasfenster über die Schöße der Hochzeitsgäste wehte, hatte er gesagt: »Dies ist eine ganz besondere Hochzeit. Ich habe hier zwei besondere Menschen vor mir. In zehn Jahren werden Sie beide etwas ganz Außergewöhnliches geschaffen haben.«

»Haben Sie Kinder?«, fragte Dr. Hexler.

»Nein.«

»Warum nicht?«

»Das kann ich auch nicht sagen.«

»Aber Sie haben doch Verkehr, oder?« Dr. Hexlers Miene blieb unbewegt, und Einar konnte sich vorstellen, wie er mit derselben Miene in seinem Rosengarten tief enttäuscht eine schädliche Milbe entdeckte. »Sie haben regelmäßig Verkehr?«

Inzwischen hatte sich Einar bis auf die Unterhose ausgezogen. Der Kleiderhaufen auf dem Stuhl sah traurig aus, die weißen Hemdärmel hingen schlaff über den Hosenbund. Dr. Hexler winkte ihn auf das Sofa. Durch einen Schlauch mit einem Trichter am Ende bat er die Schwester, Kaffee und gebrannte Mandeln zu bringen.

»Kommt es zur Ejakulation?«, fuhr er fort.

Um Einar wurde eine Mauer der Demütigung errichtet. Jede Beleidigung, erst von Greta, jetzt von Dr. Hexler, war ein Ziegelstein, der die Mauer aus Kränkungen ein wenig höher wachsen ließ. »Gelegentlich«, sagte Einar.

»Immerhin.« Dr. Hexler schlug ein Blatt in seinem Notizblock um. Dann sagte er: »Ich höre von Ihrer Gattin, dass Sie sich gern als Frau verkleiden.«

»Das hat sie Ihnen erzählt?« In diesem Augenblick kam die Schwester herein, eine Frau mit krausen roten Haaren. Sie stellte den Kaffee und die Mandeln hin. »Zucker?«, fragte sie.

»Ihre Frau hat mir von einem Mädchen erzählt«, fuhr Dr. Hexler fort. »Von einem Mädchen namens Lili.«

»Entschuldigen Sie, Herr Wegener«, sagte die Schwester. »Zucker?«

»Nein, danke. Ich möchte gar nichts.« Sie schenkte Dr. Hexler Kaffee ein und ging.

»Herr Wegener, ich bin Facharzt. Es gibt so gut wie kein Problem, das ich nicht schon behandelt habe. Ich verstehe, dass Ihnen die Situation peinlich ist; aber bedenken Sie bitte, bei mir ist das nicht der Fall.«

Einar wusste nicht, warum, aber plötzlich wollte er daran glauben, dass Dr. Hexler ihn verstehen würde; dass Hexler, wenn er ihm von dem Tunnel erzählte, der zu Lilis Schlafstätte führte, wenn er eingestand, dass Lili nicht eigentlich er selbst, sondern jemand anders war, sich mit dem Bleistift an die Lippen klopfen und sagen würde: »Ach so. Kein Grund zur Sorge. So etwas kenne ich.«

Einar fing an: »Manchmal habe ich das Bedürfnis, Lili zu suchen.« Er verglich dieses Gefühl inzwischen mit Hunger. Freilich war es anders als der Hunger eine Stunde vor dem Abendessen; eher der gierige Hunger, wenn man mehrere Mahlzeiten ausgelassen hat. Wenn man sich Sorgen macht, ob und woher man überhaupt wieder einmal etwas zu essen bekommt. Einar wurde ganz schwindlig davon. »Manchmal gerate ich außer Atem, wenn ich an sie denke«, sagte Einar.

»Wo gehen Sie sie suchen?«, fragte Dr. Hexler. Seine Augen hinter der dicken Brille wirkten so groß wie eingelegte Eier im Glas.

»In mir.«

»Und sie ist immer da?«

»Ja. Immer.«

»Was würden Sie empfinden, wenn ich Ihnen raten würde, sich nicht mehr in Lili zu verkleiden?« Dr. Hexler beugte sich auf seinem Stuhl nach vorn.

»Meinen Sie wirklich, Doktor? Halten Sie das irgendwie für schädlich?« Nur mit der Unterhose bekleidet, kam Einar sich klein vor, der Spalt zwischen den Sofapolstern schien ihn verschlingen zu wollen. Jetzt wollte er auch einen Kaffee, kam aber kaum an den Tisch, um die Kanne zu nehmen.

Dr. Hexler machte die Untersuchungslampe an, die silberne Schale leuchtete grellweiß auf. »Sehen wir es uns einmal an«, sagte er. Der Arzt erhob sich und legte Einar kurz eine Hand auf die Schulter.

»Stehen Sie bitte auf«, sagte Dr. Hexler und zog die Lampe auf den wackelnden Laufrollen näher. Er richtete das Licht auf Einars Bauch. Die wenigen Sommersprossen um seinen Nabel wirkten abstoßend braun, die wenigen schwarzen Haare erinnerten Einar an den Staub, der sich in Ecken sammelt. »Tut das weh?«, fragte Dr. Hexler, als er Einar eine Hand auf den Bauch legte.

»Nein.«

»Und hier?«

»Nein.«

»Hier vielleicht?«

»Nein.«

»Aha.« Er setzte sich vor Einar auf einen Stahlhocker. Mehr als alles andere wollte Einar, dass Dr. Hexler ihm sagte, mit Lili und Einar sei alles in Ordnung, ihr gemeinsamer Körper sei keine schlimmere Missbildung als ein nagelloser Zeh oder etwa das extrem tief gespaltene Kinn des Arztes selbst.

»Und wie ist es hier unten?«, fragte er und zeigte mit einem Zungenspatel auf Einars Unterleib. »Darf ich mir das mal ansehen?«

Dr. Hexler verzog keine Miene, als Einar die Unterhose herabließ; es bebten nur seine Nasenflügel, in deren Poren schwarze Pünktchen steckten. »Scheint alles da zu sein«, sagte er. »Sie können die Hose wieder anziehen. Sie sind doch ganz gut beieinander. Haben Sie mir sonst noch was zu erzählen?«

Erst tags zuvor hatte Einar sich einen Lappen in die Unterhose gestopft. Ob Greta das dem Arzt auch erzählt hatte? Einar war beunruhigt. »Da ist noch etwas, das ich vielleicht erwähnen sollte«, sagte er.

Als Einar ihm von den Blutungen erzählte, zog Dr. Hexler wie krampfhaft die Schultern zusammen. »Ja, Ihre Gattin hat so etwas erwähnt. Ist an dem Blut irgendetwas Auffälliges? Ist es klumpig?«

»Ich glaube nicht.« Wieder wurde ein Stein der Demütigung in die Mauer gefügt. Erleichterung brachte es ihm nur, wenn er die Augen schloss.

»Wir sollten eine Röntgenaufnahme machen«, sagte Dr. Hexler. Er schien überrascht, als Einar sagte, er habe noch nie eine machen lassen. »Daran können wir ablesen, ob irgendetwas nicht stimmt«, sagte Dr. Hexler. »Vielleicht treibt sie Ihnen auch dieses Verlangen aus.« An der Art, wie er die Augenbrauen über die Brille wölbte, konnte Einar erkennen, dass Dr. Hexler sehr stolz auf die technische Ausstattung seiner Klinik war. Er sprach dann von Gammastrahlen und natürlichem Radium, das von Radiumsalzen abgestrahlt werde. »Ionisierende Strahlung erweist sich mehr und mehr als Wundermittel gegen alle möglichen Dinge. Sie wirkt bei Geschwüren, trockener Kopfhaut und sehr zuverlässig bei Impotenz«, erklärte er. »Diese Behandlungsmethode wird heutzutage bevorzugt angewandt.«

»Und was macht sie mit mir?«

»Die Strahlung blickt in Sie hinein.« Und dann, wie beleidigt: »Die Strahlung *behandelt* Sie.«

»Muss das wirklich sein?«

Aber Dr. Hexler sprach bereits Anweisungen in den Trichter.

Als alles vorbereitet war, wurde Einar von einem dünnen Mann mit spitzem Adamsapfel aus Dr. Hexlers Sprechzimmer geführt. Der Mann, ein Assistent von Dr. Hexler, hieß Vlademar und brachte Einar in einen Raum mit gekachelten Wänden; der Boden war leicht abschüssig, und in einer Ecke gab es einen Abfluss, der mit einem Sieb abgedeckt war. Weiße Stoffgurte hingen von einer Liege in der Mitte des Raums, die Schnallen glänzten im Lampenlicht.

»Wir schnallen Sie jetzt an«, sagte Vlademar. Einar fragte, ob das nötig sei. Zur Antwort gab Vlademar ein Knurren von sich, wobei sein Adamsapfel hochhüpfte.

Das Röntgengerät hatte die Form eines umgedrehten L, das Metallgehäuse war schlammgrün gestrichen. Es ragte mit seinem großen grauen Objektiv, das auf die Hautfläche zwischen Einars Nabel und Leiste gerichtet war, über die Liege. In dem Raum gab es ein schwarzes Glasfenster, hinter dem, nahm

Einar an, Dr. Hexler stand und Vlademar Anweisungen gab, welche der Hebel mit runden Köpfen er ziehen sollte. Als das Licht im Raum abgedunkelt wurde und das Gerät stotternd und mit blechern vibrierendem Gehäuse zu surren begann, kam Einar der Gedanke, dass dies nur der Anfang war, dass ihm noch viele weitere Arztbesuche und Untersuchungen bevorstanden. Er ahnte bereits, dass die Röntgenstrahlen nichts bringen würden, dass Dr. Hexler entweder weitere verordnen oder ihn zu einem zweiten oder dritten Spezialisten schicken würde. Und Einar hatte nichts dagegen, damals noch nicht, da ihm Greta und Lili zuliebe jede Anstrengung wert schien.

Einar hatte angenommen, die Röntgenstrahlung sei so etwas wie goldenes, gesprenkeltes Licht, aber sie war unsichtbar, und er spürte auch nichts. Anfangs dachte er, mit dem Apparat sei etwas nicht in Ordnung. Beinahe hätte er sich aufgerichtet und gefragt: »Stimmt was nicht?«

Dann schaltete das Röntgengerät in einen höheren Gang, das Surren klang eine Oktave höher. Das verbeulte grüne Metallgehäuse rappelte lauter, ein Geräusch, als würde ein Backblech geschüttelt. Einar konzentrierte sich auf seinen Bauch, ob er da etwas spürte, war sich aber nicht sicher. Er stellte sich einen Bauch vor, in dem es von Glühwürmchen aus dem Moor von Blåtand wimmelte. Er fragte sich, ob ihn wirklich ein warmes Prickeln durchlief oder ob das nur Einbildung war. Er richtete sich auf den Ellbogen auf, um nachzusehen, aber sein Bauch sah aus wie immer, grau in dem abgedunkelten Raum. »Bitte nicht bewegen«, sagte Dr. Hexler durch seinen Trichterschlauch. »Legen Sie sich wieder hin.«

Aber es tat sich nichts, jedenfalls kam es Einar so vor. Der Apparat lärmte, und langsam breitete sich ein dumpfes Gefühl über seinen Unterleib: er konnte nicht sagen, ob er da etwas Warmes spürte oder nicht. Dann glaubte er ein stechendes Brennen zu spüren, aber als er wieder nachsah, hatte sein Bauch sich immer noch nicht verändert. »Nicht bewegen, Herr Wegener«, donnerte wieder Hexlers Stimme. »Lassen Sie das.«

Einar hatte keine Ahnung, wie lange das Gerät schon gelaufen war. Zwei Minuten oder zwanzig? Und wann würde es aufhören? In dem Raum wurde es noch dunkler, fast vollständig finster, und ein gelber Lichtkreis kräuselte sich um das graue Objektiv. Einar langweilte sich und wurde plötzlich sehr müde. Er schloss die Augen und hatte das Gefühl, sein Körper werde immer schwerer. Er überlegte, ob er noch ein letztes Mal nach seinem Bauch sehen sollte, aber die Arme gehorchten ihm nicht. Wieso war er auf einmal so müde? Sein Kopf hing ihm wie eine Bleikugel am Hals. Der Geschmack des Morgenkaffees stieg ihm in die Kehle.

»Versuchen Sie zu schlafen, Herr Wegener«, sagte Hexler. Der Apparat dröhnte noch lauter, und Einar spürte, wie sich etwas Warmes auf seinen Bauch drückte.

Plötzlich wusste Einar, dass da etwas nicht stimmte. Er machte die Augen gerade lange genug auf, um zu erkennen, wie jemand die Stirn an das schwarze Fenster legte; eine zweite Stirn kam dazu und hinterließ einen schmierigen Fleck. Wenn Greta jetzt hier wäre, dachte Einar verschwommen, würde sie mich losbinden und nach Hause bringen. Sie würde so lange gegen den grünen Kasten treten, bis der Lärm aufhörte. Ein metallisch peitschendes Geräusch erschütterte den Raum, aber Einar schaffte es nicht, die Augen aufzumachen und nachzusehen, was da passiert war. Wenn Greta jetzt hier wäre, würde sie Hexler anschreien, er solle die verdammte Maschine abstellen. Wenn Greta jetzt hier wäre… aber Einar konnte den Gedanken nicht beenden, denn er war eingeschlafen – nein, er war mehr als eingeschlafen.

KAPITEL 12

Während in Dr. Hexlers Praxis das Röntgengerät ratterte, drückte Greta die Stirn an das schwarze Fenster. Vielleicht hatte sie sich ja getäuscht; vielleicht brauchte ihr Mann gar keinen Arzt. Sie fragte sich, ob es richtig gewesen war, dass sie darauf bestanden hatte.

Auf der anderen Seite des Fensters lag Einar auf die Liege geschnallt. Wie schön er mit geschlossenen Augen aussah, seine Haut leicht grau hinter dem getönten Glas. Wie ein kleiner Hügel stand ihm die Nase im Gesicht. »Sind Sie sicher, dass es ihm gut geht?«, fragte sie den Arzt.

»Im Großen und Ganzen.«

Sie machte sich Sorgen, dass Einar ihr entgleiten könnte. Manchmal ärgerte es sie, dass er niemals eifersüchtig wurde, wenn irgendein Mann auf der Straße ihre Brüste anstarrte; ein einziges Mal hatte er sich dazu geäußert, und da war er als Lili verkleidet: »Was für ein Glück du hast.«

Bei ihrem Gespräch mit Dr. Hexler vor einer Woche hatte dieser gesagt, möglicherweise habe Einar einen Tumor im Beckenbereich; das könnte sowohl seine Unfruchtbarkeit als auch seine verwirrte Männlichkeit erklären. »Ich habe so etwas noch nie selbst gesehen, aber ich habe davon gelesen. Ein solcher Tumor bleibt oft unentdeckt und macht sich allein durch sonderbares Verhalten bemerkbar.« Etwas in ihr wollte das für vernünftig halten, wollte glauben, dass man den Tumor, ein Ding so rot und fest wie eine Kakifrucht, mit einem kleinen Skalpell einfach herausschneiden könnte, und schon würde Einar in ihre Ehe zurückkehren.

Auf der anderen Seite des Fensters schepperte es, aber Dr. Hexler sagte nur: »Alles in Ordnung.« Einar wand sich auf der Liege und stemmte die Beine in die Gurte, die so straff gespannt waren, dass Greta dachte, sie könnten reißen und Einar würde dann durch den Raum geschleudert. »Sind Sie nicht bald fertig?«, fragte sie Hexler. »Wissen Sie bestimmt, dass alles in Ordnung ist?« Sie spielte nervös mit ihren Haaren und dachte angeekelt: Wie rau die sind; und dann: Ich weiß nicht, was ich tue, wenn Einar etwas zustößt.

»Eine Röntgenaufnahme braucht Zeit«, sagte Vlademar.

»Tut es ihm weh? Er sieht aus, als ob er Schmerzen hat.«

»Nein«, sagte Dr. Hexler. »Möglich, dass es auf der Hautoberfläche zu einer leichten Verbrennung oder Geschwürbildung kommt, mehr aber auch nicht.«

»Ihm wird ein bisschen übel sein«, fügte Vlademar hinzu.

»Es wird ihm gut tun«, sagte Dr. Hexler mit gelassener Miene. Er hatte kurze schwarze Wimpern um die Augen und stotterte die erste Silbe jedes Satzes, im Übrigen aber sprach er mit der Autorität des Fachmanns. Schließlich zählten zu den Kunden der Klinik die reichsten Leute Dänemarks, Männer mit dicken Bäuchen, Männer, die bei dem hektischen Eifer, mit dem sie Gummischuhe, Mineralfarben, Superphosphate oder Portlandzement herstellten, die Kontrolle über alles verloren, was sich unterhalb ihrer Gürtellinie befand.

»Und wenn der Teufel persönlich in Ihren Mann gefahren sein sollte«, fügte Vlademar hinzu, »dann schmeiße ich ihn raus.«

»Das ist das Schöne an Röntgenstrahlen«, sagte Hexler. »Sie brennen das Schlechte weg und lassen das Gute da. Es ist kaum übertrieben, hier von einem Wundermittel zu sprechen.« Die beiden Männer schmunzelten, ihre Zähne spiegelten sich in dem schwarzen Glas, und ein feiner stechender Schmerz fuhr durch Gretas Brust.

Als es vorbei war, schob Vlademar Einar in ein Zimmer mit zwei kleinen Fenstern und einem Wandschirm auf Rollen. Dort schlief er eine Stunde; Greta nahm ihren Skizzenblock und zeichnete Lili, die im Krankenbett lag und schlief. Wenn auf der Röntgenaufnahme ein Tumor entdeckt würde und Dr. Hexler ihn entfernen konnte – was dann? Würde sie Lili nie mehr in Einars Gesicht sehen, in seinen Lippen, in den blassgrünen Adern, die über die Unterseite der Handgelenke liefen wie Flüsse auf einer Landkarte? Sie hatte mit Dr. Hexler ja hauptsächlich deswegen Kontakt aufnommen, weil sie Einar helfen wollte – oder doch eher, weil sie sich selbst helfen wollte? Nein, sie hatte Dr. Hexler aus der Zelle im Postamt angerufen, weil ihr klar vor Augen stand, dass sie etwas für Einar tun musste. War es nicht ihre Pflicht, dafür zu sorgen, dass er anständig behandelt wurde? Wenn sie sich jemals etwas versprochen hatte, dann dies: Sie würde nicht tatenlos zusehen, wie ihr Mann sich einfach so davonstahl. Das hatte ihr bei Teddy Cross gereicht. Greta dachte an das Blut, das aus Einars Nase in den Schoß von Lilis Kleidchen tropfte.

Einar drehte sich stöhnend um. Seine blasse Gesichtshaut war schlaff. Greta legte ihm ein warmes Tuch auf die Stirn. Etwas in ihr hoffte, Hexler möge Einar den Rat geben, unbeschwert als Lili weiterzuleben und eine Arbeit als Verkäuferin hinter der Glastheke bei Fonnesbech anzunehmen. Ein Teil von Greta wollte mit dem skandalösesten Mann der Welt verheiratet sein. Es hatte sie immer geärgert, wenn die Leute glaubten, nur weil sie geheiratet habe, strebe sie jetzt ein konventionelles Leben an. »Ich weiß, du wirst so glücklich werden wie deine Eltern«, hatte eine Kusine aus Newport Beach ihr nach der Hochzeit mit Einar geschrieben; Greta musste sich sehr beherrschen, die Kusine nicht ganz aus ihrem Gedächtnis zu streichen. Aber ich bin nicht wie meine Eltern, dachte sie, als sie den Brief zerriss und in den Eisenofen warf.

Wir sind nicht so. Das war lange bevor Lili zum Vorschein kam, aber schon damals wusste Greta, dass sie einen Mann geheiratet hatte, mit dem sie zu vollkommen unbekannten Ufern aufbrechen würde. Das Gleiche hatte sie anfangs bei Teddy gedacht, ihren Irrtum dann aber bald eingesehen. Mit Einar war es freilich anders. Er war wirklich ein seltsamer Mensch. Als sei er nicht für diese Welt geboren. Und häufig hatte Greta das Gefühl, das sei sie auch nicht.

Draußen vorm Fenster zitterten Dr. Hexlers kahle Rosensträucher im Wind. Das andere Fenster sah aufs Meer hinaus, über das dunkle Wolken zogen, dick und schwarz wie Tinte in Wasser. Ein Fischerboot kämpfte sich in den Hafen zurück. Aber wie konnte sie mit einem Mann verheiratet bleiben, der von Zeit zu Zeit als Frau leben wollte? Von so etwas werde ich mich nicht aufhalten lassen, dachte sie, den Skizzenblock auf dem Schoß. Greta und Einar würden leben, wie sie es wollten. Niemand konnte sie daran hindern. Vielleicht sollten sie an einen Ort ziehen, wo niemand sie kannte. Wo sie neu anfangen konnten – ohne Klatsch, ohne Namen, ohne irgendeinen Ruf, der ihnen vorauseilte. Mit nichts als ihren Bildern und dem leisen Flüstern aus Lilis Mund.

Ich bin bereit, dachte Greta. Zwar wusste sie selbst nicht genau, was sie damit meinte, aber bereit war sie, jederzeit.

Wieder bewegte sich Einar auf dem Bett, mühsam versuchte er den Kopf zu heben. Die Glühbirne über ihm warf gelbes Licht auf seine Züge, auf seine eingefallenen Wangen. Hatte er heute Morgen nicht noch ganz gesund ausgesehen? Aber vielleicht hatte sie in den letzten Monaten nicht genug auf Einar Acht gegeben. Vielleicht war er vor ihren Augen krank geworden, und sie hatte bis jetzt nichts davon bemerkt. Wie viel sie in letzter Zeit zu tun hatte: Bilder malen und verkaufen, Briefe an Hans in Paris schreiben, in denen es nicht nur um einen Besuch Lilis bei ihm ging, sondern auch um die

Verfügbarkeit einer Wohnung im Marais – mit zwei großen Dachfenstern, einem für sie selbst und einem für Einar; so in Anspruch genommen, mochte sie schlicht nicht mitbekommen haben, wie bedenklich sich das Gesicht ihres Mannes verändert hatte. Sie dachte an Teddy Cross.

»Greta«, sagte Einar. »Was ist mit mir?«

»Wird schon wieder. Ruh dich noch ein bisschen aus.«

»Was war denn?«

»Die Röntgenaufnahme. Kein Grund zur Sorge.«

Einar drückte sein Gesicht ins Kissen. Er schlief wieder ein. Da lag er, Gretas Ehemann. Seine zarte Haut, sein kleiner Kopf mit den leicht eingedrückten Schläfen, fast wie bei einem Säugling. Seine Nase, die bei jedem Atemzug bebte. Sein Geruch nach Terpentin und Talk. Die Haut um seine Augen rot, als wären sie entzündet.

Greta legte ihm wieder das Tuch auf die Stirn.

Als dann Dr. Hexler kam, sagte Greta: »Endlich.«

Sie gingen auf den Flur. »Geht's ihm bald wieder besser?«

»Morgen bestimmt und übermorgen ganz sicher.« Greta glaubte in den Falten um Dr. Hexlers Mund eine gewisse Besorgnis zu erkennen. »Auf dem Röntgenbild ist nichts zu erkennen.«

»Kein Tumor?«

»Nichts.«

»Was hat er denn dann?«, fragte Greta.

»Rein physisch betrachtet: gar nichts.«

»Und was ist mit dem Nasenbluten?«

»Das kann man nicht genau sagen, aber wahrscheinlich liegt es an seiner Ernährung. Er sollte sich von Steinobst und Fischgräten fern halten.«

»Meinen Sie wirklich, das ist der Grund? Seine Ernährung?« Greta trat einen Schritt zurück. »Glauben Sie wirklich, dass er ein vollkommen gesunder Mann ist, Dr. Hexler?«

»Sein Gesundheitszustand ist normal. Aber ein normaler Mann ist er absolut nicht. Ihrem Mann geht es nicht gut.«

»Was kann ich denn tun?«

»Halten Sie Ihren Kleiderschrank verschlossen? Damit er nicht an Ihre Sachen herankommen kann?«

»Natürlich nicht.«

»Das rate ich Ihnen aber dringend.«

»Was soll das nützen? Außerdem hat er seine eigenen Kleider.«

»Dann werfen Sie sie fort. Sie sollten ihn nicht auch noch dazu ermuntern, Frau Wegener. Wenn er denkt, Sie heißen das gut, könnte er auf den Gedanken kommen, es sei nichts dabei, wenn er sich als Lili verkleidet.« Dr. Hexler unterbrach sich. »Dann wäre die Sache aussichtslos. Sie haben ihn doch nicht dazu ermuntert? Ich hoffe um seinetwillen, dass Sie ihn nie dabei unterstützt haben.«

Genau das hatte Greta am meisten befürchtet: dass man die Sache mit Lili *ihr* in die Schuhe schieben würde. Dass *sie* ihrem Mann Schaden zugefügt habe. Die dunkelgelben Wände des Flurs waren voller Schrammen. Neben Greta hing ein Porträt von Dr. Hexler, ein Bild ähnlich denen, die sie selber malte.

Vor einigen Wochen hatte Rasmussen ihr am Telefon erzählt, dass Lili in der Galerie gewesen sei. »Ich habe sie natürlich gleich nach Ihren Gemälden erkannt«, sagte er. »Aber irgendwas war nicht in Ordnung mit ihr. Sie schien mir sehr schwach, vielleicht hatte sie auch nur Durst.« Rasmussen sagte, er habe Lili einen Sessel angeboten, und sie sei dann sofort eingeschlafen, eine Speichelblase auf den Lippen. Kurz darauf kam die Baronin Haggard mit ihrem ägyptischen Fahrer in die Galerie. Die Baronin, die sich gern als Vorhut der Aristokratie betrachtete, kam gar nicht über die Ironie hinweg – den »Modernismus«, wie sie es nannte –, den Gegenstand der Gemälde selbst schlafend vor den Gemälden anzutreffen. Das weiche Geräusch ihrer Straußenlederhandschuhe erfüllte den Raum, als sie »diese runde Inszenierung« beklatschte. Fünf Bilder hingen an der Wand, Bilder, die Ende August in der Hitze Südfrankreichs entstanden waren, in das träge Sonnenlicht von Menton getaucht. Die Bilder zeigten Lili, wie sie auch jetzt im Sessel lag: scheu, in sich gekehrt, exotisch in Größe und Haltung, mit ihrer großen Nase und den knochigen Knien, den glänzenden Lidern und dem klaren Gesicht. »Die Baronin hat alle fünf gekauft«, hatte Rasmussen berichtet. »Und Lili hat während der ganzen Transaktion geschlafen. Greta, stimmt etwas nicht mit ihr? Ich will's doch nicht hoffen. Sie sorgen doch dafür, dass sie ausreichend schläft? Passen Sie gut auf sie auf, Greta. Ihnen selbst zuliebe.«

»Und die Blutungen machen Ihnen wirklich keine Sorgen?«, fragte Greta den Arzt. »Nicht im Geringsten?«

»Nicht so sehr wie sein Wahn, eine Frau zu sein«, sagte Dr. Hexler. »Das können auch Röntgenstrahlen nicht heilen. Möchten Sie, dass ich mit Einar rede? Ich kann ihm sagen, dass er sich selbst schadet.«

»Aber tut er das denn?«, fragte Greta zum Schluss. »Ich meine, schadet er sich wirklich?«

»Ja, natürlich. Ich denke doch, da sind wir einer Meinung, Frau Wegener. Sie sehen es doch sicher auch so, dass wir, wenn er davon nicht ablässt, zu drastischeren Maßnahmen greifen müssen. Dass ein Mann wie Ihr Gatte so eigentlich nicht leben kann. Natürlich ist Dänemark ein sehr aufgeschlossenes Land, aber hier geht es nicht um Aufgeschlossenheit. Es geht darum, ob Ihr Mann geistig gesund ist. Sehen Sie das nicht auch so, Frau Wegener? Finden Sie nicht auch, dass die Wünsche Ihres Mannes nicht ganz gesund sind? Dass Sie und ich als verantwortungsbewusste Bürger Ihren Mann nicht einfach so als Lili herumlaufen lassen können? Nicht einmal in Kopenhagen. Sie finden doch sicher auch, dass wir alles unternehmen sollten, was ihm diesen Dämon austreiben könnte, denn genau das ist es, ein Dämon, meinen Sie nicht auch, Frau Wegener? Ein Dämon. Frau Wegener. Meinen Sie nicht auch?«

Und da erkannte Greta, die dreißig Jahre alt und aus Kalifornien war und die mindestens drei Gelegenheiten aufzählen konnte, in denen sie sich beinahe selbst umgebracht hätte – das zweite Mal zum Beispiel, als sie als Zehnjährige auf der Reling der *Frederik VIII*, auf der sie und ihre Familie zum ersten Mal nach Dänemark gefahren waren, einen Handstand gemacht hatte –, dass Dr. Hexler doch sehr wenig Ahnung hatte, oder auch gar keine. Sie hatte sich geirrt, und hinter dem Wandschirm hörte sie Einar in seinem Bett stöhnen.

TEIL ZWEI

Paris, 1929

KAPITEL 13

Ganz in der Nähe des Boulevard de Sébastopol, nördlich von Les Halles Centrales, gab es eine kleine Straße. Sie war nur zwei Blocks lang und hatte ihren Namen im Lauf der Zeit mehrmals geändert. Zuerst hieß sie Rue de Poivre – nach einer Pfefferhandlung, die dort einst gediehen und eingegangen war. Als sie Rue des Semaines hieß, gab es dort ein Hotel für Soldaten auf Heimaturlaub. Nun aber hieß sie – zumindest im Volksmund, denn es fehlte das sonst übliche blauweiße Straßenschild – Rue da la Nuit. Die Fassaden der Häuser waren schwarz, Ruß lag auf den Fensterbrettern, auf den verlassenen Gaslaternen, in der Rinne des Pissoirs, auf der zerfetzten Markise des Tabakladens, in dem auch Weizenwodka und Mädchen zu haben waren. Die Haustüren waren nummeriert, aber ohne Schilder. Abgesehen vom Inhaber des Tabakladens, in dessen rotem Schnauzbart stets Krümel seiner Morgenbrioche hingen, schien niemand in der Straße zu leben oder irgendwelche legalen oder illegalen Geschäfte zu machen. Nummer 22 war eine Tür mit Blasenglasfenster; dahinter ein Flur, der stank wie das verrußte Pissoir. Am oberen Ende der Treppe gab es wieder eine Tür, diese mit deutlichen Trittspuren, und dahinter eine Art Empfangsraum, der von einer Frau namens Madame Jasmin-Carton, so nannte sie sich jedenfalls, und ihrer Manxkatze Sophie bewohnt wurde.

Madame Jasmin-Carton war noch jung, aber sehr dick. Ihre Unterarme waren von einem dichten braunen Fell bedeckt, in dem sich manchmal ihre goldenen Armbänder verhedderten. Sie hatte Einar erzählt, eins ihrer Mädchen habe einen griechischen Prinzen geheiratet und ihr die Katze zurückgelassen. Des Weiteren berichtete sie, zu den Besuchern ihrer *salles de plaisir* hätten im Lauf der Jahre etliche Botschafter, ein Premierminister und ein gutes Dutzend Grafen gezählt.

Für fünf Franc bekam Einar von Madame Jasmin-Carton einen Schlüssel mit einem Anhänger aus Messing. Der Schlüssel war für Salle No. 3, ein kleines Zimmer mit einem grün bezogenen Sessel, einem zuvorkommend geleerten Papierkorb aus Drahtgeflecht und zwei winzigen Fenstern, deren schwarze Rouleaus zugezogen waren. Das Licht der Glühbirne an der Decke fiel auf den grünen Sessel. Es roch nach Ammoniak und auch ein wenig salzig, bitter und feucht.

Es war Mai, schon kamen auf jeden kalten Tag zwei warme Sonnentage. In dem kleinen Zimmer war es immer kalt. Den Winter hatte Einar in seinen Mantel gehüllt im Sessel verbracht und den Wolken seines Atems zugesehen. Er kam noch nicht lange genug zu Madame Jasmin-Carton, um es genau zu wissen, stellte sich aber vor, dass die düsteren Wände – streifig und von Tabakrauch vergilbt – im August von selbst zu schwitzen anfangen würden.

Heute schälte sich Einar aus seinem Jackett mit den aufgesetzten Taschen und dem modischen Gürtel mit Ringschlaufe. Wie fast alle Kleidungsstücke Einars hatte Greta auch dieses gekauft; sie nahm an, er wisse nicht, was man in Paris zu tragen habe. Ausgenommen natürlich Lilis Sachen: die taillenlosen Kleider mit den dazu passenden seidenen Stirnbändern; die Glacéhandschuhe, die mit Perlmuttspangen überm Ellbogen befestigt wurden; die Schuhe mit den Schnallen, die mit Strasssteinen besetzt waren. Das alles kaufte Lili selbst. Sie bekam von Einar wöchentlich Taschengeld, einige Münzen, die er ihr in ein Marmeladenglas legte und die sie dann herausfischte und in zwei, drei Tagen ausgab. Geld für Lili: so trug Einar es in sein Ausgabenheft ein. Oft suchte er in den Taschen seiner Gabardinehosen nach Geld, um ihr mehr zu geben. Wenn er nichts fand, wandte sich Lili manchmal an Greta, die für sie nur die Worte »ja« und »mehr« zu kennen schien.

Einar zog eins der schwarzen Rouleaus hoch. Hinter der schmutzigen Fensterscheibe erschien ein Mädchen in Trikot und schwarzen Strümpfen, einen Fuß auf einem Wiener Stuhl. Sie tanzte, auch wenn keine Musik zu hören war. Hinter einem anderen kleinen Fenster lauerte ein Mann, der seine fettige Nase an die Scheibe drückte und mit seinem Atem das Glas behauchte. Das Mädchen schien Einar und den anderen Mann nicht zu bemerken; bevor sie sich ein weiteres Kleidungsstück vom Leib riss, sah sie sich um, aber nie direkt in Richtung ihrer platt gedrückten Nasen, und senkte das Kinn.

Sie zog ein Paar Handschuhe, denen Lilis nicht unähnlich, von ihren langen fleischigen Armen. Hübsch war sie nicht: schwarzes Haar, elektrisch aufgeladen und strohig; weit vorstehende Zähne; zu breite Hüften und zu schmale Taille. Aber ihre Bescheidenheit hatte etwas Liebliches, dachte Einar; die ordentliche Art, wie sie die Handschuhe, dann ihr Trikot und zuletzt die Strümpfe über die Stuhllehne legte, als wüsste sie, dass sie die Sachen noch einmal brauchen würde.

Nun hatte sie nichts mehr an außer den Schuhen. Ihr Tanz wurde schwungvoller, sie breitete die Arme aus, reckte die Zehenspitzen und warf den Kopf zurück, sodass ihre weißlich blau schimmernde Luftröhre deutlich unter der Haut zu sehen war.

Einar kam seit fast sechs Monaten zu Madame Jasmin-Carton, nachmittags, wenn Greta sich mit einem Sammler oder mit den Herausgebern von Zeitschriften wie *La Vie Parisienne* oder *L'Illustration* traf, für deren Artikel sie Illustrationen anfertigte. Freilich kam Einar aus anderen Gründen zu Madame Jasmin-Carton als die anderen Männer, die ihre blatternarbigen Nasen an die kleinen Fenster drückten und deren Zungen schleimige Spuren auf dem Glas hinterließen wie Seeigel. Er wollte den Mädchen nur beim Ausziehen und Tanzen zuschauen, Kurve und Masse ihrer Brüste studieren, er wollte sehen, wie sie die Schenkel, unheimlich weiß und nachgiebig wie die Haut auf gekochter Milch, auf- und zuklappten – es kam ihm vor, als hörte er durch das schmutzige Fenster ihre Knie aneinander schlagen. Ihm gefiel auch die Innenseite ihrer Unterarme mit den grünlichen Adern, in denen es vor Scham und Unmut pochte; und die Wölbung unterm Nabel – diese Region des weiblichen Körpers erinnerte ihn an das Kissen, das der Ringträger bei einer Hochzeit vor sich her trägt. Er kam zu Madame Jasmin-Carton, um Frauen zu betrachten, um zu sehen, wie ihre Körper gebaut waren, wie Gliedmaßen und Rumpf sich zu einem weiblichen Wesen zusammenfügten. Wie die junge Frau mit dem elektrisch geladenen schwarzen Haar das Kinn senkte, als sie die Hände um die bleichen Brüste wölbte. Wie die Blondine nach ihr, ein Mädchen mit drahtigem Körper, in dem halbkreisförmigen schwarzen Raum umher ging, die Fäuste in die knochigen Hüften gestemmt. Oder wie vorigen Dienstag die Frau, die Einar noch nie zuvor gesehen hatte, die sommersprossigen Schenkel spreizte und kurz ihre Genitalien sehen ließ. Sie schloss die Schenkel rasch wieder und begann wütend zu tanzen, bis ihr der Schweiß den Hals hinabströmte; währenddessen brannte in Einars Augen immer noch das rosafarbene Bild ihres Geschlechts, auch wenn er die Augen zumachte und zu vergessen versuchte, wer er war und wo er war; er sah es selbst dann noch vor sich, als er am Abend schlafen ging und sich neben Greta legte, die beim Schein der Nachttischlampe unentwegt mit ihrem dicken Bleistift in dem ledergebundenen Notizbuch herumkritzelte, das bereits unzählige Zeichnungen von Lili enthielt.

Einar und Greta lebten jetzt im Marais. Vor drei Jahren waren sie aus Kopenhagen fortgezogen. Greta hatte die Idee dazu gehabt. Eines Tages war im Witwenhaus ein Brief angekommen, und Einar erinnerte sich noch, wie Greta ihn überflogen, dann die Ofenklappe geöffnet und ihn hineingeworfen hatte. Er erinnerte sich an die gelben Flammen, die den Brief mit kurzem Aufflackern verzehrten. Dann erzählte sie Einar, Hans habe den Wunsch geäußert, dass sie nach Paris ziehen sollten. »Er denkt, und ich finde das auch, das wäre das Beste«, sagte sie. »Aber warum hast du seinen Brief verbrannt?«, fragte Einar. »Weil ich nicht wollte, dass Lili ihn sieht. Sie soll nicht wissen, dass Hans sie wieder sehen möchte.«

Sie mieteten eine Wohnung in einem Stadthaus an der Rue Vieille du Temple. Die Wohnung lag ganz oben im dritten Stock; sie hatte Oberlichter in der steilen Schräge und Fenster zur Straße hinaus. Die hinteren Fenster gingen auf den Hof; im Sommer blühten dort Geranien in Blumenkästen, die mit Draht auf den Simsen befestigt waren, und man konnte seine Wäsche dort zum Trocknen aufhängen. Das Haus lag in der Nähe des Hôtel de Rohan mit seinem großen schwarzen Doppelportal, dessen Markise den halben Bürgersteig einnahm. Die schmale, im Winter gut entwässerte Straße schnitt durch den Marais mit seinen Prachtbauten, die jetzt als Dienststellen der Regierung oder Lagerhäuser für Textilimporteure dienten oder einfach leer standen, und seinen jüdischen Geschäften, in denen Einar und Greta sonntags, wenn alles andere geschlossen war, Dörrobst und Sandwichs kauften.

Sie hatten zwei Ateliers. In Einars Zimmer standen auf übergroßen Staffeleien einige seiner Sumpflandschaften. Greta malte weiterhin an ihren Lili-Porträts, die ihr förmlich aus den Händen gerissen wurden; an der Wand ihres Ateliers gab es einen ständig feuchten Fleck, der bezeugte, wie sorgfältig sie ihre Farben mischte: das Braun von Lilis Haar, das nach einem sommerlichen Bad im Meer ins Honiggelbe spielte; das Violett, das ihren Halsansatz übergoss, wenn sie errötete; das Silberweiß der Beuge ihres Ellbogens. In jedem Atelier stand eine Bettcouch, die mit Kelims abgedeckt war. Manchmal schlief Greta dort, wenn sie zu müde war, in das gemeinsame Bett in dem kleinen Zimmer hinten in der Wohnung zu gehen, wo eine Dunkelheit herrschte, die Einar wie einen Kokon empfand. Wenn dort das Licht aus war, konnte Einar nicht mehr die Hand vor Augen sehen, und das gefiel ihm; oft lag er dort bis zum Morgengrauen, bis einer ihrer Nachbarn den quietschenden Wäschekarren auf den Hof schob und seine Sachen auf die Leine hängte.

Im Sommer fuhr Lili nach dem Aufstehen oft mit dem Bus zu den Bains du Pont-Solférino am Quai des Tuileries. Die Umkleidekabinen des Schwimmbads waren aus gestreifter Leinwand und sahen aus wie hohe schmale Zelte. Dort zog Lili ihren Badeanzug an, machte sich sorgfältig unter dem Rüschenrock zurecht, um, wie sie es sah, einen anständigen Eindruck zu machen. Seit sie aus Dänemark fortgegangen waren, hatte sich ihr Körper verändert; ihre Brüste waren weicher und dicker geworden und füllten die kleinen Körbchen des Badeanzugs beinahe ganz aus. Die nach Gummi riechende Badekappe drückte ihr die Haare flach und straffte ihre Wangen so sehr, dass ihre Augen schräg standen und der Mund in die Länge gezogen wurde, was ihr ein ziemlich exotisches Aussehen verlieh. Lili hatte gelernt, stets einen Spiegel bei sich zu tragen, und darin betrachtete sie sich ausgiebig an jenen Sommervormittagen in der Umkleidekabine: Sie hielt den kleinen Spiegel vor jedes Fleckchen ihrer Haut, so lange, bis die Aufseherin an die Leinwand schlug und fragte, ob Mademoiselle vielleicht Hilfe brauche. Erst dann glitt Lili ins Wasser, tauchte aber nie ganz unter. Sie bewegte die Arme mit der langsamen Präzision einer Windmühle und schwamm so eine halbe Stunde, bis die anderen Frauen – denn dieses Bad stand wie die Teestube, in der sie gelegentlich Kaffee und Croissants zu sich nahm, nur Frauen offen – sich am Beckenrand sammelten und nur noch der kleinen Lili zusahen: wie anmutig, sagten sie bewundernd, wie kraftvoll, wie *puissante*.

Das gefiel ihr am besten: wenn ihr Kopf wie eine Ente über das Wasser glitt; wenn die anderen Frauen in ihren wollenen Badeanzügen sie mit einer Mischung aus Gleichgültigkeit und geschwätzigem Interesse beobachteten; wenn sie sich dann mit ihren manikürten Fingern aus dem Wasser zog und sich, während sie im glitzernden Licht der Seine trocknete, mit dem Handtuch die Arme abtupfte. Dabei beobachtete sie den Verkehr auf der Brücke und dachte, dass all dies nur möglich war, weil sie und Greta aus Dänemark fortgegangen waren. An diesen Sommervormittagen am Rand des mit Seinewasser gefüllten Schwimmbeckens fühlte sie sich frei. Paris hatte sie befreit. Greta hatte sie befreit. Einar, so dachte sie, entferne sich immer mehr. Einar gab sie frei. Ein Schauder lief ihr über den feuchten Rücken; ihre Schultern bebten.

Nachdem sie der Aufseherin das rosa Handtuch zurückgegeben hatte, ging sie in die Umkleide und zog den Badeanzug aus, und wenn sie besonders tief in ihre Träume vom Leben und seinen Möglichkeiten versunken war, kam ihr beim Anblick dieses gewissen verschrumpelten Dings, das da unten zwischen ihren weißen, mit einer Gänsehaut überzogenen Schenkeln hing, ein leiser Seufzer von den Lippen. Angewidert klemmte sie es nach hinten und schlug so heftig die Schenkel zusammen, dass es klatschte; und dieses Geräusch – als schlügen zwei mit Filz bespannte Becken aneinander – erinnerte Lili, erinnerte Einar an die junge Frau bei Madame Jasmin-Carton, die bei ihrem missmutigen Tanz die Knie so hart zusammengeklappt hatte, dass das Klatschen sogar noch durch die Glasscheibe zu hören gewesen war.

Und so fand sich Einar wieder – ein kleiner Däne in einer Umkleidekabine im vornehmsten Damenbad von Paris. Verwirrt und verständnislos betrachtete er sich im Spiegel. Er wusste nicht, wo er war, die gestreifte Innenseite der Kabine bot ihm keinen Anhaltspunkt. Das Plätschern der Frauen im Schwimmbecken sagte ihm nichts. Zum Anziehen hatte er nur ein schlichtes braunes Kleid mit Gürtel. Schwarze Schuhe mit Keilabsätzen. Eine Handtasche, darin ein paar Münzen und ein Lippenstift. Ein Kopftuch, Chiffon mit Birnenmuster. Ich bin doch ein Mann, dachte er plötzlich, und doch konnte er nur in die Wohnung zurückkehren, wenn er diese Sachen anzog. Dann erblickte er die Doppelkette aus Bernstein; die hatte seine Großmutter ihr Leben lang getragen, sogar bei der Arbeit in den Torffeldern – er erinnerte sich an das Klappern der Perlen auf ihrer Brust, wenn sie sich bückte, um ein Fuchsloch zuzustopfen. Von ihr hatte Greta die Kette bekommen, aber die mochte Bernstein nicht und gab sie an Einar weiter, und der – das wusste er noch – hatte sie einem Mädchen namens Lili geschenkt.

Nach und nach fiel ihm alles wieder ein: langsam, eins nach dem anderen, ausgelöst von der Bernsteinkette oder dem Schlag der Aufseherin an die Leinwand, wenn sie wieder einmal nachfragte, ob Mademoiselle vielleicht Hilfe brauche. Dann zog er so gut es ging das braune Kleid und die spitzen Schuhe an. Er lief vor Scham rot an, als er den Gürtel zuschnallte und sich bewusst wurde, dass ihm die kniffligen Verschlüsse von Frauenkleidern etwas vollkommen Fremdes waren. In der Handtasche hatte er nur wenige Franc; Nachschub käme erst in drei Tagen. Dennoch wollte Einar nicht zu Fuß zur Wohnung zurückgehen, sondern nahm lieber ein Taxi, da es ihm schlicht unerträglich war, in dem braunen Kleid durch Paris zu gehen. An der Stuhllehne hing noch das Kopftuch, aber Einar brachte es nicht fertig, es sich umzubinden. Er meinte, das hauchdünne Chiffongewebe mit den gelben Birnen müsse ihn erdrosseln. Es gehörte jemand anderem.

Und so verließ Einar in Lilis Kleidern und mit der Badekappe auf dem Kopf das Damenbad, legte einen Franc in die stets ausgestreckte Hand der Aufseherin und glitt wie die kleine Ente im Becken durch das Geflüster der Französinnen, die so lange im Bad blieben, bis es Zeit war, nach Hause zu gehen und den polnischen Dienstmädchen bei der Zubereitung des Mittagessens für ihre bekittelten Kinder zu helfen; indessen kehrte Einar, nachlässig in Lilis Sachen gekleidet und mit geröteten Augen, zu Greta zurück, die inzwischen die Requisiten bereitgelegt und Skizzen für das nächste Porträt von Lili angefertigt hatte.

Eines Tages Anfang Mai saß Einar an der Place des Vosges auf einer Bank vor einer hohen Hecke. Der Wind warf ihm immer wieder den dünnen Strahl des Springbrunnens vor die Füße und netzte den sandfarbenen Kies. Am Morgen war Lili schwimmen gegangen. Am Nachmittag war Einar bei Madame Jasmin-Carton gewesen und hatte durch die kleine schwarze Glasscheibe zugesehen, wie ein Mann und eine Frau auf dem Fußboden miteinander schliefen. Der Eintritt hatte ihn dreimal so viel gekostet wie sonst; einen Monat lang hatte Madame Jasmin-Carton auf Notizzetteln über den Peepshowfenstern für das Spektakel geworben. Die Zettel mit der sauber geschriebenen Ankündigung des öffentlichen Beilagers erinnerten Einar an die Zettel, mit denen Lili und Greta sich in der ersten Zeit in Dänemark verständigt hatten: als habe die klare, weit tragende Luft von Kopenhagen die heimlichen Worte, die sie einander zu sagen hatten, nicht dulden können.

Der Junge war groß und schlank, ein Jugendlicher mit bläulich weißer Haut und verschlafenen blauen Augen; er war so dünn, dass man seine Rippen zählen konnte. Er zog hastig seinen billigen Tweedanzug aus und half dann der Frau, die wesentlich älter war als er, aus ihrem Kleid. Sich selbst einmal ausgenommen, hatte Einar noch nie einen sexuell erregten Mann gesehen: dieses Ding, das da aufwärts zeigte wie ein Speer am Anfang seiner Flugbahn. Es hatte eine rote Spitze und tröpfelte schon. Die Frau schob es sich lässig rein und schien geradezu dankbar dafür. Während die beiden sich auf dem Boden des kleinen halbkreisförmigen Zimmers herumwälzten, presste sich an jedes einzelne Fenster das Gesicht eines Mannes, der ohne weiteres der Großvater des Jungen sein konnte. Er kam schnell zum Finale und schleuderte der Frau seinen Samen in hohem Bogen ins faltige Gesicht. Er stand auf, verbeugte sich und verließ mit dem Anzug unterm Arm das Zimmer. Erst da bemerkte Einar den feuchten Fleck auf seinem Schoß: es sah aus, als habe er eine Tasse Meerwasser verschüttet. Und da erkannte er plötzlich, was er insgeheim immer schon gewusst hatte: er wollte, dass dieser Junge das Gleiche mit Lili machte. Der Junge sollte sie küssen, sein Oberkörper sollte erglühen und sein Mund sich vor Wonne verzerren.

Kurz darauf fand Einar sich auf der Bank an der Place des Vosges wieder. Er schlug den Mantel auf und hoffte so die Hose zu trocknen, die er in Madames Waschbecken ausgewaschen hatte. Kinder spritzten sich im Springbrunnen gegenseitig nass, rollten Reifen über die Kieswege, und ein Mädchen ließ einen Papierdrachen steigen, der wie eine Fledermaus aussah. Italienische Gouvernanten unterhielten sich lautstark bei ihren Kinderwagen, die sie im Kreis aufgestellt hatten. Einar war der Fleck auf seiner Hose so peinlich, dass er sich von ihnen abwandte. Vormittags im Schwimmbad hatte warm die Sonne geschienen, jetzt aber verschwand sie immer wieder hinter Wolkenstreifen, sodass der Park plötzlich grau wurde und die Kinder nurmehr wie Schatten ihrer selbst umherliefen. So würde Einars Hose niemals trocken. Die nasse Wolle erinnerte ihn an die Hunde auf dem Bauernhof in Blåtand, wenn sie einen Tag lang Frösche im Sumpf gejagt hatten und dann triefend und schlammverkrustet nach Hause kamen; auch wenn das Fell längst getrocknet war, blieb der feuchte Geruch immer an ihnen haften.

Die Kleine mit dem Drachen stieß einen Schrei aus. Die Schnur war ihr aus der Hand geglitten, und der Drachen taumelte vom Himmel herab. Erst folgte sie seinem Fall mit dem Finger. Dann rannte sie mit wehenden Haarbändern los. Die Gouvernante schrie, sie solle stehen bleiben. Ihr italienisches Gesicht war dunkelrot vor Zorn. Sie befahl dem Mädchen, es hieß Martine, beim Kinderwagen zu warten. Der Drachen trudelte abwärts, das schwarze Papier flatterte im Rahmen. Dann schlug er neben Einar auf.

Die Gouvernante hob den Drachen mit hübscher Hand und wütendem Fauchen vom Boden auf. Dann packte sie Martine am Handgelenk und zerrte sie zum Kinderwagen. Die anderen Gouvernanten standen vor der hohen Hecke, wo sie bei den Kinderwagen warteten. Als Martine und ihre Gouvernante dazukamen, drehten sich alle halb um und bedachten Einar mit argwöhnischen Blicken. Dann brachen sie gemeinsam auf, und das Quietschen der Räder klang wie Schluchzen.

Und da erkannte Einar, dass sich etwas ändern musste. Einar war zu einem Mann geworden, vor dem Gouvernanten im Park sich fürchteten. Einar war ein Mann, der verdächtige Flecken auf seiner Kleidung hatte.

Es war Mai 1929. Er würde sich genau ein Jahr Zeit geben. Die Sonne verschwand hinter Wolken, es wurde dämmrig im Park. Die Hecke schüttelte verfroren das junge Laub. Wieder warf ein Windstoß den Strahl des Springbrunnens über den Kies. Wenn die Sache mit Lili und Einar in einem Jahr nicht geklärt wäre, würde er in den Park kommen und sich umbringen.

Er richtete sich gerade auf. Er konnte das Chaos in seinem Leben nicht mehr ertragen. Greta besaß immer noch die versilberte Pistole, die sie aus Kalifornien mitgenommen hatte. Sie war mit dieser Waffe im Strumpf aufgewachsen. In einer dunklen Maiennacht würde er damit in den Park gehen und sie sich an die Schläfe drücken.

Einar hörte Schritte auf sich zukommen und hob den Blick von seinem Schoß. Es war Martine in ihrem gelben Kittelchen. Sie wirkte ängstlich, aber entschlossen. Jetzt lief sie nicht mehr, sondern schob sich langsam näher. Sie streckte ihr weiches Händchen aus. Zwischen Einar und ihr lag der Schwanz des Drachens, eine Schnur, an die Schleifen aus Stoffresten gebunden waren. Martine griff danach, und das zaghafte Lächeln in ihrer angespannten Miene sagte Einar, dass sie nett zu ihm sein wollte. Sie hob den Drachenschwanz auf und lachte ihn strahlend an. Als sie einen Knicks machte und »merci« sagte, lief alles, was Einar von sich selber wusste, in einen Punkt zusammen: die Wollgrasbänder der Schürze um seinen Bauch; sein Kopf in Gretas jungen Händen; Lili in den senfgelben Schuhen im Witwenhaus; Lili heute Vormittag in der Badeanstalt am Fluss. Einar und Lili waren eine Person, aber es wurde Zeit, sie in zwei aufzuspalten. Ihm blieb ein Jahr.

»Martine – Martine!«, rief die Gouvernante. Martines Schnallenschuhe knirschten über den Kies. Ein Jahr, dachte Einar. Und dann rief Martine noch einmal fröhlich über die Schulter: »Merci!« Sie winkte, und Einar und Lili winkten zurück.

KAPITEL 14

Noch nie hatte Greta so hart gearbeitet wie in den ersten drei Jahren in Paris. Vormittags, wenn Lili einkaufen oder schwimmen ging, erledigte Greta Aufträge für Zeitschriften. Ein Redakteur von *La Vie Parisienne* rief beinahe jede Woche an und bat mit Panik in der hektischen Stimme um schleunige Lieferung einer Zeichnung von der jüngsten *Carmen*-Inszenierung an der Oper oder um eine Illustration für einen Artikel über die Ausstellung von Dinosaurierknochen im Grand Palais. Eigentlich hatte sie es nicht nötig, solche Aufträge anzunehmen, fand Greta. Ihr Name ging seit zwei Jahren durch die Zeitschriften; aber der Redakteur am Telefon wimmerte geradezu um einen Beitrag von ihr. Und wenn Greta, den Hörer zwischen Kinn und Schulter geklemmt, Lili aus der Wohnung schlüpfen sah, dachte sie bei sich: Ja, warum nicht? Ja, sie wolle die Zeichnung machen. Ja, sie könne sie morgen früh abliefern. Aber dann muss ich jetzt auch anfangen, sagte sie und legte auf, trat ans Fenster und schaute Lili nach, deren rosa Frühlingsmantel auf der dunklen, regennassen Straße leuchtete, als sie in Richtung Marché Buci davonmarschierte.

Gretas eigentliche Arbeit fing erst an, wenn Lili zurückkam. Dann machte sie Lili eine Tasse Tee, bat sie auf einem Hocker oder neben dem Topf mit der Palme Platz zu nehmen und reichte ihr die Teetasse. Wie warm es draußen auch sein mochte, Lili kam stets durchgefroren und mit zitternden Händen in die Wohnung zurück. Greta fürchtete, sie habe einfach zu wenig Fleisch auf den Knochen, konnte sie aber nie dazu bringen, einmal etwas mehr zu essen. Das Nasenbluten trat immer noch gelegentlich auf; es begann alle paar Monate mit einem Rinnsal Blut auf Lilis Oberlippe und wurde dann heftiger. Dann lag sie tagelang im Bett, als sei mit diesen wenigen roten Tropfen die ganze Energie aus ihr herausgeflossen. Greta war mit Einar bei einigen französischen Ärzten gewesen, doch sobald diese konkretere Fragen stellten (»Gibt es sonst noch etwas, das ich über Ihren Mann wissen sollte?«), wurde ihr jedes Mal schnell klar, dass sie genauso wenig zu bieten hatten wie Dr. Hexler. Natürlich machte sie sich Sorgen, wenn Lili den ganzen Tag schlafend im Bett lag und mit ihrem Blut die Laken schmutzig machte, die Greta dann später verbrennen musste. Aber dann, nach wenigen Tagen, höchstens einer Woche, hörten die Blutungen jedes Mal so plötzlich wieder auf, wie sie angefangen hatten. »Ziemlich langweilig, eine Woche im Bett zu liegen«, sagte Lili und warf das Kopfkissen auf den Teppich.

Wenn Greta auf die Idee gekommen wäre, ihre Porträts von Lili zu zählen, hätte sie festgestellt, dass es inzwischen mehr als hundert geworden waren: Lili im Schwimmbad; Lili als Gast einer Hochzeitsfeier; Lili, wie sie auf dem Markt die Möhren begutachtete. Aber die meisten zeigten Lili in irgendeiner Landschaft, auf der Heide, in einem Olivenhain, vor dem blauen Horizont des Kattegat. Ihre großen braunen Augen, leicht zusammengekniffen; die zierliche Kurve ihrer gezupften Brauen; die Haare hinters Ohr geschoben, sodass der Ohrring mit dem Bernstein gut zu sehen war.

Einar selbst malte nicht mehr. »Ich kann mir das Moor kaum noch vorstellen«, rief er aus seinem Atelier, in dem er seine Leinwände und Farben aufbewahrte. Aus Gewohnheit bestellte er seine Farben immer noch aus München, dabei gab es gleich auf der anderen Seite der Seine die besten Farben der Welt zu kaufen, bei Sennelier, dessen Verkäufer eine ewig schwangere Katze hatte. Greta hasste diese Katze, deren aufgeblähter Bauch über den Boden schleifte, aber sie unterhielt sich gern mit dem Verkäufer, einem Mann namens Du Brul, der ihr immer wieder mit wild zuckendem Spitzbärtchen versicherte, dass sie seine bedeutendste Kundin sei. »Und da gibt es Leute, die glauben, Frauen könnten nicht malen!«, rief er, wenn sie mit einer Schachtel in Zeitungspapier gewickelter Farbflaschen aus dem Laden ging; und die Katze fauchte ihr nach, als sei sie nun endlich zur Geburt bereit.

Kernstück der Wohnung in der Rue Vieille du Temple war ein großes Zimmer, das genügend Platz für einen langen Tisch und zwei Lesesessel am Gasofen bot. Dort stand auch eine große runde Ottomane, die mit rotem Samt bezogen war und in der Mitte eine gepolsterte Lehne hatte, wie man es aus Schuhgeschäften kennt. Ferner ein Schaukelstuhl, Eiche mit braunem Lederpolster, aus Pasadena geliefert. Greta nannte die Wohnung nur noch Casita. Mit ihren Balkendecken und den mit Kupferriegeln verschließbaren *portes-fenêtres* zwischen den Zimmern sah die Wohnung zwar ganz und gar nicht wie eine Casita aus, aber aus irgendeinem Grund fühlte Greta sich hier an die Casita am Rand des Arroyo Seco erinnert, in der sie und Teddy Cross nach dem Wegzug aus Bakersfield gewohnt hatten. Die Sonne, die dort morgens von der bemoosten Terrasse ins Schlafzimmer schien, inspirierte Teddy täglich zu neuen Formen für seine Töpfe oder zu neuartigen Farbkombinationen für seine Glasuren. Wie konzentriert und ungezwungen er gearbeitet hatte, als sie dort lebten. Im Garten hatten sie einen Avocadobaum, der mehr von den schweren grünen Früchten trug, als sie essen oder verschenken konnten. »Ich möchte wie dieser Baum sein«, pflegte Teddy zu sagen. »Immer Neues hervorbringen.« Jetzt in Paris, in der Casita, sah Greta sich selbst als diesen Avocadobaum. Unaufhörlich fielen die Lili-Porträts vom Zweig ihres Haselnusspinsels.

Eine Zeit lang bedauerte sie, dass Einar das Malen aufgegeben hatte. Viele seiner Landschaften hingen in der Wohnung, von der Scheuerleiste bis unter die Decke. Sie erinnerten ständig und manchmal bitter daran, was für einen seltsamen Weg ihr Leben eingeschlagen hatte. Zumindest ging es Greta so. Einar gab niemals zu, dass er das Leben als Künstler vermisste. Das tat dann gelegentlich Greta an seiner Stelle; es fiel ihr schwer zu verstehen, wie jemand, der sein Leben lang kreativ gewesen war, so einfach damit aufhören konnte. Sie nahm an, dass seine ganze Energie – das Bedürfnis, sich mit einem von Ideen und Ängsten überquellenden Herzen vor eine leere Leinwand zu stellen – jetzt auf Lili übergegangen war.

Ein Jahr nach ihrer Ankunft in Paris hatte Hans den Verkauf der Lili-Porträts in die Hand genommen. Seitdem auch die Zeitschriften nach ihr verlangten, war Gretas Name in aller Munde, in den Cafés am Boulevard Saint-Germain, in den Salons, wo Künstler und Schriftsteller auf Zebraläufern lagen und Mirabellenschnaps tranken. Es waren auch sehr viele Amerikaner in Paris, die untereinander regen Kontakt hielten und genau verfolgten, was der eine oder andere tat. Greta versuchte sich von ihnen fern zu halten, etwa von dem Kreis, der allabendlich in der Rue de Fleurus 27 zusammenkam. Sie betrachtete diese Leute mit Argwohn, was, wie sie wusste, auf Gegenseitigkeit beruhte. Greta hatte kein Interesse an ihren abendlichen Kamingesprächen, in denen es darum ging, wer als modern zu gelten hatte und wer nicht. Und außerdem war Greta klar, dass weder Lili noch Einar sich in diesen geistreichen affektierten Zirkeln wohl fühlen würden.

Aber die Nachfrage nach den Lili-Porträts blieb ungebrochen, und als Greta schon glaubte, sie könne da kaum noch mithalten, hatte sie eine Idee. Sie malte Lili auf einer Kleewiese im ländlichen Dänemark. Dafür musste Lili im Atelier mit in die Hüften gestemmten Fäusten posieren. Das Porträt gelang Greta ohne Schwierigkeiten, auch wenn sie sich das matte dänische Sonnenlicht auf Lilis Gesicht nur denken konnte. Aber der Hintergrund, die ansteigende Fläche aus Gras und Klee, war für Greta eher nebensächlich. Wenn sie das Gras und die fernen Seen anständig malen wollte, würde sie mehrere Tage brauchen; zuerst müsste der Horizont trocknen, dann die Seen, dann die erste Schicht der Wiese, schließlich eine zweite und dritte.

»Hättest du nicht Lust, das für mich fertig zu malen?«, fragte Greta eines Tages ihren Mann. Das war im Mai 1929, und Einar war den ganzen Nachmittag draußen gewesen. Als er zurückkam, erzählte er, er habe den Nachmittag auf der Place des Vosges verbracht: »Habe den Kindern mit ihren Drachen zugesehen.« In seinem Tweedanzug, den Mantel überm Arm, sah er ganz besonders dünn aus. »Alles in Ordnung?«, fragte Greta, als er seine Krawatte lockerte und sich eine Tasse Tee machen ging. In seinen schief herabhängenden Schultern bemerkte Greta eine Traurigkeit, eine neue Melancholie, düsterer als alles, was sie vorher an ihm gesehen hatte. Seine Hand lag kalt und leblos in ihrer. »Die Aufträge wachsen mir über den Kopf. Könntest du nicht den Hintergrund für mich malen? Du weißt doch viel besser als ich, wie so eine Kleewiese aussieht.«

Einar nahm Edvard IV auf den Schoß und dachte darüber nach. Sein Hemd war zerknittert, auf dem Tisch neben ihm stand eine Schale mit Birnen. »Du meinst, ich kann das?«, sagte er.

Sie führte ihn in ihr Atelier und zeigte ihm das halb fertige Porträt. »Ich finde, an den Horizont gehört ein See«, sagte sie.

Er starrte das Gemälde an. Sein Blick war leer, als sei ihm das Mädchen unbekannt. Dann konnte man in seinen Augen ablesen, dass er allmählich begriff, um wen es sich handelte. Seine Lider entspannten sich, die Stirn wurde glatt. »Da fehlt noch einiges«, sagte er. »Ja, ein See wäre nicht schlecht, und ein Bach, an dessen Ufer eine Weide steht. Und vielleicht ein Bauernhaus. Ganz weit am Horizont, sodass man es nicht richtig erkennen kann, ein verschwommener brauner Fleck, der aber nur ein Bauernhaus sein kann.«

Er malte fast die ganze Nacht hindurch an dem Bild, kleckste sich Hemd und Hosen voll. Greta freute sich, ihn wieder arbeiten zu sehen, und plante schon andere Bilder, die sie mit Einar gemeinsam machen könnte. Auch wenn sie dadurch weniger Nachmittage mit Lili hätte – noch wichtiger war es ihr, dass Einar wieder arbeitete. Als sie zu Bett ging, hörte sie ihn in ihrem Atelier mit den Farbenflaschen klappern. Sie konnte es kaum erwarten, am Morgen Hans anzurufen und ihm zu erzählen, dass Einar wieder malte. Dass sie einen Weg gefunden hatte, noch mehr Lili-Porträts zu machen. »Du wirst es nicht glauben, wer mir dabei hilft«, würde sie sagen. Sie musste wieder daran denken, wie Hans sie vor drei Jahren am Gare du Nord abgeholt hatte. Sie und Einar waren gerade nach Paris gekommen, mit nur ein paar Adressen im Gepäck. Hans erwartete sie am Bahnhof, sein Kamelhaarmantel hob sich wie eine beige Säule aus der schwarz gekleideten Menge ab. »Es wird euch gefallen«, sagte er, als er Greta auf die Wange küsste. Dann legte er Einar beide Hände um den Nacken und küsste ihn auf die Stirn. Hans fuhr sie zu einem Hotel am linken Seine-Ufer, wenige Straßen von der École des Beaux-Arts entfernt, und verabschiedete sich, wieder mit Küssen. Greta erinnerte sich, wie sehr es sie bedrückt hatte, dass Hans sie erst mit offenen Armen empfing und sich dann so rasch wieder verzog. Vom Fenster aus sah sie, wie er aus dem Hotel trat. Einar musste ähnlich enttäuscht gewesen sein, oder gar noch mehr, denn er setzte sich auf den Überseekoffer und legte die Hände vors Gesicht. »Glaubst du, dass wir Hans nicht willkommen sind?«, sagte er. Greta hatte sich die gleiche Frage gestellt, erinnerte Einar aber daran, wie beschäftigt Hans sei. In Wahrheit hatte sie bei Hans von Anfang an einen bedenklichen Widerstand gespürt, schon als sie ihn so starr und steif wie eine der Bahnhofssäulen auf sie hatte warten sehen.

»Meinst du«, sagte Einar, »wir sind ihm zu dänisch? Zu provinziell?« Greta musterte ihren Mann, seine moorbraunen Augen, seine zitternden Finger und Edvard IV in seinen Armen, und antwortete: »Das liegt an ihm, nicht an uns.«

Sie nahmen zwei Zimmer; beide waren ganz in Rot gehalten, eins hatte hinter einem Vorhang einen Alkoven. Der Hoteldiener erklärte stolz, hier habe Oscar Wilde seine letzten Wochen verbracht. »In dem Alkoven ist er gestorben«, berichtete die Inhaberin andächtig.

Greta schenkte diesem historischen Detail wenig Beachtung. Sie fürchtete, es könnte Einar zu sehr niederdrücken. Aber da sie erst nach Monaten eine richtige Wohnung fanden, mussten sie so lange in den zwei Zimmern hausen. Die gewellten Tapeten, der Rostfleck unter dem tropfenden Wasserhahn – all das deprimierte sie schon nach wenigen Tagen. Doch Einar bestand darauf, dass er für ihre Unterkunft bezahlte, und daher kamen die luxuriöseren Zimmer, die sie im Hôtel du Rhin oder im Edouard VII hätten haben können, gar nicht in Frage. »Wir haben es eigentlich nicht nötig, so zu leiden«, sagte Greta einmal und machte den Vorschlag, in eine bessere Gegend zu ziehen, wo sie vielleicht ein Zimmer mit Aussicht und ein wenig Komfort hätten. »Leidest du denn wirklich?«, fragte Einar zurück, worauf Greta das Thema fallen ließ. Sie spürte die Spannung, die auf Reisen immer wieder zwischen ihnen auftrat.

In der Ecke stand ein kleiner Ofen, auf dem sie das Kaffeewasser kochte. Sie schliefen in dem Alkoven, in einem Bett, das in der Mitte durchhing und sie zwang, dicht an der Wand zu schlafen, durch die auch das leiseste Geräusch aus dem Nebenzimmer zu ihnen drang. Einar stellte seine Staffelei in dem Alkovenzimmer auf; Greta nahm das andere Zimmer und fühlte sich jedes Mal erleichtert, wenn sie die Tür zumachte und endlich alleine war. Das Dumme war nur, dass sie alleine nicht malen konnte. Sie brauchte Lili.

Sie waren erst einen Monat in Paris, als Greta eines Tages sagte: »Ich möchte unseren Umzug zusammen mit Lili feiern.« Sie sah das Entsetzen in den Augen ihres Mannes: Seine Pupillen weiteten sich und wurden dann ganz klein. Bis jetzt war Lili noch nicht in Paris aufgetreten. Nicht zuletzt ihretwegen waren sie ja aus Kopenhagen fortgegangen. Nach dem Besuch bei Dr. Hexler hatten sie einen Brief von ihm bekommen. Greta hatte ihn aufgemacht und Hexlers Drohung gelesen, er werde Einar und Lili bei der Gesundheitsbehörde melden. »Er könnte eine Gefahr für die Gemeinschaft werden.« Greta malte sich aus, wie Dr. Hexler seiner rothaarigen Assistentin den Brief durch den Trichterschlauch diktiert hatte. Der Brief – die Vorstellung, dass irgendjemand außer ihr selbst die Kontrolle über Lilis Zukunft übernehmen könnte – erschreckte sie so sehr, dass sie, als Einar von einem Besuch bei Anna in die Wohnung zurückkam, zu keinem vernünftigen Gedanken fähig war. Rasch warf sie den Brief in den Ofen. »Hans hat geschrieben«, sagte sie. »Er meint, wir sollten nach Paris ziehen.« Und dann: »Und das tun wir auf der Stelle.«

Lili betrat Paris durch die Tür von Gretas Hotelzimmer. Ihre dunkelbraunen Haare waren jetzt länger und hatten einen Glanz wie kostbare Möbel; mit kleinen Perlen besetzte Kämme hielten sie nach hinten. Sie trug ein Kleid, das Greta noch nie gesehen hatte. Es war aus lila Seide und hatte einen runden, tiefen Ausschnitt. »Du hast dir ein neues Kleid gekauft?« Gretas Frage schien Lili sehr zu verunsichern, denn plötzlich überzog ein roter Schleier ihren Hals und ihre Brust.

Greta hätte zu gern gewusst, wie Einar es geschafft hatte, sich einen so schönen Busen zu machen. Waren seine Brustmuskeln so weich, konnte er sie tatsächlich so in einem Korsett zusammenzwängen, dass sie wie echte Brüste aussahen?

Sie gingen in den Palais Garnier, um sich *Faust* anzuhören. Greta bemerkte sofort, wie die Männer Lili nachsahen, als sie die Treppe mit dem goldenen Geländer hinaufschwebte. »Der Schwarzhaarige starrt dich dauernd an. Wenn wir nicht aufpassen, kommt er noch zu uns rüber.«

Sie saßen neben einem Paar, das gerade aus Kalifornien zurückgekommen war. »Zwölf Monate in Los Angeles«, sagte der Mann. »Meine Frau hat mich nur mit Gewalt von dort fortreißen können.« Er erzählte, am Neujahrstag habe er das Rosenturnier in Pasadena besucht. »Sogar die Mähnen der Pferde waren mit Blumen geschmückt«, berichtete seine Frau. Dann fing die Oper an, und Greta lehnte sich zurück. Es fiel ihr schwer, sich auf den klagenden Dr. Faust in seinem düsteren Labor zu konzentrieren, während rechts von ihr Lili saß und links ein Mann, der erst vor kurzem am Haus ihrer Familie am Orange Grove Boulevard vorbeigegangen war. Sie wippte mit dem Fuß; sie knetete geistesabwesend ihr Handgelenk. Heute Abend, das wusste sie, würde sich etwas Entscheidendes tun. Wie hatte doch Carlisle immer gesagt? Wenn die gute Greta einmal in Fahrt ist, kann nichts mehr sie aufhalten. Dann ist sie nicht mehr zu bremsen.

In der Pause baten Lili und die Frau ihres Nachbarn, sich einmal kurz zurückziehen zu dürfen. Der Mann, er war in den besten Jahren und trug einen Bart, beugte sich zu Greta hinüber und fragte: »Kann ich Ihre Kusine nachher mal kurz sprechen?«

Aber Greta versagte Lili dem Mann in der Oper. So wie sie sich später ihre eigenen Wünsche versagte – weil sie ihr selbst kaum bewusst waren. Als sie und Einar noch in dem Oscar-

Wilde-Hotel wohnten, holte Hans Greta manchmal unten im dunklen Foyer ab und ging mit ihr in sein Büro an der Rue de Rivoli. Er hatte sich bereit erklärt, mit ihr über ihre Bilder zu reden. Doch als sie dann über den Pont Neuf gingen, legte Hans ihr plötzlich die Hand ins Kreuz und sagte: »Weißt du eigentlich, wie schön du bist?«

Als dies zum ersten Mal geschah, glaubte sie noch, seine Hand sei nur zufällig dorthin gerutscht, und schob sie weg. Aber eine Woche später geschah es wieder. Und dann noch einmal. Beim vierten Mal sagte sich Greta, sie dürfe sich diese Berührungen nicht gefallen lassen. Wie kann ich denn Einar noch ins Gesicht sehen?, dachte sie, als Hans ihr auf der Brücke mit der Hand übers Rückgrat fuhr. Greta ging weiter und spürte nur noch seine Hand auf ihrem Rücken. Ihr kam in den Sinn, dass ihr Mann sie schon seit langer Zeit nicht mehr berührt hatte.

Schließlich gelangten sie in Hans' Büro und traten in das fensterlose Arbeitszimmer hinter dem Vorraum mit den Aktenschränken, aus denen Hans die Adressen von Leuten heraussuchte, mit denen Greta Kontakt aufnehmen konnte. Er schlug einen Ordner mit den Namen von Mäzenen auf, fuhr mit dem Finger über die Liste und sagte: »Dem solltest du schreiben… und dem… und *dem* solltest du lieber aus dem Weg gehen.« Greta stand dicht neben Hans und glaubte einen Finger auf ihrem Arm zu spüren, aber das war nicht möglich, da er den aufgeschlagenen Ordner in beiden Händen hielt. Sie glaubte auch wieder seine Hand auf dem Rücken zu spüren; aber nein, er hielt den Ordner immer noch.

»Meinst du, es ist richtig, dass wir hier sind?«, fragte sie.

Auf Hans' Lippen deutete sich ein Lächeln an. »Wie meinst du das?«

»Einar und ich? In Paris? Meinst du, wir werden hier zurechtkommen?«

Das Lächeln verschwand. »Aber ja, natürlich. Ihr habt doch einander.« Und dann: »Und mich nicht zu vergessen.« Sein Gesicht schob sich fast unmerklich auf sie zu. Es war etwas zwischen ihnen – nicht der Aktenordner, sondern etwas anderes. Sie schwiegen beide.

Hans ist doch nicht für mich bestimmt, dachte Greta. Wenn Hans für jemand bestimmt ist, dann für Lili. Es war kalt in dem Büro, und trotzdem hatte sie plötzlich das Gefühl, als habe man einen Eimer heißes Wasser über ihr ausgeschüttet. Hatte sie einen unwiderruflichen Fehler begangen?

»Ich möchte, dass du mein Händler wirst«, sagte sie. »Ich möchte, dass du meine Bilder verkaufst.«

»Aber ich handle nur mit alten Meistern und Gemälden aus dem 19. Jahrhundert.«

»Dann wird es vielleicht Zeit, dass du auch mal etwas Modernes übernimmst.«

»Aber was soll das denn bringen? Greta, hör mich an, ich habe dir etwas zu sagen.« Er rückte ihr näher, legte den Ordner aber nicht aus der Hand. In dem grauen Licht sah Hans aus wie ein Heranwachsender, der noch immer nicht an seinen neuen, größeren Körper gewöhnt ist.

»Sag kein Wort mehr, bis du erklärst, dass du mich übernehmen willst.« Sie wollte es nicht, bewegte sich aber auf die andere Seite des Schreibtischs. Zwischen Greta und Hans befand sich jetzt eine Tischplatte voller Papierkram. Auf einmal wollte sie zwei Dinge gleichzeitig: von ihm in die Arme genommen werden und über den Pont Neuf zu ihrem Hotel zurücklaufen, wo Einar wahrscheinlich zitternd am Ofen saß und auf sie wartete.

»Ich will es mal so ausdrücken«, sagte sie. »Ich gebe dir die Chance, mich hier und jetzt zu übernehmen. Wenn du es nicht tust, wirst du es eines Tages garantiert bereuen.« Sie rieb die flache Narbe auf ihrer Wange.

»Inwiefern bereuen?«

»Du wirst es bereuen, weil du dir eines Tages sagen wirst: Ich hätte sie haben können. Greta Wegener hätte mir gehören können.«

»Aber ich weise dich doch gar nicht ab«, sagte Hans. »Verstehst du nicht?«

Aber Greta verstand ihn sehr gut. Oder zumindest verstand sie Hans' Absichten. Unverständlich war ihr nur das Flattern in ihrer Brust – warum empfand sie keine Verachtung für Hans und seinen dreisten Annäherungsversuch? Warum erinnerte sie ihn nicht daran, wie sehr er Einar damit weh tun würde? Warum brachte sie seinen Namen nicht über die Lippen?

»Abgemacht?«, fragte sie.

»Was?«

»Willst du mich vertreten? Oder muss ich jetzt gehen?«

»Greta, sei doch vernünftig.«

»Ich glaube, das bin ich. Das ist die vernünftigste Reaktion, die ich mir vorstellen kann.«

Die beiden standen sich am Schreibtisch gegenüber. Auf den Aktenstapeln lagen Frösche aus Bronze als Briefbeschwerer. Überall auf den Papieren las sie seinen Namen, immer wieder. Hans Axgil. Hans Axgil. Sie musste an ihre Schulzeit denken, als sie in ihr Schönschreibheft geschrieben hatte: Greta Greta Greta.

»Ich mach's«, sagte er.

»Was?«

»Dich vertreten.«

Sie wusste nicht, was sie sagen sollte. Sie dankte ihm und nahm ihre Sachen. Sie hielt ihm ihre Hand hin. »Ein Handschlag dürfte wohl reichen«, sagte sie. Er nahm ihre Hand, und da lag sie nun in seiner Faust wie in einer Falle; aber er ließ sie wieder los.

»Bring mir nächste Woche ein paar Bilder«, sagte er.

»Nächste Woche«, und Greta trat in den Vorraum von Hans' Büro, wo Sonnenlicht und Straßenlärm durch die Fenster drangen und eine Angestellte auf der Schreibmaschine klapperte.

KAPITEL 15

Blutgeruch weckte Einar auf. Er stieg behutsam, um Greta nicht zu stören, aus dem Bett. Ihr Gesicht war unruhig, offenbar träumte sie nichts Gutes. Das Blut, ein träges warmes Rinnsal, lief ihm die Innenseite des Oberschenkels hinunter. An einem Nasenloch hing ein rotes Bläschen. Er war als Lili aufgewacht.

In dem zweiten Schlafzimmer lag die Dämmerung auf dem Eschenschrank. Greta hatte Lili die oberen Fächer zur Verfügung gestellt. Die unteren Schubladen, mit einer Haarlocke verschlossen, gehörten immer noch Greta. Im Spiegel sah Lili ihre blutende Nase, das Nachthemd mit dem Blutfleck. Sie war anders als Greta. Das Blut beunruhigte sie nicht, es kam und ging, und Lili legte sich damit ins Bett wie mit einer Erkältung. Für sie gehörte es einfach dazu, dachte sie, als sie sich anzog – sich den Rock über die Hüften zwängte, die elektrisch aufgeladenen Haare bürstete. Es war Juni, ein Monat war vergangen, seit Einar auf der Bank im Park zu dem Schluss gekommen war, dass er sein Leben von dem Lilis trennen musste. Lili spürte die Bedrohung, als sei die Zeit nun nicht mehr endlos.

Auf dem Marché Buci trocknete der Morgentau zwischen den langen Reihen der Verkaufsstände, die alle ein schützendes Blechdach hatten. Die Verkäufer breiteten noch ihre Waren aus: gesprungenes Porzellangeschirr, Kommoden, an deren Schubladen die Griffe fehlten, Gestelle mit Kleidern. Eine Frau verkaufte nur Elfenbeinwürfel. Ein Mann bot eine Sammlung Ballettschuhe feil, von denen er sich nur sehr schwer trennen konnte. Und dann gab es dort eine Frau, die mit schönen Röcken und Blusen handelte. Sie war in den Vierzigern, hatte kurzes graues Haar und einen abgebrochenen Schneidezahn. Sie hieß Madame Le Bon und stammte aus Algerien. Inzwischen kannte sie Lilis Geschmack, und wenn irgendwo in Passy ein Ausverkauf stattfand, suchte sie dort nach weißen Blusen mit besticktem Kragen und den Filzröcken, die Lili so gern hatte. Madame Le Bon kannte Lilis Schuhgröße und wusste, dass sie keine Schuhe trug, in denen ihr nagelloser Zeh zu sehen war. Sie besorgte Lili Mieder mit knapper Oberweite und altmodische Fischbeinkorsetts, die diesem Problem abhalfen. Sie wusste, dass Lili gern Ohrringe mit Kristallanhängern und im Winter einen Muff aus Kaninchenfell trug.

Lili stöberte gerade in Madame Le Bons Sachen, als ihr ein junger Mann mit hoher Stirn auffiel, der sich die Bilderbücher am Nachbarstand ansah. Er hatte seinen Mantel überm Arm und einen Leinwandkoffer neben sich stehen. Er stand seltsam schief, als ob sein ganzes Gewicht auf einem Bein lastete. Die Bilderbücher schienen ihn wenig zu interessieren, er blätterte nur darin herum und sah gelegentlich zu Lili hinüber. Zweimal trafen sich ihre Blicke; beim zweiten Mal lächelte er.

Lili wandte ihm den Rücken zu und hielt sich einen karierten Rock an. »Ein schönes Stück«, sagte Madame Le Bon auf ihrem Stuhl. Sie hatte aus Bettlaken an einer Wäscheleine eine kleine Umkleidekabine improvisiert. »Probieren Sie's an«, sagte sie und schlug das Laken zurück.

Drinnen schien die Sonne hell durch die Laken. Der Rock passte gut, und draußen hörte Lili, wie ein Ausländer Madame Le Bon fragte, ob sie auch Männerkleidung verkaufe.

»Nein, leider nicht«, sagte sie. »Nur für Ihre Frau.«

Der Ausländer lachte. Dann hörte Lili das Geräusch von

Bügeln, die auf einem Kleiderständer hin und her geschoben wurden.

Als sie wieder herauskam, stand der Mann an einem Tisch und beschäftigte sich mit Strickjacken. Er befühlte die Perlmuttknöpfe und suchte die Ärmel nach abgenutzten Stellen ab. »Wirklich schöne Sachen«, sagte er und lächelte erst Madame Le Bon und dann Lili an. Er hatte auffallend große blaue Augen und ein paar Pockennarben auf den Wangen. Er war groß und roch nach Aftershave, und als Lili die Augen schloss, konnte sie sich vorstellen, wie er sich das gelbe Rasierwasser in die hohle Hand schüttete und dann auf dem Hals verteilte. Es war ihr, als ob sie ihn schon lange kannte.

Madame Le Bon trug den karierten Rock in ihre Liste ein. Der Mann legte die Strickjacke hin und drehte sich zu Lili um. »Entschuldigen Sie«, sagte er in schlechtem Französisch. »Mademoiselle.« Er trat mit leichtem Hinken näher. »Ich habe gerade gesehen –«

Aber Lili wollte nicht mit ihm reden; jedenfalls nicht jetzt. Sie nahm die Tragetasche mit dem Rock, dankte Madame Le Bon hastig und schob sich durch die Umkleidekabine zum nächsten Stand, wo ein glatzköpfiger Mann beschädigte Porzellanpuppen verkaufte.

Als Lili nach Hause kam, war Greta schon aufgestanden und bewegte sich mit einem feuchten Putztuch durch die Wohnung; das war auch nötig, denn überall in den Ecken hatten sich dicke Staubknäuel angesammelt. Ein Hausmädchen wollte Greta aber nicht einstellen. »Ich brauche keine Hilfe«, sagte sie des Öfteren und schlug mit den Handschuhen in den Staub. »Ich bin nicht die Frau, die ein Hausmädchen braucht.« Das war freilich ein Irrtum.

»Er kommt in einer Stunde«, sagte Greta. Sie trug ein braunes Wollkleid, das sich hübsch um ihren Körper schmiegte. »Willst du so bleiben – als Lili?«, fragte sie.

»Das hatte ich eigentlich vor.«

»Aber ich finde, er sollte Lili nicht sofort kennen lernen. Nicht zuerst. Nicht vor Einar.«

Greta hatte Recht, und dennoch: etwas in Einar wollte, dass Carlisle zuerst mit Lili zusammenträfe, als ob sie der bessere Teil von ihm sei. Er hängte den karierten Rock in den Schrank und entkleidete sich bis auf die einfach geschnittene seidene Unterwäsche. Die Seide war austerngrau und weich und raschelte ganz leise, wenn er ging. Er hatte keine Lust, sie gegen das wollene Unterzeug zu tauschen, das ständig juckte und ihn an warmen Tagen ins Schwitzen brachte. Er wollte Lili nicht ganz im Kleiderschrank verschwinden lassen. Er hasste es, sie zu verstecken. Wenn er die Augen schloss, sah Einar nur sie; ein Bild von sich selbst brachte er nicht zu Stande.

Er zog seine Hose an. Dann ging er aus der Wohnung. »Wo willst du hin?«, fragte Greta. »Er kommt doch gleich.«

Der Himmel war wolkenlos. Die Häuser warfen lange kühle Schatten auf die Straße. Im Rinnstein lag feuchter Müll. Einar fühlte sich einsam, er fragte sich, ob ihn jemals irgendein Mensch auf der Welt verstehen würde. Es war windig, und Einar hatte das Gefühl, der Wind blase ihm durch die Rippen.

Er ging zu der kurzen Straße nördlich von Les Halles. Es waren nicht sehr viele Leute unterwegs; der Inhaber des Tabakladens lehnte in seiner Tür, eine dicke Frau wartete auf den Bus, ein Mann hastete vorbei, zu enger Anzug, den Hut tief ins Gesicht gezogen.

Im Eingang von Nummer 22 lag ein weinfleckiges Kopftuch auf der Treppe, die zu Madame Jasmin-Cartons Tür führte. »Früh heute«, sagte sie und streichelte ihre Katze. Sie gab Einar den Schlüssel für Salle No. 3, sein Stammzimmer. Der grün bezogene Sessel. Der stets geleerte Papierkorb – die fadenscheinige Illusion, dass sonst niemand diesen Raum benutzte. Und die zwei einander gegenüber liegenden Fenster, deren schwarze Rouleaus zugezogen waren. Bisher hatte Einar immer nur durch das Fenster zur Rechten gesehen. An der straffen Schnur des Rouleaus gezogen und es einschnappen lassen. Er hätte nicht sagen können, wie oft er schon in dem Sessel gesessen und das Fenster mit seinem Atem behaucht hatte, während auf der anderen Seite ein Mädchen tanzte und seine Genitalien zeigte. Es war zu einer fast täglichen Gewohnheit geworden, ähnlich wie der Besuch des Schwimmbads oder der Gang zum Postamt an der Rue Etienne-Marcel, wo er Briefe abholte, die meistens für Greta waren. Und Madame Jasmin-Carton verlangte nie weniger als fünf Franc von ihm, gewährte ihm niemals Rabatt, auch wenn er sich gar nicht sicher war, ob er überhaupt welchen haben wollte. Dafür ließ sie ihn aber so lange in Salle No. 3, wie er wollte; manchmal saß er den halben Tag in seinem grünen Sessel. Er war dort auch schon eingeschlafen, und einmal hatte er ein Baguette, einen Apfel und etwas Gruyère mitgebracht und dort zu Mittag gegessen, während sich vor ihm eine Frau, deren Bauch herabhing wie ein Sandsack, auf einem Schaukelpferd räkelte.

Aber das andere Rouleau rührte Einar niemals an. Denn er wusste, was dahinter war. Irgendwie wusste er, dass er, wenn er einmal dieses Rouleau hochziehen würde, niemals mehr zu dem Fenster zur Rechten zurückkehren würde.

Heute jedoch kam es ihm vor, als gäbe es in Salle No. 3 nur ein einziges Fenster, nämlich das kleine zur Linken. Und so zog Einar es denn auf und spähte hinein.

Ein schwarz gestrichenes Zimmer, der Holzfußboden mit Lücken zwischen den Dielen. Eine kleine Kiste, ebenfalls schwarz, auf die ein junger Mann einen Fuß gestellt hatte. Seine behaarten Beine erinnerten Einar an Madame Jasmin-Cartons Arme. Der Junge war von mittlerer Größe, hatte ziemlich weiche Konturen und eine glatte Brust. Die Zunge hing ihm aus dem Mund, und er hatte die Hände in die Hüften gestemmt, die er langsam zucken ließ, sodass sein halb erigierter Penis hin und her schlug wie ein Stint auf der Kaimauer. Ein selbstverliebtes Lächeln spielte um seinen Mund.

Einar verlor beim Betrachten dieses Jungen jedes Zeitgefühl: wie er da auf den Fußballen wippte, wie sein Penis auf und ab federte wie ein Pumpenschwengel. Einar wusste nicht, dass er auf die Knie gesunken war und die Nase an die Scheibe gedrückt hatte, aber so fand er sich schließlich wieder. Er erinnerte sich nicht, die Hose herabgelassen zu haben, aber sie hing ihm um die Knöchel. Er konnte nicht sagen, wann er Jackett, Krawatte und Hemd ausgezogen hatte, aber jetzt lagen sie in einem Haufen auf dem grünen Sessel.

Das Zimmer des Jungen hatte auch andere Fenster, und in einem, Einar genau gegenüber, lauerte das Gesicht eines Mannes. Er grinste. Viel mehr als dieses Grinsen konnte Einar nicht erkennen; es leuchtete geradezu aus sich selbst heraus und zeigte deutlich, dass der Mann von dem Jungen ebenso fasziniert war wie Einar. Erst als er dem Mann schon einige Minuten ins Gesicht gestarrt hatte, begann Einar seine Augen zu sehen. Blaue Augen, dachte er; auf Einar gerichtet, jedenfalls nicht auf den Jungen, der jetzt seinen Penis in einer Hand hielt und mit der anderen an einer seiner centimegroßen Brustwarzen herumspielte. Der Mann zog die Lippen noch weiter auseinander, und sein Grinsen schien noch heller zu leuchten.

Einar stieg aus seiner Hose und warf sie auf den Sessel. Er war halb Einar, halb Lili. Ein Mann in Lilis austerngrauer Unterhose und einem dazu passenden Hemdchen, das ihr zierlich von den Schultern hing. Einar sah ein mattes Abbild seiner selbst in dem Fenster gespiegelt. Aus irgendeinem Grund fand er sich nicht abstoßend. Er fand sich – und es war das erste Mal, dass er für Lili dieses Wort gebrauchte – hübsch. Lili betrachtete sich entspannt im Spiegel der Glasscheibe: ihre bloßen weißen Schultern, die hübsche kleine Höhlung am Halsansatz. Als sei es ganz natürlich, dass ein Mann sie anstarrte, wie sie da in ihrer Unterwäsche stand, die Träger des Hemdchens über ihren Schultern. Als habe sich in Einar etwas aufgetan wie dieses Rouleau und ihm deutlicher als je zuvor gesagt, dass er, Einar, nur eine Maske war. Sobald er die Hose und die gestreifte Krawatte ablegte, die Greta ihm zu seinem letzten Geburtstag geschenkt hatte, war nur noch Lili da. Er wusste es; er hatte es gewusst. Einar hatte noch elf Monate. Sein Jahr verrann. Es war warm in dem kleinen Zimmer, und im spiegelnden Fenster sah er Lilis verschwitzte Stirn wie einen Halbmond leuchten.

Der Tänzer schien Einar und den anderen Mann nicht zu bemerken. Er hatte die Augen geschlossen, seine Hüften wippten, in seinen Achselhöhlen zeigten sich Büschel schwarzer Haare. Der Mann gegenüber blieb, und sein Grinsen wurde immer breiter. Irgendwie veränderte sich das Licht, und Einar sah seine Augen beinahe golden werden.

Einar blieb am Fenster, er streichelte seine Brüste. Die Brustwarzen waren schmerzend geschwollen. Bei jeder Berührung durchlief ihn ein Schauder. Die Beine zitterten, die Kniekehlen wurden feucht. Er trat vom Fenster zurück, damit der Mann ihn ganz sehen konnte: seine in Seide gehüllten Hüften, seine Beine, die so glatt waren wie die des Jungen behaart. Der Mann sollte Lili sehen. Einar trat so weit zurück, dass sein Gegenüber ihn ausgiebig betrachten konnte, nur dass Einar nun von dieser Stelle des Zimmers den Mann nicht mehr sah. Doch das spielte keine Rolle. Und so massierte sich Einar minutenlang vor dem Fenster und ahmte die Bewegungen der Mädchen nach, die er in den vergangenen Monaten durch das Fenster zur Rechten beobachtet hatte.

Als er sich wieder dem Fenster näherte und hindurch spähte, waren sowohl der Junge als auch der Mann verschwunden. Plötzlich schämte sich Einar. Wie hatte er das tun können – zwei Fremden seinen unförmigen Körper zu zeigen, das Hemdchen über seiner weichen Brust, die silbrig helle Innenseite seiner Schenkel? Er ließ sich in den Sessel fallen, auf seine Kleider, und zog die Knie an die Brust.

Es klopfte leise an die Tür, zweimal. Dann noch einmal.

»Ja?«, sagte Einar.

»Ich bin's.« Eine Männerstimme.

Einar blieb im Sessel und sagte nichts. Genau das war sein sehnlichster Wunsch gewesen, aber jetzt brachte er kein Wort heraus.

Wieder klopfte es zweimal. Sein Mund war trocken; das Herz schlug ihm im Hals. Der Mann müsste doch wissen, dass er eintreten durfte. Einar blieb stumm sitzen, der Mann sollte von selbst darauf kommen, dass alles in Ordnung war.

Aber es tat sich nichts, und Einar dachte schon, er habe die Chance … seine Chance verspielt.

Doch plötzlich schob sich der Mann durch die Tür. Trat ein, schob sie mit dem Rücken zu und holte tief Luft. Er war etwa in Einars Alter, aber schon weiß an den Schläfen. Stark gebräunt, große Nase. Schwarzer Mantel, bis zum Hals zugeknöpft. Er verströmte einen leicht salzigen Geruch. Der Mann stand einen halben Meter vor ihm und nickte. Einar blieb sitzen und hob die Hand an die Stirn.

Der Mann lächelte und zeigte seine spitzen, schief stehenden Zähne, von denen er anscheinend mehr hatte als andere Menschen. Die untere Hälfte seines Gesichts schien nur aus Zähnen zu bestehen. »Du bist sehr hübsch«, sagte der Mann.

Einar sank in seinen Sessel zurück. Sein Anblick schien dem Mann zu gefallen. Er knöpfte seinen Mantel auf und schlug ihn auseinander. Darunter trug er einen breit gestreiften Straßenanzug. Der Knoten seiner Krawatte war tadellos. Nur eins störte das elegante Bild: sein Hosenstall stand offen, und aus der Öffnung ragte die Spitze seines Penis.

Er rückte an Einar heran. Noch näher. Seine Eichel schob sich aus der Vorhaut. Der salzige Geruch wurde stärker und erinnerte Einar an die Strände von Jütland, von Skagen, wo man seine Mutter, in ein sorgfältig gesäubertes Fischernetz gehüllt, zur See bestattet hatte, und als dann der Penis des Mannes nur noch Zentimeter von Einars Mund entfernt war, schloss er die Augen. Undeutliche Bilder rasten ihm durch den Kopf: die mit Seetang gedeckte Pension, die auf den Feldern gestapelten Torfziegel, der weiße, mit Flechten überzogene Felsbrocken, Hans, wie er Einars imaginäre Haare beiseite schob, um ihm die Schürze umzubinden.

Einar machte den Mund auf. Er glaubte bereits etwas Bitteres und Warmes zu schmecken, und gerade als er die Zunge herausschob und der Mann ganz dicht an ihn herantrat, gerade als Einar zu der Überzeugung kam, dass Lili endgültig gewonnen hatte und Einar sehr bald für immer verschwinden musste, gerade da klopfte es laut an die Tür und noch einmal, und Madame Jasmin-Carton schrie mit Wut und Ekel in der Stimme, sie sollten auf der Stelle da rauskommen, und ihre Katze kreischte mit ihr, als sei ihr jemand auf den längst verlorenen Schwanz getreten.

Es war kurz nach Mittag, als Einar Madame Jasmin-Cartons Räumlichkeiten verließ. Sie hatte ihm kaum eine Minute Zeit gelassen, sich anzuziehen und auf Nimmerwiedersehen zu verschwinden. Er gelangte, den Schlips in der Hand und die übrigen Sachen nur irgendwie um den Leib geschlungen, auf die Straße. Der Tabakhändler stand an der Ladentür, zupfte an seinem Schnurrbart und musterte Einar von oben bis unten. Sonst war niemand weit und breit. Einar hatte gehofft, dass der Mann vor dem Haus von Madame Jasmin-Carton auf ihn warten würde, dass sie in das kleine Café an der Ecke gehen und einen Kaffee und vielleicht eine Karaffe Rotwein trinken würden. Aber er war nicht da, nur der Tabakhändler und ein kleiner brauner Hund.

Einar trat in das Pissoir. Die Eisenwände rochen feucht. Neben dem Becken richtete er seine Kleider und band sich die Krawatte um. Der kleine braune Hund kam ihm nach und bettelte.

Seit Monaten hatte Einar vor, die Bibliothèque Nationale zu besuchen, und nun machte er sich endlich auf den Weg. Das Gebäude umfasste einen ganzen Häuserblock, der von der Rue Vivienne, der Rue Colbert, der Rue de Richelieu und der Rue des Petits-Champs begrenzt wurde. Hans hatte in Einars Namen an die Bibliotheksverwaltung geschrieben und ihm eine Zugangskarte besorgt. In der Mitte der Salle de Travail des Imprimés mit ihren hunderten von Sitzplätzen gab es einen Schalter, an dem Einar einen Fragebogen zu seiner Person und zum Zweck seines Besuchs ausfüllen musste: *Recherche nach einem verlorenen Mädchen*. Dort trug er auch auf Zettel die Titel der Bücher ein, die er haben wollte. Die Bibliothekarin hinter dem Schalter machte mit ihren flaumigen Wangen und der rosa Perlmuttspange, die ihren Pony zurückhielt, einen mädchenhaften Eindruck. Sie hieß Anne-Marie und sprach so leise, dass Einar sich dicht vor ihr Gesicht beugen musste; ihr Atem roch nach Erdnüssen. Als er ihr die Zettel mit den Titeln von einem halben Dutzend wissenschaftlichen Büchern über sexuelle Probleme reichte, errötete sie, machte sich aber sofort an die Arbeit.

Einar setzte sich an einen der langen Lesetische. Ein paar Stühle weiter sah ein Student von seinem Notizheft auf, konzentrierte sich aber gleich wieder. Es war kalt hier, Staub schwebte im Lampenlicht. Der Tisch war zerkratzt. Wenn jemand umblätterte, war es im ganzen Raum zu hören. Einar machte sich Sorgen, dass er verdächtig aussehen könnte, jemand in seinem Alter und dazu noch in zerknitterter Hose und mit leichtem Schweißgeruch. Ob er die Toilette suchen und sich erst einmal im Spiegel begutachten sollte?

Anne-Marie brachte ihm die Bücher an den Tisch. Sie sagte lediglich: »Wir schließen heute um vier.«

Einar strich mit der Hand über die Bücher; drei waren in Deutsch, zwei in Französisch, eins aus Amerika. Er nahm das jüngste und schlug es auf; es hieß *Sexuelle Übergangsstufen* und war in Wien erschienen, der Verfasser war Professor Johann Hoffmann. Er hatte Experimente mit Meerschweinchen und Ratten durchgeführt. Einer ursprünglich männlichen Ratte hatte er Milchdrüsen eingepflanzt, von denen sich der Wurf einer zweiten Ratte ernähren konnte. »Zur Schwangerschaft«, schrieb Professor Hoffmann, »kommt es jedoch nicht.«

Einar blickte auf. Der Student war auf seinem Notizheft eingeschlafen. Anne-Marie belud einen Bücherwagen. Er sah sich als die ehemals männliche Ratte. Sie rannte in seinem Kopf herum wie in einem Laufrad. Die Ratte konnte nicht mehr anhalten. Dazu war es zu spät. Das Experiment ging weiter. Wie sagte Greta doch immer? Aufgeben ist das Schlimmste von allem! Und wie sie dabei mit den Händen fuchtelte, dass ihre silbernen Armreife klirrten. Und wie oft sie das sagte: Also wirklich, Einar, lernst du es denn nie?

Einar dachte an das Versprechen, das er sich vorigen Monat im Park gegeben hatte: Es musste sich etwas ändern. Aus Mai war unversehens Juni geworden, nicht anders als die Monate zu Jahren wurden. Vor mehr als vier Jahren war Lili auf der lackierten Truhe zur Welt gekommen.

Um vier Uhr läutete Anne-Marie ein Messingglöckchen. »Bitte lassen Sie die Bücher auf dem Tisch«, sagte sie. Sie rüttelte den Studenten an der Schulter, um ihn zu wecken. Dann sah sie Einar an, presste die Lippen zusammen, bis sie ganz weiß waren, und nickte.

»Danke«, sagte er. »Sie werden niemals wissen, wie sehr mir das geholfen hat.«

Wieder errötete sie und sagte dann mit leisem Lächeln: »Soll ich Ihnen die Bücher beiseite legen? Falls Sie sie morgen noch brauchen?« Ihre Hand, blass und nicht größer als ein kleiner Seestern, legte sich weich auf Einars Arm. »Ich kenne da noch einige andere. Ich lege sie Ihnen morgen früh gleich raus. Die könnten das Richtige für Sie sein.« Sie unterbrach sich. »Natürlich nur, wenn Sie wollen.«

KAPITEL 16

Zu Gretas großer Besorgnis zog Carlisle, als sie über die Kieswege der Tuilerien gingen, immer noch den Fuß nach. Jeden Abend stellte er das Bein bis zum Knie in einen Eimer mit weißem Tafelwein und Epsomsalz, eine Behandlungsmethode, die sein Zimmergenosse in Stanford, der später als Chirurg nach La Jolla ging, für ihn erfunden hatte. Carlisle war Architekt geworden, er baute Bungalows in den Orangenhainen von Pasadena, die nach und nach in Bauland umgewandelt wurden. Meist kleinere Häuser, für die Lehrer der Mädchenschule Poly and Westridge, für Polizisten, für Zugezogene aus Indiana und Illinois, denen die Bäckereien und Druckereien in der Colorado Street gehörten. Er schickte Greta Bilder, und manchmal saß sie mit dem Kinn in der Hand da und träumte von diesen Bungalows mit ihren geschützten Schlafveranden und den Kameliensträuchern vor den Fenstern: nicht dass sie ernstlich daran dachte, einmal in ein solches Häuschen zu ziehen, aber sie fand es schön, sich das auszumalen.

Carlisle sah gut aus, er hatte ein längliches Gesicht, sein Haar war nicht ganz so hellblond wie Gretas und stärker gewellt. Er hatte nie geheiratet, und so verbrachte er die Abende an seinem Zeichenbrett oder im eichenen Schaukelstuhl, neben sich eine Leselampe mit grünem Glasschirm. Natürlich gab es Frauen in seinem Leben, wie er Greta in seinen Briefen berichtete, Frauen, die im Jagdclub mit ihm am Tisch saßen oder im Büro für ihn arbeiteten, aber keine davon bedeutete ihm sonderlich viel. »Ich kann warten«, pflegte er zu schreiben, und Greta, mit dem Brief am sonnigen Fenster, dachte dann jedes Mal: ich auch.

Das zweite Schlafzimmer der Casita war nur spärlich ausgestattet: ein Eisenbett, Brokattapeten und eine Lampe mit Fransenschirm, die, dachte Greta besorgt, nicht hell genug war. Der Fleischer an der Ecke hatte ihr einen Blecheimer für Carlisles Fußbäder geliehen; normalerweise lagerten darin tote Gänse, deren Hälse schlaff über den Rand hingen.

Sein Frühstück, Kaffee und Croissants, nahm Carlisle an dem langen Tisch im vorderen Zimmer der Casita ein; das kranke Bein zeichnete sich dünn durch die Pyjamahose ab. Anfangs schlich Einar sich jedes Mal aus der Wohnung, sobald Carlisle aus seinem Zimmer kam. Einar verhielt sich in Carlisles Anwesenheit merkwürdig zaghaft, fiel Greta auf. Wenn er an Carlisles Tür vorbeiging, dämpfte er seine Schritte, als ob er eine zufällige Begegnung unter der Kristallkugellampe auf dem Flur unbedingt vermeiden wollte. Bei Tisch saß Einar mit hochgezogenen Schultern da, als versuchte er krampfhaft ein Gesprächsthema zu finden. Greta fragte sich, ob zwischen den beiden etwas vorgefallen sein mochte, ein hartes Wort oder gar eine Beleidigung. Irgendetwas war zwischen den beiden, ein unsichtbarer Faden, etwas, dessen Natur sie nicht durchschaute, jedenfalls noch nicht.

Einmal ging Carlisle mit Einar in das Dampfbad in der Rue des Mathurins. Das war etwas anderes als die Bains du Pont-Solférino draußen am sonnigen Ufer der Seine. Es war eine Badeanstalt für Männer: gelbe Marmorfliesen, Palmen in chinesischen Übertöpfen und dampfgeschwängerte Luft. Als Einar und Carlisle nach Hause kamen, schloss Einar sich sofort in seinem Zimmer ein. »Was war denn?«, fragte Greta ihren Bruder. Und Carlisle, dessen Augen vom Wasser noch gerötet waren, antwortete: »Nichts. Er hat nur gesagt, dass er nicht schwimmen will. Angeblich hat er nicht gewusst, dass man dort nackt schwimmen muss.« Und dann: »Als er das gesehen hat, ist er beinahe in Ohnmacht gefallen. Aber ist er denn wirklich noch nie in einem türkischen Bad gewesen?«

»So sind die Dänen eben«, sagte Greta wider besseres Wissen. Von wegen, dachte sie, die Dänen nutzen natürlich jeden Vorwand, um sich auszuziehen und nackt herumzustolzieren.

Kurz nach Carlisles Ankunft kam eines Morgens Hans vorbei, um sich Gretas neueste Bilder anzusehen. Sie hatte zwei für ihn: das Erste, groß und in gedeckten Farben, zeigte Lili am Strand auf Bornholm; das Zweite zeigte Lili neben einem Kamelienstrauch. Einar hatte das sommerlich blassblaue Meer im Hintergrund des Ersten gemalt, eine sehr sorgfältige und ordentliche Arbeit. Mit dem Kamelienstrauch war er jedoch nicht so gut zurechtgekommen, aber schließlich hatte er die gekräuselten roten Blüten und die festen glänzenden Knospen noch nie in natura gesehen. Greta arbeitete gerade für *Vogue* – sie hatte den Auftrag, die für den nächsten Winter angekündigten Mäntel mit Fuchspelzkragen zu zeichnen –, und zur Vollendung des Kamelienbilds blieben ihr nur die Nachtstunden. Drei Nächte hatte sie an den zierlichen Blüten mit dem mattgelben Fleck in der Mitte gearbeitet, während Einar und Carlisle schliefen und kein Laut in ihrem Atelier zu hören war außer einem gelegentlichen Seufzer von Edvard IV.

Als Hans kam, war das Bild erst seit wenigen Stunden fertig. »Noch feucht«, sagte sie, als sie den Kaffee brachte, eine Tasse für Hans, eine für Carlisle und eine für Einar, der eben mit noch feuchten Haaren aus dem Bad gekommen war.

»Sehr schön«, sagte Hans vor dem Kamelienbild. »Sehr asiatisch. So was mögen die Leute heutzutage. Wie wär's, wenn du sie mal in einem bestickten Kimono malen würdest?«

»Das wäre mir zu ordinär«, sagte sie.

»Ja, tu das nicht«, sagte Einar so leise, dass Greta sich nicht sicher war, ob die anderen es gehört hatten.

»So habe ich das auch nicht gemeint«, sagte Hans. Er trug einen hellen Sommeranzug, hatte die Beine übereinander geschlagen und trommelte mit den Fingern auf dem Tisch. Carlisle saß auf der Ottomane, Einar im Schaukelstuhl. Es war das erste Mal, dass die drei Männer zusammen waren, und Gretas Blick schweifte ständig von einem zum andern, von ihrem Bruder, der ein Bein auf das Samtpolster hochgelegt hatte, zu ihrem Mann, dessen feuchte Haarspitzen an seinem dünnen Hals anlagen, und von ihm zu Hans. Es kam ihr vor, als sei sie im Verhältnis zu jedem von ihnen jeweils eine andere. Als reagiere sie auf jeden von ihnen anders; und das war wohl tatsächlich so. Sie fragte sich, ob diese Männer sie wirklich zu kennen glaubten. Vielleicht irrte sie sich ja, aber sie hatte das deutliche Gefühl, dass jeder von ihnen etwas anderes von ihr erwartete.

Hans hatte ihre Wünsche respektiert, seine Annäherungsversuche eingestellt und sich ausschließlich auf den Verkauf ihrer Arbeiten konzentriert. Manchmal fanden sie sich allein im Hinterzimmer seines Büros oder auch in ihrem Atelier, wenn Lili ausgegangen war, und dann spürte Greta seine Blicke. Doch sobald er ihr den Rücken zuwandte, musste sie wiederum ihn anstarren, seine breiten Schultern, die blonden Haare, die ihm über den Kragen fielen. Sie wusste, wonach sie sich sehnte, zwang sich jedoch, es zu verdrängen. »Nicht solange Einar noch ein …« In ihrer Brust schnappte eine Zange zu. Solche Leidenschaften, solches Aufwallen erwartete sie nur noch von Lili, nicht mehr von sich selbst, nicht mehr jetzt, da in ihrem Atelier lauter unfertige Porträts und Zeitschriftenaufträge warteten, da ihr Mann an Körper und Geist nur noch ein Schatten seiner selbst war, da ihr Bruder mit der nie eingelösten Behauptung »Ich möchte dir helfen« in Paris aufgetaucht war und Hans mit seinen langen Fingern auf der Kiefernplatte des Tisches trommelte und wartete, dass die Farbe der Kamelienblüten trocknete, wartete, dass er eine zweite Tasse Kaffee bekam, wartete, dass Greta ihm ein Porträt von Lili im Kimono malte, geduldig und mit glatter Stirn wartete, einfach nur wartete, dass Greta ihm in die Arme sank.

So also stand es in ihrer Casita, als Greta sich eines Sommernachmittags auf den Weg machte. Es war heiß; dick und schwarz hingen Auspuffgase in der Luft. Die Sonne schien trüb von einem verschleierten Himmel, die Stadt hatte ihren Glanz verloren. Die beigen Fassaden der Häuser sahen weich aus, wie warmer Käse. Frauen rieben sich im Gehen mit Taschentüchern den Schweiß vom Hals.

In der Métro war es gar noch heißer, das Treppengeländer klebrig. Dabei war es erst Juni, und bis sie und Einar nach Menton fahren konnten, mussten sie noch einige Wochen hier aushalten. Sie fragte sich, ob sie es schaffen würde – etwas an diesem Sommer musste sich ändern, dachte Greta –, aber dann hielt auch schon kreischend der Zug vor ihr.

In Passy stieg sie aus, und dort kam ihr die Luft kühler vor. Es wehte ein leichter Wind, es duftete nach gemähtem Rasen, ein Springbrunnen plätscherte. Sie hörte das federnde Geräusch eines Tennisballs auf rotem Sand. Sie hörte jemanden einen Teppich ausklopfen.

Das Wohnhaus, eine ehemalige Villa, prangte in gelbem Granit und Kupfer. Die Einfahrt, klein und halbkreisförmig und voller Ölflecken, wurde von Rosenstöcken bewacht, die zu kompakten Kugeln geschnitten waren. Die Eingangstür war aus Glas und Eisen. Darüber ein großer Balkon, aus dessen offener Tür ein Vorhang wehte. Greta hörte jemanden lachen, erst eine Frau, dann einen Mann.

Anna hatte die Wohnung im ersten Stock gemietet. Sie

hatte ein Engagement für drei Vorstellungen von *Carmen* im Palais Garnier; nach dem Auftritt, um Mitternacht herum, pflegte sie bei Prunier kalte Krebsscheren zu speisen. In letzter Zeit schwor sie immer öfter, sie werde nicht mehr nach Kopenhagen zurückgehen. »Dort ist es mir einfach zu ordentlich«, sagte sie und drückte die Faust an die Brust.

Anna öffnete ihr selber. Sie hatte das blonde Haar zu einem festen Knoten gebunden. Die Haut an ihrem Hals schien über den Fettwülsten zu dauerhaften braunen Falten zu vernarben. Sie trug einen auffälligen Ring mit einem Rubin, der wie ein explodierender Stern gestaltet war. Sie hatte sich in der Welt der Oper einen Namen gemacht; dünne junge Männer mit tief eingesunkenen Augen schickten ihr ungefasste Edelsteine, Ingwerwaffeln und nervös gekritzelte Karten.

In dem recht kleinen Wohnzimmer stand ein Sofa mit goldenen Füßen, dessen Polster wie eine Tapete gemustert war. Eine schlanke Vase mit Tigerlilien, die Knospen grün und geädert. Ein Hausmädchen in schwarzem Kleid servierte Limonade und Anisette. Ein Mann, sehr groß und seltsamerweise mit einem dunklen Mantel bekleidet, stand hinter dem Stuhl.

»Das ist Professor Bolk«, sagte Anna.

»Das dachte ich mir«, sagte Greta. »Aber ist Ihnen nicht warm?«

»Professor Alfred Bolk.« Er hielt ihr die Hand hin. »Ich weiß auch nicht, warum, aber mir ist immer ein wenig kalt«, sagte er und bewegte die Schultern unter dem Mantel. In seinen dunkelblauen Augen schwammen goldene Pünktchen. Das dunkle Blond seines Haars glich der Farbe von gesundem Holz; er hatte es mit Pomade zurückgekämmt, sodass es im Nacken leicht abstand. Er trug eine blaue Seidenkrawatte mit großem Knoten und Diamantnadel. Seine Visitenkarten hatte er in einem Silberetui. Er war aus Dresden, wo er die städtische Frauenklinik leitete.

Das Mädchen reichte Professor Bolk ein Glas eisgekühlten Kaffee. »Limonade vertrage ich nicht«, erklärte er und hob das Glas. Es zog von der Balkontür; Greta setzte sich neben den Professor auf das Sofa. Er lächelte höflich, die Schultern verkrampft. Sie nahm an, sie sollte warten, bis er ihr Fragen stellte, aber das Bedürfnis, jemandem von Lili und Einar zu erzählen, war stärker. »Es geht um meinen Mann«, sagte sie.

»Ja, ich habe gehört, es gibt da ein Mädchen namens Lili.«

Er wusste es also schon. Zuerst fiel Greta nichts dazu ein. Was sollte sie jetzt sagen? Hatte das alles vor vier Jahren angefangen, als sie ihn gebeten hatte, Annas Schuhe anzuziehen? Oder steckte etwas ganz anderes dahinter? »Er ist davon überzeugt, innerlich eine Frau zu sein«, sagte sie.

Professor Bolk saugte mit leisem Schmatzen Luft durch die Zähne. Er nickte hastig.

»Und ehrlich gesagt«, fuhr Greta fort, »glaube ich das auch.« Sie erzählte von den kurzärmeligen Kleidern und den senfgelben Schuhen und dem speziell angefertigten Mieder; sie berichtete von Einars Besuchen in den Bains du Pont-Solférino und seinen regelmäßigen Einkäufen im Bon Marché an der Rue du Bac. Sie sprach von Henrik und Hans und den wenigen anderen Männern, an die Lili ihr Herz verloren hatte, nur um jedes Mal tief enttäuscht zu werden. Sie sagte: »Und Lili ist wirklich sehr schön.«

»Diese Männer... dieser Hans... können Sie mir davon noch mehr erzählen?«

»Eigentlich nicht.« Sie dachte an Hans, der wahrscheinlich gerade in diesem Augenblick das Kamelienbild in seiner Galerie aufhängte. Es geschah nicht sehr oft, aber nichts enttäuschte sie so sehr, als wenn Hans im Atelier vorbeikam, ein Bild nicht haben wollte. Dann rieb er sich mit den Fingern am Kinn und sagte schließlich: »Nicht gut genug.« Nur zwei-, dreimal im Jahr bekam Greta das von ihm zu hören, aber dann war sie immer so geschockt, dass sie ihn kaum noch zur Tür begleiten konnte. Manchmal, wenn es ganz still um sie war, fragte sie sich angesichts solch niederschmetternder Enttäuschungen, ob sich das alles überhaupt lohnte.

Von dem Arzt hatte sie durch Anna erfahren. »Vielleicht sollte er sich mal mit dem Fall beschäftigen«, sagte Anna eines Tages, als sie und Greta sich in einem Geschäft in der Nähe des Oscar-Wilde-Hotels Bilderrahmen ansahen. Es gab dort viele alte Rahmen, von denen manche über hundert Pfund wogen. Sie waren verstaubt und machten ihnen die Röcke schmutzig. Und sie fügte hinzu: »Ich mache mir Sorgen um ihn.«

»Ich habe dir erzählt, was bei Hexler in Dänemark passiert ist. Ich weiß nicht, ob er es noch einmal mit einem Arzt aufnehmen möchte. Es könnte ihn endgültig vernichten.«

»Macht dir das denn kein bisschen Sorgen? Wie krank er aussieht? Wie abgemagert er ist? Manchmal scheint er gar nicht mehr da zu sein.«

Greta dachte darüber nach. Ja, Einar sah wirklich blass aus und hatte dunkle Ringe unter den Augen bekommen. Seine Haut war wie durchsichtig geworden. Greta hatte es wahrgenommen, aber hatte es sie stärker beunruhigt als irgendetwas anderes? Dazu kam das Nasenbluten, das nun seit über vier Jahren in unregelmäßigen Abständen auftrat. Sie hatte gelernt, damit zu leben, mit Einar, mit seiner Verwandlung. Ja, es war, als ob Einar sich unablässig verwandelte, als ob diese Phänomene – das rätselhafte Blut, die eingefallenen Wangen, die unerfüllte Sehnsucht – niemals aufhören, nie zu einem Ziel führen würden. Und genau genommen änderte sich doch jeder unablässig. Verwandelte sich nicht jeder Mensch fortwährend in etwas Neues? In einem Kasten, dessen Deckel mit einer Kette verschlossen war, fand Greta einen vergoldeten Rahmen, der perfekt zu ihrem neuesten Lili-Porträt passte.

»Aber wenn du jemanden kennst«, sagte sie zu Anna, »zum Beispiel einen Arzt, sollte ich vielleicht mal mit ihm reden. Schaden kann es ja wohl nicht.«

Professor Bolk sagte: »Ich würde Ihren Mann gern untersuchen.« Das erinnerte Greta an Hexler und seinen lärmenden Röntgenapparat. Sie fragte sich, ob Einar ihr zuliebe jemals wieder zu einem Arzt gehen würde. Professor Bolk nippte an seinem Kaffee und zog einen Notizblock aus der Tasche.

»Ich halte Ihren Mann nicht für geisteskrank«, begann er. »Andere Ärzte werden Ihren Mann sicher für geisteskrank erklären. Aber ich sehe das anders.« In Annas Wohnzimmer hing ein Gemälde von Lili. Es zeigte sie auf einer Parkbank. Hinter ihr standen zwei Männer, den Hut in der Hand, und unterhielten sich. Das Bild hing über einem Beistelltisch, auf dem mehrere in Silber gerahmte Fotos von Anna standen: Anna in Perücke und Kostüm, wie sie nach der Vorstellung Freunde begrüßte. Die Parkszene hatte Greta voriges Jahr gemalt, als Lili in die Casita gekommen, drei Wochen geblieben und dann wieder für sechs Wochen verschwunden war, als Greta sich allmählich daran gewöhnte, ohne ihren Mann zu arbeiten und zu leben. Als er damals darauf bestanden hatte, nur noch als Lili mit ihr zu reden, hatte sie eine Zeit lang gedacht, er sei tatsächlich verrückt geworden. Oft sah er aus wie in Trance: die Augen so dunkel, dass sie darin nur noch ihr eigenes Spiegelbild sehen konnte.

»Ich kenne einen Mann, dem es ähnlich ergeht«, sagte Professor Bolk. »Er ist Straßenbahnfahrer. Ein junger Mann, recht gut aussehend, geradezu hübsch, schlank, blass natürlich, aber sonst ziemlich fit. Sehr nervös, aber wer wollte ihm in seiner Situation einen Vorwurf daraus machen? Als er zu mir kam, fiel mir als Erstes auf – es war unübersehbar –, dass er größere Brüste hatte als manches heranwachsende Mädchen. Er nannte sich selbst Sieglinde. Es war schon eigenartig. Eines

Tages kam er in die Klinik und bat darum, aufgenommen zu werden. Die anderen Ärzte sagten, die städtische Frauenklinik könne doch keinen Mann aufnehmen. Aber ich war einverstanden und eines Nachmittags – ich werde das nie vergessen – stellte ich fest, dass er Mann und Frau zugleich war.«

Greta überlegte, was das bedeuten könnte, versuchte sich den entsetzlichen Anblick dessen vorzustellen, was da leblos wie irgendein unnützer Hautlappen eines sehr alten Menschen zwischen den Beinen dieses Mannes gehangen haben musste. »Was haben Sie ihm geraten?«, fragte sie.

Der Wind bauschte die Vorhänge; man hörte zwei Jungen Tennis spielen, und dann ihre Mütter, die sie nach Hause riefen.

»Ich habe gesagt, dass ich ihm helfen kann. Dass ich ihm helfen kann, sich zu entscheiden.«

Etwas in Greta wollte fragen: »Sich zu entscheiden? Wofür?« Aber sie kannte die Antwort, und sie kannte sie nicht. Denn selbst Greta, die in letzter Zeit so oft bei sich gedacht hatte: Ach, wenn Einar sich nur entscheiden könnte, wer er sein will… denn selbst Greta konnte sich nicht vorstellen, dass hier eine echte Entscheidung möglich war. Sie saß auf dem Sofa mit den vergoldeten Füßen und dachte an Einar, der in mancher Hinsicht gar nicht mehr existierte. Es war, als hätte ihm jemand – ja: jemand – die Entscheidung längst abgenommen.

»Was ist aus dem Mann geworden?«, fragte Anna.

»Er hat gesagt, dass er eine Frau sein möchte. Dass er nur den einen Wunsch habe, von einem Mann geliebt zu werden. Er sei bereit, alles dafür zu tun. Als er zu mir in die Praxis kam, trug er einen Filzhut und ein grünes Kleid. Er hatte eine Taschenuhr wie ein Mann, das weiß ich noch, denn er zog sie während unseres Gesprächs mehrmals heraus, sah nach der Uhrzeit und sagte immer wieder, er müsse gehen, weil er seine Tage streng in zwei Hälften teile: vormittags lebe er als Frau und nachmittags als Mann.

Das ist viele Jahre her; damals war ich noch jung und hatte theoretisch genaue Vorstellungen, was ich für ihn tun konnte. Aber natürlich hatte ich eine so komplizierte Operation noch nie selbst durchgeführt. Und daher las ich mich nun erst einmal einen Monat lang in die Fachliteratur ein. Ich wohnte Amputationen bei und beschäftigte mich mit Nähtechniken. Jedes Mal wenn in der Klinik einer Frau der Uterus entfernt wurde, beobachtete ich den Eingriff und untersuchte anschließend das entfernte Gewebe in unserem Labor. Und als ich mich endlich bereit fühlte, teilte ich Sieglinde mit, dass wir einen Termin für die Operation machen könnten.

Inzwischen hatte er stark abgenommen. Er war sehr schwach. Offenbar konnte er vor Angst kaum noch essen. Aber er war einverstanden, dass ich den Versuch mit ihm wagte. Als ich erklärte, ich könne es machen, brach er in Tränen aus. Er weine, sagte er, weil er das Gefühl habe, jemanden umzubringen. ›Als ob ich jemanden opfere‹, sagte er.

Ich habe die Operation auf einen Donnerstagnachmittag gelegt. Weil sich viele Kollegen dazu angemeldet hatten, sollte sie im großen Operationshörsaal stattfinden. Es kamen sogar einige Ärzte von der Klinik in Pirna angereist. Ich wusste, im Falle eines Erfolgs würde ich etwas Außerordentliches vollbracht haben, etwas, wovon man bisher nicht einmal zu träumen gewagt hatte. War es wirklich möglich, einen Mann zur Frau zu machen? Wer würde seine Karriere aufs Spiel setzen, um etwas auszuprobieren, das sich wie ein Märchen anhört? Nun, ich war derjenige.«

Professor Bolk strich sich den Mantel glatt.

»Aber als die Schwester dann an jenem Donnerstagnachmittag in Sieglindes Zimmer kam, war er verschwunden. Seine Sachen waren noch da, der Filzhut, die Taschenuhr, das grüne Kleid, alles. Aber er selbst war weg.« Professor Bolk trank seinen Kaffee aus.

Und Greta leerte ihr Limonadenglas. Anna stand auf und rief barsch nach dem Mädchen (»*Les boissons!*«), und Greta musterte den Professor, der das linke Bein übers rechte geschlagen hatte. Diesmal wusste sie, dass sie den Richtigen gefunden hatte; dieser Mann war kein Hexler. Er hatte Verständnis. Er ist mir ähnlich, dachte sie. Er weiß, worum es geht. Sie brauchte gar nicht erst nachzudenken; der Entschluss traf sie wie ein sauberer Schlag auf den Kopf, ein Lichtblitz huschte ihr über die Netzhaut. Sie erschrak, zuckte leicht auf dem Sofa zusammen, und Greta, die einmal in Südfrankreich sich und Einar beinahe umgebracht hatte, als sie die Kontrolle über ihr Auto verloren hatte und auf eine Felswand, aus deren Spalten Mimosen wuchsen, zugerast war, dachte: Ich muss Lili nach Dresden bringen. Wir beide müssen unbedingt dahin.

KAPITEL 17

Am nächsten Tag suchte die Bibliothekarin noch mehr Bücher für Einar heraus. Bücher mit Titeln wie *Die Geschlechter, Der normale und der abnormale Mann, Untersuchungen zur sexuellen Unmoral;* eins hieß *Die sexuelle Krise* und war vor zwanzig Jahren in Dresden erschienen. Die Meisten behandelten Theorien der geschlechtlichen Entwicklung und beriefen sich auf Hypothesen und Experimente mit Ratten. In einem las Einar von einem Mann, einem bayrischen Adligen, der von Geburt an mit Penis und Vagina ausgestattet war. Als Einar sich die Leiden dieses Mannes vorstellte – die Verwirrung in der Kindheit, die Abkehr der Eltern, die aussichtslose Suche nach einem Platz in der Welt –, schloss er die Augen und dachte: Ja, ich kenne das. In einem Kapitel ging es um den Mythos von Hermes und Aphrodite. Das Buch handelte von Sexualpathologie, insbesondere von einem Phänomen, das sexuelle Zwischenstufen genannt wurde. Einar hatte das Gefühl, hier etwas über sich selbst zu lesen. Er kannte diese Gespaltenheit, dieses Fehlen einer vollständigen Identifikation mit dem einen oder anderen Geschlecht. Als er die Geschichte dieses Bayern las, verlor sich der undeutliche Schmerz in seiner Brust immer mehr.

Einige der Bücher stammten noch aus dem vorigen Jahrhundert; ihre Rücken waren verstaubt, und beim Umblättern raschelten sie so laut, dass Einar fürchtete, die Studenten würden von ihrer Arbeit am Lesetisch aufblicken und an seiner ebenso ängstlichen wie erleichterten Miene ablesen können, wer er wirklich war.

Anne-Marie legte ihm die Bücher auf einen kleinen Kippständer und gab ihm einen mit Bleikügelchen gefüllten Filzstreifen, mit dem er die Seite offen halten konnte, wenn er sich etwas daraus in sein Notizbuch, das mit dem Zinndeckel, abschreiben wollte.

Die Tische, breit und voller Kratzspuren, erinnerten Einar an die Arbeitstische, auf denen die Kopenhagener Fischerfrauen auf dem Fischmarkt am Gammelstrand ihrer Ware den Kopf abschlugen. Einar hatte genug Platz, um mehrere Bücher offen vor sich auszubreiten, und wenn er so über die sandfarbenen Seiten hinblickte, sah er in ihnen so etwas wie eine kleine Insel, die ihm Zuflucht bot. Wenn er an diesen Vormittagen, nachdem er die Wohnung verlassen hatte, über das Männliche und das Weibliche las, machte jeder einzelne Satz ihm Mut für das kommende Jahr, in dessen Verlauf sich, wie er es sich geschworen hatte, alles ändern musste.

Schließlich hatte er genug gelesen, um zu der Überzeugung zu gelangen, dass auch er weibliche Organe besaß. Irgendwo im Innern seines Körpers lagerten Lilis Organe, die blutigen Gewebeteile, die sie zu dem machten, was sie war. Anfangs kam ihm das wenig glaubhaft vor, doch allmählich fand er den Gedanken, dass es sich nicht um ein psychisches, sondern um ein physisches Problem handelte, immer einleuchtender. Er nahm an, dass hinter seinen Hoden ein Uterus, dass hinter seinen Rippen weibliche Brüste verborgen waren.

Einar verbrachte eine ganze Woche in dem Lesesaal, und täglich mindestens einmal überwältigten ihn seine Entdeckungen so sehr, dass er den Kopf auf die Arme legte und leise vor sich hin weinte.

Wenn er einmal einnickte, stupste Anne-Marie ihn mit ihrer kleinen weißen Hand an und weckte ihn wieder. »Es ist Mittag«, sagte sie, und er fragte sich verwirrt: Mittag?

Ach so, ja. Mittag.

Carlisle lud Einar regelmäßig ein, den Nachmittag mit ihm zu verbringen. »Treffen wir uns? Gegen Mittag?«, fragte Carlisle jeden Morgen, wenn Einar aus der Wohnungstür glitt und schon den neuen Entdeckungen in der Bibliothek entgegenfieberte.

»Ich weiß noch nicht, ob ich dann Zeit habe«, antwortete Einar.

»Aber warum denn nicht?«, fragte Greta.

Carlisle war klug genug, Greta nicht mit einzuladen. Er hatte Einar einmal erzählt, dass sie schon früher, als sie noch Kinder waren, jedes Mal ärgerlich aufgestöhnt hatte, wenn er sie fragte, ob sie zum Bogenschießplatz im Arroyo Seco mitkommen wolle. »Für solche Entdeckungstouren war sie immer zu beschäftigt«, sagte Carlisle. »Sie hatte ständig zu tun: Dickens lesen, Gedichte schreiben, die San-Gabriel-Berge malen, Porträts von mir zeichnen. Aber die hat sie mir nie gezeigt. Immer wenn ich sie gebeten habe, mir doch mal eins ihrer kleinen Aquarelle zu zeigen, ist sie rot geworden und hat die Arme vor der Brust verschränkt.«

Und daher hielt sich Carlisle an Einar. Anfangs musste er ihn drängen. Wenn Carlisle ihn mit seinen blauen Augen, die heller waren als Gretas, ansah, schien es Einar, als könne er seine Gedanken lesen. Wenn er neben Carlisle saß, wurde er nervös, rutschte unruhig hin und her, und schließlich stand er auf und nahm auf einem anderen Stuhl Platz.

Carlisle kaufte ein Auto, einen roten Alfa Romeo Sport Spider. Der Wagen hatte Speichenräder und einen roten Werkzeugkasten an der Seite. Am liebsten fuhr Carlisle mit offenem Verdeck. Das schwarze Armaturenbrett verfügte über sechs Anzeigen und einen kleinen silbernen Griff, an dem Einar sich in den Kurven festklammerte. Der Boden war aus gewelltem Stahl und strahlte die Motorwärme ab, die Einar bei ihren Fahrten durch Paris unter den Schuhsohlen spürte.

»Du solltest wirklich ein bisschen mehr Vertrauen zu anderen Menschen haben«, sagte Carlisle eines Tages, indem er die Hand vom Schalthebel mit dem schwarzen Griffknauf nahm und sie Einar plump vertraulich aufs Knie legte. Er fuhr Einar zu einem Tennisstadion in Auteuil, einer Betonschüssel, die in der Nähe des Bois de Boulogne aus den Pappeln hervorragte. Es war fast Mittag, die Sonne stand hoch und grell am weiß-blauen Himmel. Die Fahnen um den Stadionrand hingen schlaff herab. Auf das Gelände gelangte man durch Eisentore; dort standen Männer in grünen Blazern und Strohhüten, die sich die Eintrittskarten geben ließen und in zwei Hälften rissen.

Ein Mann brachte Einar und Carlisle zu einer grün gestrichenen Loge, in der vier Korbstühle mit gestreiften Sitzkissen standen. Die Loge befand sich an der Grundlinie des Tennisplatzes, dessen roter Sand die gleiche Farbe hatte wie das Rouge, das Lili sich damals bei Fonnesbech gekauft hatte.

Auf dem Platz spielten sich zwei Frauen warm. Die eine kam aus Lyon; ihr langer weißer Faltenrock glich einem Segel, mit dem sie wie ein Schiff über den Platz glitt. Die andere war Amerikanerin, aus New York, stand im Programmheft; sie war groß und dunkel, und ihr kurzes glänzendes Haar sah aus wie die Lederkappe eines Piloten.

»Niemand traut ihr einen Sieg zu«, sagte Carlisle; er meinte die Amerikanerin. Er hielt sich zum Schutz vor der Sonne die Hand über die Stirn. Seine Kinnpartie hatte denselben Schnitt wie Gretas: eckig, ein bisschen zu lang, zwei Reihen gesunder Zähne. Sie hatten auch die gleiche Haut: schon braun nach nur einer Stunde in der Sonne, am Hals etwas rau. Abends pflegte Einar einen solchen Hals mit leidenschaftlichen Küssen zu bedecken. Das hatte ihm immer am besten gefallen, mehr noch, als Greta auf den Mund zu küssen: die Lippen an ihren langen Hals zu legen, leicht daran zu saugen, die Zunge kreisen zu lassen, diese geäderte Haut zwischen die Zähne zu nehmen und daran zu knabbern.

»Ich würde gern einmal nach Kalifornien fahren«, sagte Einar. Das Spiel fing jetzt an, die Amerikanerin hatte Aufschlag. Sie warf den Ball hoch, und als sie mit dem Schläger ausholte, glaubte Einar geradezu die Bewegung ihrer Schultermuskeln zu sehen. Greta sagte oft, das Geräusch eines Tennisballs erinnere sie immer an Orangen, die auf den Boden fielen; und Einar dachte an den englischen Rasenplatz hinter der Villa in Blåtand und stellte sich vor, wie der Wind die Markierungen aus Puderzucker aufwirbelte.

»Spricht Greta überhaupt mal davon?«, fragte Carlisle. »Dass sie wieder nach Hause möchte?«

»Sie hat einmal gesagt, es müsse sich eine ganze Menge ändern, ehe sie wieder zurückgehen würde.« Greta hatte auch gesagt, Pasadena sei schon deshalb nicht das Richtige für sie beide, weil sich dort jedes Gerücht in Windeseile ausbreiten würde. »Das ist nichts für uns«, hatte sie gesagt.

»Möchte wissen, wie sie das meint«, sagte Carlisle.

»Du kennst Greta doch. Sie mag es nicht, wenn die Leute über sie reden.«

»In gewisser Weise schon.« Die Amerikanerin gewann das erste Spiel mit einem Stoppball, der gerade noch über die Netzkante kam und dann tückisch ins Feld tropfte.

»Willst du nicht wenigstens mal auf Besuch rüberkommen?«, fragte Carlisle. »Nach Kalifornien? Vielleicht den Winter über? Ein bisschen malen?« Er hielt das lädierte Bein lang ausgestreckt und fächelte sich mit dem Programmheft Kühlung zu. »Dort könntest du Eukalyptusbäume und Zypressen malen. Oder Orangenhaine. Das würde dir gefallen.«

»Nicht ohne Greta«, sagte Einar.

Und Carlisle, der seiner Schwester ähnlich und nicht ähnlich war, fragte: »Aber warum denn nicht?«

Einar schlug die Beine übereinander und verschob dabei mit dem Fuß den Korbstuhl, der vor ihm stand. Das Mädchen aus Lyon segelte mit straffem Rock über den Platz und retournierte erfolgreich eine Rückhand der raffinierten Amerikanerin: Der schmutzige weiße Ball passierte sie und sprang ins Aus. Die Zuschauer, elegante Leute, die Hüte trugen und alle nach Lavendel und Limone dufteten, brachen in Jubelrufe aus.

Carlisle drehte sich zu Einar um. Er applaudierte lächelnd, und auf seiner Stirn bildeten sich Schweißperlen; und dann, als es im Stadion ruhig wurde, damit das Mädchen aus Lyon ungestört aufschlagen konnte, sagte er: »Ich weiß von Lili.«

Plötzlich nahm Einar den staubigen Geruch des Sandbodens wahr, den Wind, der durch die Pappeln wehte. »Ich glaube, ich weiß nicht, wovon du –«

Aber Carlisle unterbrach ihn. Die Ellbogen auf die Knie gestützt, starrte er auf den Platz und erzählte Einar von den Briefen, die Greta ihm im Laufe des letzten Jahres geschrieben hatte. Wöchentlich lag ein dicker Umschlag im Briefkasten, ein halbes Dutzend Bögen blauen Seidenpapiers, dicht bekritzelt mit ihren Worten; sie schrieb wie eine Rasende und ließ nicht einmal Ränder an den Seiten. »Es gibt da ein Mädchen«, schrieb sie in dem ersten Brief vor etwa einem Jahr. »Sie heißt Lili und kommt aus den Sümpfen Dänemarks. Ich habe sie bei mir aufgenommen.« Die Briefe schilderten Lili auf ihren Wegen durch Paris; beim Taubenfüttern im Park, auf den Knien, ihr Rock auf dem Kies um sie her ausgebreitet. Sie schilderten, wie Lili stundenlang auf dem Hocker in Gretas Atelier in der Rue Vieille du Temple saß, ihr Gesicht in der Beleuchtung des Fensters. Die Briefe kamen fast wöchentlich und handelten stets von den letzten Tagen mit Lili. Einar wurde nie erwähnt, und wenn Carlisle fragte: »Wie geht es Einar?«, oder: »Grüßt du Einar von mir?«, und einmal sogar:

»Ist jetzt nicht euer zehnter Hochzeitstag?«, ging Greta jedes Mal darüber hinweg.

Eines Tages, nachdem Carlisle ein halbes Jahr lang Woche für Woche diese Briefe bekommen hatte, fand er einen schlanken Umschlag im Briefkasten. Er erinnere sich an diesen Tag, erzählte er Einar, weil da schon seit einer Woche der schwarze Januarregen gefallen sei und sein Bein so sehr geschmerzt habe, als sei er erst tags zuvor von dem Einspänner angefahren worden. Er ging die Einfahrt zum Briefkasten hinunter, seinen Bambusstock in der einen Hand, den Schirm in der anderen. Die Tinte auf dem Umschlag verlief im Regen, und er öffnete ihn erst in der Vorhalle, einem dunklen, mit Pasadena-Eiche getäfelten Raum. Das Wasser tropfte ihm aus den Haaren aufs Papier, als er die eine Seite las: »Einar verlässt mich«, begann Gretas Brief. »Du hast Recht. Nach zehn Jahren verlässt er mich nun.« Carlisle fasste spontan den Entschluss, zum Postamt an der Colorado Street zu fahren und Greta ein Telegramm zu schicken. Noch während er den Brief zu Ende las, zog er den Regenmantel an, und erst da begann er plötzlich zu ahnen, was Greta eigentlich meinte.

Tags darauf kam ein zweiter Brief und einen Tag später noch einer. Und so ging es dann mit fast täglichen Berichten über Lili weiter. Die Seiten waren genauso voll gekritzelt wie bisher, nur erschienen jetzt auch winzige Zeichnungen von einem Mädchengesicht zwischen den Zeilen: Lili mit einem Hut, der mit getrockneten Veilchen geschmückt war; Lili bei der Lektüre von *Le Monde;* Lili, die mit großen Augen in den Himmel blickte.

»Und dann schickte Greta mir auch Skizzen aus ihrem Notizblock. Studien für ihre Lili-Porträts. Lili im Zitronenhain. Lili auf der Hochzeitsfeier.« Er unterbrach sich, als die Amerikanerin aufschlug. »Schöne Bilder. Sie ist schön, Einar.«

»Dann weißt du es also.«

»Ich habe es ziemlich schnell begriffen«, sagte Carlisle. »Natürlich kenne ich mich damit nicht besonders gut aus«, sagte er. Ein kleiner brauner Vogel landete vor ihnen auf der Brüstung. Er schwenkte, nach Essbarem Ausschau haltend, den Kopf hin und her. »Aber ich möchte gern helfen. Ich möchte Lili kennen lernen. Ich will wissen, ob ich irgendetwas tun kann. Verstehst du, diese Briefe, diese Zeichnungen, das ist nun einmal Gretas Art. Sie würde niemals direkt um Hilfe bitten. Aber ich spüre, dass sie Hilfe braucht und dass sie denkt, auch du könntest Hilfe nötig haben, mehr als sie dir geben kann.« Und dann: »Es belastet sie sehr. Du darfst nicht vergessen, dass sie das genauso sehr belastet wie dich.«

»Das hat sie gesagt?«

»So etwas würde Greta niemals sagen. Aber ich spüre es.«

Einar und Carlisle sahen dem Spiel zu. Es war ein warmer Tag, die Mädchen rieben sich den Schweiß aus dem Gesicht. »Bist du schon mal beim Arzt gewesen?«, fragte Carlisle.

Einar erzählte ihm von Dr. Hexler. Allein der Name ließ wieder den Ekel in ihm hochsteigen, und irgendwo krampften sich seine Eingeweide zusammen.

»Ich wüsste nicht, was ein Mediziner für dich tun könnte«, sagte Carlisle. »Wäre es nicht besser, du würdest mit jemandem über deine Gefühle sprechen? Über deine Gedanken? Ich kann dich zu jemandem bringen. Ich habe ein paar Namen herausgesucht, und ich bringe dich zu einem, mit dem du reden kannst. Vielleicht kann er dir helfen. Helfen, dieses Problem ein für alle Mal zu lösen. Keine Sorge, Einar. Ich weiß, was ich tue.«

Und dieses Bild, wenngleich nur aus den Augenwinkeln gesehen, blieb am deutlichsten in Einars Erinnerung haften: Carlisles lange Beine, das lädierte jetzt stark angewinkelt. Die schwitzende Amerikanerin auf dem Tennisplatz; der nasse Fleck auf ihrer Bluse, unmittelbar unter den Brüsten, der immer größer wurde. Und ihr dunkles, unscheinbares Gesicht; ihr großer Kopf, ihre langen Arme; irgendetwas stimmt doch nicht mit ihr. Zum Beispiel die dünne Ranke einer Ader auf ihrem Unterarm. Der Schatten über ihrer Oberlippe. Und wie das Publikum sich einmütig gegen sie verschworen hatte und immer lauter wurde, je weiter sie die Führung gegenüber der blonden Lyoneserin ausbaute. Als ob die ganze Welt gegen sie wäre – alle bis auf Carlisle, der sich vorbeugte und sagte: »Willst du nicht, dass sie gewinnt? Wäre es nicht viel besser, wenn sie gewinnen würde?«

Als Erstes brachte Carlisle ihn zu Dr. McBride, einem amerikanischen Psychiater, der mit der Botschaft zu tun hatte. Seine Praxis lag in der Rue de Tilsitt, in der Nähe des Passamtes. Dr. McBride hatte einen drahtigen Haarschopf und einen schwarz-grauen Schnurrbart. Hals und Oberkörper waren kräftig entwickelt, und sein weißes Hemd war so sehr gestärkt, dass es wie Pappe aussah. Er kam aus Boston und bezeichnete sich während der Besprechung mit Einar immer wieder als ein »schwarzer Ire«. Wenn er lächelte, blitzte in seinem Mund etwas Goldenes auf.

Dr. McBrides Praxis glich eher der eines Anwalts. Sein Schreibtisch stand auf Doppelsäulen und hatte eine Einlage aus grünem Leder. Eine Wand wurde von Bücherregalen in Anspruch genommen, eine andere von Aktenschränken aus Eiche. Am Fenster ein Lesepult, auf dem ein medizinisches Wörterbuch lag. Während Einar ihm von Lili erzählte, saß der Arzt ausdruckslos da und rückte an seiner Brille herum. Als einmal das Telefon läutete, ignorierte er es und bat Einar, sich nicht ablenken zu lassen. »Was war der längste Zeitraum, den Sie als Lili gelebt haben?«, fragte er.

»Über einen Monat«, sagte Einar. »Letzten Winter war sie sehr lange hier.« Einar dachte an den vergangenen Winter, als er so oft ins Bett gegangen war, ohne zu wissen, wer er am nächsten Morgen sein würde. Einmal wurden Lili und Greta, als sie spätabends aus der Oper kamen, von einem Räuber überfallen. Der Mann war ziemlich klein und trug eine schwarze Matrosenjacke, und sein Messer machte im winterlichen Mondlicht keinen besonders scharfen Eindruck. Aber er bedrohte sie damit und verlangte ihre Handtaschen. Der Mann hatte sich seit Tagen nicht rasiert, und er stampfte wütend mit dem Fuß auf den Boden und sagte: »Das ist kein Spaß, Mesdemoiselles. Glauben Sie nicht, dass ich scherze.« Als Lili Anstalten machte, ihm ihre Tasche zu geben, packte Greta sie am Handgelenk und sagte: »Lili, nein«, aber da hatte der Mann die Tasche schon geschnappt. Doch als er dann auch noch Gretas haben wollte, rief sie: »Von wegen!« und lief davon, in Richtung des Opernhauses, das golden in der Nacht leuchtete. Lili blieb allein zurück, an die Mauer gelehnt; der Räuber stand vor ihr. Wieder stampfte er mit dem Fuß auf, offenbar überlegte er, was er jetzt tun sollte. Greta war schon eine Straße weiter, als sie sich endlich umdrehte. Lili sah nur ihre Silhouette: die Fäuste in die Hüften gestemmt, die Füße breit auf dem Boden. Schließlich machte sie kehrt und kam zu den beiden zurück. Der Mann lächelte nervös. »Die ist verrückt«, sagte er und stampfte wütend auf. Er hielt die Hand jetzt so, dass das Messer, bei dem es sich anscheinend um ein gewöhnliches Essmesser handelte, nach unten zeigte. Und dann lief er vor Greta davon.

»Denken Sie an Einar, wenn Sie Lili sind?«, fragte Dr. McBride.

»Nein, niemals.«

»Aber Sie denken an Lili, wenn Sie Einar sind?«

»Ja.«

»Und was denken Sie da?« Er zog die Kappe von seinem Füller und legte das Schreibgerät offen auf ein leeres Blatt Papier.

»Meistens versuche ich mich einfach in sie hineinzuversetzen«, sagte Einar. Wenn er zum Beispiel Apfelkuchen mit Zimt esse, überlege er, ob er Lili ein Stück übrig lassen solle. Oder wenn er mit dem Fleischer aneinander gerate, der die Angewohnheit habe, mit dem Daumen auf die Waage zu drücken, frage er sich, ob Lili wohl auch dagegen protestieren würde. Nein, denke er dann, Lili würde sich nicht mit dem Fleischer anlegen, nicht mit einem so schlanken, gut aussehenden, blonden Mann; und dieser Gedanke führe dazu, dass er mitten im Satz abbreche, sich entschuldige und den Fleischer bitte, ihm das Stück Lamm einzupacken.

Dr. McBride schob sich die Brille hoch.

Carlisle wartete gegenüber in einem Café. Einar stellte sich vor, wie er im Baedeker las, den Bleistift hinter dem Ohr hervorzog und eine empfohlene Sehenswürdigkeit ankreuzte. Wahrscheinlich trank er jetzt gerade seinen Kaffee aus und sah auf die Uhr.

»Und wie ist Ihre Einstellung zu Männern?«, fragte Dr. McBride. »Hassen Sie Männer?«

»Ob ich Männer hasse?«

»Ja.«

»Aber nein.«

»Es wäre aber normal, wenn Sie Männer hassen würden.«

»Tu ich aber nicht.«

»Und Lili? Was für eine Einstellung hat sie gegenüber Männern?«

»Jedenfalls hasst sie Männer nicht.«

Dr. McBride schenkte sich Wasser aus einem silbernen Krug ein. »Mag sie Männer?«

»Ich verstehe nicht recht, wie Sie das meinen.«

Der Arzt nahm einen Schluck. Einar sah den Abdruck, den seine Lippen auf dem Glas hinterließen, und plötzlich spürte er, dass er Durst hatte.

»Hat sie schon einmal einen Mann geküsst?«

Einar überlegte, wie er um ein Glas Wasser bitten könnte, aber das schien ihm unmöglich. Er dachte, vielleicht sollte er einfach aufstehen und sich selbst etwas einschenken, aber auch das schien unmöglich. Er kam sich vor wie ein Kind, unschlüssig auf Dr. McBrides Stuhl, der mit einem kratzigen gelben Stoff bezogen war.

»Mr. Wegener, ich frage das nur, weil –«

»Ja«, sagte Einar. »Ja, sie hat schon einmal einen Mann geküsst.«

»Und hat es ihr gefallen?«

»Das müssen Sie sie selbst fragen.«

»Ich dachte, ich hätte sie gefragt.«

»Sehe ich wie Lili aus?«, fragte Einar. »Sehe ich aus wie eine Frau?«

»Eigentlich nicht.«

»Also, dann –«

Das Telefon läutete, und sie beide starrten den schwarzen Hörer an, der bei jedem Läuten zitterte. Schließlich gab es Ruhe.

»Ich nehme an, Sie sind homosexuell«, sagte Dr. McBride. Er schob die Kappe wieder auf den Füller und ließ sie zuschnappen.

»Ich kann Ihnen nicht folgen.«

»Sie sind nicht der Erste, dem so etwas passiert«, sagte Dr. McBride.

»Aber ich bin nicht homosexuell. Ganz und gar nicht. Sondern in mir lebt noch ein anderer Mensch«, sagte Einar und stand auf. »Ein Mädchen namens Lili.«

»Und es bricht mir das Herz«, fuhr Dr. McBride fort, »wenn ich Männern wie Ihnen sagen muss, dass ich nichts für sie tun kann.« Er nahm einen Schluck Wasser, seine Lippen drückten sich ans Glas. Dann stand er auf und kam um den Schreibtisch herum nach vorn. Er legte Einar eine Hand auf die Schulter und schob ihn zur Tür. »Ich kann Ihnen nur den Rat geben: Sie müssen versuchen sich zu beherrschen. Sie müssen gegen Ihre Begierde ankämpfen. Sie müssen sie ignorieren, Mr. Wegener. Wenn nicht ... nun, dann werden Sie immer einsam sein.«

Einar ging zu Carlisle ins Café. Er wusste, dass Dr. McBride nicht Recht hatte. Noch vor kurzem hätte er dem Arzt geglaubt und sich voller Selbstmitleid in den Schmollwinkel zurückgezogen. Nun aber sagte er zu Carlisle, den Arztbesuch hätte er sich sparen können. »Niemand versteht mich«, sagte er. »Das hat doch alles keinen Sinn.«

»Aber das stimmt doch nicht«, widersprach Carlisle. »Wir müssen nur den richtigen Arzt für dich finden. Das ist alles. Dr. McBride hat also keine Ahnung, wovon er redet. Na und? Deswegen musst du doch nicht gleich aufgeben.«

»Warum tust du das?«

»Weil du unglücklich bist.«

»Ja, aber warum?«

»Wegen Greta.«

Einige Tage später fuhr Carlisle Einar zum Etablissement Hydrothérapique, das als Spezialklinik für Nervenleiden bekannt war. Das Krankenhaus lag etwas außerhalb, Richtung Meudon, abseits der Straße hinter Ahornbäumen versteckt. Am Tor stand ein Aufseher, der sich ins Auto beugte und fragte, zu wem sie wollten. »Dr. Christophe Mai«, sagte Carlisle. Der Mann musterte sie, er biss sich in die Lippe und reichte ihnen ein Klemmbrett, auf dem sie etwas unterschreiben sollten.

Die Klinik war ein modernes Gebäude, ein großer Kasten aus Glas und Beton. Davor standen Ahornbäume und Platanen mit narbigen Stämmen. Die Fenster im Parterre waren mit Stahlgittern versehen, deren Schlösser in der Sonne glänzten.

Am Eingang mussten sie eine zweite Unterschrift leisten und schließlich in Dr. Mais Praxis eine dritte. Die Schwester dort, eine Frau mit weißen Locken, schickte sie in ein kleines Wartezimmer, in dem die beiden sich, als die Tür ins Schloss fiel, wie eingesperrt vorkamen.

»Ich habe Greta nicht erzählt, wo wir heute hingehen«, sagte Carlisle. Ein paar Tage zuvor hatte Einar mitbekommen, wie die beiden über ihn sprachen. »Er braucht keinen Psychiater«, hatte Greta gesagt, so laut, dass sie durch den Spalt unter der Tür deutlich zu hören war. »Im Übrigen kenne ich jemanden, der ihm wahrscheinlich helfen kann. Und das ist kein Psychiater. Sondern ein Mann, der wirklich etwas tun kann.« Dann senkte sie die Stimme, und Einar bekam den Rest nicht mehr mit.

Dr. Mais Praxis war in Braun gehalten und roch nach Zigaretten. Einar hörte Schritte auf dem Gang. Das Krankenhaus machte einen unangenehmen Eindruck auf ihn, und plötzlich regte sich leise in ihm der Gedanke, dass er hier genau richtig sei. Auf dem braunen Teppichboden waren die Spuren von Rollwagen zu sehen, und Einar malte sich aus, wie er, auf eine Liege geschnallt, ins tiefste Innere des Krankenhauses geschoben würde, an einen Ort, von dem es keine Wiederkehr gäbe.

»Meinst du wirklich, Dr. Mai kann mir helfen?«

»Ich hoffe es, aber wir werden es abwarten müssen.« Carlisle trug einen leichten Blazer, eine Hose mit scharfer Bügelfalte und eine gelbe Krawatte. Einar bewunderte seine erwartungsvolle Haltung, den Optimismus, den er in seinen Sommersachen ausstrahlte. »Wir müssen es wenigstens versuchen.«

Natürlich hatte Carlisle Recht. Er konnte einfach nicht mehr so weiterleben. In den letzten sechs Monaten hatte er stark abgenommen; als Dr. McBride ihn wog und die kleinen schwarzen Gewichte an der Waage immer weiter nach links verschob, stellte Einar fest, dass er nur noch wenig mehr wog als früher als Kind. Auch eine seltsame Verfärbung seiner Haut war ihm aufgefallen: Sie war blaugrau wie der Himmel in der Morgendämmerung, als ob sein Blutkreislauf sich irgendwie verlangsamt habe. Und er war kurzatmig geworden, sodass es ihm schwarz vor Augen wurde, wenn er mehr als ein paar Schritte lief oder wenn irgendein plötzliches lautes Geräusch, wie das Knallen eines Motors, ihn erschreckte. Dazu kamen die Blutungen, die Einar gleichzeitig fürchtete und freudig begrüßte. Wenn er den ersten Tropfen auf der Oberlippe oder zwischen den Beinen spürte, wurde ihm schwindlig. Niemand wollte es ihm sagen, aber er wusste, das Blut kam aus seinem weiblichen Inneren. Er hatte davon gelesen: von Hermaphroditen, deren verborgene weibliche Organe wie aus Protest gelegentlich Blut absonderten.

Dr. Mai erwies sich als freundlicher Mann. Er hatte dunkles Haar und trug eine gelbe Krawatte, die der von Carlisle seltsam ähnlich war. Die beiden lachten darüber, und dann führte Dr. Mai Einar in den Untersuchungsraum.

Der Raum war gekachelt und hatte ein vergittertes Fenster mit Blick auf die Ahornbäume und Platanen des Parks. Dr. Mai zog einen schweren grünen Vorhang zurück, dahinter stand die Untersuchungsliege. »Nehmen Sie bitte Platz«, sagte er und legte die Hand auf das Polster. »Erzählen Sie mir, was Sie zu mir führt.«

Er lehnte an einem Schränkchen mit Glastüren und hielt ein Klemmbrett an die Brust gedrückt; nickend hörte er sich an, was Einar ihm von Lili zu berichten hatte. Ein paar Mal rückte er an seiner Krawatte. Ab und zu machte er sich Notizen.

»Ich weiß auch nicht genau, was ich mir von einem Arzt erwarte«, sagte Einar. »Ich glaube nur, dass ich so nicht mehr weiterleben kann.«

»So nicht? Wie meinen Sie das?«

»Dass ich nicht weiß, wer ich bin.«

Damit beendete Dr. Mai das Gespräch. Er entschuldigte sich und ging; Einar blieb auf der Liege sitzen und baumelte mit den Füßen. Draußen führte eine Schwester einen jungen Mann durch den Park, der Bademantel über seinem gestreiften Schlafanzug stand offen. Der Mann hatte einen Bart, und sein Gang war so unsicher, als ob er sich ohne die Schwester, deren Kittel ihr bis zu den Füßen reichte, gar nicht aufrecht halten könnte.

Als Dr. Mai zurückkam, sagte er: »Ich danken Ihnen, dass Sie mich aufgesucht haben.« Dann gab er Einar die Hand und brachte ihn zu Carlisle zurück.

Auf der Rückfahrt nach Paris sagten beide lange Zeit nichts. Einar beobachtete Carlisles Hand auf dem Schalthebel, und Carlisle hielt den Blick auf die Straße gerichtet. Schließlich sagte er: »Der Arzt will dich in die Anstalt einweisen.«

»Weswegen?«

»Er hält dich für schizophren.«

»Aber das ist doch Unsinn«, sagte Einar. Er sah zu Carlisle hinüber, der sich weiter auf den Verkehr konzentrierte. Vor ihnen fuhr ein Lastwagen, der an jeder holprigen Stelle eine Hand voll Kies verlor, die dem Spider auf die Motorhaube prasselte. »Ich bin doch nicht schizophren«, sagte Einar noch einmal.

»Wenn es nach ihm gegangen wäre, hätte ich gleich die Aufnahmepapiere unterschreiben sollen.«

»Aber das ist doch Unsinn. Ich bin nicht schizophren.«

»Ich habe ihm gesagt, es sei nicht so dringend.«

»Aber ich bin nicht schizophren. Oder was meinst du? Das ergibt doch gar keinen Sinn.«

»Ich glaube das auch nicht. Aber wenn du davon sprichst … wenn du von Lili erzählst, hört es sich wirklich so an, als ob du von zwei Personen redest. Von zwei verschiedenen Personen.«

»Das sind sie ja auch.« Es war Abend geworden, der Verkehr floss nur zäh, weil ein Schäferhund überfahren worden war; er lag mitten auf der Straße, und die Autos mussten eins nach dem anderen darum herumfahren. Der Hund war tot, sah aber gar nicht verletzt aus; sein Kopf ruhte auf der Granitkante eines *rond-point.*

»Glaubst du, Greta meint das auch? Glaubst du, sie hält mich für wahnsinnig?«

»Natürlich nicht«, sagte Carlisle. »Gerade sie glaubt ja am stärksten von uns allen an Lili.«

Als sie den Hund passiert hatten, ging es wieder schneller voran. »Soll ich auf Dr. Mai hören? Meinst du, ich sollte mal für eine Weile in seine Klinik?«

»Du solltest darüber nachdenken«, sagte Carlisle. Seine Hand lag auf dem schwarzen Knauf des Schalthebels, und Einar spürte, dass er noch etwas sagen wollte. Bei dem Fahrtwind und dem dichten Verkehr und den erstickenden Abgasen der Autobusse war es schwierig zu sprechen. Einar sah Carlisle an, als wollte er ihn drängen, ihm ehrlich seine Meinung zu sagen. Rück schon raus mit der Sprache, hätte Einar am liebsten gesagt, ließ es aber. Etwas hing zwischen ihnen, und als sie dann im Marais waren und vor dem Haus anlangten, verschwand das Etwas im Geräusch des leerlaufenden Motors. »Erzähl ihr nicht, wo wir gewesen sind«, sagte Carlisle.

Müde ging Einar nach dem Essen zu Bett, und Greta legte sich zu ihm, noch ehe er eingeschlafen war.

»Zu früh für dich«, sagte er.

»Ich bin auch müde. Ich habe die letzten Nächte durchgearbeitet. In dieser Woche ein halbes Dutzend Skizzen abgeliefert. Ganz zu schweigen von dem Lili-Porträt auf dem Moor.

Den Hintergrund hast du wunderbar gemacht. Ich bin rundum zufrieden damit. Hans findet das auch. Das habe ich dir noch sagen wollen.«

Er spürte sie neben sich, ihren warmen Körper unter dem Sommerlaken. Ihr Knie berührte sein Bein, ihre Hand lag auf seiner Brust. Zu mehr Berührungen kam es nicht mehr zwischen ihnen, doch irgendwie schien es so noch intimer als in jenen Nächten am Anfang ihrer Ehe, als sie ihm immer die Krawatte abgezogen und den Gürtel gelöst hatte: ihre Hand an seine Brust geschmiegt wie ein kleines Tier; der wohlige Druck ihres Knies; die feuchte Wärme ihres Atems; ihr Haar, das ihm wie Ranken um den Hals wuchs. »Meinst du, ich werde wahnsinnig?«, fragte er.

Sie richtete sich auf. »Wahnsinnig? Wer sagt denn so was?«

»Niemand. Und du?«

»Das ist das Lächerlichste, was ich je gehört habe. Wer hat dir das eingeredet? Etwa Carlisle?«

»Nein. Nur dass ich eben manchmal gar nicht weiß, was mit mir los ist.«

»Aber das stimmt doch nicht«, sagte sie. »Wir wissen genau, was mit dir los ist. In dir lebt Lili. In deiner Seele lebt eine hübsche junge Frau, die Lili heißt. So einfach ist das. Deswegen bist du doch nicht verrückt.«

»Ich habe mich nur gefragt, was du von mir hältst.«

»Ich halte dich für den tapfersten Mann, den ich kenne«, sagte sie. »Und jetzt schlaf.« Ihre Faust ballte sich fester, die Haarsträhne kroch ihm über den Hals, und ihr Knie verzog sich.

Eine Woche verging. Einen ganzen Tag lang räumte er sein Atelier auf, rollte die alten Bilder zusammen, verstaute sie in einer Ecke und war froh, sie aus dem Weg zu haben. Es machte ihm Spaß, für Greta die Hintergründe zu malen, ohne dass er es dabei vermisste, selbst kreativ zu sein. Wenn er an die Karriere dachte, die er aufgegeben hatte, hatte er manchmal das Gefühl, endlich eine langweilige, unangenehme Arbeit hinter sich zu haben. Und wenn er an seine vielen Gemälde dachte – die vielen dunklen Moore, die vielen sturmzerzausten Heidelandschaften –, empfand er nichts. Schon die Vorstellung, sich etwas Neues ausdenken zu müssen, ging über seine Kräfte, die Vorstellung, eine neue Landschaft zu beschwören und auf die Leinwand zu bringen: Ihm war, als habe ein anderer all diese kleinen Bilder gemalt. Wie hatte er doch immer zu seinen Schülern an der Königlichen Akademie gesagt? Wenn Sie leben können, ohne zu malen, dann tun Sie's. Das Leben ist beträchtlich einfacher so.

Einar schlief lange und stand müde auf. Jeden Morgen nahm er sich vor, den Tag als Einar zu verbringen, aber sobald er zum Ankleiden an den Schrank trat, war es ihm, als stünde er auf dem Dachboden vor den Habseligkeiten irgendeines Vorfahren.

Und ziemlich oft kam dann Lili aus dem Schlafzimmer und setzte sich auf den Hocker in Gretas Atelier. Sie krümmte die Schultern und spielte mit dem Schal in ihrem Schoß, oder sie wandte Greta, wenn sie an einem anderen Porträt arbeitete, den Rücken zu und schaute aus dem Fenster, ob nicht Hans oder Carlisle kämen.

Carlisle schlug als Nächstes Dr. Buson vor, einen jüngeren Arzt an der psychiatrischen Klinik in Auteuil. »Wie bist du auf den gekommen?«, fragte Einar. Carlisle hatte sich in sechs Wochen schneller in Paris eingelebt als Einar in drei Jahren. Er hatte schon die zweite Schachtel mit Visitenkarten angefangen und bekam Einladungen übers Wochenende nach Versailles und Saint-Malo. Auf der Rue de la Paix gab es einen Schneider, der bereits seine Hemdgröße auswendig wusste.

Als Carlisle ihn zu Dr. Buson fuhr, spürte Einar die Motorwärme durch den Stahlboden des Autos.

»Hans hat mir von ihm erzählt.«

»Hans?«

»Ja. Ich habe ihn angerufen. Habe ihm erzählt, ein Freund von mir müsse mal zum Arzt. Namen habe ich nicht genannt.«

»Aber wenn er nun –«

»Ach was«, sagte Carlisle. Und dann: »Und wenn schon. Er ist doch dein ältester Freund, oder?« Jetzt, da ihm die blonden Haare ums Gesicht wehten, sah Carlisle vollkommen und eindeutig wie Gretas Zwillingsbruder aus; er schob sich die Haare hinter die Ohren.

»Hans hat sich nach dir erkundigt«, fuhr Carlisle fort. »Er sagt, er weiß, dass da was nicht stimmt. Er sagt, er hat dich mal am Quai du Louvre gesehen, da bist du zur Seine gegangen, und er hat dich beinahe nicht erkannt.«

Er spielte am Schalter für den Scheibenwischer herum, und Einar wartete nur darauf, dass Carlisles Hand sich von dort wieder auf sein Knie senken würde. »Er hat mir erzählt, du bist einfach an ihm vorbeigegangen«, sagte Carlisle. »Er hat dich gegrüßt, aber du bist einfach weitergegangen.«

Das schien ausgeschlossen. »An Hans vorbeigegangen?«, sagte Einar, und im Fenster des Autos sah er sich so undeutlich gespiegelt, als sei er eigentlich gar nicht da. Er hörte Carlisle sagen: »Vielleicht solltest du es ihm erzählen. Er würde das verstehen.«

Dr. Buson war etwa in Einars Alter und stammte aus Genf. Er hatte schwarzes, widerspenstiges Haar und ein schmales Gesicht mit langer Nase. Wenn er sprach, hielt er den Kopf nach links gewandt, als sei er sich nicht sicher, ob er die nächste Frage nicht lieber als Feststellung formulieren sollte. Buson empfing Einar und Carlisle in einem kleinen weißen Raum; dort gab es einen Liegesessel, über dem die Silberschale einer Untersuchungslampe hing, und einen Rollwagen, der mit grünem Tuch abgedeckt war. Auf dem Tuch waren fächerförmig ein Dutzend Scheren verschiedener Größe ausgebreitet. An der Wand hing ein Schaubild des menschlichen Gehirns.

Dieses Mal blieb Carlisle bei dem Gespräch dabei. Aus irgendeinem Grund fühlte sich Einar in seiner Gegenwart klein, als ob Carlisle sein Vater sei und die Fragen nicht nur stellen, sondern auch gleich beantworten würde. Neben ihm brachte Einar kaum ein Wort über die Lippen. Das Fenster ging auf einen regendunklen Hof; Einar sah zwei Schwestern über das Pflaster gehen.

Dr. Buson erklärte seine Behandlungsmethode für Menschen mit Identitätsstörungen. »Normalerweise sehnen sie sich nach etwas Frieden in ihrem Leben«, sagte er. »Und das heißt: sie müssen sich entscheiden.«

Carlisle machte sich Notizen, und plötzlich fand Einar es bemerkenswert, dass er von Kalifornien hierher reisen und sich um ihn kümmern konnte, als gäbe es nichts Wichtigeres in seinem Leben. Carlisle hatte das nicht nötig, das war Einar klar. Nichts zwang Carlisle, ihn zu verstehen. Auf dem Hof rutschte eine Schwester auf den nassen Steinen aus, und als eine Kollegin sie hochzog, zeigte die Schwester ihr ihre blutende Handfläche.

»Ich denke, in gewisser Hinsicht haben Menschen, die zu mir kommen, großes Glück«, sagte Dr. Buson. Er saß auf einem Stahlhocker, der mit einer Kurbel in der Höhe verstellbar war. Unter dem Arztkittel trug er eine schwarze Hose und schwarze Seidensocken. »Sie haben Glück, weil ich sie frage: ›Wer möchten Sie gerne sein?‹ Und dann müssen sie sich entscheiden. Das ist nicht einfach. Aber würden wir alle nicht gerne einmal gefragt werden, wer wir sein möchten? Wenigstens ein bisschen?«

»O ja«, sagte Carlisle und kritzelte nickend etwas in sein

Notizheft. Einar empfand es als Glück, dass er Carlisle hatte, der ihn zu all diesen Ärzten fuhr und nach jeder Enttäuschung die Hand ans Steuerrad legte und sagte: »Keine Sorge. Wir finden schon einen Arzt für dich.« Einar wurde ruhiger, sein Atem ging langsamer. Er wünschte nur, der Mensch, der ihm zu helfen versuchte, wäre Greta.

»Und das bringt mich zu meinem Verfahren«, sagte Dr. Buson. »Es ist eine ziemlich neuartige, sehr viel versprechende Operationsmethode. Ich bin ganz begeistert davon.«

»Erzählen Sie«, sagte Einar.

»Aber regen Sie sich bitte nicht allzu sehr auf, wenn ich es Ihnen erkläre, denn es klingt komplizierter, als es ist. Es klingt drastisch, ist es aber eigentlich nicht. Es ist ein ziemlich einfacher Eingriff, der bei Menschen mit Verhaltensstörungen gute Erfolge zeitigt. Die bisherigen Ergebnisse sind besser als die jeder anderen Behandlung, die ich jemals gesehen habe.«

»Und Sie glauben, bei einem wie mir könnte das helfen?«

»Ganz bestimmt«, sagte Dr. Buson. »Es handelt sich um Lobotomie.«

»Was ist das?«, fragte Einar.

»Ein einfacher chirurgischer Eingriff, bei dem Nervenbahnen im vorderen Teil des Gehirns durchtrennt werden.«

»Gehirnchirurgie?«

»Ja, aber ganz unkompliziert. Ich brauche dabei den Schädel nicht eigentlich zu öffnen. Nein, das ist ja gerade das Schöne daran. Ich bohre Ihnen lediglich ein paar Löcher in die Stirn, ungefähr hier … und hier.« Dr. Buson berührte Einar an den Schläfen und dann an einer Stelle unmittelbar über der Nase. »Und durch diese Löcher kann ich einige der Nervenstränge durchtrennen, die Ihre Persönlichkeit kontrollieren.«

»Aber woher wissen Sie, welche davon mein Verhalten steuern?«

»Nun, eben das habe ich vor kurzem herausgefunden. Haben Sie nicht davon in der Zeitung gelesen?«

»Ein Freund hat uns hierher geschickt«, sagte Carlisle.

»Dann hat er sicher die Artikel gelesen. Die Zeitungen waren voll davon.«

»Aber wie sicher ist diese Methode?«, fragte Carlisle schließlich.

»So sicher wie manches andere. Hören Sie, ich weiß, das klingt ziemlich radikal. Aber ich hatte einen Patienten, der war in fünf Persönlichkeiten aufgespalten, nicht nur zwei; und ich habe ihn operiert und geheilt.«

»Wie geht es ihm jetzt?«, fragte Einar.

»Er lebt bei seiner Mutter. Er ist sehr still, aber glücklich. Sie hat ihn zu mir gebracht, seine eigene Mutter.«

»Und wie würde es bei mir ablaufen?«

»Sie kommen in die Klinik. Ich bereite Sie auf die Operation vor. Es ist wichtig, dass Sie ausgeruht und körperlich nicht geschwächt sind. Sie müssten also erst in die Klinik und genug Kräfte sammeln, bevor ich Sie operieren kann. Das Ganze geht recht schnell, und anschließend brauchen Sie etwas Zeit zum Erholen. Der eigentliche Eingriff dauert nur wenige Stunden. Und zwei Wochen später können Sie gehen.«

»Und wo gehe ich dann hin?«, fragte Einar.

»Ach, ich dachte, das wüssten Sie bereits.« Dr. Buson stieß mit dem Fuß an das Wägelchen, sodass es auf seinen Rollen leicht ins Schwanken geriet. »Sie werden einige Dinge klären müssen, ehe Sie den Eingriff vornehmen lassen. Denn hinterher werden Sie nicht mehr derselbe sein.«

»Ist das wirklich so unkompliziert?«, fragte Carlisle.

»Im Allgemeinen schon.«

»Aber wer bin ich denn hinterher?«, fragte Einar.

»Das«, sagte Dr. Buson, »können wir noch nicht vorhersagen. Wir werden einfach abwarten müssen.«

Einar hörte Holzschuhe über den Hof klappern. Es regnete jetzt stärker, die Tropfen schlugen ans Fenster. Dr. Buson drehte sich auf seinem Hocker. Carlisle machte sich weitere Notizen. Draußen kam die Schwester mit der verletzten Hand aus einer Tür, über der ein ovales Fenster war. Ihre Hand war verbunden. Sie sagte lachend etwas zu ihrer Kollegin, und dann liefen die beiden Mädchen – sie waren höchstens zwanzig, wahrscheinlich nur Helferinnen – über den Hof zu einer anderen Tür, und auch darüber befand sich ein ovales Fenster, regennass und von innen heraus golden leuchtend.

KAPITEL 18

Als Greta im Frühherbst 1929 das zweite Mal mit Professor Bolk zusammentraf, brachte sie ein Spiralheft mit, in das sie eine Reihe von Fragen notiert hatte. Paris war jetzt grau geworden, die Bäume schüttelten die letzten Blätter ab. Frauen traten auf die Straße und streiften sich eilig Handschuhe über, und Männer zogen die Schultern bis zu den Ohren hinauf.

Sie trafen sich in einem Café in der Rue Saint-Antoine an einem Fenstertisch; von dort konnte Greta die Männer und Frauen aus den Tiefen der Métro kommen sehen, und alle schauten bei dem Wetter missmutig drein. Professor Bolk hatte auf sie warten müssen, seine winzige Espressotasse war bereits leer. Es schien ihn zu verdrießen, dass sie sich verspätet hatte; während Greta um Entschuldigung bat – ein Bild, das nicht fertig werden wollte, das ewige Telefon –, hörte Professor Bolk mit steinerner Miene zu und säuberte dabei mit einem kleinen Stahlmesser seinen Daumennagel.

Mit seinem langen Gesicht und dem Grübchen am Kinn, das wie die untere Hälfte eines Apfels aussah, machte er einen guten Eindruck auf Greta. Seine Knie passten kaum unter den Tisch, dessen runde fleckige Marmorplatte zerkratzt und rau war wie Schiefer. Ein schmaler Messingreif umspannte die Platte, und wenn Greta sich vorbeugte, um leise mit Professor Bolk zu sprechen, drückte sich ihr das Metall unangenehm in den Unterarm.

»Ich kann Ihrem Mann helfen«, sagte Professor Bolk. Neben ihm stand eine Tasche mit goldener Schnalle und Bügelgriffen, und Greta fragte sich, ob Professor Bolk tatsächlich einfach so mit dieser schwarzen Tasche zu ihnen in die Wohnung kommen und ein paar Stunden allein mit Einar verbringen konnte. Sie sagte sich, nein, so würde das nicht gehen, aber sie wünschte, es könnte so sein, so wie sie sich manchmal wünschte, Carlisles schlimmes Bein würde heilen, wenn er es sich nur ausreichend mit Minzöl einriebe, oder wie sie damals gewünscht hatte, Teddy Cross würde so lange in der Sonne sitzen, bis die Krankheit aus seinen Knochen verschwände.

»Aber wenn ich fertig bin, wird er nicht mehr Ihr Mann sein«, fuhr Professor Bolk fort und klappte die Tasche auf. Er entnahm ihr ein in grün marmoriertes Papier gebundenes Buch, dessen Lederrücken abgewetzt war wie ein alter Lesesessel.

Als er die gesuchte Seite gefunden hatte, blickte er auf, und als er Greta in die Augen sah, schlug ihr Herz ein wenig höher. Die aufgeschlagene Seite zeigte eine schematische Darstellung des menschlichen Körpers: Knochengerüst und Organe, verbunden durch ein Gewirr von parallelen und sich kreuzenden Linien; Greta musste an die Karten im Baedeker *Paris und Umgebung* denken, anhand derer Carlisle sich anfangs orientiert hatte. Professor Bolk erklärte, das Schaubild stelle einen normalen männlichen Erwachsenen dar; der Mann hielt die Arme ausgebreitet, und seine Genitalien sahen aus wie Weintrauben. Die Buchseite hatte Eselsohren und war mit Bleistiftnotizen bedeckt.

»Wie Sie sehen«, sagte Professor Bolk, »bildet das männliche Becken eine Höhle. Die Geschlechtsorgane hängen außerhalb. Im Becken befinden sich praktisch nur die Eingeweide, die sich ohne weiteres verlagern lassen.«

Greta bestellte sich noch einen Kaffee und hatte plötzlich das Bedürfnis nach einer frisch geschälten Orange; aus irgendeinem Grund musste sie jetzt an Pasadena denken.

»Ich bin neugierig auf das Becken Ihres Mannes«, sagte Professor Bolk. Was für eine seltsame Ausdrucksweise, dachte Greta; dennoch wurde Professor Bolk ihr immer sympathischer, besonders, als er dann von seiner Ausbildung erzählte. Er hatte in Wien und an der Berliner Charité studiert, wo er, was selten genug vorkam, neben chirurgischen auch psychologische Fachkenntnisse erwarb. Als junger Chirurg hatte er während des Krieges mehr als fünfhundert Gliedmaßen amputiert – wenn man all die Finger mitzählte, die er abgehackt hatte, um eine Hand zu retten, die von einer Granate, deren Zündzeit kürzer war als vom Hauptmann versprochen, zerfetzt worden war. Bolk hatte in Zelten operiert, deren Wände im Hagel der Detonationen bebten; ein Bein opfern, um den Mann zu retten, und das alles im Licht von Streichhölzern. Die Sanitäter schleppten die Verwundeten auf hölzernen Tragen herbei und schoben die halb Toten mit ihren aufgeplatzten Bäuchen auf Bolks Operationstisch, der noch feucht vom Blut des Vorgängers war. Als ihm das erste Mal ein solcher Mann gebracht wurde, dessen Unterleib nur noch eine offene Schüssel voller Därme war, glaubte Bolk weder ein noch aus zu wissen. Aber der Soldat da vor ihm rang mit dem Tod, seine Augen zuckten hin und her und flehten Bolk um Hilfe an. Die Gasflaschen waren fast leer, und so konnte er den jungen Mann nicht einmal vollständig narkotisieren. Bolk legte ihm einen Streifen Gaze aufs Gesicht und machte sich an die Arbeit.

Es war Winter, Hagel prasselte aufs Zelt, der Sturm blies die Fackeln aus, man stapelte die Leichen wie Brennholz, und Bolk kam zu dem Schluss, dass der junge Mann, wenn er nur genug von seinen Eingeweiden rettete – Leber und Nieren waren zum Glück nicht beschädigt – eine Überlebenschance hatte, auch wenn er nie mehr richtig würde scheißen können. Bolks Ärmel troffen von Blut, und eine Stunde lang nahm er nicht ein einziges Mal die Gaze vom Gesicht des Jungen, so sehr fürchtete er, auch wenn der Junge vor Schmerz das Bewusstsein verloren hatte, den Anblick seiner qualvoll flatternden Augenlider. Bolk nähte ihn, so wenig er auch sehen konnte, sorgfältig zusammen. Als Kind hatte er Schweine abgehäutet und das Innere des Soldaten fühlte sich ganz ähnlich an: warm, glitschig und fest, als ob man in einen Eintopf tauchte.

Es war schon spätabends – das Bombardement und der Eisregen wurden immer heftiger –, als Bolk das, was von der Haut des Soldaten noch übrig war, über die Wunde zog. Dabei half ihm eine Schwester in blutiger Schürze, Fräulein Schäpers; der Patient, von dem sie gerade kam, hatte sich über sie erbrochen und war dann gestorben. Sie brauchte eine halbe Minute, um sich das Gesicht abzuwischen und trat Bolk dann zur Seite. Gemeinsam zogen sie die Haut des Soldaten vom Brustbein bis zu den Lappen, die ihm ums Becken hingen. Fräulein Schäpers hielt seine Muskeln zusammen, und Bolk zog die Haut mit einem Faden stramm, der dicker war als ein Schnürsenkel; die Haut war so straff gespannt wie die Stoffbahnen der Klapphocker in dem Zelt mit dem Ofenrohr, das ihnen als Kantine diente.

Der junge Mann überlebte, zumindest lange genug, dass er auf einem Lastwagen, der mit Holzliegen zum Krankentransport ausgestattet war, weggeschafft werden konnte; die Holzliegen sahen wie Regale aus und erinnerten Bolk an die Lieferwagen der Bäckereien, die auf dem Gendarmenmarkt herumfuhren und das Brot auslieferten, von dem er gelebt hatte, als er noch ein armer Medizinstudent und fest entschlossen war, ein Arzt zu werden, den ganz Deutschland bewundern sollte.

»Fünfhundert Gliedmaßen, fünfhundert Leben«, sagte Professor Bolk in dem Café an der Rue Saint-Antoine zu Greta.

»Man sagt, ich habe fünfhundert Leben gerettet, obwohl ich das nie genau wissen werde.«

Die oberen Stufen des Métroeingangs waren mit Blättern bedeckt; immer wieder rutschten Leute darauf aus, bekamen aber jedes Mal noch rechtzeitig das grüne Kupfergeländer zu fassen. Greta konnte den Blick nicht davon abwenden, sie wartete, dass jemand hinfiel und sich die Hand oder Schlimmeres aufschlug; nicht dass sie das sehen wollte, sie wusste nur, dass es passieren würde.

»Wann kann ich Ihren Mann sprechen?«, fragte Professor Bolk.

Greta dachte an Einar, wie sie ihm im Treppenhaus der Königlichen Akademie der Schönen Künste begegnet war; auch damals – da war er immerhin schon Professor – hatte Einar wie ein Junge ausgesehen, der gerade in die Pubertät kam: als ob er eines baldigen Morgens beim Waschen den Arm heben und in der Achselhöhle das erste goldbraune Haar entdecken würde. Er war physisch nie normal gewesen, das wusste Greta ja. Nun aber fragte sie sich, ob ihr das denn jemals etwas ausgemacht hatte. Vielleicht sollte ich Professor Bolk allein nach Dresden zurückschicken, dachte sie und rührte unschlüssig ihren Kaffee um. Plötzlich tauchte die Frage auf, wen sie mehr liebte: Einar oder Teddy Cross. Das ist doch unwichtig, dachte sie, ohne es selbst zu glauben. Sie wünschte, sie könnte sich entscheiden, sie könnte sich mit dem, was sie bisher erfahren hatte, zufrieden geben, fand aber zu keinem Entschluss. Und dann dachte sie an Lili: an ihren sanft geschwungenen Hals; ihre Hände, die sie immer so zierlich hielt, als wollte sie in die Tasten eines Klaviers greifen; ihre Stimme, die so leise wisperte wie der Wind, der im Winter über die Beete in Pasadena strich und in den papierdünnen Blüten des Islandmohns raschelte; ihre weißen, still übereinander gelegten Unterschenkel. Wen liebe ich mehr, fragte sich Greta – Professor

Bolk räusperte sich, sein Adamsapfel ging auf und ab; und dann sagte er, als bestünde kein Zweifel daran: »Also. Sie kommen mit Lili zu mir nach Dresden.«

Aber Greta konnte Einar nicht nach Dresden bringen. Zumindest noch nicht. Es kam zu viel dazwischen, unter anderem die private Ausstellung ihrer neuesten Bilder, die alle Lili auf einem Tisch liegend zeigten, die Hände auf dem Bauch gefaltet, die Augen geschlossen wie im Tod. Die Bilder, kleinformatig, von der Größe eines guten Lexikons, hingen im Vestibül einer Gräfin, die in Rufweite nicht nur des besten Ateliers von Paris lebte, sondern auch des besten Apothekers; und dieser Mann war Experte für Gesichtsmasken aus dem Schlamm der Normandie und für Haartönungen, die er aus Limonensaft und reinem Pasadenaextrakt mischte; und Letzteren wiederum überließ ihm Greta im Austausch gegen kosmetische Gerätschaften wie den Hautreinigungsapparat, den Lili nun immer häufiger nötig hatte.

Die Bilder – es waren nur acht – gingen an einem einzigen Nachmittag weg; die Chauffeure der Käufer warteten unterdessen unten vor dem Haus in den offenen Türen von Nürburg-Cabrios, in deren Walnusstäfelung sich die Sonne des Frühherbstes spiegelte. Hans hatte die Ausstellung organisiert und mehreren Zeitungsredakteuren erzählt, diese Vernissage dürfe man auf keinen Fall verpassen. Er trug eine Opalnadel im Rockaufschlag und drückte jedes Mal Gretas Hand, wenn eins ihrer Bilder von den gräflichen Wänden genommen wurde, deren Zierleisten mit jahrhundertealten Farbschichten bedeckt waren. Und Greta bekam, obwohl ihr Vermögen bei der Zentrale der Landsmandsbanken ohnehin ständig zunahm, immer wieder glasige Augen, wenn da jemand sein ledernes Scheckeut aufklappte und den Betrag mit kratzendem Stift auf das Kohlepapier schrieb.

Das war einer der Gründe, warum sie nicht sofort mit Einar nach Dresden gehen konnte. Ein anderer Grund war Carlisle, der beabsichtigte, noch über Weihnachten in Paris zu bleiben. Und wenn sie eins von Carlisle wusste, dann dies: genau wie sie musste er alles, was er einmal angefangen hatte, auch zu Ende bringen. Noch nie hatte Greta ein Bild begonnen, ohne es dann auch fertig zu stellen. Gewiss, sie konnte es jetzt ja zugeben, viele davon – besonders aus der Anfangszeit in Dänemark – taugten nichts. Ach, könnte sie doch in dunkler Nacht nach Kopenhagen zurückkehren und von den Wänden all dieser Büros am Vesterbrogade und Nørre Farimagsgade die langweiligen Auftragsarbeiten entfernen, die sie als junges Ding gemalt hatte, als sie noch gar nicht wusste, was sie leisten wollte oder konnte! Sie dachte an ein steifes Porträt von Herrn I. Glückstadt, dem Finanzier der Ostasiatischen Gesellschaft und des Kopenhagener Freihafens; sein Haar hatte sie mit purer Silberfarbe gemalt; und seine rechte Hand, die einen Füller hielt, war bloß ein verschwommenes fleischfarbenes Rechteck.

Und Greta wusste, dieses Bedürfnis, bei einer Sache niemals aufzugeben, hatte sie mit Carlisle gemeinsam; ihre nahezu gleich großen Körper waren beide von dem Drang beherrscht, etwas zu leisten. Einmal war Carlisle in die Casita gekommen und hatte Greta eine so überraschende Neuigkeit erzählt, dass sie nur noch den Pinsel ins Terpentinglas stellen und sich zu ihm auf die Bettcouch setzen konnte.

»Einar und ich sind bei einigen Ärzten gewesen«, fing er an. Von der Fahrerei im offenen Wagen hatte Carlisle ein wenig Farbe bekommen, und sein Gesicht war jetzt noch ansehnlicher, als Greta es von früher in Erinnerung hatte. Wenn sie die Augen schloss und der unaufgeregten, sachlichen Stimme ihres Bruders lauschte, war es ihr beinahe so, als hörte sie sich selber reden.

Carlisle erzählte von den nutzlosen Arztbesuchen, von den Demütigungen, die Einar erfahren hatte. »Er kann mehr ertragen als die meisten Männer«, sagte Carlisle, und Greta dachte: Ja, das weiß ich auch.

»Und ein Arzt«, fuhr Carlisle fort, »Dr. Buson, der meint, er kann ihm helfen. Er kennt solche Fälle. Menschen, die sich einbilden, sie –« Und hier versagte ihm, was Greta nie passierte, die Stimme. »Die sich einbilden, sie seien in mehrere Persönlichkeiten gespalten.«

Carlisle erklärte das Verfahren der Lobotomie und beschrieb die spitzen kleinen Bohrer, die Dr. Buson auf dem Rollwagen ausgebreitet hatte. In seiner Darstellung klang das alles so unkompliziert, als gelte es eine Fliege totzuschlagen.

»Ich glaube, Einar ist nicht abgeneigt«, sagte Carlisle.

»Schade. Ich habe nämlich auch einen Arzt gefunden«, unterbrach ihn Greta. Sie hatte gemahlenen Kaffee durch einen Glaszylinder mit kochend heißem Wasser gedrückt und schenkte jetzt zwei Tassen ein. Dann ging sie in die Küche, um Sahne zu holen, und als sie keine fand, wurde sie wütend – wie früher als Kind, wenn eins der japanischen Hausmädchen in der Villa in Pasadena vergessen hatte, die versprochenen kandierten Datteln auf den Tisch zu stellen. Sie musste sich sehr zusammenreißen, um nicht mit dem Fuß aufzustampfen. Greta konnte sich selbst nicht leiden, wenn sie kleinlich wurde, aber manchmal führte kein Weg daran vorbei.

»Er meint, er kann Einar helfen, ein anderer Mensch zu werden«, fuhr sie fort. Sie entschuldigte sich, dass keine Sahne da sei und wollte schon sagen: »Offenbar bin ich doch nicht fähig, Arbeit und Haushalt unter einen Hut zu bringen, obwohl ich mir das gern einbilde«, ließ es aber, weil es unaufrichtig oder undankbar oder sonst wie – ach, sie wusste es selbst nicht – geklungen hätte, und dann wurde ihr ganz heiß unter dem langen Rock und der Bluse, die an den Ärmeln etwas zu knapp geschnitten war, und sie fragte sich, warum sie eigentlich mit ihrem Bruder über ihren Mann sprechen musste, was Carlisle sich hier überhaupt einzumischen hatte.

Aber sie bezwang sich wieder.

»Dr. Buson glaubt auch, dass er Einar helfen kann, ein anderer Mensch zu werden«, sagte Carlisle. »Hat dein Arzt dieselbe Methode im Sinn? Hat er irgendetwas von Bohrlöchern in die Stirn erzählt?«

»Professor Bolk meint, er kann aus Einar eine Frau machen«, sagte Greta. »Nicht psychisch, sondern physisch.«

»Und wie soll das gehen?«

»Mit einer Operation«, sagte Greta. »Es gibt drei Operationsmethoden, die der Arzt ausprobieren möchte.«

»Ich glaube, ich kann dir nicht folgen.«

»Vertrau mir.«

»Natürlich vertraue ich dir. Aber was genau sind das für Operationen?«

»Es geht um Geschlechtsumwandlung.«

»Hast du Einar schon davon erzählt?«, fragte Carlisle.

»Noch nicht«, sagte sie.

»Klingt ziemlich riskant.«

»Dein Vorschlag etwa nicht?«

Carlisle saß, die Beine hochgelegt, auf der Ottomane. Sie hatte ihn gerne bei sich, morgens, wenn Lili noch schlief, und später, wenn Lili einkaufen oder baden ging. Möglich, dachte sie, dass ich ihn irgendwie stillschweigend um Hilfe gebeten habe. »Das mit Dr. Buson kann ich nicht zulassen«, sagte sie. »Am Ende macht er mir Einar zum Kind, zum hilflosen Säugling.«

»Er muss das selbst entscheiden«, sagte Carlisle. »Er ist erwachsen, die Entscheidung liegt bei ihm.« Immer so vernünftig, ihr Bruder. Für Greta manchmal zu pragmatisch.

Sie nippte an ihrer Tasse; wie sie schwarzen Kaffee hasste! »Selbstverständlich«, sagte sie. »Es ist seine Sache.«

Und auch dies war ein Grund, warum sie noch nicht mit Einar nach Dresden gehen konnte. Sie musste einen Tag abwarten, an dem sie unbelastet war, einen Tag zudem, an dem Einar sich glücklich fühlte, weil Lili sich wieder einmal gezeigt hatte und ihr Besuch nicht quälend, sondern erfreulich gewesen war: etwa nach einer siegreichen Badmintonpartie auf dem Rasen hinter Annas Wohnung oder nach einem Kinoabend im Gaumont-Palace; nur nach einem solchen Tag würde Greta im Stande sein, Einar zu erklären, was für Lilis Zukunft getan werden konnte. Leicht würde es in keinem Fall. Greta musste zugeben, dass Carlisle offenbar sehr geschickt vorgegangen war, als er Einar von Dr. Busons Fähigkeiten und den Möglichkeiten der Lobotomie überzeugt hatte, einer Methode, die ihr selbst ebenso grausig wie grausam vorkam. Sie würde niemals gestatten, dass Einar sich auf so etwas einließ. Aber in einem hatte Carlisle Recht: Einar musste selbst entscheiden. Also würde Greta ihn überzeugen müssen, dass Bolk ihr Problem lösen konnte, das Problem, das ihre Ehe nachhaltiger bestimmt und zerstört hatte, als irgendein anderer Mann es jemals hätte tun können. Da Bolk bereits nach Dresden zurückgekehrt war, musste sie Einar eben allein überzeugen: seine Hand in ihre nehmen, sich die Haare hinters Ohr schieben und ihm erklären, was für Aussichten, was für glänzende Aussichten sich in Dresden boten.

Und dann gab es noch einen weiteren Grund, warum Greta zögerte, mit Einar nach Dresden zu gehen.

Im März 1918, als Pasadena nach dem Ende des Winterregens wieder so grün war wie Akikos Jadebuddha in ihrer Dachkammer in der Villa der Wauds, hatten Greta und Teddy den neugeborenen Carlisle in den Erdbeerfeldern von Bakersfield begraben und waren nach Pasadena zurückgegangen, traurig, vielleicht allzu traurig, wie Mrs. Waud gelegentlich zu verstehen gab, indem sie nervös an ihren Ringen drehte.

Aber wenigstens regnete es nicht mehr, und Pasadena war grün: überall die grünen Matten des Winterroggens, die frischen rosa-weißen Blüten des Löwenmauls, der junge Islandmohn, Orangenbäume im weißen Blütenkleid. Für Greta waren die Wurzeln der Orangenbäume wie Ellbogen, die sich aus dem feuchten Boden schoben, blass und fleischfarben und dick wie Männerarme. Der Regen hatte die Erde aufgeweicht und die nun allenthalben auftauchenden blau-grauen Würmer erinnerten Greta an Carlisles Geburt. Die wurmhafte Farbe der wie ein Korkenzieher geringelten Nabelschnur würde sie niemals vergessen. Und auch nicht den bläulichen Schleim, der die Augen des Kleinen verschloss, und das Schimmern ihrer eigenen Flüssigkeiten, die ihn umhüllten wie ein dünner öliger Schutzfilm, den ihr Körper in seiner unabhängigen Weisheit ganz allein produziert hatte.

Das ging ihr in jenem Frühling durch den Kopf, als sie sich in Abwesenheit ihres Vaters um die Orangenplantagen kümmerte. Für ihre Inspektionsfahrten nahm sie das Auto mit der hochklappbaren Windschutzscheibe, das sie sicher durch den Schlamm brachte. Sie beaufsichtigte die Arbeiter, meist junge Männer aus Tecate und Tucson, die vor allem überschüssige Triebe zu stutzen hatten. Unter einem Baum, dessen Früchte vorzeitig abfielen, entdeckte sie in einem Erdklumpen ein ganzes Nest von Würmern. Und dies wiederum erinnerte Greta an Teddy und seinen Husten. Seit fast einem Jahr schon kam nun dieser Auswurf aus seinen Lungen, und nachts lag Teddy in so eiskalten Schweiß gebadet, dass Greta beim ersten Mal geglaubt hatte, er habe im Bett ein Glas Wasser verschüttet. Sein Husten rasselte, als habe er eine Hand voll Glasscherben im Hals, und als es damit anfing, riet sie ihm, einen Arzt zu holen. Sie hatte schon den Hörer in der Hand, um Dr. Richardson anzurufen, einen kugelrunden Mann, der aus North Carolina stammte, aber Teddy, von Hustenkrämpfen geschüttelt, redete es ihr aus: »Mir fehlt nichts. Ich lasse keinen Arzt an mich ran.«

Greta legte auf und sagte nur: »Na schön.« Sie würde eben warten müssen, bis er aus dem Haus war; dann konnte sie ungestört telefonieren. Jedes Mal wenn er hustete und das Taschentuch – das sie selbst mit einem schwarzen Eisen gebügelt hatte – vor den Mund hielt, sah Greta ihn aus den Augenwinkeln an, um festzustellen, ob mit dem Husten etwas herausgekommen sei. Manchmal kam nichts, und dann seufzte sie erleichtert auf. Oft aber kam ein schleimiges weißes Zeug, das ihm von den Lippen ins Taschentuch troff. Später war dann immer mehr Blut dabei. Da nicht Akiko, sondern Greta sich um Teddys Wäsche kümmerte, einschließlich seiner Taschentücher, hatte sie einen guten Überblick, wie viel Blut er tatsächlich aushustete. Das Bettzeug wechselte sie jeden Abend, und die Taschentücher und gelegentlich auch seine Hemden legte sie in Bleichmittel ein, deren beißender Chlorgeruch ihr in Nase und Augen brannte. Das Blut ging nicht so ohne weiteres heraus, und sie rieb sich die Finger wund bei dem Versuch, die Flecken aus den Taschentüchern zu entfernen; dabei musste sie an die Lappen denken, die sie früher, als sie noch malte, benutzt hatte – jetzt, in der Casita in Pasadena, malte sie ja überhaupt nicht mehr. Aber wenn Greta zum Telefonhörer griff, sagte Teddy immer noch jedes Mal: »Ich lasse keinen Arzt an mich ran. Herrgott noch mal, ich bin nicht krank.«

Ein paar Mal gelang es ihr dennoch, Dr. Richardson in die Casita zu holen. Teddy empfing ihn im Sonnenzimmer; die Haare hingen ihm in die Augen, und er sagte: »Sie wissen ja, wie Ehefrauen sein können. Ständig müssen sie sich grundlos Sorgen machen. Aber ganz ehrlich, Doc, mir fehlt wirklich nichts.«

»Und was ist mit deinem Husten?«, fragte Greta dazwischen.

»Das haben doch alle Bauern. Wenn du dauernd auf dem Feld zu tun hättest, würdest du auch husten«, sagte er lächelnd, und dann lachte er, bis Dr. Richardson und Greta mit ihm lachten, obwohl Greta es gar nicht komisch fand, was Teddy da tat.

»Wahrscheinlich ist es nichts Ernstes«, sagte Richardson. »Aber hätten Sie was dagegen, wenn ich mir das mal ansehe?«

»Und ob ich was dagegen habe.« Der Fußboden des Sonnenzimmers war mit Fliesen belegt, die Teddy in seinem Atelier angefertigt hatte: bernsteingelb mit schwarzen Fugen. Im Winter war der Boden so kalt, dass man es nicht einmal in Strümpfen darauf aushielt.

»Dann rufen Sie mich, falls es schlimmer werden sollte«, sagte Dr. Richardson, nahm seine Tasche und ging.

Und Greta, die vor allem eine gute Ehefrau sein wollte, die nicht wollte, dass ihr Mann mit seinen Freunden darüber kicherte, was für ein aufdringliches, keifendes Weibsstück sie geworden sei, schob sich die Haare hinter die Ohren und sagte: »Also schön. Wenn Richardson dir nicht helfen soll, dann hilf dir verdammt noch mal wenigstens selber.«

Sie dachte an diesen Frühling des Jahres 1918, der grüner war als jeder andere Frühling, den sie je erlebt hatte, weil Teddys Zimmer im Sanatorium, in dem er inzwischen untergebracht war, Aussicht auf den Arroyo Seco und die San Gabriel Mountains hatte; oft saß sie, wenn Teddy schlief, auf dem Stuhl am Fenster und studierte das Grün. Das Sanatorium war ein hellbrauner Stuckbau mit einem Glockenturm, der unmittelbar am Rand des Arroyo Seco stand. Ein von Rosensträuchern gesäumter Weg führte um das Anwesen. Die Zimmer waren rautenförmig und hatten Fenster nach Norden und Süden. Teddys Bett war ein weißes Eisengestell, und jeden

Morgen kam eine Schwester, half ihm in den Schaukelstuhl, rollte die blau gestreifte Matratze zusammen und legte den unförmigen Ballen ans Fußende des Betts auf die offenen Sprungfedern.

Teddy hatte fast den ganzen Winter im Sanatorium verbracht, ohne dass sein Zustand sich gebessert hätte; eher schien es ihm von Woche zu Woche schlechter zu gehen. Seine Wangen waren eingefallen, seine Augen ständig mit einer Substanz verklebt, die wie verdorbene Milch aussah. Greta kam jeden Morgen, und als Erstes nahm sie einen Rockzipfel und tupfte ihm die Augen sauber. Dann kämmte sie ihm das schüttere Haar, von dem nur noch ein paar farblose Strähnen übrig waren. Manchmal trieben ihm Fieberanfälle den Schweiß auf die Stirn, und er war so schwach, dass er nicht einmal die Hand heben und ihn fortwischen konnte. Wenn sie kam, bot sich ihr häufig dieser Anblick: Teddy im Schaukelstuhl am sonnigen Fenster, erhitzt vom Fieber, schwitzend in dem Flanellbademantel, den die Schwester ihm um den schmächtigen Leib gewickelt hatte. Greta sah, wie er den Hals verrenkte, wie er die Hand zu heben versuchte, um sich mit dem Ärmel über die Stirn zu wischen; der Schweiß tropfte ihm vom Kinn, als sei er in einen Wolkenbruch geraten. Aber es war März, der Winterregen war vorbei, und ganz Pasadena war jadegrün; aber die klare helle Sonne brannte ihm nicht etwa die Tuberkulose aus Mark und Lungen, sondern steckte einfach seinen ganzen Körper in Brand, sodass er schon vor zehn Uhr, vor dem ersten seiner täglich zwei Gläser Kumquatsaft, unter der Wucht seines Fiebers zusammenbrach.

Im April schlief Teddy immer mehr. Greta saß im Schaukelstuhl mit den durchgewetzten weißen Armpolstern; er lag neben ihr im Bett, und wenn er sich im Schlaf wälzte, hörte sich das Knarren der Sprungfedern für Greta an, als ächzten seine Knochen, die mit Tuberkulose gefüllt waren wie ein

Windbeutel mit Sahne. Schließlich trat, im offenen weißen Kittel über einem billigen braunen Anzug, sein Arzt ins Zimmer, ein Mann namens Hightower. Teddy weigerte sich immer noch, sich von Dr. Richardson behandeln zu lassen, zu dessen Patienten nicht nur sämtliche Wauds in Pasadena zählten, sondern auch die Familien von Henrietta, Margaret und Dottie Anne. »Dr. Hightower ist gut genug für mich«, behauptete Teddy. »Ich brauche keinen Arzt für feine Leute.«

»Ein ›Arzt für feine Leute‹? Was soll das denn heißen?«, wollte Greta aufgebracht wissen, bereute die Frage aber sofort. Sie wollte ihm nicht widersprechen; sie wollte Teddy auf keinen Fall verletzen, indem sie so tat, als wisse sie besser Bescheid als er. Und da sie so dachte, duldete sie Dr. Hightowers tägliche Visiten mit ausgesuchter Höflichkeit. Der Arzt hatte es immer eilig, und wenn er den Aktenordner unterm Arm hervorzog, waren oft genug nicht einmal die richtigen Krankenpapiere darin. Er war schlaksig gebaut und hatte blondes Haar wie ein Norweger, hell wie Kaffee mit sehr viel Milch. Er stammte aus Chicago, und einige besonders exponierte Körperstellen – die Nase, die Ohren, die knotigen Finger – sahen aus wie erfroren.

»Wie geht es Ihnen heute?«, fragte Dr. Hightower immer als Erstes.

»Etwas besser«, sagte Teddy; entweder glaubte er das wirklich oder er wusste nicht, dass man auch etwas anderes antworten konnte. Dr. Hightower nickte und hakte irgendetwas auf dem Krankenblatt ab. Greta entschuldigte sich, um mal eben auf der Plantage anzurufen, wo stündlich die Ankunft eines Trupps Orangenpflücker aus Tecate erwartet wurde. Im Schwesternzimmer behielt sie dann den Hörer ans Ohr gedrückt und tätigte einen zweiten Anruf, diesmal bei Richardson: »Es geht ihm schlechter«, sagte sie nur.

Ihre Mutter kam auch manchmal, meistens nachmittags,

wenn Teddy seine eine gute Stunde hatte, und dann hörten sich Greta und Teddy schweigend das langweilige Zeug an, das Mrs. Waud zu erzählen hatte: dass sie nun bald wieder das Strandhaus in Del Mar beziehen könnten; dass Gretas Vater in einem Telegramm noch begeisterter als die Zeitungen vom nahen Ende des Krieges berichtete. Greta hoffte insgeheim, dass ihre Mutter einschreiten würde, so energisch, wie man es von ihr gewohnt war: die Vorhänge aufreißen, Teddy aus dem Bett in ein heißes Mineralbad scheuchen, ihm eine Tasse Tee mit Bourbon an die Lippen halten. »So ist's brav, wir kriegen dich schon wieder hin!«, würde ihre Mutter händereibend sagen und sich die losen Haarsträhnen hinter die Ohren schieben. »Schluss jetzt mit dieser albernen Tuberkulose!«, würde sie sagen – jedenfalls hoffte Greta im Stillen, dass sie so etwas sagen würde. Aber Mrs. Waud tat und sagte nie etwas dergleichen; sie überließ Teddy Greta. Am Ende ihres Besuchs zog sie die Handschuhe an, küsste Teddy durch ihre OP-Maske auf die Stirn und sagte bloß: »Wenn ich das nächste Mal komme, will ich dich nicht im Bett sehen.« Dann warf sie Greta einen bedeutungsvollen Blick zu; und draußen auf dem Flur nahm Mrs. Waud die Maske ab und sagte: »Sieh zu, dass er bestmöglich versorgt wird, Greta.«

»Er lässt Richardson nicht an sich heran.«

»Er muss aber.«

Und Greta rief noch einmal Richardson an und erzählte ihm das Neueste von Teddys Zustand.

»Ja, ich weiß«, sagte Dr. Richardson. »Ich habe mit Dr. Hightower gesprochen. Ehrlich gesagt, ich glaube kaum, dass ich mehr für ihn tun könnte. Wir müssen einfach abwarten.«

Als Carlisle einmal aus Stanford zu Besuch kam, nahm er Greta beiseite und sagte: »Ich mag diesen Hightower nicht. Was ist das eigentlich für einer?« Sie erklärte, das Sanatorium habe ihn mit Teddys Behandlung betraut, aber Carlisle unterbrach sie: »Es wäre besser, wenn Richardson sich um ihn kümmern würde.«

»Nichts zu machen.«

»Kann ich irgendetwas tun?«

Sie dachte darüber nach. Teddys Husten drang durch die Tür. Die Sprungfedern seines Betts zitterten. Er rang mit hohlem Pfeifen nach Luft. »Ich werde darüber nachdenken. Ja, du kannst bestimmt etwas tun. Ich weiß nur noch nicht, was.«

»Du weißt, wie schlimm es um ihn steht?«, sagte Carlisle und nahm ihre Hand.

»Aber Teddy ist stark«, sagte sie.

Am Nachmittag – Carlisle war gegangen, die Sonne glitt über die Hügel, und bläuliche Schatten senkten sich wie Decken auf die Canyons von Pasadena – saß Greta neben Teddy und hielt seine kalte Hand. Der Puls an der Unterseite seines Handgelenks war so schwach, dass sie zuerst glaubte, er sei gar nicht mehr da. Aber dann spürte sie ihn, matt und unregelmäßig. »Teddy?«, sagte sie. »Teddy, kannst du mich hören?«

»Ja«, sagte er.

»Hast du Schmerzen?«

»Ja.«

»Geht es dir heute besser?«

»Nein«, sagte er. »Eher schlechter. So schlimm war es noch nie.«

»Du wirst bestimmt wieder gesund. Teddy? Kannst du mir einen Gefallen tun? Ich habe Richardson angerufen. Er kommt morgen früh, um nach dir zu sehen. Bitte, lass ihn. Mehr verlange ich nicht. Er ist ein guter Arzt. Als ich klein war und die Windpocken hatte, hat er mich gerettet. Mein Fieber war auf über einundvierzig gestiegen, und alle, sogar Carlisle, hatten mich abgeschrieben, aber wie du siehst, bin ich noch da, gesund und munter, und von dieser schlimmen Krankheit ist nur noch diese kleine Narbe übrig.«

»Greta, Schatz?«, sagte Teddy; die Sehnen an seinem Hals zuckten. »Ich sterbe. Das weißt du doch. Ich werde nicht mehr gesund.«

Tatsächlich wusste sie es nicht; erst da wurde es ihr klar. Ja, er lag im Sterben, er war schon eher tot als lebendig: seine Arme waren dünn, die Haut welk und gelblich; seine Augen entzündet; seine Lungen glichen Schwämmen, die so sehr mit Blut und Schleim verklumpt waren, dass sie wie Steine auf den Meeresgrund sinken würden. Am übelsten aber stand es um seine Knochen: ein feuchtes Feuer schwelte in ihnen und weichte sie auf. Sie stellte sich vor, was für Schmerzen er ertragen musste; und doch klagte er nie darüber. Dass ihr Mann Schmerzen litt, war ihr ein unerträglicher Gedanke. »Verzeih mir«, sagte Teddy.

»Aber weswegen denn?«

»Dass ich dich verlasse.«

»Aber du verlässt mich ja gar nicht.«

»Und verzeih mir, dass ich dich darum bitte«, sagte er.

»Worum bittest du mich? Wovon redest du?« Nervöser Schweiß kroch ihr über den Rücken. Im Zimmer war es stickig von den Ausdünstungen der Krankheit. Ich muss das Fenster aufmachen, dachte sie. Der arme Teddy braucht frische Luft.

»Hilfst du mir dabei?«

»Wobei?« Sie verstand ihn nicht. Soll ich Richardson anrufen und ihm sagen, dass Teddy jetzt wirres Zeug redet?, dachte sie. Ein bedenkliches Zeichen, würde Richardson düster am anderen Ende der Leitung sagen.

»Nimm das Kissen… das Gummikissen da. Drück's mir nur ein bisschen aufs Gesicht. Es dauert nicht lange.«

Sie erstarrte. Jetzt verstand sie. Eine letzte Bitte ihres Mannes, dem sie jeden Wunsch von den Lippen abzulesen pflegte. Und ihr lag sehr viel daran, dass er sie noch liebte, wenn er diese Welt verlassen musste – Dankbarkeit sollte seine letzte Empfindung sein. Auf dem Schaukelstuhl lag ein Gummikissen; Teddy hob mühsam die Hand und zeigte darauf.

»Drück es mir einfach ein paar Minuten aufs Gesicht«, sagte er. »Damit machst du es mir leichter.«

»Ach, Teddy«, sagte sie. »Ich kann nicht. Morgen kommt Dr. Richardson. Warte noch so lange. Lass dich von ihm untersuchen. Vielleicht kann er ja genau sagen, wie es um dich steht. Aber halte noch bis dahin aus. Und sag bitte nichts mehr von diesem Kissen. Zeig bitte nicht mehr auf dieses Kissen.« Der Schweiß rann ihr den Rücken hinunter, sammelte sich auf der Bluse unter ihren Brüsten, stand ihr auf der Stirn, als ob sie Fieber hätte: ein Tropfen lief ihr am Ohr hinunter.

Sie öffnete das Fenster und ließ frische Luft herein. Das Kissen war schwarz, es hatte wulstige Kanten und roch wie ein Autoreifen. Teddy zeigte immer noch darauf. »Ja«, sagte er. »Nimm es.« Sie berührte es, es fühlte sich an wie eine Wärmflasche. Schlaff, nur halb mit Luft gefüllt. »Greta, Liebste… tu mir diesen letzten Gefallen. Drück es mir einfach aufs Gesicht. Ich kann das alles nicht mehr ertragen.«

Sie nahm das Kissen und hielt es sich vor die Brust. Der Gummigeruch wurde noch stärker. Nein, sie konnte das nicht. Was für ein entsetzlicher Tod, unter diesem stinkenden alten Ding – Gummi als die letzte Wahrnehmung seines Lebens. Das wäre ja noch schlimmer als das, was ihn ohnehin umbringen wird, dachte sie und presste die Finger um die biegsame Kante. Schlimmer als alles, was man sich vorstellen kann. Nein, sie konnte das nicht, und dann warf sie das Kissen aus dem Fenster. Es stürzte wie ein verletzter Rabe in den Arroyo Seco.

Teddy öffnete den Mund und schob die Zunge vor. Er versuchte etwas zu sagen, aber die Anstrengung war zu viel für ihn, und er schlief ein.

Greta trat näher und hielt ihm die Hand vor den Mund. Sein Atem war nicht stärker als der Flügelschlag eines Schmetterlings. Der Abend senkte sich herab, und auf den Fluren des Sanatoriums wurde es still. Die Blauhäher lärmten ein letztes Mal in der Kiefer vor Teddys Fenster. Greta nahm seine feuchtkalte Hand. Sie konnte ihn nicht mehr ansehen und wandte den Blick zum Fenster: der Arroyo Seco wurde zu einer schwarzen Grube. Die San Gabriel Mountains waren nur noch dunkle Silhouetten von irgendetwas Großem, das schwarz und namenlos über dem Tal aufragte, in dem die Wauds zwischen Canyons und Orangenhainen lebten. Greta hielt den Atem an, bis sie ohnmächtig zu werden glaubte, und als sie endlich wieder Luft holte und sich mit dem Ärmel die Tränen abwischte, ließ sie Teddys Hand fallen. Wieder hielt sie ihm die Hand unter die Nase und da wusste sie es: in diesen Abendminuten war Teddy Cross aus eigenem Willen gestorben.

TEIL DREI

Dresden, 1930

KAPITEL 19

Einars Zug kam nach Deutschland. Er hielt auf einem braunen Acker, die gepflügten Schollen waren silbern überfroren. Die Sonne schien schwach vom Januarhimmel, am Feldrand duckten sich Birken im Wind. Einar sah nur flaches Land und grauen Himmel. Sonst war da nichts. Nur ein Traktor, im Winter sich selbst überlassen; der rote Metallsitz zitterte auf seiner Federung.

Grenzbeamte prüften im Zug die Pässe. Einar hörte sie in den angrenzenden Abteilen, ihre Stiefel klangen dumpf auf dem Teppichboden. Sie sprachen schnell, es klang aber eher gelangweilt. Das dünne Gewimmer einer Frau, die ihre Papiere erklärte, und dazwischen immer wieder die Stimme eines Beamten: »Nein, nein, nein.«

Zwei Beamte traten zu Einar ins Abteil, und etwas flackerte in seiner Brust, als ob er tatsächlich mit irgendeiner Schuld beladen sei. Die Männer waren jung und groß, die Uniformen, die Einar unangenehm gestärkt vorkamen, spannten sich stramm um ihre Schultern. Ihre Gesichter unter den Mützenschirmen glänzten wie die Messingknöpfe an ihren Manschetten, und plötzlich malte Einar sich aus, diese kaum ihrer Jugend entwachsenen Beamten seien selbst aus Messing: golden glänzend und kalt. Sie rochen auch metallisch, wahrscheinlich nach einer dienstlichen Rasiercreme. Einer der beiden hatte stark abgekaute Nägel, der andere zerkratzte Knöchel.

Einar hatte augenblicklich das Gefühl, die Beamten seien enttäuscht von ihm – als sei er, komme was da wolle, unfähig, irgendwelche Schwierigkeiten zu machen. Der mit den zerkauten Fingernägeln verlangte Einars Pass; als er sah, dass es ein dänischer war, ließ sein Interesse nur noch mehr nach. Er klappte ihn auf, sah dabei aber seinen Kollegen an. Keiner der Beamten, die beide durch den Mund atmeten, sah sich an, was in Einars Papieren geschrieben stand oder hob auch nur das Foto hoch, das vor langer Zeit im muffigen Atelier eines Fotografen in der Nähe des Rundetårn entstanden war, um es mit Einars Gesicht zu vergleichen. Sie sagten kein Wort. Der Erste warf Einar den Pass in den Schoß. Der Zweite sah Einar verkniffen an und klopfte sich auf den Bauch, dass die Messingknöpfe an seinen Manschetten wackelten, und Einar glaubte schier ein Klingeln zu hören. Dann waren sie weg.

Später nahm der Zug langsam wieder Fahrt auf, und die fahle Nachmittagssonne senkte sich schattenwerfend über die deutschen Felder, auf denen im Frühling der Raps mit seinen grellgelben Blüten erscheinen würde, deren verführerischer Duft an den Tod gemahnte.

Einar fror auf diesem letzten Teilstück der Reise. Greta hatte ihn gefragt, ob sie ihn begleiten solle. Er nahm an, sein Nein habe sie gekränkt. »Aber warum denn nicht?«, hatte sie gefragt. Sie waren im vorderen Zimmer der Casita, und Einar gab ihr keine Antwort. Es fiel ihm schwer, das zu sagen, aber er glaubte, wenn Greta mitführe, würde er für das alles keinen Mut aufbringen; sie würde ihn zu sehr an ihr bisheriges Leben erinnern. Wir waren glücklich miteinander, sagte er sich immer wieder. Einar und Greta hatten sich geliebt. Er fürchtete, wenn sie mitkäme, würde er seinen Termin bei Professor Bolk einfach ausfallen lassen; er hätte ihr vielleicht in Frankfurt gesagt, dass sie beide in einen anderen Zug steigen und nach Süden fahren sollten, zurück nach Menton, wo die helle Sonne und das Meer alles ganz einfach erscheinen lassen würden. Als er sagte: »Nein, ich fahre allein«, konnte er die Zitronenbäume im Park vor dem städtischen Casino beinahe riechen. Er hätte auch sagen können, er wolle nach Blåtand zurück, wo jetzt eine andere Familie in dem Bauernhaus bei den Torffeldern lebte; er hätte einfach weglaufen und Greta mitnehmen können zum Haus seiner Jugend: sein Zimmer mit der durchgelegenen Federmatratze und den Strichzeichnungen an der Wand neben dem Bett, die Hans und Einar auf einem Felsen schlafend zeigten; die Küche, unter deren abgeschabtem Tisch Einar sich so oft versteckt hatte, wenn sein Vater der Großmutter zuschrie: »Bring mir noch was Tee, bevor ich sterbe.«

Vor der Abreise aus Paris hatte Carlisle ihn gefragt, ob er wisse, worauf er sich da einlasse. »Ist dir wirklich klar, was Bolk mit dir vorhat?« Tatsächlich waren Einar die Einzelheiten nicht bekannt. Er wusste, Bolk wollte ihn verändern, aber selbst ihm fiel es schwer, sich vorzustellen, wie das gehen sollte. Fest stand, dass Bolk ihn mehrmals operieren würde. Bolk würde seine Geschlechtsorgane entfernen, aber die empfand er ohnehin nur noch als Parasiten, nutzlos und warzenfarben. »Ich denke immer noch, du solltest lieber zu Buson gehen«, hatte Carlisle ihn bedrängt. Doch Einar hatte sich für Gretas Plan entschieden; nachts, wenn niemand auf der Welt wach war außer ihnen beiden, wenn sie still unter der Bettdecke lagen und sich bei den Händen hielten, dann wusste er, es gab niemanden, zu dem er mehr Vertrauen hatte als zu ihr.

»Lass mich mitkommen«, hatte Greta ein letztes Mal gefleht und seine Hand an ihre Brust gezogen. »Du brauchst das nicht alleine durchzumachen.«

»Aber ich kann es nur, wenn ich allein bin. Sonst …« Er unterbrach sich. »Ich schäme mich zu sehr.«

Und daher fuhr Einar allein. Er sah sein Spiegelbild im Zugfenster. Sein Gesicht war blass und ausgemergelt. Es erinnerte ihn an einen Einsiedler, der sich seit vielen Jahren nicht mehr im Fenster seiner Klause betrachtet hatte.

Auf dem Sitz gegenüber lag die *Frankfurter Zeitung,* zurückgelassen von einer Frau, die mit einem Säugling reiste. In der Zeitung stand ein Nachruf auf einen Mann, der mit Zement ein Vermögen gemacht hatte. Daneben ein Foto: der Mann hatte einen traurigen Zug um den Mund und ein merkwürdiges Kinn, rund und glänzend wie das eines Babys.

Einar lehnte sich zurück und betrachtete sein Spiegelbild im Fenster. Die Nacht brach nun rasch herein, und das Bild wurde immer schattenhafter und kantiger, bis sein Gesicht schließlich nicht mehr zu erkennen war. Und dann war es ganz verschwunden. Einar saß im Dunkeln und sah nur noch die Lichter eines Scheinwerfers in der Ferne.

Bei meinem Nachruf wüssten sie gar nicht, womit sie anfangen sollten, dachte er. Greta würde einen Entwurf schreiben und bei der Zeitungsredaktion abgeben. So würden sie es wahrscheinlich machen, die Reporter von *Nationaltidende,* junge Männer mit schütterem blonden Haar: Sie würden Gretas Entwurf nehmen und zu einem Nachruf umschreiben, in dem alles auf den Kopf gestellt wäre. Beim Rattern des Zugs dachte Einar darüber nach, wie sein Nachruf anfangen sollte:

Er wurde in einem Sumpf geboren. Ein Mädchen, das als Junge in einem Sumpf geboren wurde. Einar Wegener hat es noch keinem Menschen erzählt, aber seine früheste Erinnerung war ein Sonnenstrahl, der durch eins der Schnürlöcher im Sommersonnenwendenkleid seiner Großmutter fiel. Als sie die weiten Ärmel mit den Schnürlöchern in die Wiege streckte, um ihn hochzunehmen, dachte er – nein, er dachte es nicht, sondern fühlte es –, dass dieser kleine helle Sommerfleck ihn für immer umstrahlen werde, als sei dies ein lebensnotwendiges Element wie Wasser, Licht und Wärme. Er hatte sein Taufkleid an. Er war in Spitzen gehüllt, gehäkelt von den Tanten seiner toten Mutter. Das Kleid hing ihm über die Füße und erinnerte Einar in späteren Jahren an die Spitzenvorhänge in den Häusern dänischer Adliger; dort fiel die blau gefärbte Baumwolle bis auf die Scheuerleiste und lag üppig gefächert auf dem von einer grobknochigen Angestellten mit Bienenwachs polierten Eichenfußboden. In der Villa, in der Hans zur Welt gekommen war, hatte es auch solche Vorhänge gegeben, und die Baronin Axgil schnalzte jedes Mal ungehalten mit der Zunge – es war die schmalste Zunge, die Einar jemals gesehen hatte, man konnte fast sagen, sie war gespalten –, wenn er, das Mädchen, das als Junge im Sumpf geboren war, die Hand danach ausstreckte.

Aber davon würde der Nachruf schweigen. Ebenso von der Szene, wie Einar nach dem Verkauf seines ersten Bildes nachts im Tuborgrausch in den Kanal gepinkelt hatte. Er war jung, er lebte in Kopenhagen, die Tweedhose bauschte sich um seine Hüften, in den Gürtel hatte er mit Hammer und Nagel ein zusätzliches Loch gebohrt. Dank eines Stipendiums für Jungen vom Lande konnte er die Königliche Akademie der Schönen Künste besuchen; niemand erwartete von ihm, dass er ernstlich malte, er sollte nur ein paar Kniffe zur Gestaltung von Hinter- und Vordergrund lernen und dann in die Sümpfe von Nordjütland zurückkehren, wo er die Giebel der Rathäuser mit Szenen aus dem Leben des nordischen Gottes Odin bemalen mochte. Aber dann, eines Nachmittags zu Beginn des Frühjahrs, als die Luft ihm noch wie Kristall in die Lungen strömte, besuchte ein Mann im Mantel die Akademie. Die Gemälde der Studenten hingen im ganzen Gebäude: in den Gängen, im Treppenhaus mit dem weißen Geländer, wo Greta dann Jahre später Einars Kopf in die Hände nahm und sich in ihn verliebte. Einars kleine dunkle Moorlandschaft war auch dabei, gefasst in einen mit falschem Blattgold belegten Rahmen, den er von dem Geld bezahlt hatte, das er für seine Teilnahme an medizinischen Experimenten am Kommunehospitalet erhalten hatte.

Der Mann im Mantel sprach nur mit leiser Stimme und bald verbreitete sich auf den Gängen der Akademie die Kunde, er sei ein Händler aus Paris. Er trug einen Hut mit Lederband und breiter Krempe, sodass die Studenten kaum seine Augen sehen konnten. Ein schmaler blonder Schnurrbart hing ihm über die Mundwinkel, und ein schwacher Geruch von Druckerschwärze wehte hinter ihm her wie Auspuffgase. Der amtierende Leiter der Akademie, Herr Rump, ein weniger talentierter Nachkomme des großen G. Rump, stellte sich dem Fremden vor und führte ihn durch die Korridore, deren schlichte graue Fußböden von Waisenmädchen gefegt wurden, die noch so jung waren, dass sie nicht schwanger werden konnten. Rump gab sich alle Mühe, den Fremden auf die Bilder seiner Lieblingsschüler aufmerksam zu machen: Mädchen mit gewelltem Haar und festen Apfelbrüsten und Jungen mit strammen Oberschenkeln. Aber der Mann im Mantel, der angeblich, auch wenn es nie jemand bestätigen konnte, von sich behauptete: »Ich habe ein Gespür für Talent«, ließ sich von Rumps Vorschlägen durchaus nicht beeindrucken. Er stand nickend vor einem Bild – eine Maus vor einem Stückchen Käse –, das Gertrude Grubbe gemalt hatte, eine Studentin, deren Augenbrauen so gelb und flaumig waren wie die Federn eines Kanarienvogels. Er blieb auch vor dem Porträt einer Lachsverkäuferin stehen; es stammte von Sophus Brandes, dessen Vater auf einer Fähre nach Russland ermordet worden war, nur weil er einmal der jungen Braut des Täters zugelächelt hatte. Und dann stand der Mann im Mantel vor Einars kleiner Moorlandschaft. Auf dem Bild war es Nacht, die Eichen und Weiden nur Schatten, der Boden dunkel und feucht wie Öl. In der Ecke, neben einem mit Flechten überwachsenen Stein, schlief ein kleiner weißer Hund in der Kälte. Erst tags zuvor hatte Rump dieses Gemälde als »zu dunkel für die dänische Schule« erklärt und es daher an einer ziemlich unvorteilhaften Stelle aufhängen lassen, nämlich neben dem Verschlag, in dem die Waisenmädchen ihre Strohbesen aufbewahrten und die ärmellosen Schürzenkleider anzogen, die sie auf Rumps Geheiß tragen mussten.

»Das hier ist gut«, sagte der Mann, schob die Hand in den Mantel und zückte eine Geldbörse aus – so ging das Gerücht – Eidechsleder. »Wie heißt der Künstler?«, fragte er.

»Einar Wegener«, antwortete Herr Rump, dem die Zornesröte ins Gesicht stieg. Der Fremde gab ihm hundert Kronen. Und als er das Bild von der Wand nahm, mussten sich alle in der Akademie – Rump, die Studenten, die durch die halb offenen Klassentüren zugesehen hatten, die Sekretärinnen in ihren hoch gesteckten Blusen, die Waisenmädchen, die heimlich den aber nie zur Ausführung gelangten Plan schmiedeten, Herrn Rump aus dem Fenster zu stoßen, und schließlich auch Einar Wegener selbst, der genau dort auf der Treppe stand, wo Greta ihn später küssen sollte – die Augen reiben. Das Ganze war so bemerkenswert, dass sie alle, ob Künstler oder nicht, nur noch staunend den Kopf schütteln konnten. Die Sonne schob sich hinter den Kirchtürmen von Kopenhagen hervor und ließ die Fenster der Akademie aufleuchten, und ehe sie es recht versahen, war der Mann im Mantel wieder verschwunden.

Auch dieses Ereignis würde nicht in seinem Nachruf stehen. So wenig wie die Szene mit Greta an jenem Nachmittag im August. Es war kurz nach dem Krieg, sie waren noch nicht verheiratet. Greta war erst seit einem Monat wieder in Kopenhagen. Sie trug einen mit Dahlien geschmückten Strohhut, als sie in der Akademie an seine Bürotür klopfte, und als er aufmachte, sagte sie nur: »Komm!« Sie hatten sich nicht mehr gesehen, seit sie bei Ausbruch des Krieges nach Kalifornien zurückgegangen war. Einar fragte: »Gibt's was Neues?«, und sie fragte achselzuckend zurück: »Hier oder in Kalifornien?«

Sie ging mit ihm zum Kongens Nytorf, wo der Verkehr um die Reiterstatue Christians V. rauschte. Vor dem Königlichen Theater stand ein beinamputierter deutscher Soldat; er hatte zum Betteln seine Mütze auf den Bürgersteig gelegt. Greta seufzte auf und fasste Einar beim Arm. Sie gab dem Mann etwas Geld und fragte ihn nach seinem Namen, aber der Krieg hatte ihn so verstört, dass er sie nicht verstand.

»An so etwas habe ich gar nicht gedacht«, sagte Greta, als sie weitergingen. »In Kalifornien war das alles so weit weg.«

Dann kamen sie durch Kongens Have; die Buchsbaumhecken sahen verwildert aus, Kinder liefen ihren Müttern davon, auf dem Rasen lagerten Pärchen auf karierten Decken und wünschten, alle anderen würden weggehen und sie allein lassen. Greta verriet nicht, wohin sie mit ihm wollte, und Einar war klug genug, sie nicht danach zu fragen. Der Tag war sonnig und warm, und aus den offenen Fenstern am Kronprinsessegade wehten die Sommervorhänge. Ein Lieferwagen fuhr vorbei und wieder fasste Greta Einar beim Arm. Sie sagte: »Sag bitte nichts.«

Doch Einars Herz pochte laut, weil die junge Frau, die ihn im Treppenhaus der Akademie geküsst hatte, nun wieder in seinem Leben aufgetaucht war, und zwar genauso plötzlich, wie sie fünf Jahre zuvor daraus verschwunden war. Er hatte in diesen fünf Jahren oft an Greta gedacht, und immer war ihm das alles wie ein beunruhigender, faszinierender Traum erschienen. Während des Krieges hatte er von ihr und Kalifornien geträumt. Aber auch davon, wie sie früher durch die Gänge der Akademie geeilt war, die Pinsel unterm Arm, deren Metallringe in der Sonne blinkten. Sie war die eifrigste Studentin, die er je gehabt hatte; gewiss verschmähte sie Tanz und Theater nicht, doch war sie stets bereit zu arbeiten, auch mitten in der Nacht, wenn die meisten anderen nur noch Aquavit trinken oder schlafen wollten. Wenn er sich die ideale Frau vorstellte, kam ihm immer häufiger Greta in den Sinn. Sie war nicht nur größer als alle anderen, sondern auch schneller. Er erinnerte sich, wie er eines Tages im Büro den Blick vom Schreibtisch hob und sie unten vor dem Fenster quer durch das Verkehrsgewühl am Kongens Nytorv hasten sah: Ihr blaugrauer Rock schob sich wie ein Pflug zwischen den Kühlerhauben und Stoßstangen der Kutschen und Automobile hindurch, deren Fahrer wie wild auf die Gummibälle ihrer Hupen drückten. Und wie sie all das mit einer geringschätzigen Handbewegung abtat. Denn für Greta war nur wichtig, was sie selbst vernünftig fand; und wenn Einar, der mit zunehmenden Jahren immer schweigsamer wurde und sich immer mehr davon überzeugte, dass er niemals dazugehören würde, einsam vor der Leinwand darüber nachdachte, was für ihn die ideale Frau sei, lautete die Antwort jedes Mal: Greta.

Und dann war sie an jenem warmen Augustnachmittag in seinem Büro aufgetaucht, und jetzt führte sie ihn durch die Straßen von Kopenhagen, den Kronprinsessegade entlang, vorbei an den offenen Fenstern der Salons, in denen das Geschrei von Kindern, die zu ihren Sommerferien an der Nordsee aufbrachen, und das Kläffen von Schoßhündchen zu hören war, die ihre kümmerlichen Beine bewegen sollten.

Als sie in Gretas Straße kamen, sagte sie: »Duck dich lieber.« Er verstand nicht, was das sollte, aber sie nahm ihn an der Hand und dann gingen sie geduckt hinter den geparkten Autos weiter. In der Nacht zuvor hatte es geregnet, die Bordsteine waren feucht, ebenso die Reifen der Autos, die nun in der warmen Sonne einen Gummigeruch verströmten, an den er sich später wieder erinnerte, als er mit Carlisle in Paris herumfuhr – in jenem Sommer, als sie, sie alle, Lilis Zukunft planten. Greta sprang mit ihm von Auto zu Auto, als ob sie feindlichem Feuer ausweichen müssten. Auf diese Weise bewegten sie sich die ganze Straße hinunter, die Straße, in der Herr Janssen wohnte, der Inhaber der Handschuhfabrik, in der bei einem Brand siebenundvierzig Frauen, gekrümmt über ihre Nähmaschinen, zu Tode gekommen waren; die Straße, in der Gräfin Haxen wohnte, die mit achtundachtzig Jahren die größte Teetassensammlung von ganz Nordeuropa besaß, eine so ungeheuer große Sammlung, dass nicht einmal *ihr* es noch etwas ausmachte, wenn sie in einem Wutanfall gelegentlich eins ihrer Stücke an die Wand schleuderte; die Straße, in der die Hansens mit ihren Zwillingstöchtern wohnten, Mädchen, die in zweifacher Ausführung so blond und schön waren, dass ihre Eltern in ständiger Sorge vor Entführern waren. So näherten sie sich dem weißen Haus mit der blauen Tür und den Blumenkästen, in denen rot wie Hühnerblut Geranien blühten, deren herber, leicht obszöner Duft noch auf der anderen Straßenseite zu riechen war. Es war das Haus, in dem während des Krieges Gretas Vater gelebt hatte; jetzt war der Krieg vorbei, und er kehrte nach Pasadena zurück.

Greta und Einar kauerten hinter der Motorhaube einer Labourdette Skiff und beobachteten die Möbelpacker, die Überseekisten die Treppe hinunter zu dem wartenden Lastwagen schleppten. Sie rochen die Geranien und das Verpackungsstroh und den Schweiß der Männer, die jetzt eben Gretas Himmelbett in den Wagen hoben. »Mein Vater reist ab«, sagte Greta.

»Du auch?«

»O nein. Ich bleibe hier. Allein. Verstehst du?«

»Nein.«

»Endlich bin ich frei.«

Doch Einar verstand sie nicht, noch nicht. Er verstand nicht, dass Greta allein in Dänemark, ohne ihre Verwandtschaft in Europa leben musste, um die Frau zu werden, als welche sie sich sah. Sie musste einen Ozean und einen Kontinent zwischen sich und ihre Familie bringen, um endlich frei atmen zu können. Einar verstand damals noch nicht, dass es sich bei diesem drängenden Bedürfnis, sich fern der Heimat neu zu definieren, um eine weitere von Gretas typisch amerikanischen Eigenschaften handelte. Er selbst wäre nie auf die Idee gekommen, so etwas zu tun.

Und auch davon würde nichts in seinem Nachruf stehen. Wie sollten die Reporter von *Nationaltidende* auch darauf kommen? Und wie die meisten Zeitungsleute wären die jungen Reporter mit dem schütteren Haar ohnehin nicht sorgfältig genug, eine etwaige Quelle zu überprüfen. Die Zeit lief davon. Einar Wegener schwand dahin. Nur Greta würde sich daran erinnern, wie er gelebt hatte.

Der Nachruf, der nie verfasst würde, sollte dann so weitergehen:

Als Lili eines Morgens im vorigen Sommer in ihrem Zimmer in der Casita aufwachte, war ihr unerträglich warm. Es war August. Zum ersten Mal, seit sie verheiratet waren, hatten Greta und Einar beschlossen, nicht nach Menton in Urlaub zu fahren. Hauptsächlich, weil sein Gesundheitszustand sich zunehmend verschlechterte. Die Blutungen. Der Gewichtsverlust. Die tief eingesunkenen Augen. Sein gelegentliches Unvermögen, bei Tisch den Kopf gerade zu halten. Niemand wusste, was zu tun war. Niemand wusste, was Einar wollte. Und als Lili an diesem heißen Morgen aufwachte und die Auspuffgase der Lastwagen, die die Fleischerei an der Ecke belieferten, durch das offene Fenster hereinwehten und ihr Gesicht mit Ruß überzogen, blieb sie im Bett und fragte sich, ob sie an diesem Tag überhaupt noch aufstehen würde. Der Vormittag verging damit, dass sie den welligen Verputz der Decke anstarrte, das weiße Blütenornament um den Sockel des Kronleuchters.

Dann hörte sie Stimmen im vorderen Zimmer. Ein Mann

und noch einer. Hans und Carlisle. Lili hörte, dass sie mit Greta sprachen, aber da Greta selbst nichts sagte, schien es, als wechselten die beiden Männer einander ständig ab. Ihre kratzigen Stimmen erinnerten Lili an einen Dreitagebart. Dann musste sie eingeschlafen sein, denn plötzlich war die Sonne höher gerückt, über die grünen Kupferdächer auf der anderen Straßenseite, wo ein Falke sein Nest gebaut hatte; aber Hans und Carlisle sprachen immer noch. Und dann waren sie an ihrer Tür und dann bei ihr im Zimmer – wie oft hatte sie in letzter Zeit daran gedacht, die Tür mit einem Schloss zu versehen, war aber nie dazu gekommen. Als sie die beiden eintreten sah, kam ihr das eher wie eine Erinnerung vor und nicht wie etwas, das tatsächlich geschah. Sie sagten: »Na komm. Steh auf.« Und dann: »Kleine Lili.« Sie fühlte sich an den Armen hochgezogen; auch dieses Ziehen glich eher einer Erinnerung. Einer der beiden hielt ihr eine Tasse Milch an den Mund. Der andere zog ihr ein Kleid über den Kopf. Sie führten sie zu dem Eschenschrank, aus dem sie ein Paar Schuhe nahm, und als ein Sonnenstrahl auf sie fiel, glaubte sie, ihre Haut ginge in Flammen auf. Hans und Carlisle schienen das zu spüren, denn sie besorgten einen Schirm, einen Sonnenschirm aus Papier und Bambus, und spannten ihn auf.

Irgendwie gelangten sie in die Tuilerien. Inzwischen war es Nachmittag. Links und rechts untergehakt, ließ Lili sich dort spazieren führen. Sie gingen unter den schwankenden Schatten der Pappeln her, in denen Lili riesige Fische sah, die senkrecht aus dem Meer emporsprangen. In der Nähe der Orangerie stellte Hans drei grüne Klappstühle zusammen, und dann saßen die drei dort und beobachteten die Kinder, die jungen Liebespaare und die einsamen Männer, die mit hektischen Blicken in ihre Richtung strebten. Lili dachte an ihren letzten Besuch im Park vor ein paar Wochen; da waren zwei kleine

Jungen an ihr vorbeigegangen, und einer von ihnen hatte gesagt: »*Lesbienne.*« Die Jungen waren höchstens zehn oder elf Jahre alt, blond und mit flaumigen Wangen; sie trugen kurze Hosen, die ihre unbehaarten Schenkel sehen ließen, und doch hatten diese hübschen kleinen Wesen etwas so Grausames und Falsches von sich geben können.

Lili saß mit Hans und Carlisle zusammen; ihr war sehr warm in dem Kleid, das sie für sie ausgesucht hatten. Es war eins der Kleider aus der Ferienwohnung in Menton, kurzärmelig und mit Muschelmuster. Sie spürte, dass ihr Leben mit Einar beendet war. Jetzt blieb nur noch die Frage, ob sie ein Leben als Lili haben würde. Oder war jetzt bald alles vorbei, und sie fände endlich ihre Ruhe? Würden Einar und Lili Hand in Hand von der Bühne gehen? Knochen, begraben im Sumpf.

Und Einar wusste, dass auch dies nicht in seinem Nachruf stehen würde. Dort würde alles Mögliche über ihn stehen, nur nichts über sein wahres Leben. Und dann verlangsamte der Zug seine Fahrt, und als Einar die Augen aufmachte, rief der Schaffner durch den Gang: »Dresden! Dresden!«

KAPITEL 20

Greta saß auf dem Samtsofa. Die Haare hingen ihr ins Gesicht, Edvard IV lag zitternd auf ihrem Schoß. Seit Einar nach Deutschland abgereist war, konnte sie nicht mehr arbeiten. Sie dachte immer nur an ihn, wie er durch Dresden ging und die Versuchsanstalt von Professor Bolk aufsuchte. Dabei stellte sie sich vor, wie Lili durch die Straßen irrte, während Einar verängstigt auf dem Untersuchungstisch des Professors lag. Greta hatte ihn begleiten wollen, aber er hatte es ihr ausgeredet; er hatte gesagt, er müsse das ganz allein machen. Sie verstand das nicht. Nur drei Stunden nach Einars Zug ging noch ein anderer nach Dresden, und sie hatte schon eine Fahrkarte gekauft. Wenn sie einen halben Tag nach ihm in der städtischen Frauenklinik auftauchen würde, musste Einar das eben akzeptieren. Greta wusste doch, dass Lili sie gern bei sich haben würde. Aber als sie dann die Koffer packte und sich überlegte, dass sie Edvard IV bei Anna unterbringen könnte, hielt sie plötzlich inne. Einar hatte sie gebeten, nicht mitzukommen: immer wieder hörte sie seine sorgfältig gewählten Worte, die ihm nur mühsam von den Lippen gekommen waren.

Greta war jetzt älter. Wenn sie in den Spiegel blickte, sah sie zarte, hübsche Falten um ihren Mund, zwei Falten, die sie an den Eingang einer Höhle erinnerten – etwas übertrieben, das war ihr schon klar, aber dennoch. Sie hatte sich vorgenommen, dass Falten und Runzeln ihr ebenso wenig Anlass zur Sorge sein sollten wie die wenigen grauen Haare, die sich an ihren Schläfen zeigten, nur ganz vereinzelt wie Hundehaare in einem Besen. Aber sie war doch besorgt, auch wenn sie es sich nur unwillig eingestand. Die Sorge nagte an ihr in all den Monaten und Jahren, in denen sie sich in ihre Rolle als amerikanische Künstlerin im Ausland einlebte, während Kalifornien immer weiter in den Hintergrund rückte, als habe das von einem Physikprofessor der Cal Tech vorhergesagte verheerende Erdbeben bereits stattgefunden und die gesamte Küste des Sonnenstaates im Pazifik versinken lassen; und auch Pasadena wich immer weiter in die Ferne, wie ein untergegangenes Schiff, eine untergegangene Insel, die nur noch in der Erinnerung existiert.

Davon ausgenommen war natürlich Carlisle. Im Herbst war er durch Paris geschlurft, die Hosenaufschläge schmutzig und durchnässt vom Regen. Die Schmerzen in seinem Schienbein kamen und gingen mit den Wolken, die sich vom Atlantik her über die Stadt wälzten; und immer wieder verließen er und Lili die Casita, um spazieren zu gehen, beide mit Schirm bewaffnet, Lili zusätzlich mit ihrem rosa Gummimantel, der so schwer aussah, dass Greta fürchtete, sie könnte darunter zusammenbrechen. Greta und Carlisle hatten sich über den richtigen Arzt für Einar gestritten. Er hatte ihr klipp und klar gesagt, sie tue seiner Meinung nach das Falsche für ihren Mann: »Am Ende könnte er diesen Schritt noch sehr bereuen«, hatte Carlisle gesagt, auch wenn er ihr letztlich ihren Willen ließ. Diese Kritik schmerzte sie, und es gab ihr den ganzen Herbst hindurch jedes Mal einen Stich, wenn Carlisle die Kompresse auf Lilis Stirn wechselte, wenn er bei ihr auf dem Bett saß und Poker mit ihr spielte, oder wenn die beiden sich für einen Abend in der Oper umzogen. »Schade, dass du nicht mitkommen kannst«, rief Lili mit ihrer dünnen Stimme. »Arbeite nicht zu viel!«

Manchmal fühlte Greta die Arbeit auf sich lasten, als sei sie der einzige arbeitende Mensch auf der Welt, während alle anderen frei hatten und das Leben genießen konnten. Es kam ihr vor, als trüge sie die ganze Verantwortung alleine, und sobald sie eine Pause einlegte, müsste ihre kleine gemeinsame Welt zusammenbrechen. Sie dachte an Atlas, der die Welt auf seinen Schultern trug; aber das Bild stimmte nicht ganz, denn sie trug die Welt nicht nur, sie hatte sie auch erschaffen. Jedenfalls schien es ihr zuweilen so. Manchmal war sie wie ausgebrannt und wünschte, sie könnte das jemandem erzählen; aber da war niemand, und so sprach sie mit Edvard IV, wenn er seinen Napf mit Hühnerresten fraß.

Niemand außer Hans.

Hans besuchte sie einen Tag nachdem Einar nach Deutschland abgereist war. Er kam gerade vom Friseur, seine Nackenhaare waren kurz geschoren, die Haut noch gerötet. Er erzählte ihr von einer neuen Idee für eine Ausstellung: Er wollte die Direktorin einer Mädchenschule fragen, ob man nicht in den Gängen der Schule eine Reihe von Lili-Porträts aufhängen könnte. So wie er in seine Kaffeetasse lachte, war er offenbar begeistert von seiner Idee.

Greta wusste, dass Hans in den letzten Jahren ein paar Frauen kennen gelernt hatte: eine Schauspielerin aus London; die reiche Erbin einer Marmeladenfabrik. Von ihm selbst erfuhr sie jedoch nichts darüber; vor ihr verheimlichte er, mit wem er zum Beispiel das Wochenende in der Normandie verbracht hatte. Nur Einar erzählte er davon, und Lili gab die Neuigkeit dann atemlos an Greta weiter: »Eine Schauspielerin, deren Name in Leuchtbuchstaben am Cambridge Circus steht!«, berichtete Lili. »Ist das nicht schön für Hans?«

»Ja, das muss sehr schön für ihn sein«, sagte Greta.

»Wo steckt denn Einar?«, fragte Hans jetzt.

»Er ist zu einem Arzt nach Deutschland gefahren.«

»Nach Dresden?«

»Hat er dir davon erzählt?« Sie blickte in der Wohnung umher, sah nach ihren Staffeleien, ihren Bildern, die an der Wand lehnten, dem Schaukelstuhl. »Lili ist mit ihm gegangen. Es ist still hier ohne die beiden.«

»Natürlich ist sie mit ihm gegangen«, sagte Hans. Er hockte sich auf ein Knie und breitete die neuesten Lili-Porträts auf dem Fußboden aus. »Er hat mir davon erzählt.«

»Wovon?«

»Von Lili. Von dem Arzt in Dresden.«

»Was redest du da?«

»Ach lass das, Greta. Glaubst du wirklich, ich wüsste nicht längst Bescheid?« Er sah zu ihr hoch. »Warum hast du Angst gehabt, es mir zu erzählen?«

Sie lehnte sich ans Fenster. Draußen fiel Eisregen, der leise an die Scheibe tappte. Es gab ein halbes Dutzend neue Bilder von Lili, auf denen sie, geschmückt mit der Perlenkette, die Greta ihr geschenkt hatte, am Schminktisch saß. Die Bilder zeigten Lilis rosa Wangen und das Schminkkästchen mit seinen verschiedenen Rottönen, die einen starken Kontrast zum silbrigen Weiß ihrer Haut bildeten. Auf allen diesen Bildern trug Lili ein ärmelloses Kleid mit rundem Ausschnitt; ihr Haar war unten nach innen gewellt. »Kannst du darauf wirklich Einar erkennen?«

»Jetzt schon«, sagte Hans. »Er hat mir im vorigen Herbst davon erzählt. Er konnte sich nicht entscheiden, ob er sich von Dr. Buson oder von Professor Bolk behandeln lassen sollte. Eines Tages ist er in der Galerie aufgetaucht und zu mir ins Büro gekommen. Es regnete, und er war ganz nass, und deshalb habe ich nicht gleich gesehen, dass er geweint hatte. Er war blass, noch blasser als Lili auf diesen Bildern, und ich fürchtete, er könnte ohnmächtig werden. Sein Atem ging schwer, und ich konnte die Ader an seinem Hals pulsieren sehen. Ich fragte ihn, ob irgendwas nicht in Ordnung sei, und da erzählte er mir auch schon die ganze Geschichte.«

»Wie hast du darauf reagiert?«

»Ich habe gesagt, jetzt sei mir manches klar.«

»Zum Beispiel?«

»Was Einar und dich betrifft.«

»Mich?«, sagte Greta.

»Ja, warum du dich in all diesen Jahren so abwehrend verhalten hast, warum du dich so zurückgezogen hast. Du hast das irgendwie nicht nur als sein Geheimnis, sondern auch als dein eigenes behandelt.«

»Er ist mein Mann.«

»Es war bestimmt sehr schwer für dich.« Hans stand auf. Der Friseur hatte ihn auch rasiert, jedoch eine Stelle an der Wange übersehen.

»Nicht so schwer wie für ihn.« Greta spürte eine Woge der Erleichterung: endlich wusste Hans Bescheid. Sie brauchte vor ihm kein Versteckspiel mehr zu treiben, wenigstens das war jetzt nicht mehr nötig. »Und wie denkst du über unser Geheimnis?«

»Einar ist nun einmal, wie er ist. Kann ich ihm deswegen einen Vorwurf machen?« Hans trat auf sie zu und nahm sie in die Arme. Sie roch das Menthol des Rasierwassers, seine Nackenhaare kitzelten sie am Handgelenk.

»Meinst du, es war richtig, dass ich ihn zu Bolk geschickt habe?«, fragte sie. »Du glaubst doch nicht, dass das ein Fehler war, oder?«

»Nein«, sagte er. »Das ist wahrscheinlich seine einzige Chance.«

Die beiden standen aneinander geschmiegt am Fenster, unten auf der matschigen Straße floss still der Verkehr vorbei. Ich darf hier nicht so mit ihm stehen, dachte sie; schließlich bin ich immer noch mit Einar verheiratet. Bald würde sie sich losmachen und Hans mit den Bildern in die Galerie schicken müssen. Er hatte eine Hand in ihrem Kreuz, die andere auf ihrer Hüfte. Ihr Kopf lag an seiner Brust, mit jedem Atemzug kam der Mentholgeruch. Sie versuchte sich von ihm zu lösen, aber es gelang ihr nicht. Wenn sie Einar nicht haben konnte, wollte sie Hans, und so schloss sie die Augen und wühlte ihr Gesicht an seinen Hals, und gerade als sie etwas ruhiger wurde und seufzend die Jahre der Einsamkeit von sich abfallen fühlte, hörte sie Carlisles Schlüssel in der Wohnungstür.

KAPITEL 21

Einar gab dem Fahrer fünf Reichsmark, und als das Taxi davonfuhr, schwenkten die Scheinwerfer über das winterliche Skelett einer Azalee hinweg auf die Straße. Dann lag die kreisrunde Einfahrt im Dunkeln, nur über der Tür glomm eine Laterne. Einar konnte seinen Atem sehen, und die Kälte drang ihm in die Füße. Neben der Tür war ein schwarzer Gummiknopf, doch Einar zögerte noch, ihn zu drücken. Feuchtigkeit sammelte sich in den Buchstaben der Messingtafel. STÄDTISCHE FRAUENKLINIK DRESDEN. Eine zweite Tafel nannte die Namen der hier arbeitenden Ärzte. Dr. Jürgen Wilder, Dr. Peter Scheunemann, Dr. Karl Scherres, Prof. Dr. Alfred Bolk.

Einar drückte auf die Klingel und wartete. Von drinnen war nichts zu hören. Soweit er das erkennen konnte, sah die Klinik eher wie eine Villa aus; sie war umgeben von Linden und Birken und Eisenzäunen, die oben mit Speerspitzen versehen waren. Irgendwo im Gebüsch raschelte ein Tier, eine Katze vielleicht oder eine Ratte, die sich vor der Kälte eingrub. Nebelschleier senkten sich herab, und Einar vergaß beinahe, wo er war. Er lehnte die Stirn an die Messingtafel und schloss die Augen.

Dann klingelte er noch einmal. Er hörte eine Tür aufgehen und dann eine Stimme, so gedämpft wie das Rascheln eben im Gebüsch.

Endlich wurde ihm geöffnet. Vor ihm stand eine Frau und sah ihn fragend an. Sie trug einen schlichten grauen Rock, dessen Träger sich über ihren Brüsten spannten; ihr silberweißes Haar war zu einem Bubikopf geschnitten. Ihre grauen Augen machten den Eindruck, als fände sie nie genug Schlaf, als hielte der Ring aus Fett um ihren Hals ihren Kopf aufrecht, während alle Welt schlafen konnte.

»Ja?«, sagte sie.

»Mein Name ist Einar Wegener.«

»Und?«

»Ich möchte zu Professor Bolk«, sagte Einar.

Die Frau legte beide Hände an die Rockfalten. »Professor Bolk?«, sagte sie.

»Ist er da?«

»Melden Sie sich morgen telefonisch an.«

»Morgen?«

»Sie wollen doch Ihre Freundin besuchen?«, sagte die Frau. »Deswegen sind Sie doch gekommen?«

»Ich glaube, ich kann Ihnen nicht ganz folgen«, sagte Einar. Er spürte die Blicke der Frau, auf sich selbst, auf der Tasche mit Lilis Kleidern.

»Haben Sie ein Zimmer, wo ich bleiben kann?«, hörte Einar sich fragen.

»Aber das ist eine Frauenklinik.«

»Ja, ich weiß.«

Er wandte sich um, ging ein Stück die dunkle Straße hinunter und wartete an einer Ecke im Licht einer kegelförmigen Laterne, die an Drähten über der Kreuzung hing. Schließlich hielt ein Taxi, und es war schon weit nach Mitternacht, als er sein Zimmer im Höritzisch Hotel in der Nähe des Hauptbahnhofs betrat. Die Tapete hatte ein Gittermuster, und die Wände waren so dünn, dass er genau hören konnte, welche Preise die Prostituierte im Nebenzimmer von ihren Kunden verlangte. Einar legte sich angezogen auf das Daunenbett. Er hörte einen Zug in den Bahnhof einfahren, das Kreischen der Räder auf den Gleisen. Vor ein paar Stunden hatte ihn unter dem geschwärzten Glasgewölbe des Bahnhofs eine Frau in einem mit Kaninchenfell besetzten Mantel gefragt, ob er sie nach Hause begleiten wollte, und jetzt glühte ihm schon bei der bloßen Vorstellung das Gesicht vor Scham. Ihre Stimme und die Stimme der Hure nebenan, ihre geschminkten Lippen und die Schlitze in ihren dünnen Röcken schwirrten durch seine Gedanken, so intensiv, dass er die Augen schloss und für Lili zu fürchten begann.

Als er am nächsten Tag wieder zur Klinik kam, hatte Professor Bolk keine Zeit für ihn. »Er ruft Sie an«, sagte Frau Krebs in ihrem grauen Rock. Einar, der zwischen den Eingangssäulen unter der Laterne stand, brach bei diesen Worten in Tränen aus. Es war nicht wärmer als am Abend zuvor und als er den Kies der Einfahrt unter seinen Füßen knirschen hörte, begann er zu zittern. Und da er nichts anderes vorhatte, streifte er in der Stadt umher, bedrängt von Hunger und Übelkeit.

Es war windig. In den Geschäften am Altmarkt ging es lebhaft zu, die Gasse neben der Drogerie Hermann Roche füllte sich mit Bankangestellten, die Mittagspause hatten. Die rußgeschwärzten Häuser waren dunkler als der Himmel; auf den Markisen standen die Namen der Geschäfte, deren bronzene Kassen mit jedem weiteren Monat der Rezession weniger zu tun bekamen: CARL SCHNEIDER, MARIENAPOTHEKE, SEIDENHAUS, KAUFHAUS RENNER, DROGERIE HERMANN ROCHE. Auf dem Platz standen Autos, die von zwei Jungen eingeparkt wurden; sie trugen Tweedmützen und Knickerbocker und hatten zerschrammte, blau angelaufene Schienbeine. Eine Frau mit hoch gesteckten Locken stieg aus ihrer Limousine; sie war in ein blaues Stretchkleid gezwängt, und der Wulst ihres Bauchs prüfte die Festigkeit der Fäden, mit denen ihre Blusenknöpfe angenäht waren. Die beiden Jungen lenkten ihr Auto in eine schmale Lücke und watschelten kichernd davon; die Frau schminkte sich derweil, unbeeindruckt von dieser Spötterei, die Lippen.

Der kleinere Junge blickte auf, und als er Einar sah, fing er wieder an zu lachen. Die Jungen sahen aus wie Brüder, beide hatten eine spitze Nase und ein hässliches Lachen. Einar spürte, dass die Jungen nicht mehr über die dicke Frau lachten, die jetzt zwischen den Autos hindurch und dann über die Straßenbahngleise auf die Drogerie Hermann Roche zusteuerte, wo Odol und Schuppenpomade zum halben Preis angeboten wurden. Sie lachten über Einar, über sein eingefallenes Gesicht, über den Mantel, der wie eine Fahne um die Stangen seiner Beine flatterte. Einar sah die dicke Frau hinter der Schaufensterscheibe mit den Odolflaschen hantieren. Er wünschte, er könnte bei ihr sein, mit ihr zusammen die Preise an der Dosenpyramide studieren und ihr schließlich eine Dose Pomade in den Korb werfen. Er malte sich aus, wie die Frau in der Limousine zu ihrem Haus in Loschwitz fuhr und die Einkäufe in den Toilettenschrank über dem Waschbecken ihres Mannes einräumte.

Er ging weiter durch die Stadt und sah sich die Schaufenster an. Frauen standen Schlange vor einem Hutgeschäft, das Ausverkauf machte. Ein Lebensmittelhändler trug eine Kiste mit Kohlköpfen nach draußen. Vor dem Fenster eines Drachengeschäfts blieb Einar stehen. Drinnen stand ein Mann, dem die Brille auf die Nasenspitze gerutscht war, an einer Werkbank und bog Holzstäbe zurecht. Um ihn herum lagen alle möglichen verschiedenen Drachen. Drachen wie Schmetterlinge, Drachen wie Windräder. Manche Drachen sahen wie richtige Drachen aus, andere wie fliegende Fische, mit Folie in den Flügeln. Es gab auch einen Adler und eine Fledermaus, schwarz und mit vorquellenden gelben Augen.

Einar ging zum Kartenschalter der Semperoper und kaufte eine Karte für *Fidelio*. Er wusste, die Oper war ein beliebter

Treffpunkt für Homosexuelle, und daher fürchtete er, die Frau hinter der von Atem beschlagenen Glasscheibe könnte ihn auch für einen halten. Sie war jung und hübsch und hatte grüne Augen und vermied es, Einar anzusehen; vorsichtig zog sie sein Geld durch den Fensterschlitz, als wüsste sie selbst nicht genau, ob sie es haben wollte oder nicht. Wieder einmal geriet Einar in Verzweiflung, weil offenbar niemand auf der Welt wusste, wer er war.

Dann erstieg Einar die einundvierzig Stufen der Brühlschen Terrasse, die Ausblick auf die Elbe und das rechte Flussufer bot. Die Terrasse war mit eckig beschnittenen Bäumen bepflanzt und von einem Eisengeländer umgeben, an dem Spaziergänger lehnten und den endlosen Bogen der Elbe bewunderten. Der Wind jagte über den Fluss, und Einar schlug den Kragen hoch. Ein Mann mit einem Karren verkaufte Bratwurst mit Brötchen und kleine Gläser Wein. Einar nahm eine Portion und ließ sich dazu Apfelwein einschenken. Er balancierte das Glas auf einem Knie und biss in die dampfende Bratwurst; die Haut war fest und knusprig. Dann nahm er einen Schluck Wein und schloss die Augen. »Wissen Sie, wie man das hier nennt?«, fragte der Verkäufer.

»Was?«

»Die Brühlsche Terrasse. Die Leute nennen das hier den Balkon von Europa.« Der Mann lächelte, ihm fehlten ein paar Zähne. Er wartete, dass Einar den Wein austrank und ihm das Glas zurückgab. Von der Terrasse sah man jenseits des Flusses die gedrungenen Türme des japanischen Palais und dahinter die Ochsenaugendächer der Neustadt, die Villen mit ihren baumreichen Gärten und schließlich die weite offene Landschaft Sachsens. Einar schien es, als läge ihm die ganze Welt zu Füßen und warte.

»Was schulde ich Ihnen?«, fragte Einar.

»Fünfzig Pfennig.« Der Fluss war grau und aufgewühlt,

und Einar gab dem Mann die Münze aus Aluminium und Bronze.

Er trank den Wein aus und gab das Glas zurück. Der Händler wischte es mit dem Hemdschoß ab, schob den Karren ein Stück weiter und rief: »Ich wünsche Ihnen alles Gute, mein Herr!« Einar sah ihm nach: hinter ihm die gelben Backsteinfassaden und grünen Kupferdächer von Dresden, die großartigen Bauwerke des Rokoko, die Dresden zu einer der schönsten Städte machten, die Einar jemals gesehen hatte – das Albertinum, die Frauenkirche, das Grüne Gewölbe, der elegante Platz vor dem Opernhaus –, eine phantastische Kulisse für den kleinen Mann und seinen Bratwurstkarren. Der Himmel über der Stadt war aus Zinn, vom Sturm gehämmert. Einar fror, er war müde, und als er sich jetzt anschickte, die Brühlsche Terrasse zu verlassen, kam es ihm beinahe so vor, als ob seine Vergangenheit ihm unter den Füßen ins Wanken geriete.

Noch zwei Tage vergingen, bis Professor Bolk ihm mitteilen ließ, dass er ihn empfangen könne. Es war ein heiterer Morgen, als Einar durch die nassen glänzenden Straßen zur städtischen Frauenklinik ging. Die Klinik, eine cremefarbene Villa mit gleichmäßig gewölbten Fenstern und einer Uhr am Giebel, wirkte bei Tageslicht viel größer. Sie stand in einem kleinen Park inmitten von Eichen, Birken, Weiden und Stechpalmen.

Frau Krebs machte ihm auf und führte ihn durch einen Gang, dessen Mahagoniboden schwarz und stumpf von Bohnerwachs war. Links und rechts waren Türen und obwohl Einar sich seiner Neugier schämte, sah er in jedes einzelne Zimmer hinein. Auf der einen Seite des Ganges waren die Zimmer von Sonnenlicht durchflutet; an den Fenstern standen jeweils zwei Betten mit Daunendecken, prall wie Mehlsäcke.

»Die Mädchen sind jetzt im Wintergarten«, sagte Frau

Krebs. Am Nacken, direkt unterm Haaransatz, hatte sie ein Muttermal, das wie Reste von verkleckerter Himbeermarmelade aussah.

Die Klinik verfüge über sechsunddreißig Betten, erzählte Frau Krebs, die Einar einen Schritt vorausging. Oben seien die Praxisräume der Chirurgen, Internisten und Gynäkologen. In einem Gebäude auf der anderen Seite des Hofs, erklärte sie, sei die Pathologie untergebracht.

»Die Pathologie ist unsere neueste Errungenschaft«, sagte Frau Krebs stolz. »Dort hat Professor Bolk sein Laboratorium.« Das rechtwinklige, gelb verputzte Gebäude erinnerte Einar – und es war ihm sehr peinlich – an Gretas Windpockennarbe.

Einars erste Begegnung mit Professor Bolk war rasch beendet. »Ich habe mit Ihrer Frau gesprochen«, fing er an.

Einar saß auf dem Untersuchungstisch; er schwitzte in seinem Anzug und dem gestärkten Hemd mit dem Schmetterlingskragen, der ihm den Hals zudrückte. Frau Krebs trat mit knarrenden Schuhen ein und gab dem Professor eine Akte. Er trug eine Brille mit Goldrand, in der sich das Licht der Deckenlampe spiegelte, sodass die Farbe seiner Augen nicht zu erkennen war. Er war groß und jünger, als Einar erwartet hatte, und seine Kinnpartie zeigte etwas Entschlossenes. Einar verstand, was Greta an ihm beeindruckt hatte: Seine Hände waren so flink, sein Adamsapfel so beweglich, dass Einar, als der Arzt mit ihm sprach, beinahe hypnotisiert wurde von diesen Händen, die wie Vögel durch die Luft flatterten. Gelegentlich landeten sie auch auf dem Schreibtisch, wo in drei Holzkästen Papiere geordnet waren, oder auf der Spitze seines Adamsapfels – ein Hin und Her, das seine Ausführungen unterstrich wie das beharrliche Hämmern eines Spechts.

Professor Bolk bat Einar, sich auszuziehen und auf die

Waage zu stellen. Kalt drückte sich das Stethoskop auf seine Brust. »Wie ich höre, sind Sie Maler«, sagte Professor Bolk, setzte dann aber hinzu: »Sie sind furchtbar dünn, Herr Wegener.«

»Ich habe kaum noch Appetit in letzter Zeit.«

»Und wie kommt das?« Der Professor zog einen Bleistift hinterm Ohr hervor und machte sich eine Notiz in die Akte.

»Das weiß ich nicht.«

»Versuchen Sie denn zu essen? Auch wenn Sie keinen Hunger haben?«

»Manchmal ist es schwierig«, sagte Einar. Er dachte an die Übelkeit, die ihn seit einem Jahr so oft heimsuchte; immer wieder erwachte er morgens mit einem Gefühl im Magen, als sei er am Abend zuvor mit Hexlers Röntgenapparat bestrahlt worden. Er hatte sich angewöhnt, neben dem Bett einen Eimer bereitzuhalten, den Greta regelmäßig leerte, wobei sie niemals ein Wort der Klage oder des Mitleids äußerte, sondern ihm nur freundlich die Hand auf die Stirn legte.

Die Wände des Untersuchungszimmers waren bis zur halben Höhe grün gekachelt; und als Einar im Spiegel über dem Waschbecken den grünen Widerschein auf seinem Gesicht erblickte, dachte er plötzlich, so krank wie er könne sonst niemand in der städtischen Frauenklinik sein – schließlich waren die meisten Frauen, die hierher kamen, nicht krank, sondern trugen eher unter der Last einer einzigen Nacht mit einem hübschen jungen Mann, den sie niemals wieder sehen würden.

»Erzählen Sie mir, was Sie malen«, sagte Professor Bolk.

»In letzter Zeit nicht mehr viel.«

»Und woran liegt das?«

»An Lili«, sagte Einar mutig. Die kleine Lili hatte sich noch nicht ins Gespräch gemischt, und er fragte sich, was Professor Bolk von ihr wissen mochte; hatte er von dem hübschen

Mädchen mit dem schlanken Hals gehört, das aus der trockenen kranken Haut des alten Einar auszubrechen versuchte?

»Hat Ihre Frau Ihnen von meinen Plänen erzählt?«, fragte Professor Bolk. Sein Gesicht wurde von den grünen Kacheln und der grellen Lampe nicht ins Olivgraue verfärbt, sondern hatte die frische Farbe von Kuchenteig. War nur Einars Gesicht so blassgrün geworden? Er strich sich mit den Fingerspitzen über die schweißnassen Wangen.

»Hat sie Ihnen erzählt, was ich vorhabe?«

Einar nickte. »Sie hat mir erzählt, Sie würden mich ein für alle Mal zu Lili machen.« Greta hatte ihm noch mehr gesagt, zum Beispiel: »Das ist es, Einar. Das ist deine einzige Chance.«

»Möchten Sie heute Abend mit mir essen? Im Belvedere?«, fragte Professor Bolk. »Wissen Sie, wo das ist? Auf der anderen Seite der Elbe? An der Brühlschen Terrasse?«

»Ich weiß.«

Professor Bolk legte ihm seine Hand, die erstaunlich feucht war, auf die Schulter und sagte: »Einar, glauben Sie mir. Ich verstehe Sie. Ich weiß, was Sie wollen.«

Sie trafen sich zum Essen im Belvedere. Der Eingang des Restaurants war weiß und golden, und draußen, hinter den Kolonnaden, wallte tiefblau der Nebel über der Elbe und vor den fernen Höhen von Loschwitz. Kellner standen neben Topfpalmen in Bereitschaft. Auf einem Podium spielte ein Orchester Ouvertüren von Wagner.

Ein befrackter Kellner brachte eine Flasche Champagner in einem silbernen Eiskübel. »Noch haben wir keinen Grund zum Feiern«, sagte Professor Bolk, als der Kellner den Korken aus der Flasche schob. Ein lautes Ploppen erfüllte ihren Bereich des Speisesaals, und Frauen an den Nachbartischen wandten die in winterlichen Samt gehüllten Hälse und sahen neugierig herüber.

»Vielleicht doch«, sagte Einar; seine Stimme mischte sich in das leise Klappern der Fischmesser, die der Kellner jetzt auf den Tisch legte. Einar dachte an Lili – er hatte überlegt, ob er nicht sie an seiner Stelle zu dem Essen ins Belvedere schicken sollte.

Professor Bolk nahm das Fischmesser und schnitt seine Forelle auf. Einar beobachtete, wie die an der Spitze gebogene Klinge die dünne Haut wegzog und das rosa Fleisch freilegte. »Ehrlich gesagt«, bemerkte Professor Bolk, »als ich das erste Mal jemanden wie Sie kennen gelernt habe, wusste ich nicht so recht, was ich sagen sollte. Damals dachte ich noch, da ließe sich einfach nichts machen.«

Einar stöhnte beinahe auf. »Sie wollen sagen, Sie kennen jemand, dem es auch so geht wie mir?«

»Hat Greta Ihnen nicht erzählt, was ich einmal mit einem Mann« – er beugte sich über seinen Teller nach vorn – »in Ihrer Lage erlebt habe?«

»Nein«, sagte Einar. »Davon hat sie mir nichts erzählt.«

»Es gab einmal einen Mann, dem ich helfen wollte«, sagte Professor Bolk. »Aber gerade als ich anfangen wollte, ist er mir weggelaufen. Er hatte zu große Angst vor dem, was auf ihn zukam. Wofür ich Verständnis habe.«

Und Einar saß auf seinem Stuhl und dachte: Was auf ihn zukam? Ja, was denn? Er spürte, dass Professor Bolk glaubte, Einar wisse mehr, als er zugeben wollte. Professor Bolk erzählte von seinem früheren Patienten. Der Mann war so sehr davon überzeugt, eine Frau zu sein, dass er von sich selbst nur noch als Sieglinde Tannenhaus sprach, auch dann, wenn er als Mann gekleidet war. Er war Zugschaffner auf der Strecke Wölfnitz–Klotzsche und bestand darauf, von jedermann mit Fräulein angeredet zu werden. Natürlich begriffen die Passagiere nicht, was er meinte. Er stand da in seiner blauen Uniform und der schwarzen Krawatte und musste sich ihre verständnislosen Blicke gefallen lassen.

»Aber an dem Tag, als die erste Operation vorgenommen werden sollte, war er plötzlich verschwunden«, erzählte Professor Bolk. »Er hat sich aus seinem Zimmer in der Klinik geschlichen, und nicht einmal Frau Krebs hat etwas bemerkt. Und dann war er weg. Schließlich nahm er wieder seine alte Arbeit auf, diesmal jedoch in der Uniform der weiblichen Schaffner, einem dunkelblauen Rock mit Stoffgürtel.«

Der Kellner schenkte Wein nach. Einar konnte sich ungefähr vorstellen, was der Professor mit ihm vorhatte. Die Klinge des Fischmessers blinkte im Licht des Kandelabers auf dem festlichen Tisch hinter ihnen. Einar vermutete, es ginge um eine Art Tauschhandel. Er würde das schwammige Stückchen Fleisch zwischen seinen Beinen gegen etwas anderes eintauschen.

Draußen floss schwarz die Elbe, ein hell erleuchteter Raddampfer fuhr unter der Augustusbrücke her. Professor Bolk sagte: »Ich möchte nächste Woche anfangen.«

»Nächste Woche? Geht es nicht früher?«

»Nein, nächste Woche. Ich möchte, dass Sie zunächst in die Klinik kommen und sich dort ausruhen und etwas zunehmen. Sie müssen so ausgeruht wie möglich sein. Wir können keine Infektion riskieren.«

»Was für eine Infektion?«, fragte Einar, aber da trat der Kellner an ihren Tisch, räumte mit seinen geäderten Händen die Teller und Fischmesser ab und fegte mit einem kleinen silbernen Pinsel die Brotkrümel weg.

Einar fuhr mit dem Taxi zum Höritzisch zurück. Die Prostituierte von nebenan war nicht da, und so schlief er fest und drehte sich nur um, wenn ein Zug kreischend in den Bahnhof fuhr. Im Morgengrauen wachte er auf und duschte ein paar Türen weiter in dem ungeheizten Bad mit der Lattentür. Dann zog er einen braunen Rock an, dazu die weiße Bluse mit dem Spitzenkragen, eine Strickjacke aus grober Wolle und einen kleinen Hut, den er keck etwas schief aufsetzte. Er konnte seinen Atem im Spiegel sehen, sein blasses Gesicht. Er würde als Lili in die Klinik hineingehen, und sie wäre es auch, die etwas später in diesem Frühling aus der Klinik herauskäme. Das war kein Entschluss, nur ein natürliches Fortschreiten der Ereignisse. Im Bad des Hotels Höritzisch, begleitet vom schrillen Bremsen der Züge im Bahnhof, schloss Einar Wegener die Augen, und als er sie wieder aufschlug, war er Lili.

Als Lili in die Klinik kam, ließ Frau Krebs sie ein und gab ihr die Hauskleidung, einen weißen Kittel mit einem dicken Gürtelstrick.

Frau Krebs hatte ein rosiges Gesicht mit vielen geplatzten Äderchen; sie führte Lili in ein Zimmer im hinteren Teil der Klinik, in dem sie den Rest der Woche verbringen sollte. Das Bett hatte am Fußende ein Stahlgestänge. Frau Krebs trat ans Fenster und zog den gelben Vorhang auf. Das Zimmer bot Aussicht auf einen kleinen Park, der sich zu einer Wiese am Elbufer absenkte. Der Fluss lag stahlblau im Winterlicht, und auf einem Frachter sah Lili warm eingepackte Matrosen arbeiten. »Es wird Ihnen hier gefallen«, sagte Frau Krebs. Am Himmel jagten Wolken und als sich eine von den anderen losriss, tat sich ein Loch auf. Eine Lichtsäule fiel auf die Elbe und schmiedete vor dem Frachter einen gleißenden Kreis, der so golden war wie die Kette um Lilis Hals.

Frau Krebs räusperte sich. »Professor Bolk hat mir Ihr Kommen angekündigt«, sagte sie. »Aber er hat mir nicht Ihren Namen genannt. Typisch.«

»Ich heiße Lili.«

»Lili. Und weiter?«

Das blassblaue Loch am Himmel weitete sich immer mehr, der Fluss erstrahlte, die Matrosen in ihren Mänteln richteten die Blicke nach oben, und Lili dachte nach, hielt die Luft an und sagte schließlich: »Elbe. Lili Elbe.«

Am Nachmittag ging sie zum Tee in den Wintergarten. Als sie dort am Fenster, abseits von den anderen, auf einem Metallstuhl saß, spürte sie bald die Sonne auf ihrem Gesicht. Es war ein schöner Tag geworden, der Himmel war jetzt ganz blau. Die Sonne hatte den Raum so weit erwärmt, dass die Luft vom Regengeruch der Farne und der an Schnüren an den Wänden emporwachsenden Efeuranken erfüllt war. Der Wintergarten sah auf die Elbe hinaus, und der Wind, der die Wolken weggefegt hatte, malte jetzt weiße Schaumkronen auf den Fluss. Die Schaumkronen erinnerten Lili an den Kattegat in Dänemark und an die Bilder, die Einar vom winterlichen Meer gemalt hatte. Vor Jahren hatte Lili oft auf dem Flechtstuhl im Witwenhaus gesessen und Einars Gemälde betrachtet, freilich mit einem gewissen Gefühl von Distanz, als seien sie von einem Vorfahren gemalt worden, auf den sie irgendwie stolz sein konnte.

In dieser Woche schlief Lili sehr viel; und je mehr sie schlief, desto müder schien sie zu werden. Jeden Nachmittag gab es im Wintergarten Tee und Torte. Dort saß sie, die Teetasse auf dem Knie, und nickte schüchtern den anderen jungen Frauen zu, die sich hier zum Schwatzen trafen. Manchmal lachte eine von ihnen so laut, dass Lili sich nach ihr umdrehte – ein Kreis von Mädchen, jungen Mädchen, die außer ziemlich langen Haaren und kräftigen Kehlen noch etwas anderes gemeinsam hatten: Bei ihnen allen wuchs unter dem Hauskittel mit dem dicken Gürtelstrick neues Leben heran. Soweit Lili wusste, waren jedenfalls die meisten aus diesem Grund in der Klinik; sie beobachtete sie aus den Augenwinkeln, aber nicht geringschätzig oder mitleidig, sondern voller Interesse und Sehnsucht, denn die Mädchen schienen einander alle zu kennen, und offenbar – so schloss Lili aus ihrem hellen Lachen, das wie Silberkugeln im Wintergarten umherflog und schier die Glaswände zu zerschmettern drohte – störte sich keins von ihnen an der Vorstellung, die nächsten Monate hier in der städtischen Frauenklinik verbringen zu müssen. Die Mädchen in der Klinik bildeten eine Gesellschaft für sich, und Lili war noch nicht darin eingeführt. Eines Tages vielleicht, dachte sie und spürte die Sonne auf den Knien und auf den Handgelenken, die sie so hielt, dass auch sie etwas von der Wärme fühlten, die sich in ihrem Körper ausgebreitet hatte.

Professor Bolk hatte gesagt, sie müsse etwas zunehmen. Frau Krebs brachte ihr jeden Nachmittag eine Schüssel Milchreis, in dem sie, wie es Brauch bei den Dänen war, eine Mandel versteckte. Als Lili das erste Mal diesen klumpigen Pudding aß und plötzlich den harten gerippten Mandelkern zwischen die Zähne bekam, hob sie den Blick und sagte gedankenverloren auf Dänisch: »*Tak, tak.*«

Am dritten Tag bemerkte Lili frische Krokustriebe draußen hinter der Glaswand des Wintergartens. Hellgrün und noch eingerollt kauerten sie dicht an dicht im Wind. Wie unerschrocken sie auf dem fleckig braunen Rasen standen, von dem Lili annahm, dass er sich in den nächsten Wochen zu einem schönen grünen Teppich entfalten würde. Der Fluss wirkte an diesem Tag wie aus Öl, so träge strömte er dahin; auf ihm schwamm ein tief liegender Frachter, der ganz mit straff gespannten schwarzen Planen abgedeckt war.

»Was meinst du – ob der Frühling dieses Jahr früher kommt?«

»Wie bitte?«, sagte Lili.

»Wie ich sehe, hast du auch die Krokusse bemerkt.« Ein Mädchen hatte den Stuhl neben Lili genommen und auf die andere Seite des weißen gusseisernen Tischs gestellt, sodass sie nun einander gegenübersaßen.

»Mir scheint, sie sind ziemlich früh.«

»Ich habe für dieses Jahr nichts anderes erwartet«, sagte das Mädchen; sie hatte eine Stupsnase und schulterlange blonde Haare. Wie Lili dann erfuhr, hieß sie Ursula; sie war ein Waisenkind aus Berlin, noch keine zwanzig Jahre alt; nach Dresden war sie gekommen, weil sie einen ganz gewöhnlichen Fehler begangen hatte. »Ich dachte, es ist Liebe«, erzählte sie Lili später.

Am Tag nach dieser Begegnung schien die Sonne noch kräftiger. Lili und Ursula trugen beide Rollkragenpullover und Pelzmützen mit Ohrenschützern, die ihnen Frau Krebs geliehen hatte, und gingen im Park spazieren. Sie schlenderten auf dem Weg durch die Wiese mit den Krokustrieben, die sich inzwischen rasant ausgebreitet hatten. Der Wind hier draußen über der Elbe wehte viel heftiger, als Lili vom Wintergarten aus vermutet hatte. »Und du, Lili?«, fragte Ursula. »Weshalb bist du hier?«

Lili suchte krampfhaft nach einer Antwort; sie biss sich auf die Lippe, zog die Ärmel über die Hände und sagte schließlich: »Ich bin innerlich krank.«

Ursula, die von Natur aus einen Schmollmund hatte, sagte: »Ich verstehe.«

Von da an trafen sich die beiden Mädchen jeden Nachmittag zu Tee und Torte. Sie aßen Pralinen aus einer der vielen Schachteln, die Ursula aus ihrer letzten Arbeitsstelle herausgeschmuggelt hatte. »Diesen Pralinen habe ich den ganzen Ärger zu verdanken«, sagte Ursula und hielt eine hoch, die wie eine Muschel geformt war; dann schob sie sie sich in den Mund. Ursula erzählte Lili von dem Süßigkeitenladen Unter den Linden, wo sie gearbeitet hatte; um die Mittagszeit und dann wieder gegen fünf Uhr erschienen dort, den Mantel überm Arm, die reichsten Männer von Berlin und kauften dreistöckige Schachteln mit Pralinen in Goldpapier und Satinschleife. »Du denkst vielleicht, dass ich in einen dieser Männer verliebt war«, sagte Ursula und stellte ihre Tasse auf den Tisch. »Aber so war es nicht. Es war der Gehilfe im Hinterzimmer, der Junge, der die Walnuss- und Kakaosäcke und die Butterkübel und Milcheimer in die großen Mischbottiche gekippt hat.« Diese Bottiche waren so groß, dass sich ein Liebespaar darin verkriechen konnte. Der Junge hieß Jochen und hatte Sommersprossen von Kopf bis Fuß. Er kam aus Cottbus an der polnischen Grenze; eigentlich hatte er in Berlin sein Glück machen wollen, quälte sich aber jetzt erst einmal als Lehrling mit diesen Stahlbottichen und dem scharfkantigen Rührhaken ab, bei dem er immer aufpassen musste, dass er nicht seine knochige Hand erwischte und mit hundert Umdrehungen pro Minute umherschleuderte. Es war den Verkäuferinnen in ihren rosa Kitteln verboten, mit den Lehrlingen zu sprechen, die hinten in dem stickigen, nach Schweiß und Kakao riechenden Raum schufteten und deren Gespräche fast ausschließlich um die sekundären Geschlechtsmerkmale der vorne hinter den gläsernen Verkaufstheken arbeitenden Mädchen kreisten; und so dauerte es vier Monate, bis Ursula und Jochen das erste Wort miteinander wechselten. Eines Tages musste Ursula nach hinten und nachfragen, wann die nächste Ladung Nougat fertig wäre, und da schob Jochen, der gerade siebzehn Jahre alt war, seine Mütze zurück und sagte: »Heute gibt's kein Nougat mehr. Sag dem Kerl, er soll nach Hause gehen und sich bei seiner Frau entschuldigen.« Und diese Worte erweichten Ursulas Herz.

Den Rest konnte Lili sich vorstellen: der erste Kuss im Hinterzimmer; das verliebte Gerangel in dem geräumigen Stahlbottich; die heiße Leidenschaft in dem nächtlich verlassenen Laden, wenn alle Rührhaken stille standen; die Liebesseufzer.

Wie traurig, dachte Lili und sah auf die Elbe hinaus, die in der Nachmittagssonne glänzte. In fünf Tagen waren sie und

Ursula Freundinnen geworden. Und obwohl es Ursula zurzeit gar nicht gut ging, hatte Lili nur den Wunsch, dass ihr selbst doch etwas Ähnliches widerfahren möge. Ja, dachte sie. Bei mir wird es auch so sein: Liebe auf den ersten Blick; hilflose beklagenswerte Leidenschaft.

Am nächsten Morgen erschien Professor Bolk in der Tür ihres Zimmers. »Essen Sie heute bitte nichts«, sagte er. »Nicht einmal Sahne zum Tee. Absolut nichts.« Und dann fügte er hinzu: »Morgen ist es soweit.«

»Ganz bestimmt?«, sagte Lili. »Sie werden es sich nicht noch anders überlegen?«

»Der große Operationssaal ist fest gebucht. Die Arbeitszeiten der Schwestern sind eingeteilt. Und Sie haben ein wenig zugenommen. Ja, ganz bestimmt. Morgen ist Ihr großer Tag, Lili.« Und damit ging er.

Das Frühstück gab es in dem Saal mit den Bogenfenstern; auf der Anrichte standen Platten mit Aufschnitt, Körbe mit Kümmelbrötchen und eine Kaffeemaschine. Lili nahm ihren Kaffee und setzte sich allein an einen Tisch in der Ecke. Dann schlitzte sie mit einem Buttermesser den dünnen blauen Umschlag eines Briefs von Greta auf.

Liebe Lili,

wie gefällt es dir in Dresden? Und wie gefällt dir Professor Bolk, den du ja inzwischen wohl kennen gelernt hast? Er hat einen sehr guten Ruf. Er ist schon fast eine Berühmtheit, und wenn das alles vorbei ist, ist er es ganz bestimmt.

In Paris gibt's nichts Neues. Mit meiner Arbeit geht's langsamer voran, seit du weg bist. Du bist das ideale Sujet für mich, und ich finde einfach niemanden, der so schön ist wie du. Gestern hat mich Hans besucht. Der Kunstmarkt macht ihm Sorgen. Er sagt, das Geld wird knapp, nicht nur hier, sondern in ganz Europa. Aber das kümmert mich nicht. Das hat mich noch nie gekümmert, aber das weißt du ja. Als ich ihm das sagte, meinte er, ich könne das auch so sagen, weil wir, also Einar und ich, immer etwas verkaufen könnten. Ich weiß nicht, warum er das gesagt hat; aber wahrscheinlich hätte er Recht, wenn Einar noch malen würde. Lili, hast du mal darüber nachgedacht, ob du nicht malen willst? Kauf dir doch Aquarellfarben und einen Skizzenblock, vielleicht kannst du dir damit die Zeit vertreiben, es muss doch jetzt für dich recht langweilig sein. Was die Leute auch sagen mögen, Dresden ist schließlich nicht Paris.

Ich hoffe, es geht dir gut. Das macht mir die meisten Sorgen. Ich wünschte, du hättest mich mitkommen lassen. Aber ich verstehe dich; manche Dinge muss man alleine tun. Lili, hast du eigentlich schon mal daran gedacht, was dich erwartet, wenn diese Sache vorbei ist? Freiheit! So stelle ich mir das vor. Siehst du das auch so? Ich will es hoffen. Ich hoffe, dass du es so siehst, denn genau das solltest du dir davon erwarten. Ich jedenfalls tue das.

Schreib mir möglichst bald. Edvard IV und ich vermissen dich sehr. Er schläft auf deinem Bett. Ich schlafe fast gar nicht mehr.

Wenn du mich brauchst, schreib mir. Ich kann in einem Tag bei dir sein.

In Liebe

Greta

Lili dachte an ihr Leben in der Casita: Einars ehemaliges Arbeitszimmer, aufgeräumt und unberührt; das Morgenlicht in Gretas Atelier; die Ottomane, das Samtpolster eingesunken unter Carlisles Gewicht; Greta in ihrem von Farbe steifen Kittel, die Haare, die ihr wie Eiswasser über den Rücken liefen; Hans, der unten auf der Straße hupte und Lilis Namen rief. Lili wollte zurück, aber das war jetzt nicht mehr möglich.

Am Nachmittag traf sie sich wieder mit Ursula, deren Wangen gerötet waren, so schnell war sie die Treppe hinuntergelaufen. »Ich habe einen Brief von ihm!«, sagte sie und schwenkte einen Umschlag. »Von Jochen!«

»Woher weiß er, wo du steckst?«

»Ich habe ihm geschrieben. Es musste sein, Lili. Ich konnte nicht mehr, ich musste ihm einfach schreiben, wie sehr ich ihn liebe und dass es noch nicht zu spät sei.« Sie trug das Haar hinten zusammengebunden und sah heute mit ihren vollen Wangen und den zwei Grübchen noch jünger aus als sonst. »Was glaubst du, was schreibt er mir?«

»Sieh nach«, sagte Lili. Ursula riss den Umschlag auf und begann zu lesen. Fast unmerklich verschwand ihr Lächeln und als sie das Blatt umwandte, war ihr Mund nur noch ein fester schmaler Strich. Dann fuhr sie sich mit dem Handrücken über die Nase und sagte: »Er kommt mich vielleicht besuchen. Falls er genug Geld auftreiben und sich ein paar Tage frei nehmen kann.«

»Willst du denn, dass er kommt?«

»Ich glaube schon.« Und dann: »Ich darf mir aber nicht zu viel Hoffnung machen. Es wird nicht so einfach sein, ein paar Tage Urlaub zu bekommen. Aber er sagt, wenn er Zeit hat, kommt er.«

Minutenlang saßen sie schweigend da. Dann räusperte sich Ursula. »Wie ich höre, sollst du operiert werden.«

Lili sagte ja; sie zupfte an einem Fädchen auf ihrem Schoß.

»Was hat man mit dir vor? Wirst du wieder gesund? Bist du wieder ganz die Alte, wenn sie mit dir fertig sind?«

»Es wird mir besser gehen«, sagte Lili. »Professor Bolk wird dafür sorgen, dass es mir besser geht.«

»Also, dieser Bolk ist mir unheimlich. Hoffentlich macht er nichts kaputt an dir. Bolk, der alte Aufschneider – so nennt man ihn hier. Allzeit bereit, ein Mädchen aufzuschlitzen.«

Einen Herzschlag lang hatte Lili Angst.

»Entschuldige«, sagte Ursula. »Das habe ich nur so dahergesagt. Du weißt ja, wie Mädchen so reden. Haben von nichts eine Ahnung.«

»Schon gut«, sagte Lili.

Später, zurück auf ihrem Zimmer, machte Lili sich bettfertig. Frau Krebs hatte ihr eine kreidige Tablette gegeben. »Damit Sie besser schlafen können«, hatte Frau Krebs gesagt und sich auf die Lippe gebissen. Jetzt wusch Lili sich das Gesicht mit einem rosa Waschlappen. Das Make-up – das gedämpfte Orange des Puders, das Rosa des Lippenstifts, das Braun der Schminke, mit der sie ihre Augenbrauen färbte – lief mit dem Wasser in den Abfluss. Wenn sie den Augenbrauenstift mit der wächsernen Spitze wie zum Zeichnen zwischen die Finger nahm, hatte sie ein seltsames Gefühl in der Brust – als ob sie etwas zum zweiten Mal durchlebte. Einar war Künstler gewesen, und sie fragte sich, ob dieses Gefühl, dieses Flattern unter den Rippen, dem ähnlich sei, was er empfand, wenn er mit der glatten Spitze seines Pinsels über die raue Fläche einer neuen Leinwand strich. Lili schauderte, und etwas Bitteres stieg in ihrer Kehle empor wie Bedauern, sie musste heftig schlucken, um die Schlaftablette bei sich zu behalten.

Am nächsten Morgen erwachte sie müde und wie betäubt. Es klopfte an die Tür. Eine Schwester mit hochgesteckten Haaren holte Lili aus dem Bett. Eine fahrbare Krankenliege, die nach Stahl und Alkohol roch, stand bereit, sie abzuholen. Wie aus weiter Ferne erschien Professor Bolks Gesicht. Er sagte: »Alles in Ordnung mit ihr? Sehen wir lieber noch mal nach.« Viel mehr bekam Lili nicht mit. Sie wusste, es war noch früh, als sie durch den Gang geschoben wurde; die Sonne war noch nicht über den Rapsfeldern östlich von Dresden aufgegangen; sie wusste, die Schwingtüren mit den Bullaugenfenstern fielen hinter ihr zu, noch ehe die Morgendämmerung die Brühlsche Terrasse erreichte, wo sie den Fluss und die Stadt und ganz Europa vor sich hatte liegen sehen und zu dem Entschluss gekommen war, niemals mehr den Blick nach hinten zu wenden.

Als sie aufwachte, sah sie einen gelben Filzvorhang vor einem Fenster. Gegenüber stand ein eintüriger Schrank mit einem Spiegel; in der Tür steckte ein Schlüssel mit einer blauen Quaste. Zuerst dachte sie, es sei ihr Eschenschrank, und dann erinnerte sie sich – dabei war es gar nicht ihr selbst passiert, sondern jemand anderem – an den Nachmittag, als Einar von seinem Vater vor dem Kleiderschrank seiner Mutter erwischt worden war, mit einem gelben Schal um den Kopf.

Sie lag in einem Bett, und da sie durch das Stahlgestänge am Fußende sehen musste, kam es ihr vor, als blicke sie aus einem vergitterten Fenster in das Zimmer. Die Tapete war mit rosa-roten Sträußchen bedruckt. In der Ecke ein Stuhl, darauf eine Decke. Neben dem Bett ein Mahagonitisch, darauf ein Spitzendeckchen und eine Vase mit Veilchen. Der Tisch hatte eine Schublade, und sie fragte sich, ob darin ihre Habseligkeiten waren. Auf dem Boden lag ein staubfarbener, stellenweise stark abgenutzter Teppich.

Sie versuchte sich hochzustützen, aber ein heftiger Schmerz jagte durch ihren Unterleib und zwang sie aufs Kissen zurück, das prall mit stachligen Federn gefüllt war. Sie drehte die Augen so weit nach oben, bis sie nichts mehr sah, und dachte an Greta; sie fragte sich, ob Greta jetzt in diesem Zimmer war, in der Ecke gegenüber dem Fenster, dort, wohin den Kopf zu wenden Lili nicht die Kraft aufbrachte. Lili wusste nicht, was mit ihr geschehen war, noch nicht, konnte es nicht wissen, solange das Chloroform noch in ihrer Nase wirbelte. Sie wusste, dass sie krank war, und zunächst sah sie sich als Kind, das mit aufgebrochenem Blinddarm in das jütländische Krankenhaus mit den gebohnerten Korridoren eingeliefert worden war; sie war sechs Jahre alt, und gleich würde Hans mit einem Strauß Wilder Möhren zu ihr ins Zimmer treten. Aber das war ja Unsinn, denn Lili dachte auch an Greta, und das war doch Einars Frau. Und jetzt stellte sie beinahe laut die Frage: Wo ist Einar?

Sie dachte an sie alle: an Greta und Hans und dann an Carlisle, dessen gleichbleibend ruhige Stimme wie geschaffen zum Lösen von Problemen war; sie dachte an den verängstigten Einar, verloren in seinem ausgebeulten Anzug, abgesondert von den anderen. Sie schlug die Augen auf. An der Decke saß eine Glühbirne in einer reflektierenden Fassung. Daran war eine lange Schnur befestigt, und jetzt sah sie, dass die Schnur am Ende eine kleine braune Kugel hatte, die auf ihr Bett herabhing. Die Kugel lag auf dem grünen Laken, und lange, sehr lange dachte sie darüber nach, ob sie die Hand aus der Umklammerung der Decke hervorholen sollte, um an der braunen Kugel zu ziehen und Licht zu machen. Sie konzentrierte sich auf dieses braune Kügelchen, ein Stückchen geschnitztes Holz, wie man es auf einem Abakus hin und her schiebt. Als sie schließlich mühsam die Hand freibekam und den Oberkörper nach vorn bewegte, explodierte der Schmerz in ihr wie grelles Licht. Ihr Kopf fiel aufs Kissen zurück – die Federn verfilzten sich an der Kopfhaut –, und sie machte die Augen wieder zu. Nur wenige Stunden zuvor, im Dunkel des Morgens, war Einar Wegener vom Mann zur Frau geworden, als Professor Alfred Bolk ihm die Testikel aus dem aufgeschnittenen Scrotum entfernt hatte, und jetzt verlor Lili Elbe das Bewusstsein und blieb drei Tage und drei Nächte so liegen.

KAPITEL 22

Greta hielt es nicht mehr aus. Tag für Tag knöpfte sie ihren Kittel zu, steckte sich mit dem Schildpattkamm die Haare zurück, mischte ihre Farben in den Knabstrupschalen und stand dann ratlos vor einem halb fertigen Lili-Porträt: Sie wusste nicht, wie sie es beenden sollte. Das Bild – Lilis Oberkörper war fertig, die untere Hälfte nur mit Bleistift skizziert – machte auf Greta den Eindruck, es sei das Werk von jemand anderem. Sie starrte die Leinwand an, die Nägel, die sie selbst um den straff gespannten Rand eingeschlagen hatte; aber sie konnte sich einfach nicht konzentrieren. Alles Mögliche lenkte sie ab. Jemand, der Spenden für eine Leihbibliothek sammelte. Edvard IV, der Wasser aus seinem Napf schlapperte. Die offene Tür zu Einars Atelier mit seinem Bett, auf dem ordentlich der rosa-rote Kelim ausgebreitet war, ein aufgeräumtes, leeres Zimmer, in dem niemand mehr lebte; eine Kommode mit leeren Schubladen; ein Kleiderschrank, an dessen Stange nur noch ein einziger Bügel hing. Etwas pochte laut in ihrer Brust, und sie konnte immer nur an Einar denken, wie er in einem Eisenbahnwagen quer durch Europa fuhr, spätabends in Dresden ankam und sich, eiskalten Tau in den Haarspitzen, die Adresse der Klinik in der Faust, auf den Weg machte.

Hans veranstaltete in seiner Galerie eine neue Ausstellung ihrer Bilder, doch die Vernissage fand zum ersten Mal ohne sie statt. Sie hatte das alles satt, ließ sich aber Hans gegenüber nichts davon anmerken. Sie wollte nicht undankbar erscheinen. Nicht unhöflich. Greta, die noch vor fünf Jahren keinen

Namen hatte und erst an diesem Morgen von einem gut aussehenden Journalisten aus Nizza interviewt worden war, der sie mit zusammengekniffenen Augen gefragt hatte: »Wann haben Sie zum ersten Mal gespürt, dass Sie eine große Malerin sind?« Ja, so weit und noch weiter hatte sie es in fünf Jahren gebracht. Und dennoch lehnte Greta sich jetzt zurück und dachte: Ja, ich habe etwas aus mir gemacht – aber was zählt das? Ich bin allein, mein Mann und Lili sind in Dresden, und auch sie sind allein.

Einar war schon vor über einer Woche nach Dresden abgereist; es war ein regnerischer Tag, Autos rutschten quietschend auf den nassen Straßen, als Greta Hans in der Galerie besuchte. Er war in seinem Büro, an einem Schreibtisch saß ein Angestellter über dem Geschäftsbuch. »Wir haben nicht alles verkauft«, sagte Hans; er sprach von den ausgestellten Bildern, von denen eins – Lili in einer Umkleidekabine in den Bains du Pont-Solférino – auf dem Boden am Schreibtisch lehnte, an dem der Angestellte seinen Bleistift über das linierte Papier gleiten ließ. »Du hättest zur Vernissage kommen sollen«, sagte Hans. »Stimmt was nicht?« Und danach: »Kennst du schon meinen neuen Assistenten? Darf ich vorstellen: Monsieur Le Gal.«

Der Angestellte hatte ein schmales Gesicht, und etwas in seinen sanften braunen Augen erinnerte Greta an Einar. Als sie an Einar dachte – wie er in Dresden vorsichtig in eine Straßenbahn stieg, den Blick gesenkt und die Hände schüchtern im Schoß gefaltet –, überlief sie ein Frösteln. Sie dachte, wenn auch nicht so deutlich: Was habe ich meinem Mann nur angetan?

»Kann ich irgendetwas für dich tun?«, fragte Hans und trat an Greta heran. Der Angestellte blieb mit Brille und Bleistift über seine Arbeit gebeugt. Hans stand dicht neben Greta, jedoch ohne sie zu berühren. Sie spürte seine Gegenwart, behielt aber den Blick auf das Gemälde gerichtet: Lilis lächelnder Mund, seitlich verzerrt von der straff sitzenden Badekappe; Lilis Augen, dunkel und lebendig – unergründlich, wie es schien. Sie fühlte etwas an ihrem Arm, doch als sie nachsah, war da nichts, und Hans stand, die Hände in den Taschen, bei dem Mann am Schreibtisch. Wollte er ihr etwas sagen?

Carlisle hatte sie damals ertappt, an jenem kalten verregneten Nachmittag, als sie einander umschlungen hielten und Hans' Nacken noch gerötet vom Rasieren war. Sie hatte das Geräusch des Schlüssels erst gehört, als es schon zu spät war, und dann erstarrten Greta und Carlisle für mehrere peinliche Sekunden – sie, noch immer den Kopf an Hans' Brust, Carlisle, einen Schal um den Hals, die Hand noch am Türknauf. »Ich wusste nicht, dass jemand hier –«, fing er an. Sie machte sich von Hans los, der die Hände hob und stotterte: »Es ist nicht so, wie du denkst …« »Ich geh dann besser wieder«, unterbrach ihn Carlisle. »Bis später.« Und ehe Greta etwas sagen konnte, war er verschwunden.

Nachher am Abend saß sie dann bei Carlisle am Fußende seines Betts, und während sie ihm durch die Decke das schlimme Bein massierte, sagte sie: »Manchmal denke ich, Hans ist mein einziger Freund.« Und Carlisle, dessen Nachthemd am Kragen offen stand, antwortete: »Das kann ich verstehen.« Und dann: »Greta. Niemand macht dir einen Vorwurf deswegen, falls du das denkst.«

Jetzt, in Hans' Büro, wo der Angestellte noch immer mit Bleistift und Lineal beschäftigt war, sagte Greta: »Noch immer keine Nachricht von Einar.«

»Machst du dir Sorgen?«

»Ja, auch wenn ich das eigentlich nicht tun sollte.«

»Warum bist du nicht mit ihm gefahren?«

»Weil er es nicht wollte.«

Hans presste die Lippen zusammen. Hatte er Mitleid

mit ihr? Wie schrecklich, wenn es so weit gekommen sein sollte.

»Nicht dass mich das ärgert«, sagte sie. »Ich verstehe durchaus, warum er das allein machen will.«

»Greta«, sagte Hans.

»Ja?«

»Warum fährst du ihm nicht nach?«

»Weil er es nicht will.«

»Vielleicht war es ihm nur peinlich, um deinen Beistand zu bitten.«

»Nein, bestimmt nicht. Das sähe ihm nicht ähnlich. Und warum sollte ihm das überhaupt peinlich sein? Nach allem, was schon passiert ist, kann ihm doch gar nichts mehr peinlich sein.«

»Überleg doch, was er durchmacht. Das ist doch jetzt etwas ganz anderes.«

»Aber warum sonst sollte ich dann nicht mit ihm fahren? Er hat es deutlich genug gesagt. Er wollte nicht, dass ich mitkomme.«

»Vielleicht hatte er Angst.«

Sie dachte kurz nach. »Glaubst du wirklich?«

Der Angestellte machte sich eine Zigarette an, das Streichholz ratschte über die raue Fläche an der Seite der Schachtel. Wieder wünschte sie, dass Hans sie in die Arme nähme, versagte es sich aber, näher an ihn heranzutreten. Sie richtete sich gerade auf und strich mit den Fingern über die Falten ihres Rocks. Natürlich war das altmodisch, das wusste sie selbst, aber sie konnte sich einfach nicht von Hans in die Arme nehmen lassen, solange sie noch mit Einar verheiratet war.

»Du solltest zu ihm gehen«, sagte Hans. »Wenn du willst, komme ich mit. Es wäre mir ein Vergnügen.«

»Ich kann nicht.«

»Natürlich kannst du.«

»Und was ist mit meiner Arbeit?«

»Die kann warten. Oder noch besser: nimm deine Staffelei doch mit. Und deine Farben.«

»Meinst du wirklich?«

»Ich komme mit«, sagte er noch einmal.

»Nein«, sagte sie. »Das wäre gar nicht gut.«

»Was spricht denn dagegen?«

Auf dem Schreibtisch lag eine Ausgabe von *L'Echo de Paris* mit einem Artikel über ihre jüngste Ausstellung. Sie hatte ihn noch nicht gelesen, und jetzt sprang ihr plötzlich ein Absatz davon in die Augen: »Nach so vielen Bildern, die immer wieder dasselbe zeigen – dieses merkwürdige Mädchen namens Lili –, wird Greta Wegener allmählich langweilig. Man wünscht ihr neue Motive und eine neue Farbgebung. Warum hat sie, die Kalifornierin, sich noch nie mit dem Gold und Blau ihrer Heimat beschäftigt? Warum malt sie nicht einmal den Pazifik und die Canyons!«

»Wenn ich fahre, dann nur allein«, sagte Greta.

»Jetzt redest du wie Einar.«

»Wir sind uns eben ähnlich«, sagte sie.

Sie schwiegen eine Zeit lang, betrachteten das Bild und lauschten dem Regen, der sich ins Rauschen des Verkehrs mischte. Es war kalt in Paris, die Feuchtigkeit drang Greta jeden Morgen tief unter die Haut, und sie stellte sich vor, dass es nur in Dresden noch feuchter und grauer sein konnte als hier. Wenn sie nach Dresden führe, geriete sie noch tiefer in die Höhle des Winters.

Wieder sagte Hans: »Wenn ich irgendetwas für dich tun kann…«

Und als er nun wieder neben sie trat, lief ein Schauer über Gretas Arm, als striche ihr jemand mit einer Feder über die Haut. Sie spürte ihn neben sich, durch den Fischgrätanzug hindurch – seinen sanften warmen Pulsschlag. »Greta«, sagte er.

»Ich muss jetzt gehen.«

»Meinst du nicht, es ist Zeit –«

»Ich muss jetzt wirklich gehen«, sagte Greta.

»Na schön«, sagte Hans. Er half ihr in den Regenmantel und zupfte ihn an den Schultern zurecht. »Entschuldige.«

Plötzlich fragte der Angestellte mit heiserer Stimme: »Liefern Sie noch neue Bilder, Mrs. Wegener? Kann ich in nächster Zeit damit rechnen?«

»Vorläufig nicht«, sagte sie und als sie ins Freie trat, ins Geschiebe der Regenschirme auf dem Bürgersteig, neben dem die Autos durch den Schneematsch glitschten, stand ihr Entschluss fest: Sie würde ihre Staffelei und ihre Farben zusammenpacken und den nächsten Zug nach Dresden nehmen.

Das Befremdlichste an Dresden war für Greta die Art, wie die Leute auf der Straße alle mit gesenktem Blick einhergingen. Sie war es nicht gewohnt, dass niemand sich nach ihr umdrehte, ihre große Gestalt bestaunte und sie grüßte. Am ersten Tag in dieser Stadt kam sie sich vor, als sei sie gar nicht da – als sei sie in den Falten Europas verschwunden und die Welt nehme sie nicht mehr wahr. Und daher geriet sie leicht in Panik, als sie auf den Eingang der städtischen Frauenklinik zuschritt und den Kies unter ihren Füßen knirschen hörte; Panik, weil sie plötzlich die Angst befiel, dass sie, wenn niemand den Weg zu ihr fand, womöglich auch nicht den Weg zu Einar finden könnte.

Zunächst gab es ein Missverständnis. »Ich möchte zu Frau Wegener«, sagte Greta am Empfangsschalter zu Frau Krebs, die dort saß und eine Hacifazigarette rauchte.

Der Name Wegener sagte Frau Krebs nichts. Sie spitzte die Lippen und schüttelte den Kopf, sodass die Bubikopffransen ihr ans Kinn schlugen. Greta ließ nicht locker. »Sie ist schlank und hat dunkle Augen. Entsetzlich schüchtern. Eine junge Dänin.«

»Sie meinen Lili Elbe?«

Plötzlich hatte Greta eine Vision: Einars Gesicht, in der Sonne aufleuchtend, als er im Zug auf der Marienstraßebrücke über die Elbe fuhr. »Ja«, sagte sie. »Ist sie da?«

In ihrem Zimmer flackerte ein tragbarer Gasofen. Der gelbe Vorhang war zugezogen, und die blauen Flämmchen des kleinen Ofens tauchten das Bett in wellige Schatten. Greta trat ans Fußende und stützte sich auf das Stahlgestänge. Unter der Decke lag Lili, die Arme neben sich ausgestreckt. Sie schlief, ihre Nasenflügel bebten. »Bitte stören Sie sie nicht«, flüsterte Frau Krebs hinter ihr in der Tür. »Die Operation hat sie sehr mitgenommen.«

»Wann war das?«

»Vor drei Tagen.«

»Und wie geht es ihr?«

»Das ist schwer zu sagen», flüsterte Frau Krebs und verschränkte die Arme vor der Brust. In dem Zimmer standen die warmen Ausdünstungen des Schlafs, und die Stille kam Greta unnatürlich vor. Sie setzte sich auf den Stuhl in der Ecke und legte sich eine Decke auf den Schoß; ihr war kalt, und sie war müde von der Zugfahrt. Frau Krebs ließ sie mit Lili allein.

Sie schliefen beide, Greta und Lili. Als Greta ein paar Stunden später aufwachte, glaubte sie zuerst, sie habe ein Nickerchen auf der Veranda in Pasadena gemacht. Dann erblickte sie Lili, deren Kopf sich auf dem Kissen hin und her bewegte. Ihre zarten Lider zitterten leicht.

»Bitte mach dir keine Sorgen um mich«, sagte Lili.

Endlich konnte Greta Lilis Augen sehen; sie blinzelte heftig, um den Schlaf loszuwerden. Immer noch braun und glänzend. Das Einzige, was von ihrem Mann noch übrig war: Augen, in denen Greta sein ganzes Leben ablesen konnte.

Sie trat ans Bett und streichelte Lilis Bein durch die raue Rosshaardecke. Der Wadenmuskel kam Greta irgendwie weicher vor; aber vielleicht bildete sie sich das nur ein – so wie sie sich vielleicht auch die Schwellung der Brüste unter dem Deckenrand nur einbildete.

»Weißt du, was man mit mir gemacht hat?«, fragte Lili. Ihre Wangen und ihr Hals wirkten fülliger, sodass ihr Adamsapfel kaum noch zu sehen war. Bildete Greta sich auch das nur ein?

»Nicht mehr, als wir besprochen haben.«

»Bin ich jetzt Lili? Bin ich jetzt Lili Elbe geworden?«

»Du bist schon immer Lili gewesen.«

»Ja, aber was werde ich sehen, wenn ich mich da unten ansehe?«

»So darfst du nicht darüber denken«, sagte Greta. »Das ist nicht das Einzige, was dich zu Lili macht.«

»Ist die Operation gelungen?«

»Frau Krebs sagt ja.«

»Wie sehe ich aus? Sag mir, Greta – wie sehe ich aus?«

»Sehr hübsch.«

»Bin ich jetzt wirklich eine Frau?«

Greta stand starr vor Entsetzen. Ihr Mann lebte nicht mehr. Ein schmerzliches Prickeln durchfuhr sie, als glitte seine Seele durch sie hindurch. Wieder war Greta Waud zur Witwe geworden; sie dachte an Teddys Sarg, wie er, Federn von Paradiesvögeln auf dem Deckel, in die Erde gesenkt worden war. Doch Einar würde sie nicht begraben müssen. Sie hatte ihn in das mit Filz tapezierte Abteil eines Zuges nach Deutschland gesetzt, und jetzt war er weg – als sei der Zug einfach in den eisigen Januarnebel gerast und für immer verschwunden. Wenn ich seinen Namen rufe, dachte sie, werde ich für den Rest meines Lebens nur noch das Echo hören.

Sie rückte noch näher an Lili heran. Wieder empfand sie das Bedürfnis, Lili zu berühren, und so setzte sie sich auf den

Rand des Krankenhausbetts und nahm Lilis feuchten Kopf in die Hände. Die Schläfenadern pochten leise. Durch einen Spalt im Vorhang konnte Greta über eine grünende Frühlingswiese hin bis zur Elbe sehen. Der Fluss bewegte sich wie Wolken am Himmel. Am anderen Ufer ließen zwei Jungen in Pullovern ein Kanu ins Wasser.

»Ah, hallo«, sagte jemand an der Tür. Es war eine junge Frau, ein Mädchen mit Stupsnase. »Sie müssen Greta sein.«

Greta nickte, und das Mädchen trat leise ein. Sie trug ein Krankenhaushemd und einen Bademantel und Pantoffeln an den Füßen. Lili war wieder eingeschlafen, und im Zimmer herrschte graues Dämmerlicht. Der Gasofen in der Ecke tickte. »Ich bin Ursula«, sagte das Mädchen. »Wir sind Freundinnen.« Sie wies mit dem Kinn auf Lili. »Wird sie wieder gesund?«

»Ich glaube schon. Aber Frau Krebs hat mir erzählt, dass es sie sehr mitgenommen hat.«

»Sie schläft fast die ganze Zeit, aber als ich sie einmal wach gesehen habe, schien sie sehr glücklich zu sein.«

»Wie ging es ihr vor der Operation? Hatte sie Angst?«

»Eigentlich nicht. Sie bewundert Professor Bolk. Für ihn würde sie alles tun.«

»Ja, er ist ein guter Arzt«, hörte Greta sich sagen.

Ursula hatte eine kleine, in Folie gehüllte Schachtel mitgebracht; darauf stand in schnörkliger Schrift: UNTER DEN LINDEN. Sie gab sie Greta und sagte: »Können Sie ihr das geben, wenn sie aufwacht?«

Greta dankte Ursula und als sie ihren angeschwollenen Bauch bemerkte, der ungewöhnlich dick und unförmig war, fragte sie: »Und wie geht es Ihnen?«

»Ach, mir? Gut«, sagte Ursula. »Ich werde von Tag zu Tag immer müder. Aber das ist nun einmal so.«

»Werden Sie hier gut behandelt?«

»Frau Krebs ist sehr nett. Auf den ersten Blick scheint sie ziemlich streng zu sein, aber sie ist nett. Die anderen Mädchen auch. Aber Lili ist mir am liebsten. Wie freundlich sie ist. Kümmert sich um alle anderen, nur nicht um sich selbst.« Und dann: »Sie hat mir von Ihnen erzählt. Sie hat Sie vermisst.«

Greta war sich nicht sicher, wie Ursula das meinte, fragte aber nicht nach. Es spielte keine Rolle.

»Sagen Sie ihr, dass ich da gewesen bin?«, bat Ursula. »Geben Sie ihr die Pralinen?«

Greta nahm ein Zimmer im Bellevue. Abends, nachdem sie Lili in der städtischen Frauenklinik gelassen hatte, versuchte sie zu malen. Die Lichter der flachen Kohlefrachter leuchteten bis in ihre Fenster. Manchmal machte sie sie auf, und dann hörte sie das Tuckern und Rauschen eines Touristendampfers und das grollende Stampfen der Frachter und das Kreischen der Straßenbahnen auf dem Theaterplatz.

Sie begann ein Porträt von Professor Bolk, auf einer großen Leinwand, die sie in einem Geschäft an der Alunstraße gekauft hatte. Auf dem Rückweg zum Bellevue war sie, die aufgerollte Leinwand unterm Arm, über die Augustusbrücke gekommen. Von den halbrunden Aussichtsbalkonen der Brücke aus konnte sie fast ganz Dresden sehen: die Brühlsche Terrasse mit den frisch grün gestrichenen Bänken; die von Autoabgasen geschwärzte Sandsteinkuppel der Frauenkirche und die Schmelzhütten im Plauenschen Grund; die lange Reihe silbriger Fenster des Zwingers. Ein Windstoß schlug Greta die Leinwand aus dem Arm, und sie bekam sie gerade noch zu fassen, als sie wie ein Segel über das Geländer flog. Sie flatterte über der gefurchten Halbmauer, und als Greta sie mit einiger Anstrengung wieder zusammenzurollen versuchte, fühlte sie plötzlich eine Hand auf der Schulter, und eine vertraute Stimme fragte: »Kann ich Ihnen helfen?«

»Ich bin auf dem Weg ins Hotel«, sagte Greta. Professor

Bolk nahm die Leinwand an einem Ende und wickelte sie auf wie ein Rolleau.

»Sie haben offenbar ein sehr großes Gemälde im Sinn«, sagte er.

Aber das stimmte nicht. Zu diesem Zeitpunkt war Greta sich noch unschlüssig, was sie als Nächstes malen wollte; nach einem weiteren Lili-Porträt war ihr im Augenblick jedenfalls nicht zu Mute.

»Begleiten Sie mich noch zum Hotel?«, fragte sie und zeigte in Richtung der Kastanienbäume vor dem Bellevue, das wie ein stämmig gebauter Leibwächter großspurig über das Elbufer wachte.

»Erzählen Sie mir von der Operation«, sagte sie. »Von Lilis Aussichten.« Sie hatte in den letzten Tagen das Gefühl gehabt, Professor Bolk weiche ihr aus; gleich nach ihrer Ankunft vor zwei Tagen hatte sie Frau Krebs gebeten, ihm auszurichten, er möge sich bei ihr melden, aber das hatte er nicht getan. Sogar Ursula gegenüber hatte sie von ihrem Wunsch gesprochen, dass Professor Bolk sie anrufen möge. Aber er schien sich ihr zu entziehen. Jetzt begleitete er sie auf ihre Suite im Bellevue. Sie saßen in den Sesseln am Fenster und tranken Kaffee, den ein Dienstmädchen mit einer Spitzenschleife im Haar ihnen gebracht hatte.

»Die erste Operation ist gut verlaufen«, sagte Professor Bolk. »Ein relativer unkomplizierter Eingriff. Der Schnitt verheilt planmäßig.« Er erzählte Greta von der Operation im großen Hörsaal, in dem Einar an jenem Morgen noch vor Sonnenaufgang zu Lili geworden war. Er erklärte, dass die Ergebnisse der regelmäßigen Tests – Blutbild, Urinanalyse, stündliches Fieber messen – auf einen normalen Heilungsprozess hindeuteten. Die Listeria-Antisepsis schütze Lili vor einer Infektion. »Das größte Problem sind zurzeit die Schmerzen«, sagte Professor Bolk.

»Und was tun Sie dagegen?«

»Sie bekommt täglich eine Morphiumspritze.«

»Gibt es da irgendwelche Risiken?«

»Kaum«, sagte er. »Wir werden sie in den nächsten Wochen langsam wieder entwöhnen. Aber zurzeit braucht sie es.«

»Verstehe.« Jetzt, da Bolk neben ihr saß, schwanden ihre Besorgnisse. Er war auch nicht anders als andere bedeutende, viel beschäftigte Männer: angeblich nie zu sprechen, aber wenn man ihn einmal erwischt hatte, offen und aufmerksam.

»Die Blutungen haben mir Sorgen gemacht«, fuhr Professor Bolk fort. »Derart starke Blutungen sind ungewöhnlich, und anfangs hatte ich den Verdacht, irgendetwas sei mit ihren inneren Organen nicht in Ordnung.«

»Was denn?«

»Das wusste ich nicht. Womöglich eine Milzquetschung. Oder eine Beschädigung der Darmschleimhaut.« Er schlug die Beine übereinander. Gretas Herzschlag beschleunigte sich, ihre Angst um Lili wuchs.

»Es geht ihr doch gut? Ich muss mir wirklich keine Sorgen machen?«

»Ich habe sie aufgemacht«, sagte Bolk.

»Wie meinen Sie das?«

»Ich habe ihren Bauch aufgemacht. Mir war klar, dass da etwas nicht stimmte. Ich habe einige Erfahrung mit Bauchoperationen und wusste, dass da etwas nicht stimmen konnte.«

Greta schloss die Augen und sah auf dem Hintergrund ihrer Lider ein Skalpell, das eine blutige Linie über Lilis Bauch zog. Sie musste sich zwingen, nicht weiter daran zu denken, wie Professor Bolks Hände, unterstützt von Frau Krebs, den Einschnitt auseinander zogen.

»Es stimmt, dass Einar weibliche Züge hatte. Zumindest teilweise.«

»Das habe ich schon immer gewusst«, sagte Greta.

»Nein. Ich denke, Sie verstehen mich nicht richtig.« Er nahm einen sternförmigen Keks aus der Schale, die das Hausmädchen gebracht hatte. »Es geht um etwas anderes. Etwas sehr Bemerkenswertes.« Seine Augen leuchteten fasziniert, und auf einmal spürte Greta, dieser Mann sehnte sich danach, das irgendetwas – eine Krankheit, eine Operationsmethode – nach ihm benannt wurde.

»In seinem Bauch«, fuhr Bolk fort, »in seinen Eingeweiden, habe ich etwas entdeckt.« Dr. Bolk verschränkte die Hände und ließ die Knöchel knacken. »Eierstöcke. Natürlich nicht vollständig entwickelt. Recht klein. Aber eindeutig vorhanden.«

In diesem Augenblick fasste Greta den Entschluss, Professor Bolk zu malen: die kantige Linie seiner Schultern; die herabhängenden Arme; den aus dem gestärkten Kragen ragenden Hals; die zarte faltige Haut um seine Augen. Sie lehnte sich zurück. In der Suite nebenan wohnte eine Opernsängerin, und Greta hörte sie die Erda aus *Siegfried* singen: ihre Stimme, die sich aus der wogenden mittleren Tonlage nach oben schwang wie ein Jagdfalke. Die Stimme erinnerte sie an Anna, aber das konnte nicht sein, denn Anna war in Kopenhagen, wo sie zum ersten Mal seit Jahren wieder am Königlichen Theater sang. Wenn es Lili wieder besser geht, dachte Greta, gehe ich mit ihr in die Oper. Sie stellte sich vor, wie sie Hand in Hand im Dunkel der Semperoper säßen, während Siegfried sich zu Brünnhildes feurigem Felsengipfel aufmacht.

»Was bedeutet das für Lili?«, fragte Greta schließlich. »Sind diese Eierstöcke funktionstüchtig?«

»Es bedeutet, dass ich mir meiner Sache jetzt noch sicherer bin.« Und dann: »Wir sind auf dem richtigen Weg.«

»Sie glauben also wirklich, dass sich die Blutungen damit erklären lassen?«

»Ja, sehr wahrscheinlich«, sagte er. »Das erklärt eigentlich alles.«

Nein, dachte Greta; die Eierstöcke allein erklären noch längst nicht alles.

»Ich möchte es mit einer Transplantation versuchen«, sagte Professor Bolk. »Dazu brauche ich ein gesundes Paar Eierstöcke. Mit Hoden ist das bereits gemacht worden, mit weiblichen Organen jedoch noch nie. Aber die Aussichten sind nicht schlecht. Ich möchte einem gesunden Paar Eierstöcke etwas Gewebe entnehmen und dieses in Lilis Eierstöcke einsetzen«, sagte er. »Es geht nur noch um den richtigen Zeitpunkt. Und darum, geeignete Eierstöcke zu finden.«

»Wie lange wird das dauern? Sind Sie sicher, dass das geht?«

»Nicht mehr sehr lange. Ich habe bereits ein Mädchen gefunden.«

»In der Klinik?«

»Ja, ein junges Mädchen aus Berlin. Als sie kam, dachten wir, sie sei schwanger. Inzwischen hat sich herausgestellt, dass es ein Tumor ist.« Er stand auf, um sich zu verabschieden. »Sie weiß es natürlich noch nicht. Was hätte es für einen Sinn, es ihr jetzt schon zu sagen? Aber sie könnte die Richtige sein. Vielleicht ist es schon in einem Monat so weit.« Er gab Greta die Hand. Und als er gegangen war, klappte sie ihren Malkasten auf, stellte die Farbflaschen zurecht und deckte den Boden mit einer Plane ab; und während von nebenan die Stimme der Opernsängerin langsam und dunkel und unbegleitet zu ihr drang, begann sie zu malen.

Einige Wochen später saßen Greta und Lili im Garten der Klinik. An den Birken und Weiden glänzten die frischen Knospen. Die Hecken waren erst spärlich grün, aber zwischen den Steinen des Wegs blühte schon der Löwenzahn. Zwei Gärtner hoben Löcher für eine Reihe von Kirschbäumen aus, deren

Wurzelballen in Säcken steckten. Die Stachelbeersträucher bekamen gerade die ersten Blätter.

Auf einer Decke auf dem Rasen saßen schwangere Mädchen im Kreis und flochten Grashalme. Die weißen Krankenhauskleider hingen ihnen locker von den Schultern und zitterten im Wind. Die Uhr am Giebel schlug die Mittagsstunde.

Eine Wolke schob sich vor die Sonne und tauchte den Rasen jäh in dunklen Schatten. Die Kirschbäume kippten um, und dann trat jemand aus der Glastür der Klinik. Greta konnte den Mann nicht erkennen. Er trug einen weißen Laborkittel, der flatterte wie die Wimpel auf dem Touristenboot, das regelmäßig über die Elbe fuhr.

»Schau«, sagte Lili. »Der Professor.«

Er kam in ihre Richtung, und als die Wolke weiterzog, fiel die Sonne auf das Gesicht des Professors und spiegelte sich in seiner Brille. Er trat vor die beiden hin, ging in die Knie und sagte: »Morgen ist es soweit.«

»Was denn?«, fragte Lili.

»Ihre nächste Operation.«

»Aber warum so plötzlich?«, fragte Lili.

»Weil das Transplantat jetzt zur Verfügung steht. Morgen müssen wir operieren.« Greta hatte Lili von dem nächsten Schritt erzählt, von dem Eierstockgewebe, das Professor Bolk ihr in den Unterleib einpflanzen wollte.

»Ich bin zuversichtlich, dass alles nach Plan verläuft«, sagte der Professor. Im hellen Sonnenlicht traten die meerfarbenen Adern unter der dünnen Haut seines Gesichts deutlich hervor. Greta wünschte, Hans wäre mit ihr nach Dresden gefahren. Dann könnte sie jetzt mit ihm darüber reden und ihn um Rat fragen – sie mochte es, wie er beim Nachdenken die Hände vor den Mund hob und die Fingerspitzen aneinander legte. Plötzlich fühlte sich Greta sehr müde.

»Und wenn es nicht nach Plan verläuft?«, fragte sie.

»Warten wir's ab. Ich möchte mit dem Gewebe eines jungen Mädchens arbeiten.«

»Das alles ist so schwer vorstellbar«, sagte Lili. Sie sah weder Greta noch Bolk an. Ihr Blick war den Mädchen zugewandt, die jetzt alle auf der Seite lagen.

Als Professor Bolk gegangen war, schüttelte Lili den Kopf. »Ich kann es immer noch nicht glauben«, sagte sie, immer noch zu den Mädchen hinübersehend. »Er tut es wirklich, Greta. Genau wie du gesagt hast. Er macht aus mir ein Mädchen.« Lilis Miene war unbewegt, ihre Nasenspitze rot. Sie flüsterte: »Vielleicht gelingt ihm ja ein Wunder.«

Ein Windstoß warf Greta die Haare über die Schultern; sie sah zu den zugezogenen Fenstern von Professor Bolks Labor hinauf – die Stuckwände, der verglaste Korridor zwischen dem Labor und der eigentlichen Klinik. Greta hatte dort keinen Zutritt, aber in ihrer Phantasie sah sie alles vor sich: den Operationssaal, die Liegen aus kaltem Stahl, das Regal mit Formaldehydflaschen. An einem Fenster wurde die Jalousie hochgezogen, und Greta sah im Labor die Silhouette eines Mannes, der mit gebeugtem Kopf an irgendetwas arbeitete; dann zog eine zweite Person – nur ein schwarzer Schatten – die Jalousie wieder herunter, und das Gebäude lag wieder so gelb und leblos in der Sonne wie zuvor.

»Also«, sagte sie. »Morgen«, und bettete Lilis Kopf in ihren Schoß. Sie schlossen die Augen und empfingen die schwache Wärme der Sonne. Sie lauschten dem gedämpften Kichern der Mädchen auf dem Rasen und dem entfernten Plätschern eines Raddampfers auf der Elbe. Greta dachte an Teddy Cross, dem sie auch einst Wunder zugetraut hatte. Zum Beispiel bei der Sache mit Carlisles Bein. Greta und Teddy waren erst seit wenigen Monaten verheiratet und wohnten in dem spanischen Haus in Bakersfield; es war die Zeit, als die ersten warmen Winde durch die Eukalyptusbäume hauchten.

Greta war mit dem kleinen Carlisle schwanger; sie lag auf dem Sofa, ihr war schlecht. Eines Tages kam Carlisle in seinem Detroiter mit den gelben Kotflügeln über die Ridge Route, um sie zu besuchen und potenzielle Ölfelder zu besichtigen.

Die Erdbeerfelder glichen in jenem Frühling einem grünen Teppich, gesäumt von den buttergelben Blütenflächen des Islandmohns. Als sich die Nachricht verbreitete, dass in der Gegend von Bakersfield womöglich Öl zu finden sei, strömten die Leute aus Los Angeles und San Francisco herbei. Der Farmer südlich von Teddy Cross' Eltern hatte mit seiner Hacke einen Brunnen gegraben und war auf Öl gestoßen. Teddy war überzeugt, dass auch seine Eltern Öl finden würden, und Greta fragte sich insgeheim, ob Teddy etwa so verrückt war und reich werden wollte, um mit ihr auf eine Stufe zu kommen. Abends, nachdem er sich um Greta gekümmert hatte, fuhr er den Feldweg hinunter zum Land seiner Eltern und sondierte im langen Schatten einer alten Eiche den Boden. Um ihn her glänzten die Unterseiten der Erdbeerblätter silbern in der Abendsonne, während er mit einem verlängerbaren Bohrgestänge ein immer tieferes Loch in den lehmigen Boden trieb.

Und dann kam Carlisle nach Bakersfield. Sein Bein war noch immer gelähmt, und er stützte sich mit den Ellbogen auf handgefertigte Krücken mit Griffen aus geschnitztem Elfenbein. Er besaß noch ein zweites Paar aus Sterlingsilber, das er auf Mrs. Wauds Wunsch zu offiziellen Anlässen benutzte. Am ersten Abend seines Besuchs im spanischen Haus – Greta schlief schon und erfuhr erst später davon – fuhr Teddy mit ihm zum Land der Cross' und zeigte ihm seine Bohrstelle. »Ich möchte sie nicht enttäuschen«, sagte Teddy; er meinte seine Eltern, die in einem winzigen Häuschen lebten, durch dessen Bretterwände der Wind pfiff. Das Loch im Boden hatte etwa den Umfang eines Oberschenkels und war mit einem Holzgerüst umbaut. Teddy ließ an einem Seil ein Gefäß hinab und förderte eine Bodenprobe zu Tage. Die beiden jungen Männer beugten sich mit offenem Mund darüber. Teddy sah Carlisle an, als ob der, nur weil er in Stanford studierte, irgendetwas aus der schwarzen Erde herauslesen könnte. »Was meinst du? Gibt es Öl da unten?«, fragte Teddy.

Carlisle sah zu der knorrigen Eiche am Rand des Erdbeerfelds und dann in den abendroten Himmel und sagte: »Ich bin mir nicht ganz sicher.«

Eine halbe Stunde blieben sie da draußen; die Sonne ging unter, der Wind wirbelte ihnen den Staub um die Füße. Der Himmel wurde dunkel, und die ersten Sterne erschienen. »Gehen wir«, sagte Teddy schließlich, und Carlisle, der ihm an all dem, was mit Greta passierte, keine Schuld ab, sagte: »In Ordnung.«

Teddy ging zum Wagen und als Carlisle ihm folgen wollte, blieb er mit der Krücke irgendwie an den Brettern des Holzgerüsts hängen, glitt aus und rutschte mit dem schlimmen Bein in das Bohrloch. Er hätte darüber lachen können, wie er da so plötzlich hinschlug, wäre ihm nicht ein jäher Schmerz ins Bein gefahren. Teddy hörte seinen Schrei, lief zurück und fragte: »Bist du verletzt? Kannst du aufstehen?«

Aber Carlisle kam nicht hoch, das Bein war im Loch eingeklemmt. Teddy nahm ein Brecheisen und fing an, die Bretter herauszustemmen; sie lösten sich mit einem Kreischen, das weit über die Felder schallte und von den Kojoten in der Ferne mit lautem Heulen beantwortet wurde. Die bis dahin stille Nacht von Bakersfield erwachte zum Leben. Carlisle drückte einen Arm vors Gesicht und schluchzte leise. Es dauerte eine Stunde, bis er befreit war und sie feststellen mussten, dass er sich das Schienbein gebrochen hatte. Blut war nicht zu sehen, aber die Haut lief bereits pflaumenblau an.

Teddy half Carlisle in den Wagen und fuhr ihn durch die Nacht nach Westen, quer durch das Tal und die Felder, auf denen Erdbeeren, dann Radicchio und Weinreben und schließlich Pekannüsse angebaut wurden, und weiter über die Berge nach Santa Barbara. Es war fast Mitternacht, als ein Arzt mit einem Monokel im Auge endlich Carlisles Bein richtete, während eine Nachtschwester mit rostrotem Bubikopf Gazestreifen in eine Gipswanne tauchte. Stunden später traten Teddy und Carlisle den Heimweg an; kurz vor Morgengrauen bogen sie in die von Bambus gesäumte Einfahrt des spanischen Hauses ein. Sie waren todmüde, aber endlich zu Hause.

Greta schlief noch. »Sie schläft schon, seit Sie losgefahren sind«, sagte Akiko, deren Augen so schwarz waren wie Carlisles Schienbein. Als Greta dann aufwachte, war ihr gleich wieder so schlecht, dass sie den Gipsverband an Carlisles Bein gar nicht bemerkte; der Gips war weich wie Kreide, sodass Carlisle überall Spuren hinterließ. Und diese Spuren bemerkte Greta; während sie die weißen Flecken von der Ottomane wischte, fragte sie sich – wenn auch nur mit dem geringen Interesse, das sie jeglicher Art von Hausarbeit entgegenbrachte –, wo die wohl herkommen mochten. Sie hatte gehört, dass Carlisle sich irgendwie verletzt hatte, aber es war ihr noch nicht richtig zu Bewusstsein gekommen. »Ach, mir geht's gut«, sagte Carlisle, und Greta wechselte das Thema; zu ihrem eigenen Befinden befragt, hätte sie sagen müssen, sie fühle sich wie vergiftet. Sie sah den Gipsverband und verdrehte die Augen. Erst als der Sommer kam und das Quecksilber in den Thermometern weit über vierzig Grad anzeigte und Greta endlich ihr Kind zur Welt gebracht hatte, wurde Carlisle der Gipsverband abgenommen. Das Baby war tot, aber Carlisles Bein ging es besser als je zuvor seit dem Unglück vor vielen Jahren. Er zog den Fuß immer noch ein wenig nach, brauchte aber keine Krücken mehr und konnte die Stufe ins Wohnzimmer des spanischen Hauses hinuntersteigen, ohne sich am Geländer festhalten zu müssen.

»Das einzig Gute, was Bakersfield je gebracht hat«, sagte Greta manchmal.

Und so kam es, dass sie Teddy Cross in den letzten Jahren ihrer Ehe für einen Mann hielt, der Wunder vollbringen konnte – als sie einmal sah, wie er konzentriert die Lippen aufeinander presste, hatte Greta den Eindruck, dass ihm einfach nichts unmöglich sei. Doch als nun Lili das Gleiche von Professor Bolk behauptete, blickte Greta auf die Elbe und zählte die Schiffe; und als sie auch noch die Mädchen auf dem Rasen gezählt hatte, sagte sie: »Warten wir's ab.«

KAPITEL 23

Lili fuhr schreiend aus dem Schlaf. Sie wusste nicht, wie lange sie geschlafen hatte, aber das Morphium umhüllte ihr Gehirn wie eine Mütze, und die Lider waren ihr zu schwer: sie bekam sie nicht auf.

Ihre Schreie bohrten sich wie spitze Glassplitter durch die Gänge der städtischen Frauenklinik, und Lili stellte sich die Gänsehaut vor, die jetzt den Schwestern über den Rücken und den Schwangeren über die gestrafften Bäuche laufen musste. Ein brennender Schmerz erfüllte ihren Unterleib. Hätte sie die Kraft gehabt, hätte Lili den Kopf gehoben und nach ihrem Bauch gesehen, um festzustellen, ob nicht wirklich Flammen aus ihrem Becken schlügen.

In ihrer Betäubung glaubte sie über dem Bett zu schweben und nach unten zu blicken: da lag sie, die kleine Lili; der von Professor Bolk geschnitzte Leib unter der Decke, die Arme ausgebreitet, die Innenseite ihrer Handgelenke blassgrün und nach oben gedreht. Über ihren Beinen spannten sich Stricke aus italienischem Hanf, von denen links und rechts schwere Sandsäcke neben das Bett herabhingen. Es waren vier an jeder Seite, jeder Sack an einem dicken Seil, das verhindern sollte, dass Lili, wenn sie Krämpfe bekam, die Beine bewegte.

Eine Schwester, die Lili nicht kannte, stürzte ins Zimmer. Sie hatte starke Brüste und einen kleinen Oberlippenbart, sie rief: »Was wollen Sie denn?« und stieß Lili in den Kissenstapel zurück.

Es war, als kämen die Schreie von jemand anderem. Eine Zeit lang glaubte Lili, es sei vielleicht Einar, der diese Schreie ausstieß: vielleicht meldete sich sein Geist in ihr. Ein schrecklicher Gedanke; sie ließ den Kopf in die Kissen sinken und schloss die Augen. Aber sie schrie immer noch – sie konnte nichts dagegen tun –, dabei waren ihre Lippen längst rau und aufgesprungen, und die Zunge lag ihr wie ein verdorrter Grashalm im Mund.

»Was haben Sie?«, fragte die Schwester immer wieder. Sie schien nicht sonderlich besorgt, so als habe sie dergleichen schon oft erlebt. Sie war jung und trug eine viel zu enge Glasperlenkette. Lili sah die Schwester an, ihren Hals, der so dick gepolstert war, dass die Kette fast darin verschwand, und dachte, sie habe sie vielleicht doch schon einmal gesehen. Der Haarflaum über den Lippen – den sah sie nicht zum ersten Mal – und die Brüste, die den Latz ihrer Schürze spannten. »Sie dürfen sich nicht bewegen«, sagte die Schwester. »Das macht es nur noch schlimmer. Versuchen Sie ganz still zu liegen.«

Die Schwester legte Lili eine grüne Gummimaske aufs Gesicht; aus den Augenwinkeln konnte Lili beobachten, wie die Schwester den Hahn der Ätherflasche öffnete. Und plötzlich wusste Lili, dass sie die Schwester tatsächlich schon einmal gesehen hatte. Sie erinnerte sich undeutlich an die Schreie, mit denen sie aufgewacht war; und wie dann die Schwester ins Zimmer gestürzt war, wie sie sich zum Fiebermessen über sie gebeugt hatte, sodass ihre Brüste unter dem Schürzenlatz direkt über ihr hingen. Die Stricke auf ihren Schienbeinen waren wieder in Ordnung gebracht worden, der Glasstab des Thermometers hatte sich unter ihre Zunge geschoben. Das alles war schon lange her. Besonders die Sache mit der grünen Gummimaske, die genau auf Lilis Mund und Nase passte, als sei sie in einer der Fabriken an der Elbe, aus deren Schornsteinen der schwarze Qualm von geschmolzenem Gummi und Kunststoff flammend in den Himmel quoll, eigens für sie angefertigt worden.

Erst nach mehreren Wochen tauchte Lili allmählich aus den Schmerzen auf, bis Professor Bolk schließlich anordnete, ihr keinen Äther mehr zu geben. Die Schwester – sie hieß Hannah – entfernte die Sandsäcke. Lilis Beine waren wieder frei, doch sie waren so bleich und dünn, dass sie damit noch nicht auf den Flur gehen konnte; aber sitzen konnte sie wieder, jeden Vormittag ein bis zwei Stunden lang, ehe sie die tägliche Morphiumspritze bekam, die ihr in den Arm fuhr wie der Stich einer Riesenwespe.

Schwester Hannah schob Lili regelmäßig in den Wintergarten und stellte den Rollstuhl an ein Fenster neben einen Farn; hier konnte Lili sich ausruhen. Es war Mai, die Rhododendren draußen standen in voller Blüte. In dem mit Kompost gedüngten Beet vor Bolks Labor reckten sich die Tulpen nach der Sonne.

Lili sah den Schwangeren zu, die plaudernd auf dem mit Löwenzahn übersäten Rasen hockten. Die Sonne beschien ihre weißen Hälse. Neue Mädchen waren in der Zwischenzeit hinzugekommen. Es wird immer wieder neue Gesichter hier geben, dachte Lili; sie nippte an ihrem Tee und zog sich die Decke über den Schoß, der unter dem blauen Klinikmantel und den Mullbinden und Jodpflastern immer noch wund und offen war. Ursula war nicht mehr in der Klinik, und das verwirrte Lili. Aber sie war so müde und zermürbt von all den Drogen, dass sie nicht weiter darüber nachdachte. Als Frau Krebs ihr einmal die Kopfkissen aufgeschüttelt hatte, hatte Lili sie nach Ursula gefragt und die Antwort bekommen: »Seien Sie unbesorgt. Jetzt ist alles gut.«

Greta durfte sie immer nur nachmittags für einige wenige Stunden besuchen. Eine Vorschrift, eingeführt von Professor Bolk und durchgesetzt von Frau Krebs' metallischer Stimme, schloss Besuche am Vormittag und abends aus. Zu diesen Zeiten sollten die Mädchen in der Klinik ungestört miteinander allein sein, als ob ihr Zustand und ihre Schwierigkeiten eine Kameradschaft besiegelten, die Außenstehende nicht teilen konnten. Und so kam Greta täglich nach dem Mittagessen, wenn an Lilis Lippen noch ein Rest Kartoffelsuppe klebte, und blieb bis zum späten Nachmittag, wenn die Schatten lang wurden und Lili der Kopf auf die Brust sank.

Lili freute sich immer auf den Augenblick, da Greta in den Wintergarten trat. Wenn sie in der Tür erschien, war Gretas Gesicht oft hinter einem großen Blumenstrauß verborgen – anfangs Narzissen, dann, mit fortschreitendem Frühling, Löwenmäulchen und schließlich rosa Pfingstrosen. Lili wartete geduldig in ihrem Rollstuhl und horchte auf das Klappern von Gretas Schuhen auf dem Fliesenboden. Die anderen Mädchen tuschelten oft über Greta *(»Wer ist bloß diese große Amerikanerin mit den tollen langen Haaren?«)*, und dieses Gerede – die munteren Stimmen der Mädchen, deren Brüste sich täglich mit Milch füllten – bereitete Lili Vergnügen.

»Sobald wir dich hier rausbekommen«, sagte Greta oft, wenn sie auf einem Liegesessel Platz nahm und die Beine auf das weiße Polster legte, »bringe ich dich nach Kopenhagen zurück, damit du dich mal was umsehen kannst.«

Greta versprach ihr dies, seit sie aus Paris gekommen war: Zug und Fähre zurück nach Dänemark; erneuter Einzug in die Wohnung im Witwenhaus, die seit Jahren nicht mehr benutzt wurde; Großeinkauf in Fonnesbechs Privatabteilung.

»Aber warum können wir nicht gleich los?«, fragte Lili dann jedes Mal. Nicht ein einziges Mal in diesen fünf Jahren waren sie oder Greta nach Kopenhagen zurückgekehrt. Lili konnte sich noch undeutlich daran erinnern, wie Einar die Möbelpacker mit den hochgekrempelten Ärmeln angewiesen hatte, die Kiste mit seinen ungerahmten Bildern nur ja vorsichtig zu behandeln. Und wie Greta den Inhalt der Schubfächer des Eschenschranks in einen Koffer mit Lederscharnieren packte, den Lili dann nie mehr wieder gesehen hatte.

»Du bist hier noch nicht fertig«, sagte Greta.

»Immer noch nicht?«

»Es fehlt nur noch eine Kleinigkeit. Dann können wir nach Hause.« Wie hübsch Greta in dem gestreiften Rock und den hochhackigen Schuhen war, wenn sie so neben Lili lag. Greta hatte niemals einen anderen Menschen geliebt als sie, das wusste Lili. Und jetzt – jetzt, da sogar ihre amtlichen Papiere sie als Lili Elbe auswiesen – empfand sie die Gewissheit, dass Greta sich nicht ändern würde. Und diese Gewissheit half ihr durch die einsamen Nächte im Krankenzimmer unter der schweren Decke und durch die Schmerzen, die sich wie ein Dieb an sie heranschlichen und über sie herfielen. Lili änderte sich immerzu, aber Greta nicht, nein, Greta niemals.

Manchmal trat Professor Bolk neben sie, wenn Greta auf der Liege lag und Lili in ihrem Rollstuhl saß. »Wollen Sie sich nicht zu uns setzen?«, fragte Greta dann und wiederholte die Aufforderung noch einige Male, aber der Professor blieb nie lange genug, um die Tasse Tee zu nehmen, die Lili ihm jedes Mal einschenkte.

»Ich glaube, es funktioniert«, sagte Professor Bolk eines Tages.

»Wie kommen Sie darauf?«, fragte Greta.

»Sehen Sie sie doch an. Sieht sie nicht gut aus?«

»Allerdings, aber sie will das jetzt endlich hinter sich bringen«, sagte Greta und stand auf, um Professor Bolk die Hand zu schütteln.

»Sie entwickelt sich zu einer recht hübschen jungen Dame«, sagte er.

Lili beobachtete sie und kam sich vor wie ein Kind, wenn sie an den Beinen der beiden emporblickte.

»Sie ist jetzt über drei Monate hier«, sagte Greta. »Sie fängt an über das Leben außerhalb der Klinik nachzudenken. Sie will endlich wieder in die –«

»Hör auf über mich zu reden, als ob ich nicht da wäre«, sagte Lili. Die zornige kleine Bitte schoss ihr aus dem Mund wie das Essen an den ersten betäubten Tagen nach den Operationen.

»Haben wir doch gar nicht«, sagte Greta und ging in die Knie. »Nein, du hast Recht. Wie geht's dir, Lili? Sag mir, wie fühlst du dich heute?«

»Mir geht's gut, von den Schmerzen abgesehen, aber das wird schon. Frau Krebs und Schwester Hannah sagen, die lassen bald nach, und dann kann ich nach Hause gehen.« Lili beugte sich auf ihrem Rollstuhl nach vorn, legte die Hände auf die Armlehnen und versuchte sich hochzustützen.

»Nicht aufstehen«, sagte Greta. »Erst wenn du soweit bist.«

Lili versuchte es noch einmal, aber ihre Arme schafften es nicht. Wie abgemagert, wie kraftlos sie war, ausgehöhlt von Krankheit und dem Skalpell des Chirurgen. »Ich bin bald soweit«, sagte sie schließlich. »Nächste Woche? Wir gehen nach Kopenhagen zurück, Professor Bolk. Hat Greta Ihnen erzählt, dass wir nach Kopenhagen zurückgehen?«

»Ja, das hat sie.«

»Und wir ziehen wieder in unsere alte Wohnung im Witwenhaus. Da müssen Sie uns mal besuchen. Kennen Sie Kopenhagen? Wir haben eine wunderbare Aussicht auf das Königliche Theater, und wenn man das Fenster aufmacht, kann man den Hafen riechen.«

»Aber Lili«, sagte Greta, »nächste Woche ist noch zu früh für dich.«

»Wenn ich weiter solche Fortschritte mache – warum nicht? Morgen will ich wieder ein paar Schritte gehen. Morgen versuchen wir mal einen kleinen Spaziergang im Park.«

»Aber haben Sie's denn vergessen?«, sagte der Professor und

drückte seine Papiere an die Brust. »Wir müssen noch einmal operieren.«

»Noch einmal?«

»Nur noch einmal«, sagte Greta.

»Aber wozu denn? Sind Sie denn noch nicht fertig?« Lili konnte es nicht sagen, aber sie dachte: Haben Sie denn nicht meine Eierstöcke wiederhergestellt und meine Keimdrüsen entfernt? Nein, das brachte sie nicht über die Lippen. Wie demütigend das war, auch wenn Greta dabei war.

»Nur noch eine letzte Operation«, sagte Professor Bolk. »Es geht um die Entfernung Ihres –«

Und Lili – die nicht älter und nicht jünger war als ihre momentane Stimmung, Lili, die der Geist eines Mädchens war und die, alterslos und nicht alternd, mit jugendlicher Naivität die jahrzehntelange Erfahrung eines Mannes auslöschte, die wie ein überängstliches Mädchen, das seine erste Menstruation herbeisehnt, jeden Morgen ihre schwellenden Brüste betastete – schloss vor Scham die Augen. Professor Bolk teilte ihr mit, dass dort unten, unter den Mullbinden und den braunen Jodpflastern, die aussahen wie die wässrige Soße, die Einar im Krieg hatte ertragen müssen, unmittelbar oberhalb der frischen, noch heilenden Wunde noch ein letztes Stückchen Fleisch vorhanden war, das Einar gehörte.

»Ich muss das nur noch entfernen und die –« Lili wollte die Einzelheiten gar nicht wissen, und daher sah sie Greta an, auf deren Schoß ein aufgeschlagenes Notizbuch lag. Greta zeichnete sie, ihr Blick wanderte hin und her zwischen Lili und dem Papier, und als ihre Blicke sich einmal trafen, ließ Greta den Bleistift sinken und sagte: »Sie hat Recht. Können Sie die nächste Operation nicht beschleunigen, Professor Bolk? Warum noch so lange warten?«

»Sie ist noch nicht so weit. Sie ist noch nicht kräftig genug.«

»Ich finde schon«, sagte Greta.

Während sie weiter debattierten, schloss Lili die Augen und dachte an Einar, an den kleinen Jungen, der auf dem mit Flechten überwachsenen Stein gesessen und zugesehen hatte, wie Hans mit dem Tennisschläger einen Aufschlag retournierte. Sie dachte an Henriks feuchte Hand auf dem Künstlerball. Und an Carlisles glutvollen Blick an jenem nasskalten Morgen auf dem Markt. Und an Gretas konzentrierten Blick, als Lili auf der lackierten Truhe für sie Modell stand. »Tun Sie's jetzt«, sagte sie leise.

Professor Bolk und Greta unterbrachen ihr Gespräch. »Was haben Sie gesagt?«, fragte er.

»Hast du was gesagt?«, fragte Greta.

»Bitte, tun Sie's jetzt.«

Draußen im Park hoben die neuen Mädchen, die Lili nicht kannte, ihre Bücher und Decken auf und gingen zum Abendessen ins Haus zurück. Die Weiden fegten den Rasen der städtischen Frauenklinik, und hinter den Mädchen huschte ein Kaninchen in einen Stachelbeerstrauch. Jenseits der Elbe, auf der wie immer die Frachter fuhren, leuchtete die Sonne auf den Kupferdächern von Dresden und der gewaltigen, fast silbernen Kuppel der Frauenkirche.

Sie schloss die Augen und träumte, wie sie irgendwann in der Zukunft über den Kongens Nytorv ging, im Schatten der Statue von König Christian V.: Der einzige Mensch auf der Welt, der stehen bleiben und sie anstarren würde, wäre der stattliche Fremde, dessen übervolles Herz ihn drängen würde, Lili bei der Hand zu nehmen und ihr seine Liebe zu bekennen.

Als Lili die Augen wieder aufmachte, sah sie Greta und den Professor zum Eingang des Wintergartens blicken. Ein großer Mann stand dort in der Tür und kam jetzt auf sie zu, eine Silhouette mit einem Mantel über dem Arm. Lili beobachtete Greta, die dem Mann entgegen sah. Greta schob sich die

Haare hinter die Ohren. Sie strich mit dem Finger über die Narbe auf ihrer Wange. Sie legte die Hände zusammen, dass die Armbänder klingelten, und sagte mit leisem Seufzen: »Schau.« Und dann: »Hans ist gekommen.«

TEIL VIER

Kopenhagen, 1931

KAPITEL 24

Sie kehrten ins Witwenhaus zurück, aber das Gebäude war im Lauf der Jahre sehr heruntergekommen. Für die Zeit ihres Aufenthalts in Paris hatte Greta einen Mann namens Poulsen eingestellt, der für die Instandhaltung sorgen sollte. Jeden Monat schickte sie ihm einen Scheck und legte einen Zettel mit den Aufträgen bei. »Ich denke, die Dachrinnen sollten mal wieder gereinigt werden«, schrieb sie. Oder: »Tauschen Sie bitte die Angeln an den Fensterläden aus.« Aber Poulsen befolgte keine einzige dieser Anweisungen und beschränkte sich darauf, gelegentlich den Eingang zu fegen und den Müll zu verbrennen. An dem verschneiten Morgen, als Greta und Hans mit dem Auto nach Kopenhagen kamen, war Poulsen verschwunden.

Die rosa Fassade war verblichen. Die Fensterrahmen in den oberen Stockwerken waren streifig von Taubendreck. An einem Fenster fehlte die Scheibe; in der Wohnung war eines Nachts eine zittrige, über neunzig Jahre alte Frau gestorben, erwürgt von ihrem eigenen, zu einem Strick gedrehten Bettlaken. Eine dünne schwarze Rußschicht bedeckte die Wände des Treppenhauses.

Greta brauchte einige Wochen, um die Wohnung für Lili herzurichten. Hans half ihr dabei, er engagierte Anstreicher und einen Mann, der die Böden neu versiegelte. »Hat sie eigentlich vor, allein zu leben?«, fragte Hans eines Tages, und Greta fragte entsetzt zurück: »Was? Ohne mich?«

Langsam half sie Lili in das wogende Leben von Kopenhagen zurück. An matschigen Nachmittagen schlenderten die beiden Hand in Hand durch Kongens Have, vorbei an den jetzt, mitten im Winter, unbelaubten Buchsbaumhecken. Lili ging mit schlurfenden Schritten und verbarg den Mund in ihrem dicken Wollschal; nachdem die Wirkung des Morphiums sich verloren hatte, war ihr von den Operationen ein stetiger Schmerz geblieben. Greta sagte ihr immer wieder: »Lass dir Zeit. Sag mir einfach, wenn du soweit bist.« Sie nahm an, dass Lili eines Tages von allein den Wunsch äußern würde, sich wieder in die Welt hinauszuwagen. Sie sah das in Lilis Gesicht, an der Art, wie sie die jungen Frauen beobachtete, die morgens mit frisch gekauften Brötchen über Kongens Nytorv eilten, Frauen, die so jung waren, dass in ihren Augen noch Hoffnung glänzte. Greta hörte es an Lilis Stimme, wenn sie die Hochzeitsanzeigen aus der Zeitung vorlas. Und Greta graute es vor diesem Tag; manchmal fragte sie sich, ob sie das alles überhaupt mitgemacht hätte, wenn ihr von Anfang an klar gewesen wäre, dass es damit enden würde, dass Lili, mit einem kleinen Koffer in der Hand, aus dem Witwenhaus ausziehen würde. An manchen Tagen in diesen ersten Monaten nach der Rückkehr nach Kopenhagen glaubte Greta noch, sie und Lili könnten in der obersten Etage des Witwenhauses ein neues Leben anfangen, und weder sie noch Lili würden jemals länger als für einen Nachmittag aus dem Haus gehen. Wenn sie mit Lili am Ofen saß, kam ihr zuweilen der Gedanke, die Zeit des Umbruchs sei nun endlich abgeschlossen, und jetzt könnten sie beide sich wieder der Malerei widmen und ein friedliches Leben führen, allein, aber gemeinsam. Und hatte Greta nicht immer genau darum gekämpft? War das nicht ihr tiefstes Bedürfnis: allein zu sein, aber gemeinsam mit einem Menschen, der sie und den sie liebte? »Glaubst du, dass ich mich mal verlieben werde?«, fragte Lili nun häufiger, als es wieder Frühling wurde und die vorherrschende Farbe des Hafens von Grau in Blau überging. »Glaubst du, dass mir so etwas passieren könnte?«

Im Frühjahr 1931 brachen die Märkte und Währungen zusammen; eine große schwarze Wolke des wirtschaftlichen und allgemeinen Untergangs zog auf. Immer mehr Amerikaner verließen Europa, wie Greta in den Zeitungen las; sie selbst war dabei, als eine Amerikanerin mit Biberpelzkragen und einem Kind auf dem Arm am Schalter der Deutschen Aero-Lloyd eine Überfahrt mit Schiff und Flugzeug buchte. Auch ein gutes Bild fand in der Galerie oft keinen Käufer mehr. Es war eine düstere Welt, in die Lili eingetreten war; die Welt hatte sich verändert.

Jeden Morgen stieß Greta Lili leise an, denn sie wachte nicht immer von alleine auf. Greta nahm einen Rock vom Bügel, dazu eine Bluse mit Holzknöpfen und einen Pullover, auf dessen Ärmel Schneeflocken gestickt waren, und half ihr beim Ankleiden. Dann stellte sie ihr Kaffee, Schwarzbrot und Räucherlachs mit Dill auf den Tisch. Erst im Lauf des Vormittags wurde Lili richtig wach, ihre Augen blinzelten das Morphium zurück, ihr Mund war ausgetrocknet. »Ich muss sehr müde gewesen sein«, sagte sie entschuldigend und Greta antwortete nickend: »Das ist doch nicht schlimm.«

Wenn Lili allein unterwegs war – zum Einkaufen auf dem Fischmarkt am Gammel Strand oder zu dem Töpferkurs, bei dem Greta sie angemeldet hatte –, versuchte Greta zu malen. Erst sechs Jahre waren vergangen, aber die Zeit, seit sie zuletzt in dieser Wohnung mit dem geisterhaften Heringsgeruch gelebt hatte, kam ihr viel länger vor. Manches war noch wie früher: die Sirenen der Fähren nach Schweden und Bornholm, das Nachmittagslicht, das durch die Fenster fiel, kurz bevor die Sonne hinter der Stadt unterging und die Spitzen der Kirchtürme wie Schattenrisse hervortreten ließ. Vor der Staffelei dachte Greta immer wieder an Einar damals und Lili heute, und wenn sie die Augen schloss und ein helles Klingeln hörte, hielt sie das zunächst für eine Erinnerung aus früheren Zeiten, bis sie erkannte, dass es von der kantonesischen Wäscherin stammte, die immer noch auf der Straße ihre Dienste anbot. Ich bereue nichts, dachte Greta.

Der König bewilligte ihre Scheidung mit einem Tempo, das sie bestürzte. Natürlich konnten sie nicht mehr als Mann und Frau zusammenleben; sie beide waren ja jetzt Frauen, und Einar lag im Sarg der Erinnerung. Dennoch war Greta überrascht, mit welch untypischem Eifer die Beamten – Männer mit schwarzen Fliegen und nervös zitternden Fingern – den dazu nötigen Papierkram erledigten. Sie hatte erwartet, ja fest damit gerechnet, dass die Sache wie üblich bürokratisch verschleppt werde, und beinahe gehofft, das Scheidungsgesuch möge in den Akten verloren gehen. Auch wenn sie es sich nicht gern eingestand, war Scheidung für sie wie für viele junge Frauen aus Pasadena ein Zeichen von moralischer Schwäche; oder genauer, ein Zeichen dafür, dass sie nicht das Rückgrat eines Pioniers besaß. Im Gegensatz zu früher war es ihr jetzt nicht mehr gleichgültig, was andere von ihr denken und reden mochten – als sei sie so leichtfertig und charakterschwach gewesen, den falschen Mann zu heiraten. Nein, so sah Greta sich ganz und gar nicht gern. Sie drängte auf einen Totenschein für Einar Wegener, den freilich niemand in welcher Behörde auch immer ausstellen wollte, auch wenn alle diese Bürokraten bestens mit dem Fall vertraut waren. Immerhin ein Beamter, ein Mann mit langer Nase und weißem Schnurrbart, räumte ein, dass dies der Wahrheit noch am nächsten käme. »Ich kann aber leider die Vorschriften nicht ändern«, sagte er hinter einem Aktenstapel, der sein halbes Gesicht verdeckte. »Aber mein Mann ist tot«, sagte Greta und schlug mit den Fäusten auf den Schalter, der sie von dem Büroraum trennte, in dem die Beamten mit ihren Ärmelschonern und Rechenschiebern im gelben Geruch von Tabak und Bleistiftspänen an ihren Schreibtischen saßen. »Er muss doch für tot erklärt werden«, sagte Greta, schon leise, bei ihrem letzten Besuch in der Amtsstube. In dem Büro hing eins ihrer frühen Porträts: Herr Ole Skram im schwarzen Anzug, weniger als einen Monat lang Vizeminister im Kabinett des Königs, bekannt lediglich wegen seines merkwürdigen, aber bezeugten Todes in den verhedderten Haltestricken eines Heißluftballons. Aber Greta kam mit ihren Bitten nicht durch. Einar Wegener wurde amtlicherseits nur für verschollen erklärt.

»Sie muss ihr eigenes Leben führen«, sagte Hans eines Tages. »Sie sollte auch mal allein ausgehen und eigene Freunde finden.«

»Ich halte sie nicht davon ab.« Greta hatte ihn zufällig vor der Akademie getroffen. Es war April, der Wind kam von Osten, kalt und salzgeschwängert von der Ostsee. Greta schlug den Kragen hoch. Studenten mit fingerfreien Handschuhen gingen vorbei. »Du übrigens auch«, sagte er.

Greta erwiderte nichts darauf, die Kälte kroch ihr den Rücken hinunter. Ihr Blick wanderte über Kongens Nytorv. Vor der Statue von Christian V. stand ein Junge mit einem blauen Schal, der ihm bis auf die Knie hing, und küsste ein Mädchen. Die Sache mit Hans war die: er erinnerte sie ständig an das, was sie nicht hatte und worauf sie auch verzichten konnte – jedenfalls glaubte sie das immer, wenn sie im Lesesaal saß und auf Lili wartete und ihr Herz bei jedem Geräusch im Treppenhaus schneller schlug. Wovor also hatte sie Angst?

»Hast du Lust, morgen mit mir nach Helsingør zu fahren?«, fragte er.

»Ich glaube nicht, dass ich mich freimachen kann«, sagte sie. Der Wind wurde stärker und heulte durch den Portikus der Akademie, dessen Wände von zu breiten Lastwagen zerkratzt waren. Greta und Hans betraten das Gebäude und gingen in einen Nebenflur; der Holzboden war unlackiert, die Wände matt seifengrün, das Treppengeländer weiß.

»Wann begreifst du endlich, dass sie nicht mehr dir gehört?«

»Ich habe noch nie behauptet, dass sie mir gehört.« Und dann: »Ich habe von meiner Arbeit gesprochen. Ich kann mir doch nicht einfach einen Tag frei nehmen.«

»Und wer sagt das?«

Plötzlich hatte sie das Gefühl, etwas verloren zu haben, als habe das unerbittliche Voranschreiten der Zeit sie nun endgültig von der Akademie verbannt; als habe ihre Vergangenheit bis heute ihr gehört und jetzt nicht mehr. »Einar ist tot«, hörte sie sich sagen.

»Aber Lili nicht.« Er hatte Recht. Lili lebte noch, wahrscheinlich fegte sie in diesem Augenblick die Wohnung, und die Sonne schien ihr durchs Fenster ins Gesicht. Lili mit ihren hübschen Handgelenken und ihren fast schwarzen Augen. Erst gestern hatte sie gesagt: »Ich überlege, ob ich mir Arbeit suchen soll.«

»Merkst du nicht, dass ich traurig bin?«, sagte Greta.

»Merkst du nicht, dass ich das von dir hören will?«

»Hans«, sagte sie. »Vielleicht sollte ich gehen.« Plötzlich erkannte sie, dass sie am Fuß eben der Treppe standen, auf der sie und Einar sich zum ersten Mal geküsst hatten. Hier hatten sie sich verliebt. An diesem weißen Geländer, auf diesen Holzstufen, abgewetzt von Generationen fauler Studenten, die mit unfertigen Hausaufgaben unterm Arm hier hinaufgestiegen waren. Die großen Fenster waren wegen der Kälte zugehakt. Auf dem Flur war es still; niemand war da. Wo steckten alle die Studenten bloß? Greta hörte irgendwo eine Tür ins Schloss fallen. Dann war alles wieder still; von Hans strahlte etwas Unmerkliches auf sie ab, und draußen auf dem Hof, im langen Schatten der Akademie, stand wieder der Junge mit dem blauen Schal und küsste seine Freundin, immer und immer wieder.

KAPITEL 25

Lili saß auf dem Flechtstuhl und fragte sich, ob jetzt der richtige Zeitpunkt sei, es Greta zu erzählen. Durchs Fenster sah sie die Masten der Heringsboote auf dem Kanal. Hinter ihr stand Greta und malte ein Porträt von Lilis Rücken. Schweigend skizzierte sie die Umrisse, Lili hörte nur das Klirren ihrer Armbänder. In ihrem Schoß saß noch immer der Schmerz, so beharrlich, dass sie inzwischen gelernt hatte, ihn zu ignorieren; sie hatte sich die Lippen wund gebissen. Professor Bolk hatte versprochen, dass der Schmerz eines Tages vergehen werde.

Sie dachte an die Mädchen in der Klinik. Einen Tag vor ihrer Entlassung hatte sie im Garten eine Party gegeben. Zwei Mädchen zogen einen der weißen gusseisernen Tische auf den Rasen, ein drittes trug einen mit Häschen bemalten Primeltopf aus ihrem Zimmer herbei. Die Mädchen wollten ein gelbes Tischtuch auf den Tisch legen, aber der Wind hob es immer wieder hoch. Lili saß auf einem kalten Metallstuhl am Kopfende und sah zu, wie die Mädchen das flatternde Tuch zu befestigen versuchten. Die Sonne schien durch den gelben Stoff, sie schien in Lilis Augen und auf den Topf in ihrem Schoß.

Frau Krebs überreichte Lili eine Schachtel mit einer Schleife. »Vom Professor«, sagte sie. »Ich soll Ihnen das geben. Er musste nach Berlin. Zu einer Operation am St.-Norbert-Krankenhaus. Ich soll Sie von ihm grüßen.« Der Knoten saß so fest, dass Lili die Schleife nicht lösen konnte; Frau Krebs nahm ein Taschenmesser aus der Schürze und schnitt das Band kurzerhand durch, sehr zur Enttäuschung der Mädchen, die es Lili ins Haar hatten winden wollen, das ihr während ihres Aufenthalts bis über die Schultern gewachsen war.

Die Schachtel war groß und mit Seidenpapier ausgestopft; darin lag ein Zwillingsrahmen, zwei Ovale aus Silber. In dem einen Oval war ein Foto von Lili: es zeigte sie im hohen Gras am Ufer der Elbe; das Bild musste von Greta stammen, denn mit Professor Bolk war Lili nie zum Fluss gegangen. Aus dem zweiten Oval blickte ein kleiner Mann mit Hut und auffällig dünnem Hals; seine Augen waren dunkel und verhangen und seine Haut so weiß, dass sie beinahe leuchtete.

Lili saß auf dem Flechtstuhl und betrachtete den Doppelrahmen im Bücherregal. Sie hörte Gretas Bleistift auf der Leinwand kratzen. Lili trug einen Mittelscheitel, die Haare hingen ihr links und rechts auf die Schultern. Sie hatte die Bernsteinkette angelegt und spürte das kalte Gold der Schließe im Nacken. Vor ihrem inneren Auge erschien eine untersetzte Frau mit dicken Schenkeln und schwieligen Daumen; die hatte die Kette früher getragen. Natürlich kannte Lili die Frau nicht, aber sie sah sie vor sich, in Gummistiefeln auf einem Torffeld, die Bernsteinkugeln im Spalt ihres Busens.

Es machte Lili nichts aus, woran sie sich erinnerte und woran nicht. Der größte Teil ihres Lebens, ihres früheren Lebens, kam ihr vor wie ein Buch, das sie als kleines Kind gelesen hatte: gleichzeitig vertraut und vergessen. Sie erinnerte sich an ein Torffeld im Frühling, der Boden schlammig und voller Löcher, die einer Fuchsfamilie gehörten. Sie erinnerte sich an eine rostige Hacke, die in den Torf geschlagen wurde. Das hohle Klacken der herabbaumelnden Bernsteinkette. Lili erinnerte sich an die Silhouette eines großen Jungen, der am Rand des Torffeldes auf und ab ging. Sie kannte ihn nicht, wusste aber, dass sie als kleines Kind diese Silhouette, schwarz und flach vor dem Horizont, voller Angst beobachtet hatte. Als die Silhouette näher kam, als sich der Junge mit der Hand an die Hutkrempe griff, schwoll in ihrer Brust etwas an; so viel war sicher. Sie erinnerte sich, wie sie gedacht hatte: Ja, ich bin verliebt.

»Du wirst ja rot«, sagte Greta vor der Staffelei.

»Tatsächlich?« Lili spürte die Hitze an ihrem Hals, den Schweiß, der ihr an den Schläfen hinunterlief. »Ich weiß auch nicht, warum«, sagte sie.

Aber das stimmte nicht. Vor einigen Wochen war sie in die Stadt gegangen, um die mit Perlen und Diamanten besetzte Brosche, die Greta ihr geschenkt hatte, in einem Safe der Landmandsbanken zu deponieren. Bevor sie jedoch die Bank betrat, ging sie in ein Kellergeschäft, um für Greta zwei Borstenpinsel zu kaufen. Der Verkäufer, ein alter Mann mit weichen rosigen Fingerknöcheln, versuchte gerade aus einem hohen Regal einen Terpentinkanister zu nehmen. Er war bestimmt für einen Mann mit Korkenzieherlocken, die ihm über die Ohren hingen. Lili konnte das Gesicht des Kunden nicht sehen, aber es ärgerte sie, dass er den größten Kanister im höchsten Regal verlangt hatte. »Ich hole mir ein Paar Handschuhe. Bin gleich wieder da«, sagte der Kunde, während der Verkäufer noch auf der Leiter balancierte. Der Mann drehte sich um, und als er an Lili vorbeiging, sagte er: »Entschuldigen Sie, *frøeken.*«

Lili drückte sich ans Regal, hielt die Luft an und ließ ihn durch. Sein Haar streifte ihre Wangen, sie nahm einen schwachen Getreideduft wahr. »Entschuldigen Sie«, sagte er noch einmal.

Und da erkannte sie ihn. Sie senkte das Kinn auf die Brust, sie fragte sich, was sie jetzt tun sollte. Ihr Aussehen machte ihr Sorgen, gewiss war ihr Gesicht vom Wind gerötet. Sie betrachtete konzentriert die Kindermalkästen im untersten Regal. Sie ging sogar in die Knie, um nach dem Preis eines dieser roten Metallkästen mit den zwölf trockenen Farbtöpfchen zu sehen, und schob sich die Haare ins Gesicht.

Dann sah Henrik sie. Er legte ihr die Hand auf die Schulter. »Lili? Bist du das?«

Sie traten nach draußen, die Tüte mit dem Terpentinkanister schwang an Henriks Arm. Er war deutlich älter geworden, die Haut um seine Augen bläulich und dünner; das Haar dunkler, glanzlos wie Eichenholz. Hals und Handgelenke waren dicker. Hübsch war er nicht mehr zu nennen; nur noch stattlich.

Sie gingen um die Ecke in ein Café. Als sie Platz genommen hatten, erzählte Henrik ihr von sich: von seinen Seebildern, die sich in New York besser verkauften als in Dänemark; von dem Autounfall auf Long Island, bei dem er beinahe ums Leben gekommen war: das Speichenrad seines Kissel Gold Bug hatte sich vom Trittbrett gelöst und war ihm an die Stirn geknallt. Und er erzählte von seiner Verlobten vom Sutton Place, die ihn aus keinem anderen Grund verlassen hatte als dem, dass sie ihn nicht mehr liebte.

»Ich habe vergessen«, sagte Lili plötzlich, »ich habe völlig vergessen, die Pinsel für Greta zu kaufen.«

Er begleitete sie zu dem Laden zurück, aber der war jetzt geschlossen. Lili und Henrik standen auf der Straße unter dem schwankenden Ladenschild. »Ich habe in meinem Atelier noch einige Ersatzpinsel«, sagte er. »Die können wir holen, wenn du willst.« Seine Augen waren tränenförmig, und sie hatte ganz vergessen, was für kurze Wimpern er hatte. Wieder nahm sie den Getreidegeruch wahr, ja, er roch eindeutig nach Weizen.

»Ich weiß nicht so recht, ob das geht«, sagte Lili, als Henriks Gesicht sich noch näher an ihres schob.

»Nicht doch«, sagte Henrik. »Wegen mir kannst du ganz

beruhigt sein.« Sie ließen das klappernde Ladenschild hinter sich und gingen zu seinem Atelier auf der anderen Seite des Inderhavn; dort bewirtete Henrik sie mit Rotwein und Erdbeeren und zeigte ihr seine Seegemälde und dann küssten sie sich.

»Du wirst ja noch röter«, sagte Greta jetzt. Sie machte eine Lampe an und spülte ihre Pinsel aus. »Brauchst du eine Pille?«, fragte sie. »Geht es dir nicht gut?«

Lili wusste nicht, wie sie es Greta sagen sollte. Als sie nach Kopenhagen zurückgekehrt waren, hatte Lili gesagt: »Meinst du wirklich, dass wir weiter zusammenleben sollen? Zwei Frauen in einer Wohnung?«

»Machst du dir Sorgen über das Gerede der Leute?«, hatte Greta gefragt. »Ist es das, was dich stört?«

Und Lili, die selbst nicht so recht wusste, warum sie das gesagt hatte, hatte geantwortet: »Nein. Überhaupt nicht. Nur … ich habe eher an dich gedacht.«

Nein, Lili konnte Greta nicht von Henrik erzählen, jedenfalls noch nicht. Womit hätte sie denn anfangen sollen? Mit dem Kuss im Dämmerlicht seines Ateliers? Oder wie Henrik ihr den Arm um die Schulter gelegt hatte, beim Abendspaziergang im Kongens Have just zu der Stunde, da die Gouvernanten die Kinderwagen nach Hause schoben? Oder wie seine stark behaarte Hand erst ihren Hals und dann das weiche Polster ihrer Brust berührt hatte? Oder sollte sie mit dem Brief anfangen, den Henrik ihr am nächsten Tag durch die kantonesische Wäscherin zukommen ließ, ein gefaltetes, mit Tinte beschmiertes Blatt, das seine Liebe und seine Reue bekannte? Ja, wo sollte Lili nur anfangen? Seit der Begegnung in dem Künstlerbedarfsladen waren erst drei Wochen vergangen, aber Lili hatte das Gefühl, als ob in dieser kurzen Zeit ihr ganzes Leben von vorne angefangen habe. Wie konnte sie das Greta sagen?

»Ich habe Lust auf einen Spaziergang«, sagte Lili und erhob sich.

»Ich bin noch nicht fertig«, sagte Greta. »Kannst du nicht noch ein paar Minuten sitzen bleiben?«

»Ich möchte lieber jetzt gleich gehen, bevor es dunkel wird.«

»Soll ich mitkommen?«

»Nein, nicht nötig.«

»Ganz allein?«

Lili nickte, innerlich im Tiefsten aufgewühlt: dass Greta so sehr um sie besorgt war, erfüllte sie mit Liebe und Zorn gleichzeitig. So einfach war das.

Sie machte den Schrank auf und nahm Schal und Mantel. Greta räumte ihre Farben und Pinsel und die Staffelei beiseite. Edvard IV kläffte Lilis Füße an. Der letzte Sonnenstrahl fiel fast waagerecht durchs Fenster. Die Sirene der Bornholmfähre dröhnte, und während Lili den blauen Filzmantel mit den Bambusknöpfen anzog, fasste sie einen Plan: Sie würde zum Kai spazieren, über die Gangway an Bord gehen und sich in die Kabine setzen, von der aus man über den Bug hinweg diese kleine Insel im Meer beobachten konnte.

Aber in See stechen würde sie nicht, jedenfalls noch nicht. »Ich komme wieder«, hörte sie sich sagen.

»Ja, gut ... in Ordnung.« Und dann: »Ich soll bestimmt nicht mitkommen?«

»Heute nicht.«

»Na schön.« Greta nahm Edvard IV in die Arme und sah zu, wie Lili sich aufmachte. Im Zimmer breitete sich rasch Dunkelheit aus. Lili wollte nur noch fort. Henrik hatte ihr erzählt, dass er bis spätabends im Atelier sein werde. »Sieh nach dem Licht«, stand auf dem Zettel, der mit der Wäsche in die Wohnung geschmuggelt worden war.

»Bleibst du lange weg?«

Lili schüttelte den Kopf. »Ich weiß noch nicht.« Sie war soweit, der Mantel war zugeknöpft. Irgendwann musste sie Greta von Henrik erzählen, aber nicht heute Abend. »Gute Nacht«, sagte sie; plötzlich hatte sie ein seltsames Gefühl und als sie die Tür zumachte, erblickte sie Hans, der schon die Hand gehoben hatte, um anzuklopfen.

Er trat ein. Lili blieb an der Tür stehen. Er sah müde aus, die Krawatte hing ihm offen um den Hals. Er fragte, ob sie mit ihm essen gehen wollten. Lili sagte: »Ich wollte gerade gehen.« Greta sagte, Lili sei in letzter Zeit recht aktiv geworden. Es klang beinahe verärgert, als sie Hans von Lilis neuer Arbeit bei Fonnesbech erzählte, wo sie eine Anstellung als Verkäuferin in der Parfümabteilung gefunden hatte. »Man hat mich eingestellt, weil ich Französisch kann«, erklärte Lili, immer noch im Mantel. Die Geschäftsführerin, deren schwarze Bluse ihre Brüste flachdrückte, hatte Lili aufgefordert, beim Bedienen der Kundschaft mit französischem Akzent zu sprechen. »Sprechen Sie wie eine Französin. Verstellen Sie sich. Spielen Sie Theater!« Lili baute Musterflaschen auf einem Silbertablett auf und fragte leise und gesenkten Blicks die Vorbeigehenden, ob sie ein Pröbchen aufs Handgelenk haben wollten.

»Ich gehe dann mal«, sagte Lili und gab Hans einen Abschiedskuss.

Er sagte, er würde sie gern begleiten; aber Greta erklärte, dass Lili allein sein wollte. »Ich begleite dich nur ein kurzes Stück«, sagte er. »Und dann, Greta, hole ich dich zum Essen ab.«

Draußen war es dunkel und feucht. Gegenüber klopfte eine Frau bei Dr. Møller an. Lili und Hans standen unschlüssig vor dem Witwenhaus. »Wohin?«, fragte er.

»Ich wollte nach Christianshavn. Aber du brauchst nicht mitzukommen«, sagte sie. »Das ist viel zu weit.«

»Wie geht's denn Greta so?«

»Du kennst sie doch. Immer dasselbe.«

»Das ist nicht wahr. Lebt sie sich gut wieder ein?«

Lili fragte sich, wie er das meinte. War es nicht gerade das, was an Greta auf so frustrierende Weise bewundernswert war? Dass sie immer dieselbe blieb – dass sie immerzu malte, immerzu Pläne machte, sich immerzu die Haare hinter die Ohren schob?

»Es geht ihr gut.« Und dann: »Ich glaube, sie ist böse auf mich.«

»Warum?«

»Manchmal frage ich mich, warum sie überhaupt zugelassen hat, dass ich das alles mache. Wo sie doch anscheinend immer gedacht hat, dass hinterher alles wie vorher sein würde.«

»Das hat sie nicht gedacht«, sagte Hans. »Sie hat immer gewusst, was das bedeutet.«

Die Frau, die den Arm in einer Schlinge trug, wurde in Dr. Møllers Haus gelassen. Aus dem Fenster oben drang das Geschrei des Matrosen.

Hans fragte: »Wo willst du hin, Lili?« Er nahm ihre Hände in seine und rieb sie warm. Manchmal fand Lili es erstaunlich, dass sie unter der Berührung eines Mannes nicht einfach in Stücke brach. Sie konnte kaum glauben, dass ihr Fleisch und Blut einer Überprüfung durch die Fingerspitzen eines Mannes standhalten konnte. Bei Henrik, dessen Hände schon jeden Wirbel ihres Rückgrats gedrückt hatten, kam ihr das noch unglaublicher vor. Als seine Hände ihre Schultern umfasst hatten, hatte sie geglaubt, sie müsse einknicken wie ein Stück Papier; aber das war nicht geschehen, und Henrik hatte nicht aufgehört, sie zu streicheln und mit Küssen zu bedecken.

»Wir kennen uns doch schon so lange«, sagte Hans.

»Ich glaube, ich bin verliebt«, fing Lili an. Dann erzählte sie Hans von Henrik; von den Abendstunden in seinem Atelier, die sie einander an den Lippen hingen; und dass sie dann immer den Wunsch habe, nie mehr ins Witwenhaus zurückzukehren.

»So etwas habe ich mir schon gedacht«, sagte Hans. »Warum hast du es Greta noch nicht erzählt?«

»Ich fürchte, sie könnte eifersüchtig werden und mir Steine in den Weg legen.«

»Wie kommst du denn darauf?«

»Das hat sie schon einmal versucht.«

»Ist das nicht schon sehr lange her?«

Ja, er hat natürlich Recht, dachte sie. Dennoch, sie kannte Greta besser als er. Er hatte nicht ihre stechenden Blicke ertragen müssen, wenn sie aus der Wohnung ging oder spätabends nach Hause kam. Wie hatte Greta einmal zu Lili gesagt? »Ich bin zwar nicht deine Mutter, aber trotzdem möchte ich gern wissen, wo du dich neuerdings immer so rumtreibst.«

»Hat sie nicht ein Recht darauf, das zu wissen?«

»Greta?« Sie war nicht immer so, das musste Lili zugeben. Hatte Greta sie nicht erst vorige Woche am Angestellteneingang von Fonnesbech abgeholt und gesagt: »Entschuldige, aber ich muss dir für heute absagen. Ich gehe mit Hans zum Essen aus. Du wirst sicher auch einmal allein zurechtkommen.« Und neulich, als sie von einem Nickerchen aufwachten, hatte Greta gesagt: »Ich habe geträumt, dass du heiratest.«

»Darf ich noch bis zur Brücke mitgehen?«, fragte Hans.

»Lass nur«, sagte sie. »Geh lieber wieder zu Greta.« Plötzlich fiel ihr auf, wie oft er und Greta in letzter Zeit zusammen waren: die gemeinsamen Mahlzeiten am langen Tisch; die stillen Abende im Witwenhaus, wo die beiden Poker spielten, bis Lili nach Hause kam; dass Greta sich, ganz untypisch für sie, zunehmend auf Hans berief und immer öfter sagte: »Das will ich erst mit Hans besprechen.«

»Möchtest du sie heiraten?«, fragte Lili.

»Ich habe sie noch nicht gefragt.«

»Aber du möchtest?«

»Wenn sie mich lässt.«

Lili war nicht eifersüchtig; wie käme sie dazu? Sie fühlte sich erleichtert, zugleich aber auch überkamen sie allerlei Erinnerungen: Hans und Einar beim Spiel draußen vor dem Bauernhaus; die Schürze neben dem Ofenrohr; Greta, wie sie Einar auf den Gängen der Königlichen Akademie nachgelaufen war; Greta, wie sie, immer in Eile, an ihrem Hochzeitstag durch den Mittelgang der Kirche St. Alban gelaufen war. Lilis Leben hatte sich vollständig verändert und dafür war sie dankbar.

»Sie wird mich erst heiraten, wenn sie weiß, dass du gut versorgt bist.«

»Das hat sie gesagt?«

»Das braucht sie nicht zu sagen.«

Wieder schrie oben der Matrose, dann wurde das Fenster zugeknallt. Lili und Hans lächelten. Im Licht der Straßenlaterne sah Hans noch wie ein Junge aus: die gesträubte Haartolle, die rosigen Wangen. Lili sah seinen Atem und sie sah, wie ihr Atem sich mit seinem vermischte. »Hure!«, brüllte der Matrose; das brüllte er immer.

»Hab ich was falsch gemacht?«, fragte Lili.

»Nein«, sagte Hans; er ließ ihre Hände los und küsste sie zum Abschied auf die Stirn. »Aber Greta auch nicht.«

KAPITEL 26

Nachdem sie lange darüber nachgedacht hatte, gab Greta ihr letztes Porträt von Lili auf. Der Nacken, am Ansatz zu dick, war ganz verkehrt, der Rücken zu breit; die Schultern füllten fast die ganze Breite der Leinwand aus. Ein hässliches Bild; Greta faltete es zusammen und steckte es in den Ofen. Die Farbdämpfe brannten ihr im Hals.

Es war nicht das erste Bild, das nichts geworden war, und auch nicht das letzte. Sie hatte versucht, die erste Serie von Porträts nach ihrer Rückkehr nach Kopenhagen zu beenden, aber immer wieder musste sie Fehlschläge hinnehmen. Entweder geriet ihr Lili zu groß, oder die Farben stimmten nicht: das verträumte weiße Licht, das Greta so gern auf Lilis Wangen malte, sah nicht selten käsig aus. Während Lili bei Fonnesbech Parfüm verkaufte, versuchte Greta es einmal mit einem Modell von der Königlichen Akademie. Sie suchte sich den kleinsten Jungen dort aus, einen strohblonden Burschen mit schweren Lidern, der den Pullover in die Hose gestopft trug. Sie stellte die lackierte Truhe vors Fenster und bat den Jungen, sich darauf zu stellen und die Hände im Rücken zu verschränken. »Sieh auf deine Füße«, sagte Greta und begab sich an die Staffelei. Die Leinwand war leer und plötzlich kam es ihr vor, als könne sie auf der rauen Fläche nicht einmal eine Skizze anfertigen. Sie zeichnete den Umriss von Kopf und Oberkörper. Aber nach einer Stunde Arbeit glich das Porträt eher einer Karikatur: die Augen feucht und riesengroß, die Taille tief eingeschnürt. Sie gab dem Jungen zehn Kronen und schickte ihn nach Hause.

Sie hatte auch andere Modelle: eine gut aussehende Frau, die als Köchin im Palace Hotel arbeitete, und einen Mann mit gewichstem Schnurrbart, der, als sie ihn bat, das Unterhemd auszuziehen, seine rabenschwarz behaarte Brust enthüllte.

»Der Wirtschaft geht es immer schlechter«, sagte Hans an dem Abend, als er zurückkam, nachdem er Lili vor die Tür begleitet hatte. Die Galerie am Krystalgade habe zugemacht, die Schaufenster seien mit Tünche beschmiert. Der Inhaber sei verschwunden; die einen sagten, er sei mit einem Berg von Schulden nach Polen geflohen; andere sagten, er schleppe jetzt Kisten mit Curry am Kai der Asiatischen Handelskompanie. Und er sei nur einer von vielen. Die Porzellanmanufaktur Henningsen habe für die Produktion von Suppenschüsseln für Amerika weitere zwanzig Brennöfen bestellt und kurz darauf Bankrott gemacht. Herrn Petzoldts Zementmischer stünden still. Die Gerüchte mischten sich mit dem Gestank verbrannter Butter aus der Margarinefabrik von Otto Mønsted. Und der Flugplatz, der früher gesummt habe wie ein Bienenkorb, sei fast völlig verwaist: Nur noch gelegentlich reisten einige Emigranten ab, und ab und zu lande auf dem sauberen weißen Landestreifen ein Frachtflugzeug.

»Kein Mensch kauft mehr was«, sagte Hans; er stand, das Kinn in die Hand gestützt, vor den Bildern, die Greta überall im Zimmer aufgestellt hatte. »Wir sollten auf bessere Zeiten warten, ehe wir die hier an die Öffentlichkeit bringen. Noch ist es zu früh. Vielleicht nächstes Jahr.«

»Nächstes Jahr?« Greta trat zurück und betrachtete ihr Werk. Nichts davon war schön; nichts glühte in dem Licht, für das sie so berühmt geworden war. Sie wusste nicht mehr, wie sie es erzeugen sollte, dieses aus dem Hintergrund strahlende Licht, das Lilis Gesicht so lebendig machte. Das einzige Bild, das einigermaßen geraten war, war das Porträt von Professor Bolk: mit seinen großen Händen, stattlich und stämmig stand er da in seinem karierten Anzug. Die anderen ließen sich nicht damit vergleichen, das war ihr klar; und Greta sah, wie Hans mit gefurchter Stirn überlegte, wie er ihr das beibringen sollte.

»Ich plane eine Reise nach Amerika«, sagte Hans. »Mal schauen, ob sich dort noch Geschäfte machen lassen.«

»New York?«

»Und Kalifornien.«

»Kalifornien?« Greta lehnte sich zwischen ihre Gemälde an die Wand und stellte sich vor, wie Hans unter der Sonne von Pasadena zum ersten Mal seinen Filzhut abnahm.

Carlisle war auf dem Weg nach Kopenhagen, er kam mit dem Schiff über Hamburg. Er hatte geschrieben, der Winter in Pasadena sei trocken gewesen, der Mohn sei im März aufgeblüht. Das war seine Antwort auf Gretas knappe Mitteilung: »Einar ist tot.« Und Carlisle hatte geantwortet: »Pasadena ist trocken, der Los Angeles River ist versiegt, wie wär's, wenn du und Lili mal rüberkommen würdet?« Und dann: »Wie geht es Lili? Ist sie glücklich?« Greta schob den Brief in die Kitteltasche und knöpfte sie zu.

An manchen Nachmittagen ging Greta zu Fonnesbech, stellte sich hinter die Ladentische mit den Glacéhandschuhen und den zu Dreiecken gefalteten Seidenschals und beobachtete Lili: Lili hinter der Glasvitrine, die Bernsteinkette auf dem Kragen der Dienstkleidung, die Haare, die ihr in die Augen hingen. Wenn eine Kundin vorbeikam, hob Lili einen Finger, und die Dame blieb stehen und hielt sich eine Parfümflasche an die Nase. Lili musste nur einmal lächeln, und schon hatte sie etwas verkauft. Greta spionierte Lili einige Male so nach; Schluss machte sie damit erst an dem Tag, als sie wieder einmal von Fonnesbech nach Hause kam und dort ein Telegramm von Carlisle vorfand: »Am Samstag reise ich ab.«

Und nun war Hans da und sagte, er wolle nach Kalifornien reisen. »Ich nehme an, du willst nicht mitkommen?«, sagte er.

»Nach Kalifornien?«

»Ja, sicher«, sagte er. »Aber sag bitte nicht, du könntest nicht.«

»Ich kann nicht.«

»Warum?«

Greta verschwieg es ihm, denn sie wusste selbst, wie absurd sich das anhören würde. Aber wer *sollte* sich denn um Lili kümmern? Sie dachte an Carlisle, wie er an Deck der *Estonia* in einem Liegestuhl saß und sein Bein von der Sonne bescheinen ließ.

»Greta, ich könnte deine Hilfe brauchen«, sagte Hans.

»Meine Hilfe?«

»In Amerika.«

Greta wich einen Schritt von Hans zurück; er kam ihr plötzlich so groß vor: hatte sie nie bemerkt, wie sehr er sie überragte? Es wurde spät, und sie hatten noch nichts gegessen. Edvard IV schlapperte Wasser aus seiner Schüssel. Hans war der Jugendfreund ihres Mannes, aber war er das noch immer? Kaum, es schien, als sei ein Teil von ihm – die Erinnerungen an ihn – zusammen mit Einar verschwunden.

»Überleg's dir noch mal«, sagte Hans.

»Ich könnte dir ein paar Leute sagen, die du besuchen könntest. Und falls du das brauchst, könnte ich dir auch Empfehlungsschreiben mitgeben. Das würde ich gern für dich tun«, sagte sie.

»Darum geht es nicht. Verstehst du denn nicht?«

»Was denn?«

Er legte ihr seine Hand ins Kreuz.

»Und was ist mit Lili?«, sagte sie.

»Die kommt auch so zurecht«, sagte Hans.

»Ich kann sie nicht allein lassen«, sagte Greta. Er streichelte ihre Hüfte. Es war ein Frühlingsabend, die Fensterläden klapperten im Wind, und Greta dachte an das Haus auf dem Hügel in Pasadena, wo im Sommer der Santa-Ana-Wind Eukalyptuszweige an die Fliegengitter schleuderte.

»Doch, du musst«, sagte Hans. Er nahm sie in die Arme. Sie spürte sein Herz unter dem Hemd schlagen, und das eigene schlug ihr im Hals.

Carlisle kam, wollte aber nicht im Gästezimmer wohnen. Er nahm ein Zimmer im Palace Hotel, mit Aussicht auf den Rådhuspladsen und den Brunnen mit den drei Drachen. Er sagte, er liebe den Lärm auf dem Platz, das Kreischen der Straßenbahnen, das Marktgeschrei des Keksverkäufers. Carlisle sagte, er liebe die schwankenden Gondeln des Riesenrads und die lange Backsteinmauer des Tivoli, der jetzt eben wieder für die Saison geöffnet wurde. Er sagte, er besuche Lili gern an ihrem Arbeitsplatz bei Fonnesbech, wo sie als beste Verkäuferin des Monats mit einer kleinen Anstecknadel ausgezeichnet worden war. Er sagte, er sehe sie gern mit den anderen Verkäuferinnen in der blauen Dienstkleidung aus dem Angestellteneingang kommen und plaudernd durch die Strøget gehen. Carlisle sagte zu Greta, er finde, Lili sollte ihr eigenes Leben führen.

»Warum sagst du das?«, gab Greta zurück.

»Sie ist eine erwachsene Frau.«

»Da bin ich mir nicht so sicher«, sagte sie. »Und außerdem muss sie das selbst entscheiden.«

»Meinst du das auch wirklich?«, fragte er.

»Natürlich meine ich das«, sagte Greta, die nie in den Spiegel zu blicken glaubte, wenn sie ihren Zwillingsbruder ansah.

In der vorigen Woche hatte Greta einmal gegenüber dem Angestellteneingang von Fonnesbech gestanden und gewartet. Es war früh am Abend, und sie war so hastig aus dem Witwenhaus gegangen, dass sie vergessen hatte, den Malerkittel auszuziehen. Sie hatte die Hände in den Taschen und spielte mit den Fotos von Teddy und Einar, ihren Briefen, ihren Eheringen. Sie drückte sich in die Tür eines Wohnhauses, vor der eine Rosshaarmatte lag.

Schon nach wenigen Minuten schwang das Eisentor auf, und plötzlich war die schmale Gasse belebt von Licht und hellen Mädchenstimmen und dem Klappern von Absätzen auf den Rosten im Bürgersteig.

Greta wartete, während Lili noch mit drei oder vier Mädchen zusammenstand, die zu dem türkischen Kaffeehaus wollten, in dem junge Leute zwischen Kissen, die mit Seide und kleinen Spiegeln bestickt waren, auf dem Boden saßen. »Bis morgen«, riefen zwei Mädchen den anderen zu. »Gute Nacht«, sagte eine andere. »Viel Spaß«, sagte eine Vierte über die Schulter und winkte. Die Mädchen hatten rosige, mit zartem Flaum bedeckte Wangen, und ihre Pferdeschwänze wippten, als sie die schmale Straße hinuntergingen und dann in die Strøget einbogen. Lili stand noch da und unterhielt sich mit anderen Mädchen, die eine hatte eine Tüte mit Lebensmitteln im Arm, die andere eine Art Stützverband ums Handgelenk. Greta konnte nicht hören, was sie sagten, aber schließlich verabschiedeten sich die Mädchen: »Bis morgen.« Und endlich war Lili allein. Sie sah auf die Uhr und dann in den feuchten, bewölkten Himmel.

Eine Radfahrerin fuhr schwankend über das glitschige Pflaster. Lili band sich ein Kopftuch um und ging los. Greta sah ihr nach, und bald war Lili nur noch ein blauer Mantel, der auf zwei dünnen Unterschenkeln und klappernden Schuhen durch den Nieselregen schritt.

Greta folgte ihr. Lili hatte es anscheinend nicht eilig, sie machte anderen Leuten Platz, blieb am Schaufenster eines

Ladens stehen, in dem Schrubber und andere Reinigungsgeräte verkauft wurden. In dem Schaufenster war eine Pyramide aus schwarzweißen Zebralindosen aufgebaut, daneben stand das Foto einer Frau, die eine Ofenplatte scheuerte. Lili wandte sich ab, sah wieder auf die Uhr, und dann setzten sich ihre Schenkel, die aus einiger Entfernung dünn wie Kinderbeinchen wirkten, wieder in Bewegung, nun aber schneller. Sie ging durch den Snaregade, vorbei an dem Fachwerkhaus und der defekten Straßenlaterne, in Richtung Gammel Strand und dann am Geländer des Slotsholm Kanals entlang, auf dem in langer Reihe die kleinen Einmannkähne angebunden lagen. Am Geländer hing ein weißer Rettungsring, daneben an einem Haken ein großer Stör. Aus dem Börsengebäude gegenüber fiel Licht aufs Wasser, hell ragte der Kupferturm in den Abendhimmel. Lili ging immer weiter und sah nach den Fischerbooten, die mit knarrenden Masten am anderen Ufer des Kanals vertäut waren.

Einmal blieb sie stehen und machte die Handtasche auf. Es war so dunkel, dass Greta nicht ihre Augen sehen konnte, als sie darin herumwühlte und ein Taschentuch, ein Portemonnaie und schließlich die kleine Emailledose mit ihren Pillen herausnahm. Sie klappte sie auf und legte sich eine auf die Zunge, und Greta glaubte zu sehen, dass sie zitterte, als sie die kreidige Tablette hinunterschluckte.

Greta überlegte, ob sie sich Lili bemerkbar machen sollte, ließ es aber sein und folgte ihr weiter in Richtung Knippelsbro. Es war April, der Wind kam von der Ostsee her. Als Lili die zweite Brücke erreichte, warf der Wind ihr Kopftuch zurück. Sie blieb stehen und zog den Knoten fester. Sie sah sich nach Autos um, aber da waren keine. Das eiskalte Wasser des Inderhavn war unruhig; Greta hörte es an die Doppelpfeiler der Brücke klatschen. Drüben legte die letzte Fähre des Abends nach Schweden ab.

Greta wusste zwar nicht genau, was Lili in Christianshavn vorhatte, aber sie konnte es sich vorstellen: wahrscheinlich hatte sie eine Verabredung, ein Rendezvous. Plötzlich ging ihr ein Lied durch den Kopf: *Es war einmal ein alter Mann, der lebte im Sumpf.* Sie lehnte sich ans kalte Eisengeländer des Slotsholm Kanals. Das Geländer war stark verrostet und roch salzig; Greta umklammerte es mit beiden Händen und sah Lili nach, die jetzt auf der Brücke über den Inderhavn schritt: ihr Kopftuch flatterte wie eine Kinderhand, die ihr zum Abschied winkte.

KAPITEL 27

Im Spätfrühling waren die glänzend grünen Knospen der Weiden im Østedsparken aufgebrochen, die Rosenbeete um Schloss Rosenborg röteten sich mit jungem Laub. Die ewigen Winterwolken hatten sich verzogen, und die Abende dehnten sich der Mittsommernacht entgegen.

Lili, die immer mehr zu Kräften gekommen war, nahm Henriks Heiratsantrag an – etwa wie ein Kind den Kuss seiner Mutter annimmt. Am Abend bevor er an Bord der *Albert Herring* ging und nach New York abreiste, hielt er um ihre Hand an. Er hatte die Koffer mit den abgewetzten Ledergriffen gepackt und seine Farben und Pinsel in einer Kiste verstaut. »Nach New York!«, sagte Henrik immer wieder. »Nach New York!« Lili, die den anderen Verkäuferinnen bei Fonnesbech von Henriks bevorstehender Abreise erzählt hatte, sah ihn an und fragte: »Ohne mich?«

Sie waren in Henriks Atelier in Christianshavn, durchs Fenster wehte der Geruch des Kanals hinein. Das Atelier war leergeräumt, nur noch die Koffer standen herum und die Kiste mit der roten Aufschrift: HENRIK SANDAHL, NEW YORK. Dort, wo die Möbel gestanden hatten, lagen Knäuel von Staub und Federn in den Ecken, die sich leise im Luftzug vom Fenster bewegten. Henrik, der sein Lockenhaar neuerdings ganz kurz geschnitten trug, sagte: »Natürlich nicht.« Und dann: »Ich habe dich schon einmal gefragt und ich frage jetzt noch einmal. Willst du mich heiraten?«

Lili hatte das immer gewollt. Sie hatte gewusst, dass sie eines Tages heiraten würde; manchmal, wenn sie darüber nachdachte, hatte sie das Gefühl, sie könne in diesem Leben keine größere Rolle spielen als die an der Seite eines Mannes, als Henriks Frau. Ein dummer Gedanke, das wusste sie selbst, und Greta gegenüber, die ganz und gar nicht so dachte, sollte sie besser nichts davon sagen. Aber so dachte sie nun einmal. Sie stellte sich vor, wie sie in der zweiten Etage von Fonnesbech einkaufen ging, wo die Ständer mit den Männersachen waren, und wie sie den Stoff der Hemden mit den Umschlagmanschetten befühlte, bis sie das richtige für Henrik gefunden hätte. Sie stellte sich ein pralles Einkaufsnetz vor, gefüllt mit ihrem Abendessen – Lachs, Kartoffeln und ein Sträußchen Petersilie. Sie stellte sich die Dunkelheit über ihrem Ehebett vor, und wie die Matratze sich absenkte, als Henrik an sie heranrückte.

»Eins musst du aber wissen«, sagte Lili. Sie dachte an den Abend vor etlichen Jahren im Ørstedsparken, als sie ihn verlassen und er ihren Namen gerufen hatte. »Bevor wir heiraten.«

»Du kannst mir alles sagen.«

»Ich bin nicht mit dem Namen Lili Elbe zur Welt gekommen.«

»Das weiß ich doch«, sagte er. »Ich habe dir schon gesagt, dass ich Bescheid weiß. Ich weiß, wer du bist.«

»Nein«, sagte Lili. »Du weißt nur, wer ich war.« Sie erzählte ihm von Professor Bolk, von der Klinik an der Elbe, von Frau Krebs, die sie wieder gesund gepflegt hatte. Sie hatte noch keinem Menschen davon erzählt. Lilis kleiner Kreis – Greta, Hans, Carlisle, Anna – kannte die Geschichte, aber sonst hatte sie noch niemandem die Einzelheiten von ihrer fast unmöglichen Verwandlung erzählt. Sie hatte noch niemanden in diesen intimen Zirkel hineingebeten, vielleicht, weil es ihr dort jetzt schon zu eng war, um noch jemanden aufzunehmen.

»So etwas Ähnliches habe ich mir schon gedacht«, sagte Henrik. Lili konnte keine Spur von Schrecken in seiner Miene lesen. Im Grunde rechnete sie immer noch damit, dass die Welt, wenn sie davon erfuhr, sich angewidert von ihr abwenden würde. »Das überrascht mich nicht.«

Sie fragte: Was denkst du von mir. Hältst du mich für eine Missgeburt oder so was, fragte sie. Denn Lilis Vorstellung von sich selbst wechselte dauernd von einem Extrem ins andere: wenn sie in den Spiegel sah, konnte es vorkommen, dass sie dankbar und erleichtert aufatmete; oder sie erblickte ein Zwitterwesen und erschrak vor diesem Kopf, der da aus dem Kragen eines Kleides hervorragte. Greta und Hans sagten ihr immer wieder, sie dürfe nicht so denken. Aber sobald sie allein war, überkamen sie wieder die Selbstzweifel.

Henrik sagte, er wisse nicht, was er sonst noch sagen könnte, außer, dass er sie liebe. »Ich liebe eine außergewöhnliche Frau«, sagte er. Lili dachte, es sei ihr unmöglich, die Liebe eines Mannes zu erwidern, der sie als das sah, was sie war. Sie hatte sich einmal vorgenommen, jeden von sich zu weisen, der in ihr irgendetwas anderes als eine Frau sehen würde. Aus genau diesem Grund hatte sie sich damals im Park von Henrik losgemacht. Jetzt nahm sie seine Hand.

»Du kannst mich auch so noch lieben?«, fragte sie.

»Ach, Lili«, sagte er und schüttelte sie sanft an der Schulter. »Wann begreifst du das endlich?«

»Deswegen kann ich jetzt nicht mit dir nach New York«, sagte sie. »Ich muss nach Dresden zurück. Ein letztes Mal.« Sie erzählte, Professor Bolk wolle sie noch einmal sehen, er habe noch eine letzte Metamorphose mit ihr vor. Die Einzelheiten wollte sie Henrik nicht erklären. Er würde sich nur Sorgen machen, dachte sie; womöglich versucht er sogar mir das auszureden, weil er die Sache für unmöglich hält.

Voriges Jahr, bevor sie aus Dresden abgereist war, hatte Professor Bolk ihr versprochen, er könne noch mehr für Lili tun, etwas, das sie noch mehr zur Frau machen würde, als sie es ohnehin schon sei. Etwas, das Greta als »völliges Hirngespinst« bezeichnete. Etwas so Wunderbares, dass es wie ein köstlicher Traum erschien; und doch hatte Professor Bolk mit sonorer Stimme erklärt, es liege durchaus im Bereich des Möglichen. Kurz bevor Lili die Klinik verließ, hatte Bolk ihr mitgeteilt, dass die Verpflanzung der Eierstöcke erfolgreich verlaufen sei. Nun wolle er ihr auch einen Uterus einpflanzen, damit sie Kinder bekommen könne. »Sie meinen, ich könnte wirklich Mutter werden?«, hatte Lili gefragt. »Habe ich meine Versprechen bis jetzt nicht alle gehalten? Und auch dies wird mir gelingen«, hatte Bolk geantwortet. Aber Greta hatte es ihr ausgeredet. »Wozu soll das gut sein?«, hatte Greta gesagt und die Hände zusammengeschlagen. »Und außerdem ist es vollkommen ausgeschlossen. Das kann niemals gut gehen.«

Das war von einem Jahr. Seitdem hatte Lili oft an Professor Bolk geschrieben und ihm von ihren Fortschritten berichtet, von ihrer Arbeit als Parfümverkäuferin, von Gretas Problem mit der Malerei und auch von Henrik. Professor Bolk reagierte nicht auf jeden ihrer Briefe, aber gelegentlich bekam sie einen, ein dünnes Blatt Papier, getippt von Frau Krebs. »Das sind ja erfreuliche Nachrichten«, schrieb er einmal. »Falls Sie die abschließende Operation – wir haben darüber gesprochen – doch noch an sich vornehmen lassen wollen, bitte ich um sofortige Mitteilung. Ich bin in dieser Sache jetzt noch optimistischer als damals.«

Und jetzt war sie so weit. Sie hatte es Greta noch nicht erzählt. Aber Lili war fest entschlossen, sie musste nach Dresden zurück und zu Ende bringen, was Bolk angefangen hatte. Nicht, um der Welt zu beweisen, nein, um sich selbst zu beweisen, dass sie wirklich und wahrhaftig eine Frau war, und dass ihr ganzes früheres Leben, dass der kleine Mann namens Einar nur ein böses Missgeschick der Natur gewesen und nun ein für alle Mal beseitigt war.

»Dann kommst du eben nach. Am Ende des Sommers treffen wir uns in New York«, sagte Henrik jetzt; er saß auf einem Koffer, den am nächsten Tag ein Matrose an Bord des Schiffes bringen würde, das über Hamburg nach New York fahren sollte. »Das wäre also endlich geklärt. Wir heiraten dort.«

An einem Frühsommermorgen ein paar Wochen später saß Lili für Greta Modell. Sie trug ein weißes Kleid mit V-Ausschnitt und Spitzensaum und hatte die Haare nach hinten gesteckt. Greta hatte ihr einen kleinen Strauß weiße Rosen gegeben, den sie im Schoß hielt. Sie bat Lili, die Beine übereinander zu schlagen und das Kinn anzuheben.

Sie hatte Greta so viel zu erzählen – die Geschichte mit Henrik, ihr Entschluss, noch einmal nach Dresden zu fahren. Wie hatte sie ihr das alles nur verschweigen können? So hatte sich aus einem kleinen Geheimnis ein komplettes zweites Leben entwickelt, von dem Greta überhaupt nichts wusste. Lili empfand tiefe Reue: das also war aus ihrem langen vertrauten Miteinander geworden.

Greta arbeitete seit fast einer Woche an dem Porträt, und es schien zu gelingen: das Licht auf Lilis Gesicht war lebendig und gut getroffen; ebenso ihre tief liegenden Augen, die bläulichen Schläfen und die von Befangenheit rot überhauchte Halspartie. Und während Greta an der Staffelei stand, erzählte sie Lili das alles – wie es aussah, wie das Bild sich entwickelte. »Es wird wunderschön«, sagte Greta. »Endlich treffe ich dich einmal richtig. Es hat lange gedauert, Lili. Ich hatte mir schon Sorgen gemacht.«

Im Lauf des vergangenen Jahres hatte Lili immer wieder bemerken müssen, wie übereilt und planlos Greta beim Malen zu Werke ging. Auf einem ihrer Porträts sah Lili geradezu grotesk aus, da hatte sie ölig schwarze Pupillen, kraus abstehende Haare, geschwollene glänzende Lippen und knallgrüne Adern an den Schläfen. Andere Porträts hatten wenig Ähnlichkeit mit ihr oder waren einfach nichts sagend, was Farbgebung und Konzeption betraf. Nicht alle waren schlecht, aber manche eben doch, und Lili konnte sich vorstellen, wie Greta sich abmühte. Das war nicht mehr wie damals in Paris, als alles, was Greta malte, eine ganz eigene Ausstrahlung besaß, als fremde Menschen sich vor den Lili-Porträts ans Kinn fassten und fragten: »Wer ist dieses Mädchen?« Noch überraschender als dies war freilich, dass Greta die Lust am Arbeiten verloren hatte. Mehr und mehr Tage ließ sie dahingehen, ohne zu malen, oft viele Tage hintereinander; und während Lili bei Fonnesbech arbeitete, fragte sie sich, womit Greta sich eigentlich die Zeit vertreiben mochte. »Ich muss mich erst wieder an Kopenhagen gewöhnen«, sagte Greta manchmal. »Ich hatte gedacht, wir würden niemals mehr hierher zurückkommen.« Manchmal sagte sie auch, ihr sei einfach nicht nach Malen zu Mute – etwas, das für Greta so untypisch war, dass Lili fragte: »Stimmt irgendwas nicht mit dir?«

Aber das jüngste Porträt war gelungen. An diesem Morgen im Frühsommer plauderte Greta so unbeschwert wie schon die ganze Woche. »Ich glaube«, sagte sie, »ich habe dir noch nie erzählt, wie ich einmal meine Mutter gebeten habe, für mich zu sitzen. Das war zur Zeit des Krieges, als ich nach Pasadena zurückgegangen war. Damals führte meine Mutter noch ein strenges Kommando in Haus und Garten; sie kontrollierte sogar die Hecken auf dem Grundstück, ob sie auch richtig geschnitten wurden. Und wehe dem Gärtner, der ein Blatt auf dem Rasen übersehen hatte. Eines Tages fragte ich sie, ob ich sie malen dürfe. Nach einigem Überlegen sagte sie, ich solle mit unserem Butler, Mr. Ito, einen Zeitplan ausarbeiten. Und so legte ich fünf Termine fest, und zwar im Frühstückszimmer, denn dort war am Vormittag das Licht besonders gut. Teddy Cross und ich gingen damals schon miteinander; Mutter wusste es, wollte aber nichts davon hören. Ich war achtzehn und bis über beide Ohren verliebt, und ich wollte an nichts anderes denken, und vor allem über nichts anderes reden als Teddy. Ich wollte von seiner bedächtigen Stimme erzählen, von seinen schönen Schultern. Von seinem Haar, wie es sich anfühlte. Aber meine Mutter wollte kein Wort von Teddy hören. Kaum fing ich an, hob sie abwehrend die Hand. Und so malte ich sie fünf Vormittage lang auf ihrem Stuhl am Kopfende des Frühstückstischs, mit dem Rücken zum Fenster, hinter dem eine Bougainvillea blühte. Es war Herbst, wir hatten eine Hitzewelle, und ich sah die Schweißperlen auf ihrer Oberlippe. Und ich musste mir auf die Zunge beißen und meine Gefühle für mich behalten.«

»Und wie ist es geworden?«, fragte Lili.

»Das Bild? Na, sie fand es abscheulich. Sie sagte, sie sehe darauf so böse aus. Aber das stimmt nicht. Sie sieht darauf aus wie eine Mutter, die ihre Tochter vor einem falschen Schritt bewahren will und weiß, dass sie das nicht kann. Sie wusste, dass nichts mich von Teddy fortbringen konnte. Sie wusste es, und deshalb saß sie fünf Vormittage hintereinander reglos wie eine Leiche auf ihrem Stuhl und kniff die Lippen zusammen.«

»Und wo ist es jetzt?«

»Das Bild? In Pasadena. Es hängt oben im Flur.«

Und jetzt fand Lili, sie müsse Greta nun endlich alles sagen. Sie konnte ihr das einfach nicht mehr verheimlichen. In Einars Leben hatte es eine schreckliche Zeit gegeben – von Hans' Abschied aus Blåtand bis zu dem Tag, an dem er Greta in der Akademie kennen lernte –, wo er niemanden hatte, dem er seine Geheimnisse anvertrauen konnte. Lili wusste noch gut, wie das gewesen war, alle Gedanken und Gefühle für sich behalten zu müssen. Dann war Greta in Einars Leben getreten und hatte alles verändert. Auch daran konnte sich Lili erinnern, wie dankbar sie damals erkannt hatte, dass sie nun endlich nicht mehr einsam sein würde. Wie konnte sie da Greta gegenüber jetzt noch unaufrichtig sein? »Ich habe dir etwas zu sagen.«

Greta brummte etwas. Ihr Blick konzentrierte sich auf das Bild; sie rückte an dem Schildpattkamm in ihrem Haar. Ihre Hand flog hin und her, setzte einen Tupfer auf die Leinwand, kreiste um die Farbtöpfe und kehrte wieder zu dem fast fertigen Porträt zurück.

Aber wo sollte sie anfangen? Was sollte Lili als Erstes erzählen? Wie Henrik vor einigen Wochen, kurz bevor er an Bord der *Albert Herring* ging, den Diamantring aus der Manteltasche gezogen hatte? Welch seltsame, entzückende Verlegenheit sie beide befallen hatte, als der Ring sich nicht auf Lilis Finger streifen ließ? Von dem Telegramm aus New York, in dem er die Wohnung an der 37. Straße beschrieb, in der sie leben würden? Von Professor Bolks letztem Brief, in dem er Lili fragte, wann er mit ihrem Eintreffen rechnen könne, er freue sich sehr darauf, sie wieder zu sehen? Ja, womit sollte sie anfangen?

»Es fällt mir sehr schwer«, sagte Lili. Sie stellte sich den Schrecken in Gretas Miene vor, und wie sie wütend die Fäuste ballen würde. Lili wünschte, es gäbe eine andere Lösung. Eine andere Lösung für sie und Greta. »Ich weiß nicht, wo ich anfangen soll«, sagte Lili.

Greta legte den Pinsel weg. »Bist du verliebt?«

In der Wohnung unter ihnen schlug eine Tür zu. Dann dröhnten schwere Schritte. Ein Fenster wurde aufgerissen.

Lili lehnte sich auf dem Stuhl zurück. Sie konnte es nicht fassen, dass Greta es erraten hatte. Sie konnte nicht glauben, dass Greta es gewusst hatte – denn wenn Greta gewusst hätte, dass Lili verliebt war, hätte sie doch alles unternommen, dem ein Ende zu machen. Und plötzlich erkannte Lili, wie falsch sie Greta eingeschätzt hatte. Wieder einmal hatte Lili sich geirrt.

»Ja«, sagte Lili.

»Ganz sicher?«, fragte Greta.

»Ja, sehr.«

»Liebt er dich auch?«

»Ich kann es selbst kaum glauben, aber er liebt mich tatsächlich.«

»Nun, das ist doch wohl die Hauptsache.« Sie stand im hellen Sonnenlicht, und Lili dachte an all die Abende, da Greta ihr die Haare ausgebürstet hatte, und wie sie dabei immer Gretas Brüste an ihrem Rücken gespürt hatte. Sie dachte an ihr gemeinsames Bett und wie sie jeden Abend Hand in Hand einschliefen. Und wie die Morgensonne Gretas ausgeruhtes Gesicht beschien und Lili sie auf die Wange küsste und dachte: Ach, könnte ich doch so schön sein wie du!

»Du freust dich für mich?«

Greta sagte ja. Dann fragte sie, wie er heiße, und Lili hielt erst den Atem an, ehe sie Greta erzählte, dass es Henrik sei.

»Henrik«, sagte Greta. Lili suchte in ihrem Gesicht nach einer Reaktion. Sie fragte sich, ob Greta sich noch an ihn erinnerte, oder ob die Tatsache, dass ausgerechnet er es war, für Greta alles nur noch schlimmer machte. Aber sie verzog keine Miene, nur ihre Lippen zuckten einmal kaum merklich.

»Er hat dich die ganze Zeit geliebt, seit damals?«

Lili nickte. Sie empfand beinahe etwas wie Scham. Sie dachte an die Narbe, die Henrik von einem Autounfall auf der Stirn geblieben war, und dachte mit freudigem Schauer daran, dass sie sehr bald ein Leben beginnen würde, in dem sie diese schraffierte Linie jeden Abend küssen konnte. »Am Ende des Sommers wollen wir heiraten.«

Greta sagte leise: »Heiraten.«

»Das habe ich mir immer gewünscht.«

Greta verschloss ihre Farbflaschen. »Wunderbare Neuigkeit«, sagte sie. Sie sah Lili nicht an, während sie die Flaschen mit dem Saum ihres Kittels abwischte und dann den Korken hineindrückte. Sie ging durchs Zimmer und kniete sich hin, um eine leere Leinwand zusammenzurollen. »Manchmal denke ich, wenn ich dich sehe: Es ist noch gar nicht so lange her, da waren wir beide verheiratet. Du und ich, wir waren verheiratet, wir haben in diesem kleinen dunklen Raum zwischen zwei Menschen gelebt, in diesem Raum, den man Ehe nennt.«

»Du meinst: du und Einar.«

»Natürlich meine ich Einar. Aber eigentlich waren es doch wir beide, du und ich.«

Lili verstand. Sie wusste noch, was es hieß, sich in Greta zu verlieben. Sie wusste noch, wie das war, sich verträumt die Frage zu stellen, wann Greta wohl das nächste Mal durch die Tür treten würde. Sie erinnerte sich noch an das winzige Gewicht eines Fotos von Greta in der Brusttasche von Einars Hemd.

»Ich gebe mir große Mühe, mich an das alles zu gewöhnen«, sagte Greta. Sie sprach so leise, dass Lili sie kaum hören konnte. Auf der Straße blökte eine Autohupe, Bremsen kreischten; dann war alles still. Offenbar war es vor dem Witwenhaus beinahe zu einem Unfall gekommen, zwei chromblitzende Stoßstangen, dicht an dicht unter der Sonne Kopenhagens, die immer höher stieg und erst sehr spät abends untergehen würde.

»Wo wollt ihr heiraten?«, fragte Greta.

»In New York.«

»New York?« Greta stand an der Spüle und schrubbte sich mit einer kleinen Drahtbürste die Farbe von den Fingern. »Verstehe«, sagte sie.

Unten schrie der Matrose nach seiner Frau. »Ich bin zu Hause!«, brüllte er.

»Aber vorher muss ich noch etwas erledigen«, sagte Lili. Mit dem herannahenden Mittag wurde es in der Wohnung immer wärmer. Der Haarknoten wurde ihr schwer, der V-Kragen des weißen Kleides klebte ihr auf der Brust. Die *Nationaltidende* hatte eine Rekordhitze angekündigt, und Lili hätte nicht sagen können, ob ihr das willkommen oder unangenehm war.

»Ich möchte nach Dresden zurück«, sagte Lili.

»Weshalb?«

»Wegen der letzten Operation.«

Jetzt regte sich etwas in Gretas Miene: ihre Nasenflügel bebten, die Lider senkten sich gereizt, die Wangen flammten zornig auf. »Du weißt, ich halte das für keine gute Idee.«

»Ich aber.«

»Aber, Lili… Professor Bolk, das ist doch… ja, er ist ein guter Arzt, aber *das* kann auch er nicht machen. Niemand kann das. Ich dachte, das hätten wir letztes Jahr hinreichend besprochen.«

»Ich habe mich entschieden«, sagte Lili. »Greta, verstehst du denn nicht? Ich möchte mit meinem Mann Kinder haben.«

Die Sonne blinkte auf der Kuppel des Königlichen Theaters. Lili Elbe und Greta Waud, wie sie sich jetzt wieder nannte, waren allein in ihrer Wohnung. Ihr Hund, Edvard IV, schlief vor dem Kleiderschrank, er hatte Arthritis und war nicht mehr stubenrein. Neulich hatte Lili angedeutet, es sei vielleicht an der Zeit, Edvard einschläfern zu lassen, aber Greta hatte fast unter Tränen widersprochen.

»Professor Bolk weiß, was er tut«, sagte Lili.

»Ich glaube ihm nicht.«

»Ich aber.«

»Niemand kann einen Mann schwanger machen. Aber genau das gaukelt er dir vor. Das geht nicht. Weder bei dir noch bei irgendeinem anderen. Das ist von der Natur nicht vorgesehen.«

Gretas harte Worte trafen Lili so sehr, dass ihre Augen feucht wurden. »Es hat auch niemand geglaubt, dass man einen Mann zur Frau machen kann. Stimmt's? Niemand wollte das glauben. Außer dir und mir. Wir haben es geglaubt, und jetzt schau mich an. Es ist gelungen, weil wir es für möglich gehalten haben.« Lili weinte. Dass Greta sich gegen sie stellte, fand sie schlimmer als alles andere.

»Überlegst du es dir noch einmal, Lili? Nur ein bisschen?«

»Das habe ich bereits getan.«

»Nein, lass dir Zeit. Denk noch mal gründlich nach.«

Lili sah schweigend aus dem Fenster. Das Getrampel unten wurde lauter, dann plärrte ein Grammophon.

»Das beunruhigt mich«, sagte Greta. »Ich mache mir Sorgen um dich.«

Die Sonne kroch über die Dielenbretter, wieder blökte draußen eine Hupe, der Matrose beschimpfte seine Frau, und in Lili ging eine Veränderung vor. Greta konnte ihr nicht mehr sagen, was sie tun sollte.

Das Bild war fertig, und Greta drehte es jetzt so, dass Lili es sehen konnte. Der Spitzensaum strich hauchdünn über ihre Beine, der Rosenstrauß in ihrem Schoß sah aus wie eine geheimnisvolle Blüte. Wenn ich nur halb so schön wäre wie auf diesem Bild, dachte Lili. Und dann kam sie auf die Idee, das Bild Henrik als Hochzeitsgeschenk zu schicken.

»Er erwartet mich nächste Woche«, sagte Lili. »Professor Bolk.«

Der Schmerz kam wieder, und Lili sah auf die Uhr. Waren es schon acht Stunden her, seit sie die letzte Tablette geschluckt hatte? Sie suchte in ihrer Handtasche nach der Emailledose. »Er und Frau Krebs wissen bereits, dass ich komme. Mein Zimmer ist vorbereitet«, sagte sie; sie ging in die Küche und durchwühlte die Schubladen nach der kleinen Dose. Es machte ihr Angst, wie schnell der Schmerz zurückkehren konnte; von nichts zu heftigen Stichen in nur wenigen Minuten. Als suche ein böser Geist sie immer wieder heim.

»Hast du meine Pillendose gesehen?«, fragte Lili. »Ich glaube, sie war in meiner Handtasche. Oder auf dem Fensterbrett? Hast du sie gesehen, Greta?« Bei der Hitze und diesen Schmerzen ging Lilis Atem schneller. Sie sagte: »Weißt du, wo sie ist?« Und dann, hinzugefügt wie eine sanfte Berührung am Handgelenk: »Ich möchte, dass du mit mir nach Dresden fährst. Du kannst mir helfen. Der Professor sagt, du solltest mich begleiten. Er sagt, ich werde hinterher jemanden brauchen. Das macht dir doch nichts aus, Greta, oder? Du kommst doch mit, Greta? Nur noch dieses eine Mal?«

»Dann ist es aus«, sagte Greta, »das ist dir hoffentlich klar?«

»Wie meinst du das?« Der Schmerz brach so heftig hervor, dass Lili kaum noch etwas sehen konnte. Sie sank zusammengekrümmt auf einen Stuhl. Sobald sie die Pillen gefunden hätte, würde es ihr gleich, nach höchstens fünf Minuten, besser gehen. Aber jetzt schien ihr ein Messer durch den Unterleib zu fahren. Sie dachte an ihre Eierstöcke – sie lebten, hatte Professor Bolk gesagt. Sie glaubte sie zu spüren, geschwollen und pulsierend, ein Jahr nach der Operation noch immer nicht ganz verheilt. Wo hatte sie nur die Pillendose liegen lassen und was meinte Greta damit: Dann ist es aus? Sie sah zu Greta hinüber, die jetzt ihren Kittel aufknöpfte und an den Haken neben der Küchentür hängte.

»Tut mir Leid«, sagte Greta, »ich kann nicht.«

»Du kannst meine Pillen nicht finden?«, sagte Lili und blinzelte die Tränen fort. »Versuch's mal im Schrank. Vielleicht habe ich sie ja dort gelassen.« Plötzlich hatte sie das Gefühl, sie müsse in Ohnmacht fallen – die Hitze, die verschwundenen Pillen, der wütende Schmerz, Greta, die in der Wohnung herumging und sagte: Ich kann nicht, ich will nicht.

Gretas Hand verschwand in der untersten Schublade des Kleiderschranks. Sie zog die kleine Emailledose hervor, brachte sie Lili und sagte mit Tränen in der Stimme: »Tut mir Leid, aber ich kann nicht mitkommen. Ich möchte nicht, dass du fährst, und ich werde dich nicht dort hinbringen.« Ihre hochgezogenen Schultern fingen an zu zittern. »Du wirst allein nach Dresden fahren müssen.«

»Wenn Greta dich nicht begleiten will«, sagte Carlisle, »dann tue ich es.« Er war für den Sommer nach Kopenhagen gekommen und abends, nach der Arbeit bei Fonnesbech, ging Lili ihn manchmal im Palace Hotel besuchen. Sie saßen am offenen Fenster, sahen die Schatten über den Rådhuspladsen wandern und beobachteten die sommerlich gekleideten jungen Männer und Frauen, die sich dort auf dem Weg zu den Jazzclubs in Nørrevold trafen. »Greta hat immer nur getan, was sie wollte«, sagte Carlisle. Lili widersprach: »Nicht immer. Sie hat sich verändert.«

Sie trafen Vorbereitungen für die Reise nach Dresden, buchten die Überfahrt auf der Fähre nach Danzig, und einmal ging Lili in der Kaffeepause bei Fonnesbech in die Damenabteilung und kaufte zwei neue Morgenmäntel. Sie ging zu ihrer Chefin, die, sobald Lili zu sprechen anfing, die Arme vor der Brust verschränkte; sie sagte, dass sie in einer Woche fortgehen werde. »Kommen Sie wieder?«, fragte die Frau barsch, die in ihrer schwarzen Bluse wie ein großer Klumpen Kohle aussah.

»Nein«, sagte Lili. »Von dort reise ich nach New York.«

Und das machte die Fahrt nach Dresden noch komplizierter. Professor Bolk hatte ihr geschrieben, sie müsse mit einem Monat Aufenthalt in der Klinik rechnen. »Wir operieren sofort«, hatte er gekabelt. »Aber die Genesung braucht Zeit.« Lili zeigte Carlisle die Telegramme, und er las sie nicht anders, als seine Schwester sie gelesen hatte – das Papier weit von sich gestreckt, den Kopf zur Seite gelegt. Aber Carlisle debattierte nicht; er versuchte ihr nichts einzureden. Er las und als er fertig war, sagte er: »Was genau hat Bolk vor?«

»Er weiß, dass ich Mutter werden will«, sagte Lili.

Carlisle nickte und runzelte leicht die Stirn. »Aber wie?«

Lili sah ihn an und plötzlich hatte sie Angst, er könnte sich doch noch einmischen. »Genauso, wie er aus Einar mich gemacht hat.«

Sein Blick wanderte an Lili auf und nieder; sie spürte seine Augen auf ihren übereinander geschlagenen Beinen, auf ihrem Schoß, ihren kleinen Brüsten, ihrem Hals, der sich zierlich aus dem Kreis der Bernsteinkugeln erhob. Carlisle stand auf: »Das muss für dich alles sehr aufregend sein. Ich nehme an, das ist es, was du immer gewollt hast.«

»Seit meiner Kindheit.«

»Ja«, sagte Carlisle. »Welches kleine Mädchen möchte das nicht?« Das stimmte und Lili war erleichtert, dass Carlisle sie begleiten wollte. Sie hatte Greta noch tagelang angefleht, es sich anders zu überlegen. Greta hatte sie in den Armen gehalten, Lilis Gesicht an ihrer Schulter, und immer nur gesagt: »Ich halte es für einen Fehler. Ich werde dir nicht helfen, einen Fehler zu begehen.« Lili packte ihren Koffer und holte die Tickets für die Fähre ab; ein leises Schaudern überlief sie, und sie zog das dünne Sommertuch fester um die Schultern, als sei ihr plötzlich kalt.

Sie sagte sich, sie sollte das als Abenteuer betrachten: die Fähre nach Danzig, den Nachtzug nach Dresden, den einen Monat in der städtischen Frauenklinik. Von dort würde sie nach New York reisen. Sie hatte Henrik geschrieben, dass sie Anfang September eintreffen werde. Sie sah sich schon als Reisende in einer Welt, die nur sie sich vorstellen konnte. Wenn sie die Augen zumachte, sah sie es vor sich: das Wohnzimmer der New Yorker Wohnung, ein Baby hüpfte auf ihrem Schoß, draußen schrillte eine Polizeipfeife. Sie sah einen kleinen Tisch mit einem Zierdeckchen, auf dem der silberne Doppelrahmen stand: zwei Fotos steckten in den Ovalen, eins zeigte Henrik und sie bei der Hochzeit, das andere ihr erstes Kind in seinem langen, spitzengesäumten Taufkleidchen.

Lili packte ihre Sachen sorgfältig in Kisten, damit sie sicher sein konnte, dass alles bereit war, wenn sie danach schickte. Ihre Kleider: die kurzärmeligen aus jenem Sommer in Menton; und die perlenbestickten aus Paris, aus der Zeit, bevor sie krank geworden war; und der Kaninchenpelzmantel mit Kapuze. Das meiste davon, erkannte sie, würde sie in New York nicht brauchen. Wie billig ihr diese Sachen jetzt vorkamen, als habe jemand anders sie gekauft, als habe eine andere Frau sie so abgetragen.

Eines Nachmittags, als Lili die Deckel der fertig gepackten Kisten zunagelte, fragte Greta: »Was soll eigentlich aus Einars Bildern werden?«

»Einars Bildern?«

»Es sind noch ein paar da. Bei mir im Atelier«, sagte Greta. »Ich dachte, du willst sie vielleicht haben.«

Lili sah sich ratlos um. Einars Bilder hingen nicht mehr in der Wohnung und aus irgendeinem Grund wusste sie gar nicht mehr so recht, wie sie überhaupt aussahen: kleine Goldrahmen, winterliche Landschaften – aber was sonst noch?

»Kann ich sie sehen?« Greta trug die Gemälde herbei; sie waren mit der Bildseite nach innen aufgerollt, die Ränder mit dickem Wachsfaden gesäumt. Sie breitete sie auf dem Fußboden aus, und Lili kam es vor, als habe sie diese Bilder noch nie gesehen. Die meisten zeigten das Moor: eins im Winter, Raureif und trübgrauer Himmel; eins im Sommer, Torfmoos und Mitternachtssonne; auf einem anderen war nur der Erdboden zu sehen, blau-graue Moränenerde mit Spuren von Kalk. Greta breitete immer mehr von diesen schönen kleinen Bildern auf dem Fußboden aus, zehn, zwanzig, noch mehr, ein ganzer Teppich wie von Wiesenblumen blühte vor Lilis Augen auf. »Und die hat er wirklich alle gemalt?«

»Einar ist damals sehr fleißig gewesen.«

»Wo ist das?«

»Du erkennst das Moor nicht mehr?«

»Ich glaube nicht.« Das beunruhigte sie, denn eigentlich müsste sie die Gegend ja kennen: sie war ihr vertraut wie ein Gesicht, das in der Vergangenheit versunken war.

»Du hast keine Erinnerung mehr daran?«

»Nur ganz undeutlich.« Unten plärrte das Grammophon, eine Polka mit Akkordeon und Bläsern.

»Das ist das Moor von Blåtand«, sagte Greta.

»Wo Einar geboren wurde?«

»Ja. Einar und Hans.«

»Bist du mal da gewesen?«, fragte Lili.

»Nein, aber ich habe so viele Bilder davon gesehen und so viel darüber gehört, dass ich die Gegend, wenn ich die Augen schließe, geradezu vor mir sehen kann.«

Lili sah sich die Bilder genauer an, das Moor, gesäumt von Haselnussbüschen und Lindenbäumen, eine mächtige Eiche, die offenbar um einen Felsbrocken gewachsen war. Aus dem Gedächtnis, wenngleich nicht ihrem eigenen, stieg eine Erinnerung empor: Sie folgte Hans auf einem Pfad, dessen sumpfiger Boden bei jedem Schritt an ihren Stiefeln saugte. Sie erinnerte sich, wie sie Dinge, die sie aus der Küche ihrer Großmutter gestohlen hatte, ins Moor warf und versinken sah: einen Essteller, eine Zinnschale, eine Schürze mit Wollgrasbändern. Sie erinnerte sich an das mühsame Hacken und Stechen des Torfs. Und wie Edvard I, ein Zwerg von einem Hund, eines Tages von einem mit Flechten überwachsenen Stein abgerutscht und in dem schwarzen Wasser ertrunken war.

Greta legte immer noch mehr Bilder aus und befestigte sie an den Ecken mit Farbflaschen und Untertassen. »Dort stammt er her«, sagte sie; sie kroch auf Händen und Knien umher, die Haare hingen ihr ins Gesicht. Eins nach dem andern entrollte sie die Bilder und ließ so aus Dutzenden von Einzelteilen einen Überblick über Einars Gesamtwerk entstehen.

Lili sah ihr zu: Gretas Augen waren auf ihre Nasenspitze gerichtet; ihre Armbänder klimperten bei jeder Bewegung. Das vordere Zimmer des Witwenhauses mit seinen nach Norden, Süden und Westen gehenden Fenstern füllte sich mit den stillen Farben von Einars Gemälden: die Schattierungen von Grau und Weiß, die gedämpften Gelbtöne, das Braun des Sumpfs und das tiefe Schwarz eines Moors bei Nacht. »Er hat unermüdlich gearbeitet, von morgens bis abends, Tag für Tag«, sagte Greta leise und bedächtig, mit ganz fremder Stimme.

»Kannst du sie nicht verkaufen?«, fragte Lili.

Greta unterbrach sich. Der Fußboden war fast ganz bedeckt; sie stand auf und sah sich um, wo sie hintreten könnte. Sie hatte sich selbst in die Falle manövriert, an die Wand neben dem Ofen. »Soll das heißen, dass du die Bilder nicht haben willst?«

Lili war sich bewusst, dass dies ein Fehler war, doch sie wollte es nicht zugeben: »Ich weiß nicht, ob wir so viel Platz haben werden«, sagte sie nur. »Und ich bin mir nicht sicher, ob Henrik etwas damit anfangen kann. Zumal er ja selbst viele Bilder besitzt. Und hauptsächlich modernere. Schließlich gehe ich«, sagte Lili, »nach New York.«

Greta sagte: »Ich dachte ja nur, du wolltest sie vielleicht mitnehmen. Nicht mal ein paar davon?«

Als Lili die Augen schloss, sah auch sie jetzt das Moor, die Schar weißer Hunde, eine Großmutter am Herd, Hans auf einem mit Flechten überwachsenen Stein, und dann seltsamerweise die junge Greta im seifengrünen Korridor der Königlichen Akademie der Schönen Künste, ein frisches Bündel Nerzpinsel in der Faust. »Ich habe den Künstlerbedarfsladen gefunden«, sagte Greta in dieser letzten Erinnerung.

»Es ist nicht so, dass ich sie nicht haben will«, hörte Lili sich sagen, an diesem Tag, einem ihrer letzten im Witwenhaus, das bereits in der Erinnerung zu versinken begann. Aber in wessen Erinnerung? »Aber ich kann sie einfach nicht mitnehmen«, sagte sie erschaudernd, denn plötzlich kam es ihr vor, als ob das alles hier jemand anderem gehörte.

KAPITEL 28

Einen Tag nachdem Lili und Carlisle nach Dresden abgereist waren, gab es ein Sommergewitter. Greta war im vorderen Zimmer der Wohnung und goss den Efeu, der in einem Topf auf dem Beistelltisch stand. Ohne die Sonne war es grau im Zimmer, und Edvard IV schlief neben der Truhe. Der Matrose unten war nicht da, wahrscheinlich kämpfte er just in dieser Minute mit der vom Gewitter aufgewühlten See. Ein Donnerschlag rollte aus, und Greta hörte die Frau des Matrosen kichern.

Komisch, dachte Greta. Wie die Jahre vergangen waren, die endlosen Wiederholungen der flachen Sonnenaufgänge über Dänemark und, auf der anderen Seite des Globus, die flammenden Sonnenuntergänge am Arroyo Seco und den San Gabriel Mountains. Jahre in Kalifornien und Kopenhagen, Jahre in Paris, Jahre, in denen sie verheiratet und nicht verheiratet gewesen war, und jetzt hockte sie hier im leeren Witwenhaus zusammen mit gepackten und verschlossenen Koffern. Lili und Carlisle würden, falls der Regen sie nicht aufgehalten hatte, im späteren Verlauf dieses Tages in Dresden eintreffen. Gestern am Fährhafen hatten sie und Lili voneinander Abschied genommen. Überall Menschen, beladen mit Gepäck, Hunde auf dem Arm; eine Sportmannschaft, die ihre Fahrräder die Gangway hinaufschob. Hans war da und Carlisle und Greta und Lili und hunderte anderer Leute, und alle nahmen von irgendwem Abschied. Eine Schulklasse, geführt von der Lehrerin. Dünne junge Männer auf Arbeitssuche. Eine Gräfin auf dem Weg zur Kur in Baden-Baden. Und Greta und Lili,

Hand in Hand, ohne das Treiben um sie herum wahrzunehmen. Ein letztes Mal scherte Greta sich nicht darum, was der Rest der Welt von ihr denken mochte; sie legte Lili den Arm um die Hüfte, und alle ihre Gedanken und Gefühle schrumpften auf die winzige Stelle zusammen, an der sie beide sich jetzt berührten. Sie versprachen, einander zu schreiben. Lili versprach, sie werde gut auf sich aufpassen. Lili sagte so leise, dass es kaum zu hören war, sie würden sich in Amerika wiedersehen. Ja, sagte Greta, obwohl sie es sich kaum vorstellen konnte. Dennoch sagte sie: Ja, ganz bestimmt. Bei der Vorstellung lief ihr ein furchtbarer Schauder über den Rücken, über das Rückgrat eines Pioniers, das sie zweifellos besaß, denn die ganze Situation – dieser Abschied am Hafen – schien ihr plötzlich darauf hinzudeuten, dass sie versagt hatte.

Jetzt wartete Greta darauf, dass Hans unten auf der Straße hupte. Die Kirchtürme und Giebel und Schieferdächer standen schwarz im Gewitter, die Kuppel des Königlichen Theaters war stumpf wie altes Zinn. Und als Hans sich meldete, nahm Greta den Hund auf den Arm, machte das Licht aus und schob den schweren Türriegel auf. Bei dem heftigen Gewitter geriet die Fahrt aus der Stadt zur Rutschpartie. Die Hauswände troffen vom Regen. Pfützen schwappten über die Bordsteine. Greta und Hans wurden Augenzeugen, als eine dicke Frau im Regenmantel mit ihrem Fahrrad in die Laderampe eines Bauwagens krachte. Greta presste beide Hände vor den Mund, als sie sah, wie die Frau entsetzt die Augen schloss.

Als sie die Stadt hinter sich gelassen hatten, rollte der goldfarbene Horch mit dem geschlossenen weißen Verdeck durch weite Landschaften. Die Wiesen mit ihrem Raigras, Lieschgras, Schwingelgras und Knäuelgras waren feucht und niedergedrückt. Klee mit roten und weißen Blüten säumte triefnass und geknickt den Straßenrand. Jenseits der Wiesen die tiefen, vom Regen gepeitschten Moränenseen.

Die Fähre nach Århus hatte mit schwerer See zu kämpfen, und Hans und Greta blieben während der Überfahrt im Auto sitzen. Es roch nach Edvards feuchtem, von der Nässe gekräuseltem Fell. Hans und Greta saßen schweigend nebeneinander. Greta legte eine Hand aufs Armaturenbrett und fühlte die Vibration des Schiffsmotors. Als Hans sie fragte, ob sie Kaffee haben wolle, sagte sie ja. Er nahm Edvard IV mit und dann saß sie allein im Auto und dachte an die Reise, die Lili und Carlisle angetreten hatten; in wenigen Stunden würden sie das Zimmer in der Klinik beziehen, durch dessen Fenster die Elbe und die Weiden im Park zu sehen waren. Greta dachte an Professor Bolk, dessen gut getroffenes Porträt sie noch nicht verkauft hatte; es lag zusammengerollt hinter dem Kleiderschrank. Wenn sie in ein paar Tagen nach Kopenhagen zurückkäme und mit dem Sortieren ihrer Möbel, ihrer Kleider und Bilder fertig wäre, würde sie es ihm schicken, nahm Greta sich vor. Es könnte in einem grauen Holzrahmen hinter Frau Krebs' Empfangsschalter aufgehängt werden. Oder in seinem Büro, über dem Sofa, zu dem in einigen Jahren auch andere verzweifelte Frauen wie Lili pilgern würden.

Spätabends kamen sie in Blåtand an. In der Backsteinvilla war alles dunkel, die Baronin hatte sich bereits in ihre Wohnung im zweiten Stock zurückgezogen. Ein Hausdiener mit weißen Haaren und Stupsnase führte Greta zu einem Zimmer mit einem Bett, dessen Kissen mit Spitzen bezogen waren. Der Mann hielt den Kopf gesenkt, machte Licht und schob die Fenster auf. »Keine Angst vor Fröschen?«, sagte er. Schon hörte sie das Quaken im Moor. Als der Diener gegangen war, machte Greta die Fenster noch etwas weiter auf. Die Nacht war klar, der Halbmond stand dicht über dem Horizont, und Greta konnte durch eine Lücke zwischen den Eschen und Ulmen das Moor erkennen. Es sah beinahe aus wie ein feuchter Acker oder wie ein großer Rasen in Pasadena, wenn es im Januar geregnet hatte. Sie dachte an die Regenwürmer, die nach einem winterlichen Wolkenbruch aus dem Boden getrieben wurden, wie sie sich, um dem Ertrinken zu entgehen, auf den Steinplatten des Gartenwegs wanden. Hatte sie es als Kind wirklich fertig gebracht und die Würmer mit einem aus Mutters Küche geklauten Buttermesser zerschnitten, sie unter eine silberne Warmhalteglocke auf einen Teller gelegt und vor Carlisle auf den Tisch gestellt?

Die Vorhänge waren aus blau gefärbter Spitze und hingen, wie Hochzeitsschleppen ausgebreitet, bis auf den Fußboden hinab. Hans klopfte an und sagte durch die Tür: »Ich bin am Ende des Flurs, Greta. Falls du was brauchst.« Seine Stimme klang so merkwürdig. Greta spürte förmlich seinen gekrümmten Finger an der getäfelten Tür, die andere Hand sachte auf dem Knauf. Sie sah ihn vor sich, da draußen auf dem Gang, der nur von einem Wandleuchter an der Treppe erhellt wurde. Sie stellte sich vor, dass er die Stirn an die Tür gelegt hatte.

»Im Augenblick brauche ich nichts«, sagte sie. Eine kurze Stille trat ein, zu hören war nur der Froschgesang im Moor und das Geschrei der Eulen in den Ulmen. »Also dann«, sagte Hans, und Greta vernahm gerade noch, wie er auf Strümpfen über den Teppich zu seinem Zimmer tappte. Ihre Zeit würde noch kommen, dachte sie. Alles zu seiner Zeit.

Am nächsten Tag begegnete Greta der Baronin Axgil im Frühstückszimmer. Die Fenster gingen aufs Moor, das durch die Bäume funkelte. Überall im Zimmer standen auf Eisengestellen Töpfe mit Farn, an einer Wand war eine Sammlung blau-weißer Porzellanteller angebracht. Baronin Axgil war hager, sie hatte lange Arme und Beine und dicke Adern auf den Handrücken. Ihr Kopf saß auf einem von Sehnen gespannten Hals. Das silbrige Haar trug sie so straff nach hinten, dass ihre Augen nur noch Schlitze waren. Die Baronin saß am Kopfende des Tischs, Hans ihr gegenüber, Greta dazwischen. Der Hausdiener servierte Räucherlachs, hart gekochte Eier und Butterbrot, das in Dreiecke geschnitten war. Baronin Axgil sagte nur: »An einen Einar Wegener kann ich mich leider nicht erinnern. W-E-G, sagst du? Damals sind so viele Jungen bei uns ein und aus gegangen. Hatte er rote Haare?«

»Nein, braune«, sagte Hans.

»Aha. Braune«, sagte die Baronin, die Edvard auf ihren Schoß gelassen hatte und ihn mit Lachsstreifen fütterte. »Ein netter Junge, ja. Wann ist er gestorben?«

»Vor einem Jahr«, antwortete Greta; sie sah von einem Ende des Frühstückstischs zum andern und musste an ein anderes Frühstückszimmer auf der anderen Seite der Welt denken, in dem noch immer eine Frau regierte, die der Baronin nicht unähnlich war.

Später führte Hans sie durch die Torffelder zu einem Bauernhaus. Es hatte ein mit Holz eingefasstes Strohdach und aus dem Schornstein stieg Rauch auf. Hans und Greta gingen dicht an den Garten heran, in dem Hühner um einen Stall herumliefen und drei kleine Kinder mit Stöcken im Matsch spielten. In der Tür stand eine Frau mit strohblondem Haar und beobachtete, in die Sonne blinzelnd, ihre Kinder, zwei Jungen und ein Mädchen. In einem Gehege nieste ein Pony; die Kinder lachten, und Edvard IV zitterte an Gretas Bein. »Ich weiß auch nicht mehr genau, wer sie sind«, sagte Hans. »Es ist schon so lange her.«

»Meinst du, sie lässt uns rein, wenn wir sie bitten? Dass wir uns mal umsehen können?«

»Besser nicht«, sagte Hans und legte ihr die Hand auf den Rücken, wo sie auch liegen blieb, als sie den Weg zurückgingen. Die langen Grashalme schlugen ihr an die Schienbeine. Edvard IV zockelte hinterdrein.

Auf dem Friedhof gab es ein Holzkreuz, darauf stand

WEGENER. »Sein Vater«, sagte Hans. Ein grasbedecktes Grab im Schatten einer Roterle. Der Friedhof lag neben einer weiß getünchten Kirche, der Boden war uneben und steinig, die Luft roch würzig vom Tau, den die Sonne aus dem Gras dampfen ließ.

»Ich habe seine Bilder«, sagte sie.

»Behalte sie«, sagte Hans; seine Hand lag noch immer auf ihrem Rücken.

»Was für ein Mensch war er damals?«

»Ein kleiner Junge mit einem Geheimnis. Ganz normal. Nicht anders als wir alle.«

Der Himmel war wolkenlos, in der Erle raschelte der Wind. Greta sagte sich, sie dürfe jetzt weder an die Vergangenheit noch an die Zukunft denken. Dieser Sommer in Jütland unterschied sich in nichts von den Sommertagen seiner Jugend, der Zeit, als Einar glücklich und traurig zugleich gewesen war. Sie war ohne ihn nach Hause zurückgekehrt. Greta Waud, deren Schatten über das Gras und die Gräber fiel, würde ohne ihn nach Hause zurückkehren.

Auf der Rückfahrt nach Kopenhagen sagte Hans: »Was ist mit Kalifornien? Fahren wir noch?«

Die zwölf Zylinder des Horch arbeiteten kraftvoll, die Vibration des Motors übertrug sich auf Gretas Haut. Die Sonne schien, das Verdeck war aufgeklappt, um Gretas Füße wirbelte ein Streifen Papier. Sie griff sich mit der Faust in die Haare und schrie: »Was hast du gesagt?«

»Ob wir zusammen nach Kalifornien gehen?« Ihre Haare, ihr Kleid, der Papierstreifen, alles flatterte im brausenden Fahrtwind, und nicht weniger chaotisch flogen ihr die Gedanken im Kopf herum: ihr kleines Zimmer in Pasadena mit dem Bogenfenster, unter dem die Rosen blühten; die Casita am Rand des Arroyo Seco, zurzeit an eine Familie mit einem kleinen Jungen vermietet; die leeren Fenster von Teddy Cross' altem Keramikstudio in der Colorado Street, das nach dem Brand zu einer Druckerei umgebaut worden war; die Mitglieder des Kunstgewerbevereins von Pasadena mit ihren Baskenmützen. Wie konnte Greta zu all dem zurückkehren? Aber es ging ihr noch mehr durch den Kopf: die bemooste Terrasse der Casita, auf der sie im Licht der durch die Avocadobäume gefilterten Sonne ihr erstes Porträt von Teddy Cross gemalt hatte; die kleinen Bungalows, die Carlisle in der Umgebung des California Boulevard für junge Paare aus Illinois baute; die riesigen Orangenplantagen. Greta sah in den Himmel, in das blasse Blau, das sie an die Porzellanteller im Frühstückszimmer der Baronin erinnerte. Es war Juni, die Wiesen in Pasadena längst verdorrt, die Palmwedel grau und spröde; und bestimmt hatten die Hausmädchen schon die Betten in der Schlafveranda aufgebaut. Die Schlafveranda befand sich an der Rückseite des Hauses; die Fliegengitter ließen sich öffnen wie Fenster, und als Mädchen hatte sie oft dort gesessen und die Aussicht gezeichnet: den Blick über den Arroyo Seco zu den Linda-Vista-Bergen, die grau-grüne Hügellandschaft von Pasadena. Sie stellte sich vor, wie sie die Farben auspackte, die Staffelei auf der Schlafveranda zusammenschraubte und wieder einmal diese Aussicht malte: das verschwommene Graubraun der Eukalyptusbäume, das staubige Grün der schlanken Zypressen, den rosa Farbtupfer der italienischen Villa zwischen den Oleanderbüschen, das Grau einer Betonbrüstung, von der aus das alles zu sehen war.

»Von mir aus können wir fahren«, sagte Greta.

»Was sagst du?«, rief Hans durch den Wind.

»Es wird dir gefallen. Man fühlt sich dort wie am Ende der Welt.« Sie legte ihm die Hand auf den Oberschenkel. Nun war es also soweit: Sie würde mit Hans nach Pasadena zurückgehen. Dabei war ihr klar, dass niemand dort jemals ihr Schicksal richtig begreifen würde. Die Mädchen vom Jagdclub, die inzwischen bestimmt verheiratet waren und Kinder hatten, die auf dem vereinseigenen Gelände Tennisunterricht bekamen, würden von ihr nichts anderes wissen, als dass sie mit einem dänischen Baron in die Heimat zurückgekehrt war. Schon hörte Greta sie tratschen: »Greta Waud. Die Ärmste, schon wieder Witwe. Mit dem Letzten war irgendwas nicht richtig. Maler oder so. Ungeklärte Todesursache. Ja, in Deutschland, glaube ich. Aber was soll's – jetzt ist sie wieder hier, und diesmal mit einem Baron. Genau, die kleine Rebellin ist wieder in Pasadena, und wenn sie diesen Burschen heiratet, ist sie Baronin, ausgerechnet sie.«

Auch dies erwartete Greta dort drüben, dennoch hatte die Vorstellung, wieder nach Hause zu gehen, etwas Tröstliches für sie. Aber jetzt fuhren sie erst einmal nach Kopenhagen zurück. Ihre Hand lag auf Hans' Oberschenkel; er sah sie lächelnd an und spannte die Hände ums Lenkrad, dass die Knöchel weiß hervortraten.

Ein Brief von Carlisle war gekommen. Nachdem sie ihn gelesen hatte, schob sie ihn in die Seitentasche eines der Koffer, die sie gerade packte. Wie viel sie mitnehmen musste: ihre Pinsel und Farben, Dutzende Notizbücher und Skizzen von Lili. Typisch Carlisle, sich so ungenau auszudrücken: Die Operation hat länger gedauert, als Bolk dachte, fast einen ganzen Tag. Jetzt ruht Lili sich aus, meist schläft sie, denn sie bekommt noch immer Morphium. Ich muss länger in Dresden bleiben als geplant, schrieb Carlisle. Noch einige Wochen. Es wird länger dauern, als wir alle vermutet haben, bis sie wieder auf den Beinen ist. Bis jetzt macht sie nur langsam Fortschritte. Der Professor ist ein sympathischer Mensch. Er lässt dich grüßen. Er sagt, er macht sich keine Sorgen um sie. Und wenn er sich keine Sorgen macht, dann sollten wir uns auch keine machen, meinst du nicht auch?

Eine Woche später fuhren Greta Waud und Hans Axgil zum Amagerflughafen. Die erste Etappe ihrer Reise nach Pasadena ging nach Berlin; von dort würden sie nach Southampton fliegen und dann die Überfahrt per Schiff antreten. Es war ein schöner Sommertag. Das Flugzeug stand schon auf der Rollbahn und glänzte in der Sonne. Greta und Hans sahen den hageren Burschen zu, die ihre Koffer und Kisten in den silbernen Bauch des Flugzeugs luden. Weiter hinten auf der Rollbahn stand eine kleine Menschenmenge um ein Podium, auf dem ein Mann mit Bart und Zylinder eine Rede hielt. Eine kleine dänische Flagge an seinem Lesepult flatterte im Wind. Hinter ihm lag die *Graf Zeppelin,* lang und gewittergrau wie ein riesenhaftes gestreiftes Geschoss. Die Leute schwenkten kleine dänische Flaggen. Greta hatte in *Politiken* gelesen, dass die *Graf Zeppelin* zum Nordpol fliegen würde. Sie sah die Leute jubeln, als der Zeppelin über die Rollbahn schwebte. »Meinst du, die schaffen das?«, fragte sie Hans.

Er griff nach seiner kalbsledernen Reisetasche. Das Flugzeug wartete auf sie. »Sicher. Warum nicht?«

Bei dem Redner handelte es sich um einen Politiker, den sie nicht kannte. Wahrscheinlich ein Kandidat für die Parlamentswahlen. Hinter ihm stand, mit einer Seehundfellmütze auf dem Kopf, der Kapitän der *Graf Zeppelin,* Franz Josef Land. Er lächelte nicht. Seine Augenbrauen waren finster über der Brille zusammengezogen; er machte einen besorgten Eindruck.

»Es wird Zeit«, sagte Hans.

Sie hängte sich bei ihm ein und folgte ihm ins Flugzeug. Als sie saßen, konnte sie durch ihr Fenster den Zeppelin sehen, vor dem die Leute jetzt langsam zurückwichen. Männer in Hemdsärmeln und Hosenträgern machten die Leinen los. Der Kapitän stand im Eingang der kleinen Kabine und winkte zum Abschied.

»Er sieht aus, als ob er sich fragt, ob er jemals wieder zurückkommt«, sagte Greta, als die Lukentür des Flugzeugs mit einem Schwungrad verschlossen wurde.

Die Abfahrt der *Empress of Britannia* verlief ohne Zwischenfälle; die Passagiere saßen in gestreiften Liegestühlen an Deck, und Greta dachte daran, wie sie als Zehnjährige ihren ersten Handstand gemacht hatte. Sie baute ihre Staffelei zusammen, schob die Flügelschrauben durch die Löcher im Gestell und zog sie fest. Sie nahm eine leere Leinwand aus einem ihrer Koffer und nagelte sie auf einen Rahmen. Und dann stand sie an Deck und malte nach der Erinnerung die Hügel von Pasadena, die sich im Frühsommer trocken und braun aus dem Arroyo Seco erhoben, die Jakarandabäume, die ihre Blüten abgeworfen hatten, und die letzte Taglilie, die in der Hitze einknickte. Wenn sie die Augen zumachte, sah sie das alles vor sich.

An den Vormittagen blieb Hans in der Kabine, um seine Papiere zu ordnen und sich auf die Ankunft in Kalifornien vorzubereiten, wo sie im Garten der Wauds heiraten wollten. Nachmittags setzte er sich neben Greta auf einen Liegestuhl. »Endlich sind wir unterwegs«, sagte er.

»In die Heimat«, sagte sie. »Ich hätte nie gedacht, dass ich mal nach Hause zurück möchte.«

Und nun ist es doch so gekommen, dachte Greta immer wieder, wenn sie die feuchte Pinselspitze in die Farbe tauchte. Die veränderte Vergangenheit, die ungewisse Zukunft; das alles hatte sie, besonnen und unbesonnen zugleich, hinter sich gebracht, und das also war das Ergebnis. Wie gut Hans aussah, wenn er so mit ausgestreckten Beinen im Liegestuhl saß, halb in der Sonne, Edvard IV zu seinen Füßen. Die Schiffsmotoren stampften unablässig. Der Bug pflügte durch den Ozean und teilte die endlose gekräuselte Wassermasse, er schnitt, was als unendliches Ganzes erschienen war, tatsächlich in zwei Hälften. Greta und Hans blieben draußen an der salzgeschwängerten Luft und arbeiteten jeder für sich weiter; die Sonne ging unter, der rote Abendhimmel senkte sich auf die leere schrumpfende See herab, und erst als der Mond aufging und die weißen Lampions an der Reling angemacht wurden, zogen sie sich vor der kalten Abendluft in ihre Kabine zurück, wo sie endlich zusammen sein konnten.

KAPITEL 29

Der Juli war schon fast vorüber, als Lili tagsüber wieder lange genug wach sein konnte, um sich an irgendetwas zu erinnern. Fast sechs Wochen lang hatte sie mehr oder weniger ohne Bewusstsein gelebt, sich im Schlaf erbrochen, zwischen den Beinen und im Unterleib Blutungen gehabt. Jeden Morgen und jeden Abend wechselte Frau Krebs die Verbände über Lilis Becken und entfernte die alten, die wie Fetzen von Purpursamt aussahen, so durch und durch rot waren sie. Lili spürte, wie Frau Krebs ihr die Verbände wechselte, und sie spürte auch den Stich der Morphiumspritze und an vielen Tagen den Druck der Äthermaske auf ihrem Gesicht. Lili wusste, da war jemand, der ihr ein feuchtes Tuch auf die Stirn legte und es austauschte, wenn es warm geworden war.

Manchmal wachte sie nachts auf und sah Carlisle im Sessel in der Ecke schlafen, den Kopf ans Polster gelegt, den Mund offen. Sie wollte ihn nicht wecken – es war ja so lieb von ihm, die Nächte an ihrer Seite zu verbringen. Sie sagte sich, sie müsse ihm die Ruhe gönnen; sie wandte den Kopf auf ihrem Kissen und sah ihn an, sein vor Schlaf glänzendes Gesicht, seine Finger in den Schlaufen, die das Polster an der Sessellehne hielten. Er sollte die ganze Nacht durchschlafen: und sie beobachtete das Auf und Ab seiner Brust und dachte an den Tag, den sie vor dieser letzten Operation miteinander verbracht hatten. Carlisle ging mit ihr ans Ufer der Elbe; dann schwammen sie beide im Strom und sonnten sich auf einer Decke. »Du wirst eine gute Mutter«, sagte Carlisle. Lili fragte sich, warum es ihm im Gegensatz zu Greta so leicht fiel, sich das vorzustellen. Wenn sie die Augen zumachte, glaubte Lili manchmal schon den Pudergeruch eines gewickelten Säuglings zu riechen. Fast spürte sie schon das winzige kompakte Gewicht eines Kindes in ihren Armen. Als sie es Carlisle erzählte, sagte er: »Ich sehe es auch schon vor mir.«

Am Flussufer strich er sich mit der Hand das Wasser vom Arm. Die nassen Haare hingen ihm verfilzt ums Gesicht und dann sagte er: »Für Greta ist das schwer, das hier ganz besonders.«

Ein Vergnügungsdampfer spuckte schwarze Rauchwolken aus; Lili flocht Grashalme in den Fransenrand der Decke. »Ich bin mir sicher, dass sie Einar vermisst«, sagte Carlisle.

»Das kann ich verstehen.« Wie immer, wenn von Einar gesprochen wurde, bekam sie ein ganz merkwürdiges Gefühl: als ob ein Gespenst durch sie hindurch wandere. »Glaubst du, dass sie mich besuchen kommt?«

»Hier in Dresden? Schon möglich. Warum nicht.«

Lili drehte sich auf die Seite und sah die schwarze Rauchsäule aufsteigen und verwehen. »Du schreibst ihr also? Nach der Operation?«

Als Lilis Fieber sich ein paar Tage nach dem Eingriff stabilisiert hatte, schrieb er an Greta. Aber sie antwortete nicht. Er schrieb noch einmal, und wieder kam keine Antwort. Er rief an, hörte aber durch das Knistern der Leitung nur ein dünnes, endloses Läuten. Erst eine telegrafische Anfrage bei der Landmandsbanken ergab, dass Greta nach Kalifornien zurückgekehrt war.

Jetzt, mitten in der Nacht, hatte Lili nicht vor, Carlisle zu wecken, aber es fiel ihr schwer, still zu bleiben. Der Schmerz kam wieder, und sie krallte vor Angst so fest die Finger ins Laken, dass es zerriss. Sie konzentrierte sich auf die Glühbirne an der Decke, biss sich in die Lippen, doch bald hatte sich der Schmerz im ganzen Körper ausgebreitet, und sie schrie nach einer Morphiumspritze. Sie bettelte um Äther. Sie wimmerte um ihre Kokainpillen. Carlisle bewegte sich und hob den Kopf; als er sie mit flatternden Lidern anstarrte, wusste Lili, dass er erst einmal herausfinden musste, wo er war. Aber dann war er wach und ging die Nachtschwester holen, die in ihrem Dienstzimmer schlief. Binnen einer Minute senkte sich die Äthermaske auf Lilis Mund und Nase, und sie schlief den Rest der Nacht durch.

»Fühlen Sie sich heute besser?«, fragte Professor Bolk jeden Morgen bei der Visite.

»Vielleicht ein bisschen«, meinte Lili.

»Haben die Schmerzen nachgelassen?«

»Etwas«, sagte Lili, auch wenn es nicht stimmte. Sie versuchte sich im Bett hochzustützen. Wenn der Professor ins Zimmer trat, war ihre größte Sorge, wie sie aussah; wenn er doch nur anklopfen und ihr die Möglichkeit geben würde, sich zu schminken; sie hatte einen korallenroten Lippenstift und eine Dose Rouge Fin de Théâtre, eine flache rote Dose von der Größe eines Plätzchens, die gerade außerhalb ihrer Reichweite auf dem Tisch lag. Ich sehe bestimmt furchtbar aus, dachte sie, während der Professor in seinem eleganten, frisch gestärkten Laborkittel die Papiere auf seinem Klemmbrett durchsah.

»Morgen sollten wir versuchen, ob Sie schon etwas gehen können«, sagte der Professor.

»Na ja, wenn's morgen noch nicht geht, dann ganz bestimmt übermorgen«, sagte Lili. »Übermorgen schaffe ich es, da bin ich mir ganz sicher.«

»Kann ich irgendetwas für Sie tun?«

»Sie haben schon so viel getan«, sagte Lili.

Professor Bolk wandte sich zum Gehen, aber dann zwang Lili sich doch noch zu der Frage, die sie am brennendsten interessierte: »Henrik erwartet mich in New York. Glauben Sie, dass ich im September nach New York reisen kann?«

»Zweifellos.«

Wenn der Professor sie mit solchen Worten beruhigte, empfand sie seine Stimme wie eine Hand auf ihrer Schulter. Sie nickte wieder ein, träumte von nichts Besonderem, wusste aber irgendwie, dass alles gut werden würde.

Manchmal hörte sie den Professor und Carlisle draußen vor der Tür miteinander reden. »Was können Sie mir sagen?«, fragte Carlisle einmal.

»Nicht viel. Ihr Zustand scheint ziemlich unverändert. Ich versuche sie zu stabilisieren.«

»Können wir irgendetwas für sie tun?«

»Sie muss vor allem schlafen. Sie braucht Ruhe.«

Lili drehte sich auf die Seite und schlief ein, denn vor allem anderen wollte sie die Anordnungen des Professors befolgen. Wenn sie überhaupt etwas wusste, dann dies: dass er immer Recht hatte.

Eines Tages weckte sie eine Stimme auf dem Gang. Sie klang vertraut wie aus sehr fernen Zeiten, eine kupferhelle, starke Frauenstimme. »Was tut er für sie?«, hörte sie Anna fragen. »Fällt ihm denn nichts anderes ein?«

»Er hat erst in den letzten zwei Tagen angefangen, sich Sorgen zu machen«, sagte Carlisle. »Erst gestern hat er zugegeben, dass die Infektion eigentlich abgeheilt sein müsste.«

»Was können wir tun?«

»Das habe ich mich auch schon gefragt. Bolk sagte, man kann nichts tun.«

»Nimmt sie denn irgendwas?«

Dann lärmten zwei Karren auf dem Gang, und Lili hörte nur noch, wie Frau Krebs zu einer Schwester sagte, sie solle besser aufpassen.

»Die Transplantation hat nicht geklappt«, sagte Carlisle. »Er wird den Uterus wieder entfernen müssen.« Und dann: »Wie lange sind Sie hier?«

»Eine Woche. Zweimal *Carmen* im Opernhaus.«

»Ja, ich weiß. Vor der Operation war ich mit Lili da; sie hat das Plakat gesehen. Sie wusste, dass Sie am Ende des Sommers wieder kommen würden. Darauf hat sie sich gefreut.«

»Und auf ihre Hochzeit.«

»Das hat Greta Ihnen erzählt?«, sagte Carlisle.

»Sie hat mir geschrieben. Inzwischen ist sie wahrscheinlich in Pasadena. Ein neues Leben. Sie wissen von ihr und Hans?«

»Ursprünglich wollte ich selbst um diese Zeit wieder zurück«, sagte Carlisle.

Was Anna darauf antwortete, konnte Lili nicht hören. Sie fragte sich, warum Anna noch nicht zu ihr ins Zimmer gekommen war. Sie malte sich aus, wie Anna zur Tür hineingestürmt kam und die gelben Vorhänge aufriss. Wahrscheinlich trug sie ein grünes Seidenjäckchen mit Perlen am Kragen und dazu einen hochgetürmten Turban. Die Lippen hätte sie blutrot geschminkt, und Lili sah schon den Abdruck, den sie auf ihrer Wange hinterlassen würde. Sie überlegte, ob sie rufen sollte: »Anna!«, noch lauter: »Anna, willst du nicht reinkommen und guten Tag sagen?« Aber ihr Hals war ausgetrocknet und sie bekam auch gar nicht den Mund auf, um überhaupt irgendetwas zu sagen. Sie schaffte es gerade noch, den Kopf umzudrehen und den Blick auf die Tür zu richten.

»Ist es ernst?«, sagte Anna auf dem Gang.

»Ich fürchte, Bolk lässt uns im Unklaren, wie es weitergehen soll.«

Dann schwiegen die beiden, und Lili lag reglos im Bett, nur ihr Herz pochte dumpf und träge. Waren Carlisle und Anna weggegangen?

»Schläft sie jetzt?«, sagte Anna schließlich.

»Ja. Nachmittags bekommt sie immer eine Morphiumspritze. Könnten Sie morgen gleich nach dem Mittagessen kommen?«, sagte Carlisle. »Aber Sie können auch jetzt mal kurz bei ihr reinschauen. Damit ich ihr sagen kann, dass Sie da gewesen sind.«

Lili hörte die Tür aufgehen. Sie spürte, dass jemand ins Zimmer trat – den hauchfeinen Luftzug, die kaum merkliche Veränderung der Temperatur. Annas Parfüm wehte über Lilis Bett. Sie kannte es von Fonnesbech. Es wurde in einer kleinen Flasche mit einer Quaste aus Goldfäden verkauft, aber auf den Namen konnte Lili sich nicht besinnen. Eau-de-Provence oder so ähnlich. Oder war es La Fille de la Provence? Sie wusste es nicht mehr, und sie bekam auch nicht die Augen auf, um Anna zu begrüßen. Sie konnte nicht sprechen, sie konnte nicht sehen, sie konnte nicht die Hand heben und winken. Sie wusste, Carlisle und Anna standen an ihrem Bett, und sie konnte ihnen nicht zu erkennen geben, dass sie das wusste.

Am nächsten Tag nach dem Mittagessen halfen Carlisle und Anna ihr in den Rollstuhl: »Es ist so schön draußen, du musst einfach mal an die frische Luft«, sagte er, als er sie in die Decke packte. Anna schlang ihr einen langen roten Schal um den Kopf, einen Turban, wie sie selbst einen trug. Dann schoben sie Lili in den Garten der Klinik und stellten sie neben einen Stachelbeerstrauch. »Tut die Sonne dir gut, Lili?«, fragte Anna. »Gefällt es dir hier draußen?«

Auf dem Rasen saßen andere Patientinnen. Es war Sonntag, und einige hatten Besuch, der ihnen Zeitschriften und Schokolade mitgebracht hatte. Eine Frau in einem Pünktchenkleid brachte den Mädchen Pralinen mit, die in die Goldfolie des Geschäfts Unter den Linden eingepackt waren.

Lili sah Frau Krebs, die vom Wintergarten aus auf den Rasen, die Mädchen und die Elbe hinausschaute. Aus dieser Entfernung wirkte sie so klein wie ein Kind. Dann war sie verschwunden. Heute hatte sie ihren freien Nachmittag, und es war eins der Lieblingsthemen der Mädchen, was Frau Krebs wohl in ihrer Freizeit machte; dabei ging sie bloß in ihren Garten und hackte Unkraut.

»Wollen wir etwas spazieren gehen?«, fragte Carlisle; er löste die Handbremse und schob Lili über den unebenen Rasen. Der Rollstuhl schwankte über die Kaninchenlöcher im Boden, und obwohl die Bewegung ihr furchtbare Schmerzen machte, war Lili überglücklich, mit Carlisle und Anna draußen zu sein. »Gehen wir nicht zur Elbe?«, fragte Lili, als sie merkte, dass Carlisle den Weg, der zum Fluss führte, verließ und sie in eine andere Richtung schob.

»Doch, später«, sagte Anna, als sie Lili zwischen herabhängenden Weidenzweigen hindurch schoben. Sie gingen schnell, und Lili hielt sich krampfhaft an den Armlehnen fest, als der Rollstuhl über Baumwurzeln und Steine holperte. »Ich dachte, ich bring dich mal ein bisschen nach draußen«, sagte Carlisle.

»Aber das ist nicht erlaubt«, sagte Lili. »Das ist gegen die Vorschriften. Was wird Frau Krebs dazu sagen?«

»Niemand wird es erfahren«, sagte Anna. »Außerdem bist du eine erwachsene Frau. Du kannst tun und lassen, was du willst.« Und schon waren sie durchs Kliniktor ins Freie gelangt. Carlisle und Anna schoben sie durch die Straßen der Nachbarschaft, vorbei an Villen hinter eisenbewehrten Backsteinmauern. In der Sonne war es warm, nur ein leichter Wind bewegte die Blätter der Ulmen. In der Ferne hörte Lili eine Straßenbahn bimmeln.

»Meinst du nicht, die werden mich suchen?«, sagte sie.

»Na und, sollen sie doch«, sagte Carlisle, und seine entschlossene Miene und die wegwerfende Handbewegung erinnerten Lili wieder einmal an Greta. Lili glaubte geradezu das Klingeln ihres Silberschmucks zu hören. Sie erinnerte sich an eine Szene – wie an eine Geschichte, die man ihr einmal erzählt hatte: Greta auf dem Kronprinsessegade, mit Einar im Schlepptau. Lili erinnerte sich an Gretas warme Hand in der ihren, an einen silbernen Armreif, der ihre Finger streifte.

Dann überquerten Lili und Carlisle und Anna die Augustusbrücke. Vor Lili breitete sich ganz Dresden aus: das Opernhaus, die katholische Hofkirche, die im italienischen Stil gebaute Kunstakademie und die wie schwebend erscheinende Kuppel der Frauenkirche. Sie gelangten zum Schlossplatz, an den Fuß der Brühlschen Terrasse. An einem Verkaufswagen gab es Bratwurst mit Brötchen und Apfelwein. Das Geschäft ging gut, etwa zehn Leute standen Schlange, ihre Gesichter röteten sich in der Sonne. »Riecht das nicht gut, Lili?«, sagte Carlisle, als er sie zu den Treppenstufen schob.

Einundvierzig Stufen führten zur Terrasse; oben an der Brüstung lehnten sonntägliche Spaziergänger. Neben der Treppe standen Schillings Bronzestatuen: Morgen, Mittag, Abend und Nacht. Feiner Sand lag auf den Stufen, und Lili sah von unten eine Frau am Arm eines Mannes die Treppen hochsteigen, das heißt, sie sah nur ihren langen gelben Rock und die Scheibe eines Strohhuts. »Aber wie kommen wir da rauf?«, fragte Lili.

»Keine Sorge«, sagte Carlisle. Er drehte den Rollstuhl und stemmte ihn auf die erste Stufe.

»Aber dein Bein«, sagte Lili.

»Das geht schon«, sagte Carlisle.

»Und was ist mit deinem Rücken?«

»Hat Greta dir nie von unserem berühmten Rückgrat erzählt?«

Und Carlisle, der, soweit Lili wusste, Greta noch nie wegen seines lädierten Beins einen Vorwurf gemacht hatte, begann sie die Treppe hinaufzuwuchten. Jede Stufe jagte ihr einen entsetzlichen Schmerz durch den Körper; Anna reichte ihr die Hand und sie klammerte sich daran fest.

Von der Terrasse blickte man über die Elbe zum japanischen Palais am rechten Ufer. Es herrschte starker Verkehr auf dem Fluss: Raddampfer und Kohlefrachter und Gondeln mit Drachenköpfen am Bug und Ruderboote mit Touristen. Carlisle stellte den Rollstuhl zwischen zwei Bänken ab, unter einer der eckig gestutzten Pappeln an der Brüstung. Er fixierte die Bremse und trat neben sie. Anna stand auf der anderen Seite. Lili spürte ihre Hände auf der Rückenlehne. Junge Paare gingen Händchen haltend auf der Terrasse umher, und bei einem Händler, der dort seinen Wagen aufgebaut hatte, kauften die Jungen ihren Mädchen Traubenbonbons. Auf der Wiese am anderen Elbufer ließen vier kleine Jungen einen weißen Drachen steigen.

»Seht nur, wie hoch der Drachen steht!«, sagte Anna und zeigte auf die Jungen. »Höher als die Stadt!«

»Meint ihr, sie verlieren ihn?«, sagte Lili.

»Hättest du gern einen Drachen, Lili?«, fragte Anna. »Wenn du willst, kaufen wir dir morgen einen.«

»Wie nennt man noch mal diese Terrasse?«, fragte Carlisle. »Den Balkon von Europa?«

Eine Zeit lang schwiegen sie, dann sagte Carlisle: »Ich glaube, ich gehe mir eine Bratwurst holen. Hast du Hunger, Lili? Soll ich dir auch was mitbringen?«

Sie hatte keinen Hunger. Sie aß nicht mehr viel, und das wusste Carlisle natürlich. Lili versuchte zu sagen: »Nein, vielen Dank«, bekam aber kein Wort heraus.

»Macht es dir was aus, wenn wir mal eben den Verkäufer suchen gehen?«, fragte Anna. »In spätestens zwei Minuten sind wir wieder zurück.«

Lili nickte und schon gingen Carlisle und Anna über den knirschenden Kies davon. Lili schloss die Augen. Der Balkon der ganzen Welt, dachte sie. Meiner ganzen Welt. Sie fühlte die Sonne auf ihren Lidern. Eine Bank weiter saß ein Pärchen und aß schmatzend Bonbons. Wasser klatschte an eine Bootsflanke. Eine Straßenbahn bimmelte, dann läutete eine Kirchenglocke. Und wenigstens dieses eine Mal hörte Lili auf, über die trübe, zweischneidige Vergangenheit und die verheißungsvolle Zukunft nachzudenken. Es spielte keine Rolle, wer sie einmal gewesen war und was aus ihr werden würde. Sie war Fräulein Lili Elbe. Eine Dänin in Dresden. Eine junge Frau, die den Nachmittag mit zwei Freunden verbrachte. Eine junge Frau, deren bester Gefährte in Kalifornien war, weit weg. Plötzlich fühlte Lili sich sehr allein. Sie dachte an ihre Freunde – Henrik, Anna, Carlisle, Hans, Greta. Jeder von ihnen hatte auf seine Weise zur Geburt von Lili Elbe beigetragen. Jetzt verstand sie, was Greta gemeint hatte: den Rest würde Lili mit sich allein ausmachen müssen.

Als sie die Augen aufmachte, sah sie, dass Carlisle und Anna noch nicht wieder da waren. Sie machte sich keine Sorgen: sie würden schon zurückkommen. Sie konnte mit ihrem Stuhl ja nicht weg. Die Jungen drüben rannten hin und her und zeigten in den Himmel. Ihr Drachen stieg und stieg, höher als die Weiden, höher als die Augustusbrücke. Er segelte über die Elbe, ein in der Sonne leuchtender weißer Rhombus aus Bettlaken, der an seiner Leine zerrte, bis sie riss und der Drachen befreit weiterflog. Lili glaubte durch den Wind die aufgeregten Schreie der Jungen zu hören, aber das konnte nicht sein; sie waren viel zu weit weg. Aber von irgendwo hatte sie einen gedämpften Schrei gehört; nur von wo? Die Jungen sprangen auf der Wiese herum. Der die Spule gehalten hatte, bekam von einem seiner Freunde einen Faustschlag. Über ihnen schaukelte der Drachen im Wind, sauste hin und her wie eine weiße Fledermaus, wie ein Gespenst, stieg auf, stürzte ab, stieg wieder auf und schoss über die Elbe auf sie zu.

NACHBEMERKUNG DES AUTORS

Die Handlung dieses Romans orientiert sich lose an der Lebensgeschichte von Lili Elbe und ihrer Frau Gerda. Ich habe das Buch geschrieben, um das Innenleben dieser einzigartigen Ehe zu erforschen, und ohne Mutmaßungen, Spekulation und viel Phantasie hätte sich das nicht bewerkstelligen lassen. Gewiss kommen die entscheidenden Fakten über Lilis Verwandlung zur Sprache, doch die Erzählung als solche mit all ihren Einzelheiten – Ort und Zeit, Sprache und alltägliche Dinge – ist ein reines Produkt meiner Phantasie. Als Lili sich Anfang 1931 in mehreren Interviews mit einem dänischen Journalisten erstmals öffentlich als Transfrau bekannte, berichteten Zeitungen auf der ganzen Welt von ihrem außerordentlichen Leben. Ich habe manche dieser Artikel beim Schreiben dieses Romans benutzt, insbesondere die in *Politiken* und anderen dänischen Zeitungen, sowie die Nachrufe, die von der Presse veröffentlicht wurden. Eine weitere unentbehrliche Quelle waren Lili Elbes Tagebücher und Briefe, die Niels Hoyer unter dem Titel *Ein Mensch wechselt sein Geschlecht* herausgegeben hat. Diese Texte enthalten wichtige Fakten über Lilis Wandlung, vornehmlich mit Blick auf die Ereignisse in Kapitel 1, die rätselhaften Blutungen und den körperlichen Verfall sowie Lilis Aufenthalt in der Dresdner Städtischen Frauenklinik. Die Schilderung dieser Ereignisse in meinem Buch stützt sich wesentlich auf Lili Elbes Aufzeichnungen, wie Hoyer sie herausgegeben hat. Dennoch habe ich an der Geschichte so vieles verändert, dass die hier geschilderten Figuren als vollkommen fiktiv zu betrachten sind. Leser, die sich von diesem Buch ausgiebige biografische Details über Lili Elbes Leben versprechen, werden nicht viel finden; und alle anderen Gestalten des Romans haben keinerlei Ähnlichkeit mit irgendwelchen lebenden oder verstorbenen Personen.

DANKSAGUNG

Die Liste der Menschen, die dieses Buch bis zur Veröffentlichung begleitet haben, ist lang, und mein Dank gilt jedem von ihnen.

Ich danke meinen ersten Lesern: Michael Lowenthal, Lee Buttala, Jennifer Marshall, Mitchell Waters, Chuck Adams. Meinen jetzigen und früheren Kollegen bei Random House, die sich nie an dem Romanschreiber in ihrer Mitte gestört haben: Ann Godoff, Alberto Vitale, Bruce Harris, Joy deMenil, Leah Weatherspoon, Cathy Hemming, Sascha Alper, Benjamin Dreyer, Courtney Hodell. Ich danke den Mitarbeitern von Viking, die immer für ihre Autoren da sind: Jonathan Burnham, der die ersten Fassungen mit Umsicht lektoriert hat; meine erfahrene Lektorin Barbara Grossman, die mich immer wieder angespornt hat; Ivan Held, Hal Fessenden, Leigh Butler, Jim Geraghty, Paul Slovak, Gretchen Koss, Amanda Patten, Paul Buckley; Alex Gigaute, der mich juristisch beraten hat; Lynn Goldberg und Mark Fortier, die für dieses Buch gekämpft haben. Für die freundliche Unterstützung in Kopenhagen danke ich Liselotte Nelson, Susanne Andersen, Mette Paludan, meinem ausgezeichneten Dolmetscher Kirsten Nielsen sowie Luis Soria und Peter Heering. Für seine Hilfe bei den Deutschlandkapiteln danke ich Georg Reuchlein. Bill Contardi, Eric Price, Todd Siegal und Stephen Morrison haben es nie an Aufmunterung beim Schreiben fehlen lassen.

Und schließlich danke ich meiner Agentin und Freundin Elaine Koster.